밸런트레이 귀공자

휴머니스트 세계문학 015

밸런트레이 귀공자

THE MASTER OF BALLANTRAE

로버트 루이스 스티븐슨 | 이미애 옮김

차례

일러두기

1. 번역 대본으로는 Robert Louis Stevenson, *The Master of Ballantrae*(Penguin Classics, 1996)를 사용했다.
2. '원주'를 제외한 나머지 주석은 모두 옮긴이 주다.

퍼시 플로렌스 경과 레이디 셸리에게

오랜 세월에 걸쳐 여러 나라에서 펼쳐진 이야기를 보내드립니다. 유난히 상황이 잘 맞아떨어진 덕분에 저는 멀리 떨어진 곳의 다양한 풍광을 오가며 이 글을 쓰기 시작했고, 계속 나아가 끝을 맺게 되었습니다. 특히 바다에서 항해 중인 때가 많았지요. 별빛이 반사하는 여러 항구에서 배 위에 있던 제게 벗이 되어주었던 것은 앙숙이 된 형제의 성격과 운명, 듀리스디어의 대저택과 관목 숲, 매켈러의 세련되지 못한 이야기의 문제점, 그리고 그 이야기를 한층 고양시킬 방법에 관한 생각이었습니다. 이런 생각들이 바닷가에서 요란하게 퍼덕이는 돛 소리에 맞춰 종종 마음속에서 흐르다가 돌풍이 밀려오면 돌연히 사라지곤 했었지요. 이러한 환경에서 태어난 이야기이기에 두 분처럼 바다를 항해하고 사랑하는 분들의 호의를 살 수 있기를 바라는 마음입니다.

어쨌든 여기, 아주 멀리서 이 헌사를 보냅니다.● 보스컴 차인 앤드 매너에서 1만 7000킬로미터가량 떨어진 이 요란한 아열대 바닷가에서 글을 쓰자니 그곳의 풍경과 벗들의 얼굴, 목소리가 떠오르는군요.

자, 이제 저는 또다시 바다로 나갑니다. 퍼시 경도 물론 그러시겠지요. B. R. D.라고 신호를 보냅시다!

R. L. S.

1889년 5월 17일, 와이키키에서

● 로버트 루이스 스티븐슨은 퍼시 플로렌스 셸리 경과 그의 부인을 영국 본머스와 보스컴에서 만나 친분을 쌓은 것으로 알려져 있다.

서문

이 글의 편집자는 타지에서 줄곧 살아온 늙은 망명자지만, 자신이 고향이라고 뿌듯하게 생각하는 도시를 이따금 찾곤 한다. 이런 방문보다 더 낯설고, 더 고통스럽고, 더 유익한 것은 별로 없다. 타지라는 이질적인 장소는 그가 불시에 찾을 때 예상보다 더 많은 사람의 관심을 일깨우지만, 자신의 고향에서는 정반대로 자신을 기억하는 사람이 거의 없다는 사실에 놀라고 만다. 타지에서는 매력적인 얼굴들을 보고 친구가 될 만한 사람에게 말을 걸면서 활기를 얻지만, 여기에서는 더 이상 존재하지 않는 얼굴들과 친구들 때문에 가슴속 깊이 고통을 느끼며 긴 거리들을 배회한다. 타지에서는 새로운 것을 보고 즐거워하지만, 여기서는 오래된 것의 부재에 괴로워한다. 타지에서는 자신의 지금 모습에 만족하지만, 여기서는 자신의 과거 모습과 한때 소망했던 미래의 모습을 떠올리며 어느 쪽을 생각하든 똑같이 회한에 젖는다.

그는 지난번에 고향을 방문했을 때 기차역에서 나와 마차를 타고 달리면서 이런 감정을 희미하게 맛보았고, 앞으로 머물 친구 존스턴 톰슨 변호사의 집 현관문 앞에 내렸을 때도 이에 젖어 있었다. 하지만 친구의 따뜻하고 진심 어린 환영을 받고, 조금도 변하지 않은 얼굴을 유심히 보고, 예전에 나누던 대화처럼 들리는 말을 몇 마디 나누고, 웃음을 주고받고, 복도를 지나면서 눈처럼 하얀 식탁보와 반짝이는 디캔터, 식당 벽에 걸린 피라네시•의 작품을 흘끗 보고 자기 침실에 들어섰을 때는 기분이 어느 정도 가볍고 홍겨워졌다. 그리고 몇 분 후 톰슨 씨와 함께 나란히 앉아 가득 찬 술잔으로 과거를 위해 건배했을 때 그는 이미 마음에 위안을 얻었고, 용서할 수 없는 자신의 두 가지 과오를 거의 용서했다. 자신이 어떻든 고향을 떠났다는 것, 그리고 어떻든 고향에 돌아왔다는 것을.

"자네를 기다리는 것이 있다네." 톰슨 씨가 말했다. "난 자네의 귀향을 기념하고 싶었지. 자네와 함께 내 젊음이 돌아오니 말일세. 물론 너덜너덜해지고 시들어빠진 상태이기는 하지. 그렇지만 그래, 젊음에서 남은 것이라고나 할까."

"아무것도 없는 것보다야 훨씬 낫겠지." 편집자가 대답했다. "그런데 나를 기다리고 있다는 게 뭔가?"

"그 얘기를 하려던 참이었어." 톰슨 씨가 말했다. "우연히도 자네의 귀향을 기념하기 위해 정말 독특한 것을 후식으로 내

• 이탈리아의 판화가 조반니 바티스타 피라네시(1720~1778).

놓을 수 있게 되었다네. 수수께끼지."

"수수께끼라고?" 내가 반복했다.

"그래, 수수께끼라네." 그의 친구가 말했다. "결국 별것 아닐 수도 있고, 어쩌면 대단한 것일 수도 있지. 그런데 정말로 신비스럽다고 할 만한 건 100년 가까이 그것을 본 사람이 없다는 거야. 작위가 있는 가족을 다루고 있어서 상당히 고풍스럽다네. 그리고 위에 적힌 제목에 따르면 죽음과 관련되어 있으니 멜로드라마일 걸세."

"이처럼 모호하면서도 흥미로운 예고는 들어본 적이 없는 것 같군." 편집자가 말했다. "그런데 도대체 무엇인가?"

"내 전임자인 피터 엠브레어 영감의 사업을 기억하나?"

"똑똑히 기억하고 있네. 그 영감은 나를 볼 때마다 질책하고 싶어서 좀이 쑤시던 사람인데, 또 그걸 감추지 못했거든. 내게는 역사적으로 흥미로운 대상이었지만, 영감은 내게 흥미를 느끼지 않았지."

"아, 그래, 그 영감은 넘어가기로 하지." 톰슨 씨가 말했다. "피터 영감도 나처럼 이것에 대해서는 아는 바가 거의 없었을 걸세. 알다시피 난 어마어마하게 쌓여 있는 옛 법률 서류와 오래된 주석 통들을 물려받았는데, 그중 일부는 피터 영감이 모아둔 것이었고, 일부는 영감의 부친인 존이 쌓아둔 것이었지. 이 명문의 창시자인 존은 당시엔 대단한 사람이었어. 그런데 그 수집품 가운데 듀리스디어 가문에 관련된 서류가 있더군."

"듀리스디어 가문이라고!" 내가 외쳤다. "이보게, 그보다 흥미진진한 건 없을 걸세. 그 가문의 한 사람은 1745년•에 참전했고, 다른 한 사람은 희한하게도 악마와 밀담을 나누었다지. 로••의 《회고록》에서 그에 대한 기록을 찾아볼 수 있을 걸세. 그리고 밝혀지지 않은 비극적인 사건이 있었지. 뭔지는 모르지만, 한참 후에, 100년 전쯤에……."

"100년도 더 지난 일이라네." 톰슨 씨가 말했다. "1783년이었지."

"자네는 그걸 어떻게 아나? 나는 누군가의 죽음을 말한 거라네."

"그래, 듀리스디어 경과 그의 형(문제를 일으켜 권리가 박탈된) 밸런트레이 귀공자의 애석한 죽음이지." 톰슨 씨는 뭔가를 인용하는 어투로 말했다. "그것을 말한 것 아닌가?"

"솔직히 말하면 난 회고록에서 그 사건에 대한 모호한 언급을 보았을 뿐이네." 내가 말했다. "그리고 자네도 알고 있을 내 삼촌을 통해서 사람들 입으로 전해진 더 모호한 이야기를 들었을 뿐이고. 삼촌은 어렸을 때 세인트 브라이즈 근방에 살았었지. 삼촌은 대저택의 진입로가 폐쇄되어 잡초가 무성하고, 저택의 큰 대문은 열리는 일이 없었다며 저택의 뒤쪽에 살던 마지막 주인과 그의 노처녀 누이에 대한 얘기를 종

• 1745년에 일어난 자코바이트 봉기.

•• 스코틀랜드 장로교의 설교가인 로버트 로(1628?~1690).

종 들려주셨지. 그들은 조용하고, 소박하고, 가난하고, 평범하게 살아간 모양인데, 웅장하고 멋진 저택의 마지막 주인으로서 애처롭기도 했다네. 그리고 몇몇 추악한 이야기 때문에 주위 시골 사람들에게는 약간 소름 끼치는 존재이기도 했고."

"그렇다네." 톰슨 씨가 말했다. "마지막 주인이었던 헨리 그레임 듀리는 1820년에 사망했지. 헨리 경의 누이 캐서린 듀리 양은 1827년에 죽었고. 그 정도는 알고 있네. 그리고 지난 며칠간 훑어본 바에 따르면, 그들은 자네가 말한 대로 점잖고 조용한 사람들이었고, 부유하지는 않았어. 솔직히 말하면, 어느 귀족의 편지 때문에 난 우리가 오늘 밤에 열어볼 꾸러미를 찾아보게 되었다네. 어떤 서류를 찾든 그 귀족은 매켈러라는 사람이 밀봉한 문서에 있을지 모른다고 잭 엠브레어에게 편지를 보냈지. 엠브레어가 답장을 썼는데, 문제의 문서는 다 매켈러의 필체로 쓰여 있고, (그가 이해하기로는) 순전히 이야기로 되어 있으며, '1889년 이전에는 개봉할 수 없습니다'라고 한 거야. 그 말을 듣고 내가 어떤 생각을 했을지 자네는 상상할 수 있겠지. 나는 엠브레어의 보고를 샅샅이 뒤지기 시작했네. 그리고 결국 그 꾸러미를 찾아냈어. 자네가 와인을 충분히 마셨다면 당장 보여줄 생각이네."

집주인은 나를 흡연실로 데려갔고, 그곳에는 여러 봉인이 찍힌, 두꺼운 종이 한 장으로 둘러싼 꾸러미가 있었다. 종이 뒷면에는 이렇게 적혀 있었다.

작고한 듀리스디어 경과 그의 형으로서 밸런트레이 귀공자라고 흔히 불렸으며 문제를 일으켜 권리가 박탈된 제임스의 생애와 애석한 사망에 관련된 문서. 에든버러 론마켓의 변호사 존 엠브레어에게 서기 1789년 9월 20일에 위탁함. 이날로부터 꼬박 100년이 지날 때까지, 바꾸어 말하면 1889년 9월 20일까지 비밀로 할 것. 본 문서는 본인이 편찬하고 집필함.

에프라임 매켈러
근 40년간 듀리스디어 경의 장원을 관리한 토지관리인

톰슨 씨는 결혼한 사람이므로, 우리가 다음에 나오는 문서의 마지막 장을 내려놓았을 때 시계가 몇 시를 가리켰는지는 말하지 않겠다. 하지만 우리 사이에 오간 몇 마디 말은 덧붙인다.

"이 문서에 자네가 손을 대기만 하면 그대로 소설이 되겠어." 톰슨 씨가 말했다. "배경을 꾸며내고, 인물을 발전시키고, 문체를 개선하기만 하면 말이지."

"이보게, 나는 바로 그 세 가지에 절대로 손대지 않겠네." 내가 말했다. "이 문서는 지금 있는 그대로 출판되어야 해."

"하지만 너무 꾸밈이 없지 않나." 톰슨 씨가 반대 의견을 제시했다.

"꾸밈이 없는 것만큼 숭고한 것도 없다고 믿네." 내가 대답했다. "또한 그만큼 흥미로운 것도 없지. 나는 모든 문학이 꾸밈이 없고, 모든 작가가 (자네가 원한다면) 딱 한 명만 제외하고 꾸밈이 없으면 좋겠네."

"자, 글쎄." 톰슨 씨가 말했다. "두고 보세."

밸런트레이 귀공자의
방랑 시절에 일어난 사건 요약

세상은 이 기묘한 사건의 전모를 오랫동안 궁금해해왔고, 대중의 호기심은 물론 반길 일이다. 어쩌다보니 나는 이 가문의 마지막 시절과 그 내력에 긴밀히 얽매이게 되었고, 그 문제에 대해서 나만큼 명확하게 설명할 수 있거나 충실하게 서술하고 싶어 할 사람은 세상에 단 한 명도 존재하지 않는다. 나는 밸런트레이 귀공자를 잘 알았다. 그가 살아가는 동안 은밀하게 취했던 여러 조치에 관한 믿을 만한 기록이 내 수중에 있다. 나는 그의 마지막 항해에 동행하여 거의 단둘이 항해를 하기도 했다. 또한 수많은 이야기가 전해진 그 겨울 여행에 관해 회고록을 썼고, 그가 숨을 거둔 바로 그 자리에 있었다. 그리고 작고하신 듀리스디어 경에 대해 말하자면, 나는 20년 가까이 그분을 섬기고 사랑했으며, 그분에 대해 더 많이 알게 될수록 더욱더 존경하게 되었다. 전반적으로 볼 때, 나는 그 많은 증거가 사라지는 것이 온당치 않다고 생각한다.

진실이야말로 내가 작고하신 주인님에게 진 빚이고, 그 빚을 갚을 때라야 내 말년이 더 평탄하게 흘러가고 내 백발을 더 평온히 베개에 올려놓을 수 있으리라고 생각한다.

듀리스디어와 밸런트레이 지역•의 듀리스 가문은 데이비드 1세•• 시절부터 남서쪽 지역의 막강한 집안이었다. 시골에서 지금도 불리는 노래는, 그 유서 깊은 가문의 특징을 담고 있다.

> 듀리스디어 사람들은 성을 잘 내지
> 창을 너무 많이 들고 말을 달리네

이 가문의 이름은 또 다른 시에서도 언급된다. 그것은 시인, 어르셀둔의 토머스•••가 직접 쓴 시라고 일반적으로 알려져 있는데, 그게 사실인지는 잘 모르겠다. 어떤 사람들은 그 시를 여기서 서술하려는 사건에 적용했는데, 그것이 얼마나 공정한 일인지에 대해서는 감히 말할 수 없다.

● 듀리스디어와 밸런트레이는 스코틀랜드 남서쪽에 있는 실제 지명이다. 스티븐슨은 1876년 겨울에 도보 여행을 하던 중 밸런트레이에서 하룻밤을 묵은 적이 있다.

●● 1107년에 스코틀랜드 왕국을 형과 분할했다가 1124년에 유일한 지배자가 되었다.

●●● 13세기 스코틀랜드의 시인이자 예언가.

듀리스디어의 듀리스 두 명,
하나는 결혼하고, 하나는 말을 달리네
신랑에게는 불운한 날,
신부에게는 더 불운한 날

게다가 믿을 만한 역사서를 보면 이 가문이 이룬 위업들로 가득 차 있는데, (우리의 현대적인 시각에서 보면) 그리 높이 살 만한 위업은 아니다. 스코틀랜드의 위대한 가문들이 늘 그랬듯이 듀리스디어 가문도 자기 몫의 흥망성쇠를 온전히 겪어 왔다. 하지만 이런 것은 전부 넘어가기로 하고 기억할 만한 해, 이 비극의 초석이 깔린 1745년으로 가겠다.

당시에 솔웨이 해안가의 세인트 브라이즈 근처에 있는 듀리스디어 저택에는 네 명의 가족이 살고 있었다. 종교개혁 이후로 그 저택은 가문의 중요한 성채였다. 늙은 듀리스디어 경은 여덟 번째로 작위를 이어받은 분으로 실제 고령은 아니었으나 때 이른 노령의 장애를 겪었고 항상 굴뚝 밑 벽난로 옆에 앉아 있었다. 안감을 댄 가운을 입고 거기 앉아 책을 읽었고, 누구와도 좀처럼 말을 나누지 않았으며 빈정대는 말은 아예 입에 담지 않았다. 하지만 은퇴한 늙은 주택 관리인처럼 보이는 모습과는 달리 듀리스디어 경의 마음은 학식을 통해 매우 풍부해졌고, 겉으로 보기보다 더 노련하다는 평판이 시골 사람들 사이에 돌았다. 세례명이 제임스인 밸런트레이 귀공자는 아버지를 닮아 진지한 독서를 좋아했다. 어쩌면 부친의 요령도 물려받았을 텐데, 부친에게는 다만 방책에 불과했던 요령이 아들에게는 시커먼 위선이 되었다. 겉으로 드러난 그의 행동거지는 통속적이고 방종할 뿐이었다. 그는 밤늦게까지 술을 마셨고, 카드 게임은 더 늦게까지 했으며, "처녀들에게 유별난 남자"라는 평판이 시골에 돌았고, 소동이 일어나면 늘 제일 앞에 있곤 했다. 하지만 모든 일에 제일 먼저 끼어들면서도 늘 탈 없이 벗어난다고 사람들은 말하곤 했다. 대개 그와 함께 말썽을 일으킨 사람들만 대가를 지불한다는 것이었다. 이런 행운인지 수완 때문에 그에게 앙심을 품은 사람들이 몇 있었지만, 다른 시골 사람들 사이에서는 오히려 그의 평판이 높아졌고, 그가 조금 더 진지해지면 장래에 큰일을 해낼 거라는 기대가 생겼다. 그의 이름을 더럽힌 오점이 딱 하나 있긴 했지만, 당시 그 문제는 유야무야로 덮였다. 내가 그 지역에 가기 전에 그 문제는 유언비어로 몹시 훼손되어 있었기 때문에 그에 대해서는 글로 적고 싶지 않다. 사실이라면 그처럼 젊은 사람에게는 너무 끔찍한 일이고, 거짓이라면 끔찍한 중상이다. 그는 항상 자신이 누군가에게 앙심을 품으면 절대로 용서하지 않는다고 자랑삼아 떠벌렸고 그 말이 곧이곧대로 받아들여졌다는 것은 주목할 만하다. 그래서 그는 이웃들 사이에서 "뜻을 거스르면 고약하게 구는 사람"으로 알려져 있었다. 1745년에 채 스물넷이 안 된 젊은 귀족임에도 이미 시골에서 자신의 나이를 넘어 두각을 드러낸 것이다. 둘째 아들인 헨리 씨(내가 섬긴 고인 듀리스디어 경)에 대해서는 사람들이 들은 바가 거의 없다고 해도 그리 놀랍지 않다. 그분은 매우 나쁘지도 않고 유능하지도 않은, 그의 많은 이웃처럼 정직하고 착실한 사람이었다. 사람들이 들은 바가 거의 없다고 썼지만, 실은 사람들 입에 거의 오르내리지 않았다는 표현이 더 정확하다. 그는 내포에서 연어를 잡는 어부들에게는 잘 알려져 있었다. 그 취미 활동을 부지런히 해왔던 것이다. 게다가 병든 말을 치료하는 솜씨가 뛰어났고, 소년 시절부터 장원을 운영하는 데 큰 역할을 맡아왔다. 이 가문이 처한 상황에서 그것이 얼마나 어려운 일이었는지, 또한 거기서 얼마나 부당하게 독재자나 구두쇠라는 평판을 받기가 쉬운지 나만큼 잘 아는 사람도 없다. 집안의 네 번째 가족인 앨리슨 그레임 양은 가까운 친척이자 고아였고, 부친이 무역을 통해 구축한 상당한 재산을 상속받았다. 늙은 듀리스디어 경은 쪼들리는 상황 때문에 그 돈을 강력하게 요구했는데, 실은 집안의 토지가 심각하게 저당 잡혀 있는 상태였다. 앨리슨 양은 이에 따라 밸런트레이 귀공자의 아내가 되기로 예정되었고, 그녀 쪽에서는 꽤 즐거운 마음으로 동의했다. 귀공자 쪽에서 얼마나 호의적으로 받아들였는지는 다른 문제다. 앨리슨 양은 어여쁜 여자였고 당시에는 매우 활기차고 고집이 셌다. 듀리스디어 경에게는 딸이 없었고 안주인이 돌아가신 지 오래되었으므로, 앨리슨 양은 보살핌을 받지 못하고 혼자 알아서 성장했다.

찰리 공•이 헤브리디스제도에 상륙했다는 소식이 들려오

자 네 사람은 곧 논쟁을 벌였다. 늙은 듀리스디어 경은 벽난로에 붙어 지내는 사람답게 당장 결정을 내리지 말고 시간을 끌자고 주장했지만, 앨리슨 양은 반대 의견을 피력했다. 그것이 낭만적으로 보였기 때문이었다. 그리고 귀공자는(둘의 의견이 일치하지 않는 경우가 많다고 들은 바 있지만) 이번 한 번은 앨리슨 양의 의견에 찬성했다. 내가 보기에 귀공자는 그 모험에 마음이 끌렸는데, 기울어진 가세를 일으킬 수 있는 기회인 데다가 의심의 여지 없이 잔뜩 지고 있는 자신의 빚을 갚을 수 있으리라는 희망에도 솔깃한 눈치였다. 헨리 씨는 처음엔 별다른 말을 하지 않았지만 나중엔 자신의 본분을 다하려 했다. 사흘 내내 지속된 논쟁 끝에 이 가족은 중도 노선을 취하기로 합의했다. 아들 한 명은 제임스 왕을 위해 나가서 싸우고, 듀리스디어 경과 다른 아들은 조지 왕의 호의를 잃지 않도록 집에 남아 있기로 한 것이다. 의심할 바 없이 이 결정을 내린 것은 주인님이었고, 잘 알려져 있다시피 많은 유력한 가문도 같은 방침을 취했다. 하지만 한 가지 논쟁이 끝나자 다른 논쟁이 시작되었다. 주인님과 앨리슨 양, 헨리 씨는 집을

● 영국의 명예혁명으로 제임스 2세가 폐위된 후 그의 두 딸이 자손이 없이 죽게 되자 먼 친척인 독일 하노버 왕가의 조지가 1714년 왕위를 잇는다. 이에 저항하여 제임스 2세의 둘째 부인의 아들인 제임스 프랜시스 에드워드 스튜어트를 왕위에 추대하여 스튜어트 왕가를 이어가려는 봉기가 잇달았는데, 이를 '자코바이트 봉기'라고 한다. 찰리 공으로 불린 찰스 에드워드 스튜어트는 자신의 부친을 스코틀랜드의 국왕으로 추대하기 위해 1745년의 봉기를 주도했고, 여러 전투에서 승리했지만, 컬로든 전투에서 영국군에게 패하면서 실패로 돌아갔다.

떠나는 것이 아우의 몫이라고 주장한 반면, 귀공자는 워낙 가만히 못 있는 성격에 허영심이 더해져 집에 남는 것에 절대로 동의하지 않겠다고 버텼던 것이다. 주인님은 간청했고, 앨리슨 양은 눈물을 흘렸으며, 헨리 씨는 아주 분명하게 말했다. 아무리 그래도 소용이 없었다.

"국왕 옆에서 말을 달려야 할 사람은 듀리스디어의 직계 상속자입니다." 귀공자가 말했다.

"우리가 정말로 남자답게 활약하는 일이라면 그게 말이 되겠지요." 헨리 씨가 말했다. "하지만 우리가 지금 무슨 일을 하려는 겁니까? 카드 게임에서 속임수를 쓰는 셈이지요."

"우린 지금 듀리스디어 가문을 지키는 거란다, 헨리." 듀리스디어 경이 말했다.

"제임스 형, 생각해봐." 헨리 씨가 말했다. "만일 내가 출정하고 찰리 공이 승리한다면 형은 제임스 왕과 쉽게 화해할 수 있겠지. 그런데 형이 출정하고 원정이 실패한다면 우리는 권리와 작위를 나눠야 해. 그러면 나는 어떻게 되겠어?"

"네가 듀리스디어 경이 되는 거지." 귀공자가 말했다. "나는 내가 가진 모든 것을 걸겠어."

"나는 그런 게임은 하지 않겠어." 헨리 씨가 소리쳤다. "난 양식과 명예심이 있는 사람이라면 도저히 견딜 수 없는 처지에 놓이게 될 거야. 죽도 밥도 아닌 상태가 될 거라고." 그리고 얼마 지나지 않아 헨리 씨는 다른 표현을 사용해서 주장했는데, 어쩌면 의도했던 것보다 더 솔직하게 자신의 심정을 피력한 말이었다. “여기에 아버님과 함께 남는 것이 형의 의무야. 형이 아버님의 총아라는 것은 형도 잘 알잖아.”

“어허, 그래?” 귀공자가 말했다. “질투심의 발로로군! 발을 걸어서 나를 넘어뜨려볼래, 이 야곱아?” 이렇게 말하면서 심술궂게 야곱•이라는 이름을 곱씹었다.

헨리 씨는 아무 대답도 없이 넓은 홀의 야트막한 끝부분으로 가서 서성였다. 워낙 침묵을 지키는 데 재주가 있었다. 이내 그는 돌아왔다.

“난 아우니까, 내가 반드시 가야 해.” 그가 말했다. “그리고 여기 계신 아버님이 주인이시고, 내가 가야 한다고 말씀하셨어. 그것에 대해 형은 뭐라고 하겠어?”

“이렇게 말하겠어.” 귀공자가 말했다. “황소고집인 사람들이 부딪치게 되면 해결 방법은 두 가지뿐이지. 하나는 주먹다짐인데, 너나 나나 그렇게까지 하고 싶진 않겠지. 아니면 운에 따라 결정하는 거야. 여기 1기니짜리 금화가 있는데, 동전던지기로 결정하겠어?”

“흥하든 망하든 그에 따라 결정하겠어.” 헨리 씨가 말했다. “앞면이 나오면 내가 집을 떠나고, 뒷면이 나오면 집에 있겠어.”

동전이 던져졌다. 그리고 뒷면이 위로 향했다. “자, 야곱이 배워야 할 교훈이 나왔군.” 귀공자가 말했다.

• 〈창세기〉에 등장하는 인물로 쌍둥이 형 에서를 속여서 장자의 상속권을 빼앗는다.

"우리는 살아가면서 이 순간을 뼈저리게 후회할 거야." 헨리 씨는 이렇게 말하고는 홀을 뛰쳐나갔다.

앨리슨 양은 방금 자기 애인을 전쟁터로 내몬 금화를 집어서 큰 색유리 창문에 그려진 가문의 방패 무늬 문장 사이로 내던졌다.

"내가 당신을 사랑하는 만큼 당신이 나를 사랑한다면 당신은 집에 머물렀을 거예요." 앨리슨 양이 소리쳤다.

"내가 명예를 더 사랑하지 않았더라면 당신을 이처럼 사랑할 수 없었을 거요."• 귀공자는 노래를 부르듯이 말했다.

"정말 인정머리 없는 사람 같으니라고!" 앨리슨 양이 외쳤다. "당신이 죽어버렸으면 좋겠어!" 그녀는 눈물을 흘리며 방을 뛰쳐나가 자기 침실로 갔다.

귀공자는 더없이 우스꽝스러운 표정으로 주인님을 바라보고는 이렇게 말했다. "악마 같은 아내로 보이는군요."

"너야말로 악마 같은 아들이구나." 그의 부친이 소리쳤다. "말하기 부끄럽지만, 넌 늘 나의 총애를 받아왔지. 네가 태어난 이후로 나는 너로 인해 즐거운 시간을 보낸 적이 없었어. 전혀, 단 한 시간도 없었지." 그러고는 같은 말을 세 번째로 반복했다. 주인님을 그토록 심란하게 했던 것이 귀공자의 경박함이었는지 불복종이었는지, 아니면 총애하는 아들에 대한

• 훈작사 시인 리처드 러블리스(1618~1657)의 시 〈루카스타에게 바치는 노래, 전장에 나가며〉의 마지막 2행.

헨리 씨의 말이었는지 나는 알지 못한다. 하지만 마지막 이유였으리라는 생각이 든다. 그 순간부터 주인님이 헨리 씨의 환심을 사려 했다는 것은 어느 모로 봐도 분명했다.

귀공자는 전반적으로 가족들과 상당히 불화한 상태에서 북쪽으로 말을 달렸다. 너무 늦어 어쩔 도리가 없었을 때 그것은 다른 이들에게 더욱 슬픈 기억이 되었다. 귀공자는 겁을 주기도 하고 호의를 베풀기도 해서 간신히 소작인들의 아들 열두 명을 그러모았다. 그들은 상당히 호기롭게 출발했고, 노래를 부르고 함성을 지르며 옛 수도원 옆으로 난 언덕을 올랐다. 모자에는 하얀 표지를 달았다. 이렇게 소규모의 부대가 아무런 지원 없이 스코틀랜드 전역을 가로지르는 것은 필사적인 모험이었다. (사람들이 더욱 절망적으로 생각했던 이유는) 한심한 열두 명이 덜거덕거리며 언덕을 오르고 있을 때, 보트 한 척만으로도 그들을 진압했을 영국 해군의 거대한 함선이 큰 깃발을 펄럭이며 그 만에 정박했던 것이다. 귀공자가 출발한 지 꽤 시간이 지나고, 다음 날 오후 헨리 씨의 차례가 되었다. 그는 조지 왕의 정부에 자신의 칼을 바치고 부친의 편지를 전달하기 위해 혼자서 말을 타고 출발했다. 앨리슨 양은 자기 방에 틀어박혀서 두 사람이 떠날 때까지 울기만 할 뿐 거의 아무 일도 하지 않았다. 다만 하얀 표지를 귀공자의 모자에 꿰매주었는데, (존 폴의 말에 따르면) 그가 귀공자에게 가져다주었을 때 표지는 눈물에 젖어 있었다고 한다.

그 후로 헨리 씨와 듀리스디어 경은 자신들의 언약을 충실하게 지켰다. 두 분이 뭔가 특별한 업적을 세웠다는 말은 들어본 적이 없고, 국왕 쪽을 강력히 지지했다고 믿기도 어렵다. 하지만 두 분은 충성을 맹세한 편지를 간직했고, 최고 민사법원장과도 서신을 주고받았으며, 집에서 조용히 지냈고, 봉기가 지속되는 동안 귀공자와의 연락을 거의 끊었다. 귀공자 쪽에서도 연락을 해오지 않았다. 앨리슨 양은 귀공자에게는 속달 편지를 보냈지만, 답장을 얼마나 받았는지는 모르겠다. 한번은 매코노치가 앨리슨 양의 편지를 전하려고 말을 타고 가다 칼라일 앞에서 하일랜드 사람들을 목격했는데, 귀공자가 찰리 공의 총애를 받으며 바로 옆에서 말을 달리고 있었다고 한다. 매코노치의 말에 따르면, 귀공자는 앨리슨 양의 편지를 뜯어서 휘파람을 불듯 입술을 내밀고 쭉 훑더니 벨트에 끼워 넣었다. 말이 옆으로 움직이며 편지가 땅에 떨어져도 개의치 않았다. 매코노치는 이 편지를 주워서 아직도 간직하고 있는데, 나는 그 사람 손에서 편지를 본 적이 있다. 물론 듀리스디어에도 소식이 전해졌다. 시골 전역에 떠도는 소문이 내게는 늘 놀라웠다. 이 소식을 통해 가족들은 귀공자가 찰리 공의 총애를 받고 있고, 어떤 이유로 총애를 받게 되었는지도 알게 되었다. 그처럼 자만심이 강한 사람이 희한하게도 겸손하게 굴어서(다만 그는 자만심보다 야심이 더 강했으므로) 아일랜드 사람들에게 굽실거려 주목을 받게 되었다는 얘기였다. 귀공자는 토머스 설리번 경•이나 버크 대령, 그 밖의 사람들과 매일 어울렸고, 그렇게 함으로써 자신의 동족과는 관계를 끊었다. 그는 온갖 사소한 음모를 꾸미는 데 관여했고, 수많은 점에서 조지 경••의 계획을 좌절시켰으며, 찰리 공의 구미에 맞는 조언이라면 좋든 나쁘든 찬성했고, 전반적으로 (평생 도박꾼이었던 사람답게) 군사 작전이 성공할 확률이 얼마나 높은가보다는 운이 좋아 성공하면 자신이 얼마나 큰 총애를 받을 수 있을지에 관심을 기울였다. 다만 전쟁터에서는 아주 잘 싸웠고, 이 점은 누구도 의심하지 않았다. 귀공자는 겁쟁이가 아니었다.

그 이후에 컬로든에서 벌어진 전투에 관한 소식이 듀리스디어에 전해졌다. 소식을 전한 어느 소작인의 아들은 노래를 부르며 언덕을 오른 사람 중 자신만 살아남았다고 말했다. 불운하게도 바로 그날 아침에 존 폴과 매코노치가 그 모든 재앙의 근원이었던 금화 동전을 호랑가시나무의 가지들 사이에서 발견했다. 듀리스디어 하인들의 표현을 빌리자면 그들은 선술집으로 '나들이'를 갔고, 그 금화에서 거스름돈으로 남은 동전 몇 푼보다도 맨 정신이 남지 않은 채로 돌아왔다. 그러니 존 폴이 가족이 저녁을 먹고 있는 식당에 미친놈처럼 뛰어들어가 소리를 질러대지 않으면 달리 무엇을 하겠는가? "탬 맥몰랜드를 방금 문간에서 마주쳤는데, 아, 슬프게도 그

● 찰리 공과 함께 스코틀랜드 서부 해안에 상륙한 아일랜드인 중 한 명.

●● 조지 머리 경(1694~1760)은 자코바이트 봉기에 가담하여 찰리 공의 대장으로서 여러 승리를 이끌었으나 찰리 공과 의견이 불일치한 경우가 많았고, 그것이 결국 봉기의 실패로 이어졌다는 분석도 있다.

자 말고는 돌아온 사람이 하나도 없답니다."

가족은 그 소리를 듣고는 저주라도 받은 듯이 아무 말도 하지 않았다. 헨리 씨는 그저 손바닥을 얼굴에 댔고, 앨리슨 양은 곧장 고개를 숙여 얼굴을 양손에 파묻었다. 듀리스디어 경의 얼굴은 잿빛으로 창백해졌다.

"내겐 아직 아들 하나가 남아 있어." 듀리스디어 경이 말했다. "그리고 헨리야, 공정하게 말해서, 더 착한 아들이 남았지."

이런 순간에 할 말은 아니었지만, 듀리스디어 경은 헨리 씨의 말을 결코 잊지 못했고, 자신이 오랜 세월에 걸쳐 저질러 온 부당한 처사가 양심에 걸렸던 것이다. 그래도 이상한 말이기는 했고, 앨리슨 양은 이를 그냥 넘길 수 없었다. 그녀가 갑자기 입을 열더니 듀리스디어 경의 이상한 말을 비난했고, 형은 죽었는데 집에 안전하게 앉아 있다고 헨리 씨를 비난했으며, 또 떠나는 애인에게 가혹한 말을 퍼부은 스스로를 탓했다. 귀공자를 군계일학이라 부르고, 양손을 꽉 움켜쥐며 자신의 사랑을 맹세하고, 귀공자의 이름을 연거푸 불러대 하인들을 놀라게 했다.

헨리 씨는 벌떡 일어나 의자를 붙잡고 섰다. 이제는 그의 얼굴도 창백하게 질려 있었다.

"오!" 헨리 씨가 갑자기 말했다. "당신이 형을 사랑했다는 것은 잘 압니다!"

"그건 온 세상이 다 알아요. 하느님께 영광이 있기를!" 앨리슨 양이 소리치고는 헨리 씨에게 말했다. "오로지 나만 알고 있는 것이 한 가지 있죠. 당신이 마음속에서 그이를 배신했다는 것."

"하느님이 아십니다." 헨리 씨가 신음하듯이 말했다. "양쪽 다 사랑을 잃었다는 것을."

그 후로 집안에 별다른 변화 없이 시간이 흘렀다. 다만 이제는 가족이 네 명이 아니라 세 명이라는 사실이 귀공자의 죽음을 끊임없이 상기시켰다. 그 장원에 앨리슨 양의 돈이 꼭 필요했다는 사실을 명심해야 한다. 한 아들이 죽자 오래지 않아 듀리스디어 경은 앨리슨 양이 다른 아들과 결혼해야 한다고 마음을 정했다. 그래서 그는 낮이고 밤이고 굴뚝 옆에 앉아서 라틴어 책에 손가락을 낀 채 그녀를 설득했고, 늙은 신사에게 잘 어울리는 상냥하고 배려하는 표정으로 앨리슨 양을 바라보았다. 앨리슨 양이 눈물을 흘리면, 더 끔찍한 시절을 보아왔기에 슬픔마저 가볍게 여기게 된 연로한 노인답게 그녀를 위로했다. 앨리슨 양이 격분하면 다시 라틴어 책을 읽기 시작했지만 언제나 예의 바르게 핑계를 댔다. 앨리슨 양이 종종 그랬듯이 자기 돈을 그냥 선물로 주겠다고 제안하면, 그런 선물을 받는 것은 자신의 명예심에 걸맞지 않는 일이며, 자신이 동의한다 하더라도 헨리 씨는 분명 거절할 거라고 말했다. 듀리스디어 경은 "빗방울이 바위에 구멍을 뚫는 것은 힘이 강해서가 아니라 계속 떨어지기 때문이다"라는 말을 자주 인용하곤 했다. 의심할 바 없이 이렇게 조용히 시달리면서 앨리슨 양의 결심은 많이 약해졌다. 더욱이나 듀리스디어 경은 앨리슨 양의 양친을 대신하는 어른이었기에 그녀에게 큰 영향을 미칠 수밖에 없었다. 그 문제를 살펴보자면, 그녀 스스로도 듀리스 정신에 젖어 있었기에 듀리스디어 가문의 영광을 위해서라면 많은 것을 감수했을 테지만, 헨리 씨와의 결혼을 감수할 정도로 나아가지는 않았을 것이다. 우리 가여운 헨리 씨의 평판이 몹시 희한할 만큼 극도로 나빠진 상황만 아니었다면 말이다.

이런 상황을 만들어낸 것은 탬 맥몰랜드였다. 탬은 그 자체로는 그리 해롭지 않은 사람이었지만 심각한 결함이 있었는데, 너무 수다스럽다는 것이었다. 그리고 그 지역을 벗어나본 유일한 사람으로서(아니, 바깥세상에 나갔다가 돌아온 유일한 사람으로서) 탬의 이야기에 귀를 기울일 사람은 늘 있기 마련이었다. 내가 관찰한 바로는, 어떤 싸움에서든 지는 사람은 자신이 배신당했기 때문이라고 스스로를 설득하려 애쓴다. 탬의 설명에 따르면, 그 모반자들은 어디에서나, 그들이 모신 지휘관에게도 배신당했다. 그들은 더비에서 배신을 당했고, 폴커크에서도 배신당했으며, 야간 행군은 배신자 조지 경이 놓은 덫이었고, 컬로든 전투에서는 맥도널드가의 배신 때문에 패배했다. 이처럼 모든 것을 배신 탓으로 돌리는 습관이 점점 더 고질화되자 이 바보는 마침내 헨리 씨까지 끌어들여야 했다. (그의 주장에 따르면) 헨리 씨는 듀리스디어의 청년들을 배신했다. 헨리 씨는 원래 더 많은 사람을 데리고 뒤따르겠다고 약속하고는 그 대신 조지 왕에게 달려갔다. "그래, 바로 다음 날에 말이야!" 탬은 소리치곤 했다. "그 순수하고 잘 생긴 귀공자, 그리고 귀공자와 함께 떠난 순수하고 착한 젊은이들이 가파른 언덕을 넘기도 전에 벌써 출발한 거야! 그 유다가! 그래, 자, 그는 자기 뜻대로 성공을 추구한 거라고. 그가 내 주인님이 되겠지. 저 하일랜드 황야에는 차갑게 식어가는 많은 시체가 뒹굴고 있는데!" 술을 마시고 있다면 탬은 이때부터 울기 시작했다.

누구든 아주 오래 말하도록 내버려두면 그 말을 믿는 사람이 생기는 법이다. 헨리 씨의 처신에 대한 이런 생각이 시골에 조금씩 스며들었다. 반대의 사실을 알고 있는 사람들 사이에서도 얘깃거리가 없을 때 그 말이 화제로 올랐고, 무식하거나 악의적인 사람들은 그것을 듣고, 믿고, 복음서인 양 퍼뜨렸다. 사람들은 점점 헨리 씨를 피하기 시작했다. 얼마 더 지나자 평민들은 헨리 씨가 지나갈 때 쑥덕거리기 시작했고, (위험에 처할 일이 가장 적어서 늘 가장 대담하게 굴 수 있는) 여자들은 헨리 씨 면전에 대고 큰 소리로 비난을 퍼붓기 시작했다. 반면에 귀공자는 성인으로 치켜세워졌다. 귀공자가 소작인들을 독촉하는 데 관여한 일이 없었다고 사람들은 기억했는데, 실제로 귀공자는 돈을 쓰기 위해서가 아니면 재촉하는 일이 없었다. 귀공자가 조금 방종하긴 했을 거라고 사람들은 말했다. 하지만 오래지 않아 마음을 바로잡았을 꾸밈없고 방종한 젊은이가 소작인들을 괴롭히려고 장부에 코를 박고 있는 교활한 구두쇠보다 훨씬 낫지 않은가! 어느 방종한 여자는 귀공자의 애를 낳았고 어느 모로 봐도 지독하게 악용되었는데도 귀공자를 기리는 옹호자가 되었다. 그 여자가 하루는 헨리 씨에게 돌을 던지며 이렇게 소리 질렀다.

"당신을 믿은 그 잘생긴 청년은 대체 어디 있어?"

헨리 씨는 말의 고삐를 죄면서 여자를 바라보았다. 헨리 씨의 입술에서 피가 흘렀다. "아니, 제스?" 그가 말했다. "당신마저? 하지만 당신은 나를 더 잘 알 텐데!" 여자에게 돈을 대주며 도와준 사람이 헨리 씨였던 것이다.

여자는 돌을 또 던지려고 준비하는 것 같았고, 헨리 씨는 자기 몸을 가리려고 말 채찍을 잡고 있던 손을 들어 올렸다.

"뭐야, 여자를 패겠다고? 이 나쁜 ××야?" 그녀는 이렇게 소리치고는 헨리 씨가 자신을 때리기라도 한 듯 비명을 지르며 달아났다.

이튿날 시골에는 헨리 씨가 제시 브라운을 죽기 직전까지 때렸다는 소문이 산불처럼 번져나갔다. 나는 이 사건을 통해서 어떻게 눈덩이가 불어나는지, 한 가지 비방이 어떻게 다른 비방을 불러일으키는지를 예시하려 한다. 마침내 내 가엾은 후원자는 평판이 너무나 나빠져서 듀리스디어 경처럼 칩거하게 되었다. 이런 일이 일어나는 동안, 장담하건대 그는 집 안에서 불평 한마디도 입 밖에 내놓지 않았다. 추문의 근거 자체가 너무 쓰라린 일이라서 어떻게도 건드릴 수 없었다. 헨리 씨는 자존심이 워낙 강한 데다 희한하게도 완고하게 침묵을 지키는 성향이 있었다. 늙은 듀리스디어 경은 분명 그 사건에 대해 다른 사람이나 존 폴에게서 들었을 테고, 적어도 아들의 습관이 바뀐 것을 알아차렸을 것이다. 하지만 듀리스디어 경의 그 감정이 얼마나 격하게 고조되었는지는 몰랐을 수도 있다. 앨리슨 양에 대해 말하자면, 그녀는 언제나 소식에 깜깜한 사람이었고, 소식을 들었더라도 전혀 관심을 갖지 않았다.

이런 악감정이 한창 들끓고 있을 때(그 감정은 누구도 이유를 알 수 없이 생겨났듯이 누구도 모르게 잠잠해졌다) 듀리스디어 바로 옆으로 스위프트강 변에 있는 세인트 브라이즈 마을에서 선거가 있었다. 불만이 들끓고 있었는데, 어떤 불만이었는지 들었는지는 몰라도 기억이 나지 않는다. 그날 밤이 지나기 전에 머리통들이 깨지는 사태가 발생할 것이며 지역 판사가 덤프리스까지 병사들을 부르러 보냈다는 말이 돌고 있었다. 듀리스디어 경은 가문의 평판을 위해서 헨리 씨가 참석해 꼭 얼굴을 보여야 한다고 설득했다. "그러지 않으면 우리가 우리 고장에서 선두에 서지 않는다는 말이 곧 돌 거다."

"제가 앞장을 선다면 이상할 겁니다." 헨리 씨가 대답했다. 그리고 두 사람이 더 추궁하자 이렇게 대답했다. "솔직히 말씀드리지요. 저는 감히 제 얼굴을 보이기가 두렵습니다."

"그런 말을 한 사람은 이 가문에서 당신이 처음이에요!" 앨리슨 양이 소리쳤다.

"우리 셋이 다 같이 가자꾸나." 듀리스디어 경이 말했고, 정말로 신발을 신었다(4년 만에 처음 있는 일이라서 존 폴은 신발을 신기며 몹시 애를 먹었다). 앨리슨 양은 승마복을 입었고, 세 사람이 함께 세인트 브라이즈로 말을 달렸다.

거리는 시골 전역의 하층민들로 넘쳐났고, 그들은 헨리 씨를 보자마자 쉬쉬거리고 야유하기 시작했다. "유다!"라든가 "귀공자는 어디 계시냐!", "귀공자와 함께 말을 달린 가여운 청년들은 어디 있냐!"라고 소리를 질러댔다. 돌멩이도 날아왔는데, 연로하신 주인님과 앨리슨 양을 생각해서 그런 짓은 부끄럽게 여겨야 한다고 소리치는 사람들도 많았다. 결국 십 분도 걸리지 않아 듀리스디어 경은 헨리 씨의 말이 맞았다는 것을 깨달았다. 헨리 씨는 말 한마디 없이 말을 돌렸고 고개를 푹 떨군 채 집으로 돌아갔다. 앨리슨 양도 말 한마디 하지 않았지만, 속으로 많은 생각을 했을 것이다. 또한 그녀는 뼛속 깊이 듀리 가문의 일원이었으므로 틀림없이 자존심에 상처를 입었을 터다. 사촌이 그처럼 부당한 대우를 받는 것을 보고 마음이 아팠을 것이다. 그날 밤에 앨리슨 양은 한숨도 자지 못했다. 나는 이후에 마님을 종종 비난했지만, 그날 밤을 생각하면 그녀의 모든 것을 기꺼이 용서한다. 이튿날 아침이 되자 앨리슨 양은 제일 먼저 평소의 자리에 앉아 있는 연로한 주인님을 찾아갔다.

"헨리가 아직도 저를 원한다면, 이제 저와 결혼할 수 있어요." 그녀는 말했다. 헨리 씨에게는 다르게 말했다. "난 당신에게 사랑은 줄 수 없어요, 헨리. 하지만 하느님이 아시다시피 세상의 온갖 동정은 줄 수 있어요."

이들이 결혼한 날은 1748년 6월 1일이었다. 그해 12월에 나는 처음으로 이 큰 저택의 문 앞에 내렸고, 이때부터 내 눈 앞에서 벌어진 사건들의 역사를 법정에 선 증인처럼 기술할 것이다.

나는 12월 말의 몹시 건조하고 서리가 내린 추운 날에 여행의 막바지에 이르렀다. 그런데 내게 길을 안내한 사람이 누군가 했더니 다름 아닌 탬 맥몰랜드의 동생 페이티 맥몰랜드였다. 담황색 머리칼에 양말도 신지 않은 열 살짜리 악동치고 어찌나 악설을 입에 달고 사는지 나는 그 비슷한 얘기도 들어본 적이 없었다. 그 아이는 너무 이른 나이에 자기 형의 술잔을 들이켰던 것이다. 나 자신은 그리 나이가 많지 않았고, 아직은 자존심으로 호기심을 억누르지 않는 나이였다. 그 추운 아침에 그 지역을 지나면서 예전에 거기서 일어난 온갖 무력 충돌에 대한 이야기를 듣고 이상한 사건들이 벌어진 장소를 흘끗거리다보면 호기심이 동하지 않을 사람이 없을 것이다. 우리가 늪지를 지날 때는 클레이버하우스•에 관한 이야기를 들었고, 가파른 언덕의 꼭대기에 올랐을 때는 악마에 관한 이야기를 들었다. 수도원을 지날 때는 옛 수도사들에 대

• 클레이버하우스의 존 그레이엄은 제1대 던디 자작으로서 1677년부터 1679년까지 스코틀랜드 남서부에서 호전적인 장로파(커버넌터)에 반대하는 전투를 이끌었다.

한 얘기를 들었지만, 그보다는 폐허가 된 수도원을 무기고로 사용하고 있으며 그러기 위해 듀리스디어에서의 착탄거리 안에 상륙하는 '밀수꾼'들에 대한 얘기가 더 많았다. 그러고 나서 길을 따라가는 동안에는 듀리 가문과 가여운 헨리 씨에 대한 비방이 대부분이었다. 그래서 내가 섬길 가문에 대한 극심한 편견에 사로잡히게 되었으므로, 아름답고 아늑한 만을 바라보며 애비 언덕 기슭에 자리 잡은 듀리스디어 저택을 처음 보았을 땐 약간 놀랐다. 저택은 프랑스풍으로, 어쩌면 이탈리아풍으로(나는 이런 예술에 식견이 없어 모르겠다) 아주 널찍하게 세워져 있었고, 경내는 정원과 잔디밭, 관목 숲, 나무들로 아름답게 꾸며져 있었다. 그처럼 아름다운 저택은 본 적이 없었다. 여기에 수확 없이 쏟아부은 돈만으로도 가문을 다시 일으켜 세울 수 있었을 것이다. 그러나 보다시피 지금 상태를 유지하는 것만으로도 상당한 비용이 들었다.

헨리 씨가 나를 맞으러 직접 현관으로 나왔다. 헌칠하고 머리칼이 검은(듀리 가문의 남자는 모두 머리가 검었다) 젊은이였고, 평범한 얼굴은 쾌활해 보이지 않았으며, 몸은 튼튼했지만 건강은 그리 좋지 않았다. 그는 오만한 기색이 전혀 없이 내 손을 잡았고, 솔직하고 친절한 말로 나를 편안하게 해주었다. 부츠를 신고 있는데도 나를 실내로 데려가서 듀리스디어 경에게 소개했다. 아직 대낮의 햇살이 들어오고 있었고, 내 눈에 처음 들어온 것은 색유리 창의 방패 무늬 문장 가운데 끼워진 마름모꼴의 투명한 유리였다. 너무나 멋진 방에 옥에 티라고 생각했던 기억이 난다. 벽에는 가문의 초상화들이 걸렸고, 회반죽을 바른 천장에는 샹들리에가 매달렸으며, 벽난로의 굴뚝에는 조각이 되어 있었다. 벽난로 구석에 앉아서 듀리스디어 경은 리비우스•를 읽고 있었다. 헨리 씨와 비슷한 외모에 마찬가지로 이목구비가 평범했지만 더 섬세하고 유쾌해 보였고, 말을 꺼내면 훨씬 더 재미있었다. 그분이 바로 얼마 전에 내가 인문학 석사 학위를 받고 졸업한 에든버러 대학교와 여러 교수님들에 대해 질문을 많이 하셨던 기억이 난다. 교수님들과 그분들의 전문 분야를 잘 알고 계신 것 같았다. 그래서 내가 알고 있는 것들에 대해 이야기하다보니 나는 곧 나의 새로운 집에서 편안하게 말하게 되었다.

이러는 동안에 헨리 부인이 방에 들어왔다. 처음 보았을 때 부인은 캐서린 양의 출산을 육 주 정도 앞둔 만삭의 몸이었기에 나는 부인의 미모에 대해서는 대단하게 생각하지 않았다. 부인은 다른 사람들보다 훨씬 거들먹거리는 태도로 나를 대했기 때문에 내가 존중해야 할 대상에서 세 번째 자리를 차지하게 되었다.

오래지 않아 페이티 맥몰랜드의 이야기는 내 머릿속에서 완전히 지워졌다. 나는 듀리스디어 집안을 사랑하는 충실한 하인이 되었고 이후로도 늘 그러했다. 내가 가장 큰 애정을 품은 사람은 헨리 씨였다. 나는 그분과 함께 일했다. 헨리 씨

● 고대 로마의 역사가 티투스 리비우스.

는 까다로운 주인이었다. 일을 하지 않는 시간에는 친절하기 그지없었지만 집사의 사무실에서는 내게 일거리를 쌓아주면서 빈틈없이 감독하며 지켜보았다. 드디어 어느 날엔가 서류를 보다가 주저하듯이 눈을 들어 나를 올려다보면서 "매켈러 씨, 일을 아주 잘하신다고 말해야 할 것 같군요"라고 했다. 내가 헨리 씨에게서 받은 첫 칭찬이었고, 이날부터 내가 하는 일에 대한 빈틈없는 경계심이 느슨해졌다. 오래지 않아 온 가족이 여기저기에서 '매켈러 씨' 하며 사사건건 나를 불러들였다. 듀리스디어에서 많은 일을 해오면서 나는 그 일들을 내가 정한 시간에 내 마음에 들도록 처리했고, 누구도 이의를 제기하지 않았다. 헨리 씨가 나를 몰아붙이던 때에도 나는 그에게 마음이 쓰였다. 의심할 바 없이 어느 정도는 동정심 때문이었다. 그가 불행하다는 사실이 너무나 확연히 드러났던 것이다. 그는 장부를 펼쳐놓은 채 생각에 깊이 빠져들어 멍하니 서류를 보거나 창밖을 응시하곤 했다. 그럴 때면 그 표정과 새어 나오는 한숨 때문에 내 마음속에 강한 호기심과 연민의 감정이 일었다. 어느 날엔가 우리가 어떤 사무를 처리하느라 늦게까지 집사의 방에 있었던 기억이 난다. 이 방은 저택의 꼭대기 층에 있어서 드넓은 만과 숲이 우거진 작은 곶, 긴 모래사장을 훤히 내려다볼 수 있었다. 그런데 그때 막 가라앉고 있는 해를 등지고 밀수꾼들이 대규모 병력과 말들을 동원해서 해변을 샅샅이 뒤지고 있는 것이 눈에 들어왔다. 헨리 씨가 서쪽을 똑바로 응시하고 있었기에 나는 햇살에 눈이 부시지 않는지 궁금했다. 갑자기 그가 얼굴을 찌푸리고 이마를 손으로 문지르더니 몸을 돌려 나를 보며 미소를 지었다.

"내가 무슨 생각을 하고 있었는지 당신은 짐작도 할 수 없을 거요." 헨리 씨가 말했다. "난 저 무법한 일행에 들어가 죽음을 무릅쓰고 달릴 수 있다면 더 행복할 거라고 생각하고 있었소."

나는 헨리 씨가 활기 넘치는 삶을 영위하지 못하는 것 같다고 대답했고, 다른 사람들을 부러워하면서 어떤 획기적인 변화가 있다면 우리도 더 나아질 거라고 생각하는 일은 흔히들 하는 상상이라고 말했다. 대학을 갓 졸업한 젊은이답게 호라티우스를 간결하게 인용했다.

"아, 그렇지요." 헨리 씨가 말했다. "그러면 다시 우리의 회계장부로 돌아갑시다."

머지않아 나는 헨리 씨를 그토록 우울하게 만든 이유를 풍문으로 듣게 되었다. 사실 눈이 먼 사람이라도 이 저택에 그림자가, 밸런트레이 귀공자의 그림자가 드리워져 있음을 곧 알 수밖에 없었다. 죽었든 살았든(당시 사람들은 밸런트레이 귀공자가 죽었다고 여겼다) 그 사람은 동생의 경쟁자였다. 헨리 씨에 대해서는 좋은 말이 하나도 오가지 않고 오로지 밸런트레이 귀공자에 대한 애석함과 찬사만 들리는 집 밖에서도 그랬고, 부친과 아내, 하인들만 있는 집 안에서도 그랬다.

늙은 하인 두 명이 그것을 주도했다. 존 폴은 작은 체구에 대머리인 데다 근엄한 태도로 화를 잘 냈는데, 자칭 신앙심이 깊은 사람이었고 (그의 말을 곧이곧대로 받아들인다면) 아주 충실한 하인이었다. 그는 귀공자 당파를 주도한 인물이었고, 누구도 감히 존처럼 극단적으로 나서지 못했다. 존은 공공연히 헨리 씨를 무시하면서 즐거워했고, 종종 모욕적으로 비교하곤 했다. 물론 듀리스디어 경과 헨리 부인은 존을 꾸짖었지만, 마땅히 해야 할 만큼 단호하게 꾸짖지는 못했다. 존이 울상을 지으며 귀공자를 ('나의 도련님'이라고 부르면서) 애도하기 시작하면 모든 일이 흐지부지 넘어갔던 것이다. 헨리 씨는 이런 일들을 아무 말 없이 내버려두었는데 때로는 슬픈 표정이었고 때로는 성난 얼굴이었다. 죽은 자와 경쟁할 수 없다는 것을 헨리 씨는 잘 알고 있었다. 그리고 늙은 하인을 그릇된 충성심 때문에 책망한다는 것은 생각할 수 없는 일이었다. 그의 혀는 그런 일을 할 수 없었다.

또 다른 주도자는 매코노치였는데, 늙고 말이 거칠고 욕설을 입에 달고 고래고래 소리를 지르는 술주정뱅이였다. 두 하인이 각자 헨리 씨와 상반되는 사람을 옹호하면서 자신들의 결함에 먹칠을 하고, 주인님에게서 자신들의 미덕을 볼 때면 그것을 깎아내린 것은 인간 본성의 기묘하기 그지없는 부분이라고 나는 종종 생각했다. 매코노치는 얼마 지나지 않아 내 마음이 어느 쪽으로 기우는지를 눈치채고는 많은 것을 솔직하게 털어놓았다. 그는 귀공자를 두고 몇 시간씩이나 고함을 질러대서 내 일에 지장을 줄 정도였다. "여기 있는 사람들은 다 바보야." 그는 소리쳤다. "다들 저주나 받으라고 해! 귀공자라니! 그를 귀공자라고 부르는 놈들 목구멍엔 마귀가 씌어 있는 거야! 헨리 씨가 이제 주인이어야지! 정작 그 작자가 여기 있을 때는 누구도 좋아하지 않았어. 정말이야. 그 사람 이름을 걸고 절대 아니야! 그의 입에서 좋은 말이 튀어나온 적은 한 번도 없어. 나한테뿐만이 아니야. 늘 조롱하며 비웃고 말다툼만 해대고 불경한 욕설만 퍼부었다고! 악마가 잡아갈 놈이지! 그 작자가 얼마나 사악한지 누구도 몰랐지. 그가 신사라고! 매켈러 씨, 윌리 화이트라는 방직공에 대한 얘기를 들어봤나? 못 들어봤다고? 자, 윌리는 늘 기도를 올리는 이상한 작자인데 좀 딱한 녀석이었지. 나와는 정반대로 말이야. 나는 그 녀석 꼴도 보기 싫었어. 아무튼 그 녀석이 나름으로는 중요한 일꾼이었는데, 갑자기 귀공자의 몇 가지 소행에 대해 비난을 한 거야. 밸런트레이 귀공자라는 사람이 방직공 한 명과 싸움을 벌이다니 대단했지. 그렇지 않아?" 매코노치는 이렇게 비웃었다. 사실 그는 귀공자의 정식 호칭을 입에 올릴 때는 늘 증오심으로 낑낑거리는 소리를 냈다. "그런데 정말로 그랬다니까! 아주 기막힌 일이었지. 윌리의 집 문을 마구 두드리고, 굴뚝에다 '부우우' 하고 소리치고, 화로에다는 화약을 넣고, 창문에서 폭죽 같은 것을 터뜨리고. 결국에 윌리는 사탄이 자기를 찾아왔다고 생각했어. 그래, 결론으로 바로 가자면, 윌리는 미치고 말았지. 마지막에는 말이야, 사람들이 아무리 애를 써도 무릎 꿇고 있는 그를 일으켜 세울 수 없었어. 그 녀석은 그저 고함을 지르고, 기도하고, 끊임없이 울더군. 그러다가 죽고 말았어. 그건 바로 살인이라고 모두들 말했지. 존 폴한테 물어보게! 그 작자는 그 장난질이 부끄러워서 야단법석을 떨었거든. 그리스도교인이라고 하는 자가! 밸런트레이 귀공자가 참으로 대단한 일을 했지!" 나는 귀공자 자신은 그 일에 대해 어떻게 생각했는지 물어보았다. "그걸 내가 어떻게 알겠나?" 매코노치가 말했다. "아무 말도 안 하더군." 그러고는 또다시 평소처럼 욕하고 저주를 퍼부으며 가끔씩 '밸런트레이 귀공자'라고 콧소리를 내며 비웃었다. 이처럼 속마음을 털어놓았을 때 매코노치는 칼라일에서 주운 편지를 내게 보여줬는데, 편지에 찍힌 말발굽 자국이 아직도 남아 있었다. 실은 그때가 마지막으로 속내를 터놓은 때였다. 매코노치가 그러고 나서 헨리 부인에 대해 너무 악의적으로 말하는 바람에 나는 그를 매섭게 질책할 수밖에 없었고, 그 후로는 그를 멀리하며 지내야 했다.

듀리스디어 경은 헨리 씨에게 한결같이 친절하게 대했다. 심지어 사소한 방식으로 고마움을 표하기도 했고, 때론 그의 어깨를 가볍게 두드리며 마치 온 세상에 공표하듯이 "넌 내게 아주 좋은 아들이야"라고 말했다. 주인님은 양식이 있고 공정한 분이었으므로 틀림없이 아들을 고맙게 여겼을 것이다. 하지만 내가 보기에는 그것이 전부였고, 헨리 씨도 그렇게 느꼈으리라고 믿는다. 주인님의 사랑은 오로지 죽은 아들의 몫이었다. 주인님이 이런 심정을 입에 자주 올린 것은 아니었다. 사실 나는 딱 한 번 들었을 뿐이다. 듀리스디어 경이 어느 날 내게 헨리 씨와 어떻게 지내냐고 물어보기에 나는 솔직히 대답했다.

"그래." 듀리스디어 경은 타오르는 난롯불을 곁눈으로 보며 말했다. "헨리는 좋은 아이야. 아주 좋은 아이지. 그런데 매켈러 군, 내게 아들이 하나 더 있었다는 말을 들은 적 있나? 안타깝게도 그 아이는 헨리만큼 도덕적인 아이는 아니었어. 그런데 슬프게도 그 애는 이미 죽었다네, 매켈러 군. 그 애가 살아 있는 동안 우리는 모두 그 애를 무척 자랑스러워했지. 모두들 자랑스러워했다네. 그 애가 어떤 점에서는 마땅히 갖춰야 할 것을 갖추지 못했어도, 어쩌면 그래서 더 사랑했을지 몰라!" 이 말을 끝으로 듀리스디어 경은 생각에 잠겨 난롯불을 바라보았다. 그러다가 나를 보고는 아주 사무적인 어조로 말했다. "하지만 자네가 헨리와 아주 잘 지낸다니 기쁘네. 그 아이가 좋은 주인이라는 것을 알게 될 걸세." 그러면서 책을 펼쳤고, 그것은 그만 물러가라는 습관적인 신호였다. 하지만 듀리스디어 경의 눈에는 글자가 잘 들어오지 않았을 테고, 의미는 더더욱 이해할 수 없었을 것이다. 컬로든의 벌판과 귀공자에 대한 생각이 그의 마음을 짓눌렀을 것이다. 그런데 내 마음을 짓누르는 것은 헨리 씨로 인해 죽은 사람에게 느끼게 된 이상한 시기심이었는데, 그때에도 그 부담감이 점점 커지고 있었다.

나는 헨리 부인에 관한 이야기를 마지막까지 미루고 있는데, 그래서 내가 표현한 감정이 부당하게 강렬해 보일 수도 있다. 판단은 내 이야기가 다 끝난 다음에 독자가 스스로 할 수 있을 것이다. 하지만 먼저 다른 사건에 대해 언급해야겠다. 이 사건을 통해 나는 듀리스디어 가족의 속사정을 더 들여다볼 수 있었다. 듀리스디어에 온 지 여섯 달이 채 안 되었을 때 존 폴이 병에 걸려 드러눕게 되었다. 내 소견으로는 술이 병의 원인이었지만, 그는 고통받는 성인처럼 보살핌을 받았고 스스로도 그렇게 행세했다. 심지어 그를 보러 온 목사도 존 폴 덕분에 자신의 의식이 고양되었다고 말하며 떠났다. 존 폴이 병에 걸린 지 사흘째 되는 날 아침에 헨리 씨가 어딘가 겸연쩍은 표정으로 내게 왔다.

"매켈러." 그가 말했다. "작은 부탁 하나를 들어달라고 성가시게 굴어도 되겠소? 우리가 생활비를 지급해주는 사람이 있소. 원래는 존 폴이 갖다주었는데, 그가 지금 병이 들어버려서 당신이 아니면 누구에게 부탁해야 할지 모르겠소. 아주 미묘한 문제라서 내가 직접 전할 수 없는 몇 가지 이유가 있고, 매코노치는 워낙 수다쟁이라 보낼 엄두도 못 내겠고. 그리고 나는, 내가, 나는 이 일이 헨리 부인의 귀에 들어가지 않기를 바라고 있소." 헨리 씨는 이렇게 말하며 목까지 벌게졌다.

솔직히 말하자면, 제시 브라운이라는 여자, 행실이 좋지 못한 그 여자에게 돈을 갖다줘야 한다는 사실을 알게 되었을 때 나는 헨리 씨가 자신의 과실을 숨기는 줄 알았다. 하지만 진실이 드러났을 때 나는 더 감명받았다.

제시는 세인트 브라이즈의 좁고 구불구불한 골목에 살고

있었다. 대체로 밀수꾼 같은 사람들이 사는 불쾌한 곳이었다. 골목 입구에 머리가 찢어진 사람이 있었고, 골목길을 반쯤 올라가니 아직 아침 9시도 안 되었는데 술집에서 남자들이 소리를 지르며 노래하고 있었다. 전반적으로 이렇게 끔찍한 동네는 대도시인 에든버러에서도 본 적이 없었다. 나는 돌아가고 싶은 마음에 망설였다. 제시의 방은 주위 환경과 하나도 다르지 않았고, 그 여자 자체도 나은 점이 없었다. 꼼꼼한 헨리 씨는 영수증을 받아 오라고 당부했는데, 그녀는 내가 술을 사 와 자기에게 축배를 들기 전까지는 영수증을 주지 않으려 했다. 그동안 그녀는 내내 경박하고 저돌적으로 굴었는데, 숙녀의 매너를 흉내 내기도 하고, 갑자기 꼴사납게 낄낄거리기도 하고, 또 교태를 부리면서 내게 다가와 나를 바닥에 짓누르기도 했다. 돈에 관해서는 아주 비극적으로 말했다.

"그건 피 묻은 돈이야!" 그녀는 말했다. "난 그렇게 생각해. 배신당한 사람에게 주는 피 묻은 돈이라고! 내가 얼마나 형편없어졌는지 봐! 아, 그 잘생긴 사내가 다시 돌아온다면 완전히 달라질 텐데. 하지만 그이는 죽었어! 하일랜드 언덕에 죽은 채 누워 있다고! 그 잘생긴 사내, 그 잘생긴 사내가!"

그녀가 손깍지를 끼고 허공을 올려다보면서 홀린 듯이 그 잘생긴 사내를 불러댔기에 틀림없이 유랑 극단에서 연기를 배운 적이 있을 거라는 생각이 들었다. 그 여자의 슬픔이란 매우 가식적이었고, 그녀가 이제 자랑스럽게 여길 거라고는 그 남부끄러운 일밖에 없기 때문에 거기 매달리는 것 같았다.

내가 그녀를 동정하지 않은 것은 아니지만, 기껏해야 혐오감이 섞인 동정이었다. 나중에는 그녀의 태도가 싹 바뀌는 바람에 동정심마저 완전히 사라졌다. 그녀가 나를 청중 삼아 넋두리를 실컷 늘어놓고는 마침내 영수증에 자기 이름을 썼을 때였다. “자, 여기 있어!” 이렇게 말하더니 그녀는 여자에게 어울리지 않는 욕설을 퍼부으며 내게 꺼지라고 하고는 나를 보낸 유다에게 그것을 갖다주라고 했다. 나는 헨리 씨가 그런 이름으로 불리는 것을 처음 들었다. 게다가 갑자기 맹렬해진 그녀의 말과 태도에 깜짝 놀랐고, 빗발처럼 쏟아지는 저주를 들으며 매 맞은 개처럼 그 방을 빠져나왔다. 그래도 완전히 벗어난 것은 아니었다. 이 성질 더러운 여자가 창문을 활짝 열어 몸을 내밀고는 굽은 골목길을 걸어가는 나에게 계속해서 끔찍한 욕설을 퍼붓는 것이 아닌가. 술집 문 앞으로 나온 밀수꾼들이 함께 비웃어댔고, 그중 한 명이 잔인하게도 나를 공격하도록 작은 맹견을 자극하는 바람에 개에게 발목을 물리고 말았다. 이 사건에서 내가 얻은 교훈이 있다면, 불쾌한 무리는 반드시 피해야 한다는 것이다. 발목의 상처에서 비롯된 큰 통증을 견디면서, 또 상당히 분개한 마음으로 나는 말을 타고 돌아왔다.

헨리 씨는 집사 사무실에서 일에 몰두한 척하고 있었지만, 내가 갔던 일이 어떻게 되었는지 듣고 싶어 초조해한다는 것을 알 수 있었다.

“자?” 내가 들어오자마자 그가 말했다. 나는 무슨 일이 있었는지 약간 말하고는 제시가 무가치한 여자이며 또 전혀 감사해할 줄 모르는 것 같다고 말했다. "그래, 나도 그 여자와 친한 사이는 아니라네." 헨리 씨가 말했다. "그런데 매켈러, 솔직히 말해서 내게는 친구라고 내세울 만한 사람이 거의 없다네. 그런데 제시가 가당찮게 구는 이유가 있어. 시골 사람들이 다 아는 이야기를 굳이 숨길 필요가 없겠지. 우리 가족 중 한 사람이 그 여자에게 잘 대해주지 않았거든." 헨리 씨가 에둘러서라도 귀공자에 대해 언급한 것은 이번이 처음이었다. 그 정도로 말하면서도 혀가 말을 잘 듣지 않았을 것이다. 하지만 이내 그는 다시 입을 열었다. "이런 이유에서 조용하게 넘어가기를 바란 거였어. 헨리 부인에게 고통을 줄 테니까…… 아버님께도 그렇고." 그는 다시 얼굴을 붉히며 덧붙였다.

"헨리 씨." 내가 말했다. "솔직하게 한 말씀 드려도 된다면, 그 여자를 그냥 내버려두라고 하고 싶습니다. 헨리 씨의 돈이 그런 여자에게 무슨 소용이 있을까요? 늘 술에 절어 있고 절약할 줄도 모르는 사람이에요. 그리고 그 여자에게서 고맙다는 말을 듣는 것보다 현무암에서 우유를 짜는 것이 더 쉬울 겁니다. 헨리 씨께서 하사금을 중단하시더라도 아무런 차이도 없을 겁니다. 단 하나, 전달자의 발목을 안전하게 지킬 수 있겠군요."

헨리 씨는 미소를 짓다가 곧 적절히 차분하게 말했다. "당신의 발목 때문에 몹시 마음이 아프군."

"보세요." 내가 말을 이었다. "저는 심사숙고 끝에 이런 조언을 드리는 겁니다. 처음에는 그 여자에 대한 동정심이 일었어요."

"그래, 그렇다니까!" 헨리 씨가 말했다. "그리고 내가 알기로는 제시가 과거에 꽤 예의 바른 아가씨였다는 것을 잊지 말아야 하네. 그 밖에 내가 가족에 대한 말을 거의 하진 않지만 가족의 평판을 중요하게 생각하고 있다는 것도."

이 말로 그는 대화를 중단했다. 이 대화에서 우리는 처음으로 비밀을 공유하게 되었다. 하지만 바로 그날 오후에 듀리스디어 경이 이 일에 관해 더할 나위 없이 잘 알고 있고, 헨리 씨가 그 일을 비밀로 한 사람은 자기 아내뿐이라는 것을 알게 되었다.

"유감스럽게도 자네가 오늘 어려운 심부름을 했더군." 듀리스디어 경이 말했다. "자네의 임무가 아닌 일을 해주어서 고맙네. 더불어 (만약 헨리 씨가 잊어버리고 말을 안 했다면) 내 며느리에게는 아무 말도 들어가지 않는 편이 매우 바람직하다는 것을 상기시켜주고 싶네. 고인에 대한 생각이 두 배로 고통스러워질 테니 말일세, 매켈러 군."

가슴속에서 분노가 타올랐다. 나는 주인님이 헨리 부인의 가슴속에 죽은 자의 이미지를 북돋우는 것이 얼마나 불필요한 일인지, 또한 그 거짓 우상을 산산조각 내는 게 얼마나 나은 일이 될 것인지에 대해 듀리스디어 경의 면전에서 토로할 수도 있었다. 이때쯤 나는 내 후원자와 그 아내 사이에 무엇이 자리 잡고 있는지를 명확히 보았던 것이다.

내 펜은 소박한 이야기라면 아주 명료하게 적어갈 수 있다. 그러나 독자적으로 서술할 만한 큼직한 사건 하나 없이 무한히 이어지는 사소한 사건들이 미치는 영향을 묘사하고, 눈빛에 담긴 이야기를 풀어내고, 대수롭지 않은 대화를 나누는 목소리에 담긴 의미를 해석하고, 거의 1년 반에 걸쳐 일어난 일의 골자를 종이 반 장에 담으려면, 바로 이런 일을 해내려면 절망감이 든다. 모든 잘못은 (단도직입적으로 말하자면) 헨리 부인에게 있었다. 그녀는 결혼에 동의한 것이 자신의 공로라고 여겼고, 결혼을 마치 순교 행위처럼 받아들였다. 듀리스디어 경은 의도적이든 아니든 간에 그녀가 그런 생각을 하도록 부추겼다. 게다가 헨리 부인은 고인에 대한 변함없는 지조를 자신의 미덕으로 삼았다. 하지만 그 지조라는 것이 더 섬세한 양심을 가진 사람에게는 살아 있는 사람에 대한 배신으로 보였을 것이다. 하지만 이 점에 있어서도 듀리스디어 경은 헨리 부인을 은근히 지지했다. 주인님은 아들의 죽음에 대해 그녀와 이야기 나누기를 즐겼고, 그 사건을 헨리 씨와 곱씹는 것은 부끄러워했던 것 같다. 어떻든 분명한 것은 주인님이 세 명밖에 되지 않는 가족 안에 별도로 작은 파벌을 만들었다는 사실이고, 거기서 배제된 것은 헨리 씨였다. 듀리스디어가에 손님이 머물고 있을 때가 아니면 듀리스디어 경은 식사가 끝난 후 포도주 잔을 들고 벽난로 옆으로 갔고, 앨리슨 양은 다른 방으로 물러나는 대신 작은 의자를 듀리스디어 경의 무릎 옆에 놓고 앉아서 은밀히 재잘거리는 것이 오랜 습관인 모양이었다. 앨리슨 양이 헨리 부인이 되고 나서도 이런 행동 방식은 똑같이 지속되었다. 연로한 신사 양반이 며느리를 이토록 사랑스럽게 대하는 것을 보면 즐거워야 하는데, 헨리 씨를 편애하고 있던 나는 그가 배제되는 것에 분노 외에는 아무 감정도 느낄 수 없었다. 헨리 씨가 분명 마음을 굳게 먹고 식탁에서 일어나 아내와 듀리스디어 경에게 다가가서 이야기에 끼려고 시도하는 것을 나는 자주 보았다. 그들 편에서 보면, 아무런 거리낌 없이 헨리 씨를 반갑게 대했고, 방해하는 어린애에게 하듯이 그에게 미소를 지었으며, 자기들의 대화에 그를 받아들여주려고 애를 썼지만 그런 노력을 잘 숨기지 못했기에 결국 헨리 씨는 곧 식탁의 내 옆자리로 돌아왔고, 우리는 벽난로 옆에서 소곤거리는 (듀리스디어 저택의 홀은 대단히 넓었으므로) 작은 목소리를 들을 수밖에 없었다. 헨리 씨는 식탁에 앉아 그 모습을 지켜보곤 했고, 나도 그와 함께 바라보았다. 이따금 듀리스디어 경은 슬픔에 겨워 고개를 가로저었고, 때로 헨리 부인의 머리에 손을 올려놓았다. 헨리 부인은 위로하듯이 듀리스디어 경의 무릎에 손을 올려놓았고, 때로 두 사람은 눈물에 젖은 눈으로 서로를 바라보았다. 그런 광경을 보면서 우리는 두 사람의 대화가 그 해묵은 주제로 돌아갔으며 망자의 그림자가 홀을 뒤덮었다고 결론을 내리곤 했다.

나는 헨리 씨가 매사를 너무 진득하게 참으며 받아들였다고 비판할 때가 있다. 하지만 우리가 기억해야 할 것은 헨리 씨의 혼인이 동정심으로 성사되었으며, 그런 조건에서 아내를 받아들였다는 사실이다. 그리고 사실 헨리 씨는 그것에 맞설 만큼 격려를 받지 못했다. 한번은 헨리 씨가 스테인드글라스를 교체해줄 사람을 찾았다고 말했던 기억이 난다. 헨리 씨는 집안의 모든 일을 관리했으므로 분명 그의 직권에 속하는 일이었다. 그러나 귀공자를 사랑하는 사람들에게 그 유리창은 성스러운 유물이나 다름없었다. 유리창을 교체하겠다는 말이 처음 나왔을 때 헨리 부인은 얼굴이 시뻘겋게 달아올랐다.

"당신은 놀랍기 그지없군요!" 그녀는 소리쳤다.

"나도 나 자신이 놀랍기 그지없소." 헨리 씨는 내가 그때까지 들어보지 못한 신랄한 어조로 말했다.

그러자 듀리스디어 경이 끼어들어 부드러운 말로 중재했고, 식사가 끝날 때쯤에는 모든 것이 잊힌 것 같았다. 다만 정찬 후 듀리스디어 경과 헨리 부인이 평소처럼 벽난롯가로 물러났을 때, 헨리 부인이 듀리스디어 경의 무릎에 머리를 올려놓고 눈물을 흘리는 모습을 볼 수 있었다. 헨리 씨는 장원에 관한 어떤 주제로 나와 이야기를 이어갔는데(그는 일에 관련된 것 말고는 다른 이야기를 할 줄 몰랐고, 워낙에 재미있는 말동무는 아니었다) 그날은 이야기를 더 오래 끌면서 이따금 벽난로 쪽을 힐끔힐끔 보았다. 목소리의 음조가 바뀌었지만, 억제하려고 애쓰지도 않았다. 결국 유리창은 교체되지 않았고, 헨리 씨는 이를 큰 패배로 여겼을 것이다.

헨리 씨가 완강하게 버텼든 그렇지 않았든 간에 그가 매우 친절한 사람이었다는 것은 하느님이 알고 계신다. 헨리 부인은 생색을 내듯이 헨리 씨를 대했고, (내 아내가) 그런 태도로 내 허영심을 찔러댔다면 궤양이 생기고 말았을 것이다. 그러나 헨리 씨는 이를 아내가 베풀어주는 호의인 양 받아들였다. 헨리 부인은 늘 헨리 씨에게 거리를 두었고, 우리가 아이에게 그러듯이, 헨리 씨를 깜박 잊었다가 기억해내고는 누그러진 태도로 대했다. 냉랭한 친절로 헨리 씨를 억눌렀고, 남편의 수치스러운 일로 부끄럽다는 듯이 달라진 얼굴빛과 꽉 깨문 입술로 그를 책망했다. 방심할 때는 눈빛으로 남편에게 명령했고, 조심할 때는 너무나 당연한 배려를 들어보지도 못한 호의인 양 베풀어달라고 간청했다. 이런 모든 말에 헨리 씨는 지치지도 않고 끈기 있게 존중하며 대답했다. 사람들이 흔히 쓰는 말로, 그는 헨리 부인이 딛고 있는 땅도 사랑했고, 램프 불빛처럼 환히 빛나는 사랑을 눈에 담고 있었다. 캐서린 양이 태어날 때 그는 같은 방에 있어야 한다고, 침대 머리 뒤에 서 있겠다고 막무가내로 주장했다. 그는 (사람들의 말로는) 백지장처럼 하얗게 질린 얼굴로 앉아 있었는데, 이마에서 땀이 뚝뚝 떨어졌으며, 손에 들고 있던 손수건은 머스킷 총알보다도 작은 공처럼 구겨져 있었다. 그런데 그 후 여러 날 동안 캐서린 양의 모습을 보는 것도 견딜 수 없어 했다. 그래서 헨리 씨는 자연스러운 애정이 부족하다며 큰 비난을 받았는데, 그가 어린 딸에게 해야 할 도리를 다했는지는 잘 모르겠다.

듀리스디어 가족은 1749년 4월 7일까지 이런 상태였는데,

바로 그날이 많은 사람을 상심하게 하고 여러 목숨을 거두어 갈 연속적인 사건들의 시발점이었다.

그날 나는 저녁 식사 시간 직전에 내 방에 앉아 있었는데, 존 폴이 정중하게 방문을 두드리지도 않고 문을 벌컥 열었다. 그러고는 집사와 이야기를 나누고 싶어 하는 사람이 아래층에 와 있다고 말했고, 내 지위를 입에 올리며 조롱하듯 비웃었다.

나는 그가 어떤 부류의 사람인지, 이름이 무엇인지 물었고, 그러면서 존이 언짢아하는 이유를 알게 되었다. 이 방문객은 자기 이름을 나 이외의 다른 사람에게 밝히기를 거부했는데, 이것이 가령(家令)의 자부심에 쓰라린 모욕이 아닐 수 없었던 것이다.

"그럼 그가 무엇을 원하는지 알아보겠소." 내가 약간 미소를 띠며 말했다.

현관으로 나가보니 체구가 크고 수수하게 차려입은 남자가 있었다. 그는 방금 배에서 내린 사람처럼 항해용 망토를 걸치고 있었는데 실제로 그러했다. 매코노치는 그리 멀지 않은 곳에서 골똘히 생각하는 팔불출처럼 혀를 내밀고 손으로 턱을 괸 채 서 있었다. 망토로 얼굴을 가린 낯선 사람은 불안해 보였다. 내가 들어오는 것을 보자 야단스럽게 내게 다가왔다.

"이보시오." 그가 말했다. "갑작스레 방해해서 미안하기 짝이 없소. 하지만 내가 몹시 곤란한 처지라서 말이오. 그리고 저기 저 잔소리꾼은 모습만 봐도 알겠소. 아마 저 사람도 날 보고 알았겠지. 당신은 이 가문에 속하고 또 어느 정도 책임을 져야 하는 자리에 있으니(그래서 실례를 무릅쓰고 당신을 불러달라고 했소) 의심할 바 없이 정직한 사람이라고 믿어도 되겠소?"

"적어도 이것은 믿어도 됩니다." 내가 말했다. "정직한 사람은 누구나 듀리스디어에서 안전하다는 것."

"아, 나도 그렇게 생각했소!" 그가 말했다. "보시다시피 나는 방금 배에서 내렸는데 어떤 정직한 남자의 도움을 받았소. 이름은 기억나지 않지만, 아무튼 그가 날이 밝을 때까지 위험을 무릅쓰고 날 위해 육지에서 멀어졌다 가까워졌다 하며 항해를 계속할 거요. 솔직히 말하자면 나도 위험하진 않을지 약간 걱정스럽소. 내 목숨을 간신히 구한 적이 한두 번이 아니라서. 아, 뭐라고 했더라. 당신 이름이 기억나지 않는군. 매우 좋은 이름이었는데. 실로 나는 이 고생 끝에 목숨을 잃고 싶지 않소. 그리고 저 잔소리꾼은 내가 칼라일에 가기 전에 본 것 같은데……."

"괜찮습니다." 내가 말했다. "내일까지 매코노치는 믿으셔도 됩니다."

"아, 그렇게 말해주니 반갑소." 낯선 사람이 말했다. "실은 내 이름이 스코틀랜드의 이 지역에서는 입에 올리기에 그리 적합하지 않은 이름이라서 말이오. 당신 같은 신사에게는 물론 숨기지 않겠소. 당신이 양해해준다면 내 이름을 당신 귀에 대고 말해드리지. 사람들은 나를 프랜시스 버크, 프랜시스 버크 대령이라 부른다오. 그리고 나는 지독한 위험을 무릅쓰고 당신의 주인님을 뵈러 왔소이다. 내가 그분에게 내 이름을 알려드릴 수 있도록 당신이 양해해준다면 말이오. 그렇게 해줄 것인지 겉모습만 보고는 전혀 짐작하지 못하겠소. 고맙게도 당신이 그분들에게 내 이름을 전해준다면, 그분들이 읽어보고 매우 기뻐할 편지를 가져왔다고 말해도 좋소."

프랜시스 버크 대령은 찰리 공을 지지한 아일랜드인 중 한 명이었다. 이들은 찰리 공의 대의명분에 더할 수 없는 해를 입혔고, 그 반역이 일어나던 시기에 스코틀랜드 사람들은 그들을 몹시 혐오했다. 그 순간, 밸런트레이 귀공자가 아일랜드인들과 어울림으로써 사람들을 몹시 놀라게 했다는 기억이 떠올랐다. 동시에 어떤 진실에 대한 강렬한 예감이 내 영혼을 사로잡았다.

"이쪽으로 들어와 계시면." 나는 방문을 열며 말했다. "듀리스디어 경께 소식을 전하겠습니다."

"정말 좋은 분이구려. 성함이 뭐라고 하셨더라?" 대령이 말했다.

나는 천천히 넓은 홀로 올라갔다. 세 분 모두 거기 있었다. 듀리스디어 경은 자기 자리에 앉아 있었고, 헨리 부인은 창가에 앉아 바느질을 하고 있었으며, 헨리 씨는 (늘 그랬듯이) 나지막한 구석에서 서성거리고 있었다. 중앙에는 저녁 식사가 차려져 있었다. 나는 해야 할 말을 간략하게 했다. 듀리스디어 경은 의자 등받이에 몸을 기댔고, 헨리 부인은 자기도 모르게 벌떡 일어나서는 방을 가로질러 헨리 씨의 눈을 응시했다. 그때까지 보지 못한 이상하고도 도전적인 눈빛이었고, 서로를 응시하는 동안 그들의 얼굴에서 핏기가 사라졌다. 그러더니 헨리 씨가 나를 돌아보았고, 아무 말 없이 그저 손가락으로 신호를 보냈다. 이것으로 충분했다. 나는 대령을 데리러 다시 아래층으로 내려갔다.

우리가 돌아왔을 때 세 분은 내가 방을 나섰을 때와 거의 똑같은 자리에 있었다. 한마디 말도 오가지 않았을 것이다.

"듀리스디어 경이시겠지요?" 대령이 고개 숙여 인사하며 말했다. 듀리스디어 경도 답례로 고개를 숙였다.

"그리고 이분은 밸런트레이 귀공자시겠군요." 대령이 말했다.

"저는 그 명칭을 쓴 적이 없습니다." 헨리 씨가 말했다. "헨리 듀리입니다. 잘 부탁드립니다."

대령은 모자를 가슴에 얹고 헨리 부인을 향해 아주 우스꽝스럽고도 호탕한 몸짓으로 절했다. "이토록 멋진 숙녀는 착각할 리 없습니다. 제가 매력적인 앨리슨 양에게 인사를 드리는 것이겠지요? 말씀 많이 들었습니다." 대령이 말했다.

또다시 남편과 아내는 시선을 주고받았다.

"나는 헨리 듀리 부인이에요." 그녀가 말했다. "혼인 전 이름은 앨리슨 그레임이었고요."

그러자 듀리스디어 경이 말했다. "나는 노인이라네, 버크 대령. 쇠약한 노인네지. 자네가 신속하게 말해주면 고맙겠네.

자네는 소식을 가져온 건가…….” 듀리스디어 경은 주저했고, 특이하게 달라진 목소리로 말이 튀어나왔다. “내 아들의?”

“존경하는 듀리스디어 경, 군인답게 단도직입적으로 말씀드리겠습니다.” 대령이 말했다. “그렇습니다.”

듀리스디어 경은 떨리는 손을 내밀었다. 그 손짓으로 신호하는 것 같았는데, 자신에게 시간을 달라는 것인지 아니면 계속 말을 하라는 것인지 도무지 짐작할 수 없었다. 이윽고 듀리스디어 경은 한 단어를 겨우 입 밖에 냈다. “좋은?”

“아, 세상에서 가장 좋은 소식이지요!” 대령이 소리쳤다. “제 좋은 벗이자 존경하는 동무는 지금 멋진 도시 파리에 있습니다. 제가 알고 있는 벗의 습성을 생각해보면, 아마도 지금쯤 저녁 식사 앞에 앉아 있겠군요. 아니, 숙녀분께서 졸도하신 모양입니다.”

헨리 부인은 실로 죽은 사람처럼 핼쑥한 얼굴을 숙여 창유리에 대고 있었다. 하지만 헨리 씨가 그녀에게 달려가려는 듯이 보이자 몸서리치면서 몸을 곧추세웠다. “난 괜찮아요.” 그녀가 새파랗게 질린 입술로 말했다.

동작을 멈춘 헨리 씨의 얼굴이 분노로 씰룩거렸다. 다음 순간에 그는 대령을 바라보고 말했다. “듀리 부인에게 이런 영향을 미쳤다고 자책하실 필요는 없습니다. 자연스러운 반응이지요. 우리 모두 형제자매처럼 자랐거든요.”

헨리 부인이 남편을 보았을 때 그 눈빛에는 안도감, 심지어 고마움 같은 감정이 배어 있었다. 내가 생각하기에 헨리 씨의 그 말은 부인의 호감을 사게 된 첫걸음이었을 것이다.

"저를 용서해주십시오, 듀리 부인. 저는 고작 야만적인 아일랜드 사람이니까요." 대령이 말했다. "그리고 숙녀분에게 소식을 더 세련되게 말씀드리지 못한 죄로 총에 맞아도 싸지요. 하지만 저는 밸런트레이 귀공자의 친필 편지를 가져왔습니다. 세 분께 각각 보낸 편지입니다. 분명(제 친구의 재능을 제가 잘 알고 있으므로) 친구는 훨씬 세련되게 자신의 이야기를 들려드릴 겁니다."

그는 이렇게 말하며 편지 세 통을 꺼냈고, 겉에 적힌 수취인의 이름에 따라 정리하더니 첫 번째 편지를 듀리스디어 경에게 내밀었다. 듀리스디어 경은 편지를 덥석 낚아챘다. 대령은 두 번째 편지를 내밀며 헨리 부인에게 다가갔다.

하지만 부인은 손을 저으며 거절했다. "내 남편에게 드리세요." 그녀는 목이 메어 간신히 말했다.

대령은 눈치가 빠른 사람이었지만, 그런 반응에 대해서는 어쩔 줄 모르는 눈치였다. "그러지요!" 그가 말했다. "제가 너무 아둔하거든요! 그럼요!" 하지만 그는 편지를 여전히 들고 있었다.

결국 헨리 씨가 손을 내밀었고, 대령은 편지를 넘겨줄 수밖에 없었다. 헨리 씨는 두 통의 편지(아내의 것과 자신의 것)를 들고 고심하는 듯이 이마를 잔뜩 찌푸린 채 겉봉을 바라보았다. 그동안 헨리 씨의 훌륭한 처신을 보고 나는 줄곧 놀랐는데, 이제 그는 여느 때보다 더 탁월하게 처신했다.

"당신을 부축해서 방에 데려다주겠소." 그가 부인에게 말했다. "너무 급작스럽게 일어난 일이라서 말이지. 그리고 어떻든 당신은 혼자서 편지를 읽고 싶을 테니."

헨리 부인은 또다시 놀라운 듯이 남편을 바라보았다. 하지만 헨리 씨는 기다리지 않고 곧바로 부인에게 다가갔다. "정말이지, 그 편이 더 나을 거요." 그가 말했다. "그리고 버크 대령은 대단히 사려가 깊으시니 당신이 자리를 뜨더라도 양해하실 거요." 그렇게 말하며 헨리 씨는 아내의 손을 잡아 홀 밖으로 데려갔다.

헨리 부인은 그날 밤에 더는 얼굴을 보이지 않았다. 그리고 다음 날 아침에 헨리 씨가 찾아갔을 때, 내가 오랜 세월 후에 들은 바로는, 그녀는 아직 뜯지 않은 편지를 헨리 씨에게 돌려주었다고 한다.

"아, 읽어보고 끝내도록 해요!" 그가 외쳤다.

"그러지 않게 해줘요." 그녀가 말했다.

이 두 문장으로, 내가 생각하기에 그들은 앞서 잘해왔던 것의 많은 부분을 무효로 만들었다. 하지만 그 편지는 실로 내 수중에 들어왔고, 나는 그것을 뜯지 않은 채 불태워버렸다.

컬로든 전투 이후에 귀공자가 어떤 일을 겪었는지 정확히 알기 위해서 나는 얼마 전에 버크 대령에게 편지를 썼다. 버크 대령은 세인트루이스 훈장을 받은 훈작사가 되어 있었다. 나는 그에게 너무 오랜 세월이 흐른 터라 내 기억을 거의 믿을 수 없으므로 메모 몇 장을 써 보내달라고 간청했다. 솔직히 말하자면 나는 그의 답장을 받고 꽤 당혹스러웠다. 그가 자기 인생의 회고록 전체를 보냈던 것이다. 회고록에는 귀공자에 관한 언급이 군데군데 있었는데, 내가 쓴 이야기 전체보다도 훨씬 더 길었으며, 전체적으로 (내가 보기에는) 덕성의 함양을 위해 쓴 글은 아니었다. 에텐하임•에서 보낸 편지에서 그는 내가 원하는 대로 회고록을 이용한 다음에 전체를 출판해줄 출판사를 찾아달라고 간청했다. 그래서 나는 회고록의 어느 부분을 전부 싣는다면 내 목적에도 잘 맞고 또 그의 소망을 충족시켜줄 수 있으리라 생각한다. 이런 식으로 해서 내 독자들은 어떤 본질적인 문제에 대한 상세하고, 내가 생각하기로는 매우 진실한 설명을 들을 수 있을 것이다. 그리고 훈작사의 서사 방식을 마음에 들어 하는 출판인이 있다면, 그가 사용할 수 있게끔 풍부히 남아 있는 나머지 회고록을 어디서 구할 수 있을지 잘 알 것이다. 나는 여기에 첫 번째 발췌 부분을 넣을 텐데, 이 부분으로 그날 듀리스디어 저택에서 포도주를 기울이며 훈작사가 들려준 이야기를 대신할 생각이다. 하지만 그가 듀리스디어 경에게 들려준 이야기는 적나라한 사실이 아니라, 잘 꾸며진 이야기였으리라고 독자는 가정해야 한다.

• 독일 바덴뷔르템베르크주의 도시.

밸런트레이 귀공자의 방랑
—버크 훈작사의 회고록에서

……나는 리번•을 떠났을 때 (두말할 필요도 없지만) 그곳에 도착했을 때보다 훨씬 만족스러운 기분이었다. 그런데 황무지에서 길을 잃어서인지, 아니면 내 동료들이 나를 저버린 것인지 오래지 않아 나 홀로 남게 되었다. 매우 불쾌하고 곤란한 상황이었다. 나는 이 끔찍한 나라와 야만적인 사람들을 잘 알지 못했고, 찰리 공의 퇴각으로 마지막 충격이 가해졌기에 우리 아일랜드 사람들에 대한 평판이 전보다 더 나빠졌던 것이다. 내가 이 한심한 처지에 대해 생각하고 있을 때 갑자기 언덕 위에 있는 말을 탄 사람이 눈에 들어왔다. 처음에는 유령인 줄 알았다. 컬로든 전투의 최전선에서 그가 죽었다는 소문이 군대 전체에 퍼져 있었기 때문이다. 그는 듀리스디어 경

• 컬로든 전투 이전에 찰리 공의 군대가 함락시킨 요새로, 나중에 패배한 군대가 최종적으로 뿔뿔이 흩어지기 전에 이곳에서 집결했다.

의 아들인 밸런트레이 귀공자인데, 보기 드문 용맹성과 재능을 갖춘 젊은 귀족이고, 또한 궁정을 장식하고 전쟁터에서 승리의 월계관을 쓰도록 자연이 만들어낸 인물이었다. 그 만남은 우리 두 사람에게 더욱 반가운 일이었다. 그는 아일랜드 사람들을 배려하며 이용한 극소수의 스코틀랜드 사람 중 한 명이었고, 또한 내가 탈출하는 데 큰 도움을 줄 수 있었기 때문이었다. 하지만 우리의 각별한 우정은 어떤 사건 덕분에 공고해졌는데, 그 자체로 아서왕의 전설만큼이나 낭만적인 사건이었다.

우리가 도주하기 시작한 지 이틀째 되던 날이었다. 전날 밤은 비를 맞으며 산비탈에서 잠을 청했다. 우연히 같은 길로 지나가던 애핀• 출신의 남자가 있었다. 앨런 블랙 스튜어트라는(아니면 그 비슷한 이름••이었는데, 훗날 나는 그를 프랑스에서 만난 적이 있다) 이 남자는 내 벗을 시기했다. 매우 무례한 말이 오가더니 스튜어트가 귀공자에게 말에서 내려 결판을 내자고 도전했다.

"아니, 스튜어트 씨." 귀공자가 말했다. "지금은 경주를 하는 편이 더 좋겠소." 이렇게 말하며 그는 말에 박차를 가했다.

스튜어트는 유치하게도 우리를 쫓아 1킬로미터 넘게 달렸

• 하일랜드 서부의 마을.

•• 매켈러 씨의 주: 이자는 후에 애핀 살인범으로 악명을 날린 앨런 브레크 스튜어트가 아닐까? 대령은 가끔 이름을 잘 기억하지 못하곤 한다(원주).

다. 나는 마침내 돌아보았고, 언덕 위에서 손을 옆구리에 댄 채 심장이 터질 듯이 헉헉거리는 그의 모습에 웃지 않을 수 없었다.

"그래도 말이지." 내가 동행자에게 말했다. "나라면 아무리 정당한 목적이 있더라도 나를 따라 뛰어오게 하고는 원하는 바를 들어주지 않는 일은 하지 않을 걸세. 재미있는 장난이기는 하지만 약간 비겁한 데가 있거든."

그는 나를 보며 눈살을 찌푸리고 말했다. "난 지금 스코틀랜드에서 가장 평판이 나쁜 사람을 떠맡아서 아주 잘하고 있네. 그러면 용기는 충분한 것 아닌가."

"거참!" 내가 말했다. "나보다 평판이 더 나쁜 사람이 바로 내 코앞에 있네! 그리고 나와 동행하기 싫으면, 다른 사람을 '떠맡으면' 되겠지!"

"버크 대령." 그가 말했다. "말다툼은 그만두기로 하세. 그런 취지에서 말하는데, 나는 세상에서 가장 참을성이 없는 사람이네."

"나도 자네 못지않게 참을성이 없네." 내가 말했다. "그걸 누가 알든 모르든 개의치 않아."

"이래가지고는 우리가 멀리 못 가겠군." 그가 말의 고삐를 당기며 말했다. "당장 두 가지 중 하나를 선택하는 것이 어떻겠나. 싸워서 끝장을 보든지, 아니면 서로 협력해서 매사를 견디기로 확실한 계약을 맺든지."

"형제처럼 말인가?" 내가 말했다.

"그런 어리석은 말은 하지 않았네." 그가 대답했다. "내게 남동생이 하나 있지만, 난 그 애를 양배추만큼도 생각하지 않거든. 하지만 우리가 이렇게 도주하면서 계속 얼굴을 부딪쳐야 하는 사이라면, 각자 과감하게 야만인처럼 행동해보자고. 그리고 서로 맹세하는 거야. 상대방에게 화를 내지 않고, 상대방을 비난하지 않겠다고. 나는 본바탕이 꽤나 나쁜 인간이고, 도덕적인 척하는 것은 아주 짜증스럽거든."

"하, 나도 자네 못지않게 나쁜 인간이야!" 내가 말했다. "프랜시스 버크에게는 가식이 하나도 없거든. 그런데 어느 쪽으로 하겠나? 싸울 텐가 아니면 화해할 텐가?"

"하." 그가 말했다. "동전 던지기로 결정하는 것이 제일 좋겠네."

이 제안은 기사들의 모험담에 나오는 것처럼 들려서 솔깃할 수밖에 없었다. 그래서 오늘날의 좋은 집안 태생의 신사들에게는 이상하게 보일지 몰라도, 우리는(옛날의 의협적인 전사들처럼) 서로의 목을 벨 것인지 친구가 되기로 맹세할 것인지를 결정하기 위해 반 크라운짜리 동전을 던졌다. 이보다 더 낭만적인 일은 일어나기 힘들 것이다. 그리고 내 회고록에서 이는 호메로스와 다른 시인들의 옛이야기가 지금도(적어도 귀족과 상류층에게는) 여전히 진실하다는 것을 알려주는 중요한 사건 중 하나다. 동전이 평화를 나타내는 쪽으로 떨어졌기에 우리는 악수하고 합의를 보았다. 그리고 나서 내 동무는 자신이 어떤 생각으로 스튜어트 씨에게서 도망쳤는지 설명해주었는데, 그의 정치적 지력에 걸맞은 설명이었다. 자신이 죽었다는 소문이 자신에게는 큰 방어막이 된다고 그는 말했다. 그를 알아보았으므로 스튜어트 씨는 위험 요인이었다. 그래서 그 신사를 침묵하게 만들 가장 빠른 길을 선택했다는 것이었다. "왜냐하면 말이지." 그가 말했다. "앨런 블랙은 허영심이 너무 강한 남자라서 자신에 대한 창피한 이야기를 할 수 없거든."

오후가 될 무렵에 우리는 줄곧 목적지로 삼고 왔던 호수에 이르러 기슭으로 내려갔다. 거기에는 바로 얼마 전에 닻을 내린 배 한 척이 있었다. 해버 디 그레이스• 항구에서 출항한 이 배의 이름은 '생트 마리 데 앙주'였다. 우리가 그 배에 신호를 보낸 후 귀공자는 내게 선장을 알고 있냐고 물었다. 나는 선장이 나와 같은 나라 사람이며 오점 하나 없이 성실하지만 유감스럽게도 좀 소심하다고 말했다.

"상관없네." 그가 말했다. "그렇더라도 분명 진실은 알아야지."

나는 그 말이 전투를 암시하는 것인지 물었다. 선장이 군기가 땅에 떨어졌다는 사실을 안다면 당장 출항할 것이 분명했기 때문이다.

"설령 그렇더라도!" 그가 말했다. "이제 무기는 아무 소용도 없네."

"이보게." 내가 말했다. "누가 지금 무기를 생각하겠나? 하

• 미국 메릴랜드주 하퍼드 카운티에 있는 도시.

지만 우리는, 분명 우리 친구들을 기억해야 하네. 그들은 우리 뒤를 바짝 따라오고 있을 걸세. 찰리 공도 있을지 몰라. 그런데 배가 가버리고 없으면, 수많은 귀중한 목숨이 위험에 빠질 거야."

"그렇게 따지자면, 선장하고 승무원들의 목숨도 소중해." 밸런트레이가 말했다.

이 대답은 말꼬리를 잡는 것일 뿐이라고, 나는 선장에게 그 소식을 전하는 데 동의하지 않는다고 분명히 말했다. 그러자 밸런트레이는 재치 있게 대답했는데, 이 대답 때문에(또한 생트 마리 데 앙주와 관련된 일에서 나는 늘 나 자신을 탓해왔기에) 전체 대화를 기록하겠다.

"프랭크." 그가 말했다. "우리 합의를 기억하게. 자네가 입을 다문다면 나는 그것에 반대하면 안 되지. 그럼으로써 자네가 입을 다물도록 권장하는 것도 되겠지. 하지만 동일한 합의에 따라서 내가 말하더라도 자네는 분개하면 안 돼."

이 말에 나는 웃지 않을 수 없었지만, 그래도 그럴 경우에 어떤 일이 일어날 수 있을지 경고했다.

"난처한 일이 생길지 모르지만 난 개의치 않아." 무모한 친구가 말했다. "나는 늘 하고 싶은 대로 해왔거든."

잘 알려져 있듯이 내 예상은 적중했다. 선장은 패전 소식을 듣자마자 닻줄을 끊고 다시 출항했고, 아침이 밝기 전에 우리는 민치 해협에 들어섰다.

배는 매우 낡았고, 선장은 더없이 정직한 사람이었지만(또한 아일랜드 사람이었지만) 전혀 유능하지 못했다. 거친 바람이 몰아닥치자 바다가 맹렬하게 요동쳤다. 그날 내내 우리는 먹거나 마시고 싶은 마음이 전혀 들지 않았고, 약간 걱정스러운 마음으로 일찍 잠을 청했다. 그날 밤에 (우리에게 교훈을 주려는 듯이) 바람의 방향이 갑자기 북동쪽으로 바뀌더니 허리케인이 몰아쳤다. 우리는 폭풍을 동반한 무시무시한 천둥소리와 선원들이 갑판에서 쿵쿵거리는 발소리에 깨어났다. 나는 이제 마지막 순간이 다가왔다고 믿었고, 내가 기도하는 모습을 보며 조롱한 밸런트레이 때문에 마음속의 공포가 걷잡을 수 없이 커졌다. 이런 시간에 신심이 있는 사람들의 진면모가 드러나고, 우리는 (아기였을 때 배웠던바) 세속의 벗들에 대한 작은 믿음을 찾을 수 있다. 내가 이것을 각별히 언급하지 않고 그냥 넘어간다면 내 신앙심에 부끄러운 일이 될 것이다. 사흘간 우리는 어두운 선실에 누워 있었고, 먹을 것이라고는 비스킷뿐이었다. 나흘째 되는 날에는 바람이 멎었지만, 배는 돛대도 없이 넘실거리는 큰 파도를 타고 있었다. 선장은 배가 어느 방향으로 휩쓸려 갔는지 아예 짐작도 하지 못했다. 그는 자신의 직업에 대해 깜깜무식이었고, 아무것도 못하면서 오로지 성모 마리아에게 가호를 빌었다. 물론 아주 좋은 일이기는 하지만, 선원의 자질은 그게 전부가 아니니. 우리의 유일한 희망은 다른 선박에 구조되는 것이었는데, 혹시 그것이 영국 선박이라면 밸런트레이와 내게는 큰 축복이 아니었을 것이다.

닷새째와 엿새째 날에도 우리는 속수무책으로 떠다녔다.

이레째 되는 날에는 배에 돛을 세웠으나, 아무래도 배를 통제하기 어려워서 항로에서 벗어난 배의 방향을 바로잡는 것 외에는 아무것도 하지 못했다. 사실 그동안 우리는 남쪽과 서쪽으로 표류해왔는데, 폭풍이 몰아쳤을 때 어마어마한 힘이 배를 그쪽으로 밀어냈음이 틀림없었다. 아흐레째 되는 날에는 새벽이 되어도 춥고 어두컴컴했는데, 큰 파도가 밀려왔고 악천후의 조짐이 도처에 팽배했다. 이런 상황에서 수평선에 작은 선박이 보이자 우리는 기뻐서 어쩔 줄 몰랐다. 그 배는 방향을 돌려 생트마리를 향했다. 하지만 우리의 기쁨은 그리 오래가지 못했다. 배가 멈춰서 보트 한 척을 물에 내리자마자 난폭한 녀석들이 보트를 가득 메웠고, 노래를 부르고 고함을 지르면서 노를 저어 우리에게 다가왔다. 그러고는 번뜩이는 단검을 들고 우리 갑판에 떼 지어 올라와서는 큰 소리로 욕설을 퍼부었다. 그들의 우두머리는 소름 끼치는 악당이었다. 얼굴은 거무스레했고 수염은 작은 고리처럼 동글게 말려 있었다. 이 악명 높은 해적의 이름은 티치•였다. 그는 갑판 위를 쾅쾅거리며 돌아다녔고, 자기 이름은 사탄이며 자기 배의 이름은 지옥이라는 둥 악을 쓰고 소리를 질렀다. 그에게는 사악한 어린애나 얼빠진 인간 같은 면도 있었는데, 그래서 나는 이루 말할 수 없이 겁을 먹었다. 나는 일찌감치 자원하고 나

• 스티븐슨은 흔히 '검은 수염'으로 알려진 해적 에드워드 티치(혹은 에드워드 새치)를 모델로 삼아 이 인물을 그려냈다.

서야겠다고 밸런트레이의 귀에다 속삭였고, 제발 일손이 부족하기를 하느님께 기도했다. 밸런트레이는 고개를 끄덕이며 동의했다.

"하!" 내가 티치 씨에게 말했다. "당신이 사탄이라면, 여기 당신을 위한 악당이 하나 있소."

이 말에 그는 기분이 좋아진 듯했다. 그리고(이런 충격적인 사건을 자세히 묘사하지 않기 위해 간단히 말하자면) 나와 밸런트레이, 그리고 두 명의 선원을 신참자로 선발하고는, 선장과 나머지 선원들은 뱃전 밖으로 걸친 판자 위를 걷게 해서 바다에 빠뜨려버렸다. 이런 처벌을 목격하는 것이 처음이라서 그 광경에 심장이 멎어버릴 것 같았다. 티치 씨인지 그의 시종인지가(정신이 너무 혼미했기에 정확히 기억할 수 없다) 하얗게 질린 내 얼굴에 대해 몹시 위협적인 투로 뭐라 말했다. 나는 온 힘을 모아 지그 스텝 한두 가지를 밟았고 음담패설 몇 개를 외쳐서 위기를 모면할 수 있었다. 하지만 그 악랄한 인간들과 함께 소형 보트에 타려고 내려갈 때 다리가 흐르는 물처럼 후들후들 떨렸다. 한편으로는 주위 인간들에 대한 공포와 한편으로는 무시무시한 파도에 대한 두려움 때문에 내가 할 수 있는 일이라고는 배에 올라갈 때 아일랜드어로 농담 한두 가지를 던진 것이 고작이었다. 하느님의 축복으로 말미암아 해적선에는 바이올린이 하나 있었다. 나는 그것을 보자마자 껴안았고, 바이올린을 켜는 재주 덕분에 천만다행으로 그들의 눈에 들게 되었다. 그들은 내게 깽깽이꾼이라는 별명을 붙였지만, 나는 내 살갗이 온전하게 남아 있는 한 그들이 뭐라고 부르든 신경 쓰지 않았다.

그 선박이 얼마나 아수라장이었는지는 도저히 묘사할 수 없다. 미치광이가 지휘하고 있었으므로 떠다니는 아수라장이라 해도 과언이 아닐 것이다. 술 마시고, 고함지르고, 노래하고, 싸우고, 춤추느라 그들 모두 말짱한 정신일 때가 없었다. 돌풍이 일었으면 우리 모두 바다 밑바닥에 가라앉았을 날들도 있었다. 혹은 영국 군함이 다가왔다면, 아무런 방어도 하지 못하고 무기력한 상태인 우리를 보았을 날들도 여러 번 있었다. 한두 번 우리는 어떤 돛을 보았는데 아직 맨 정신이 남아 있으면, 신께서 우리를 용서하시기를, 그 배를 따라잡았다. 모두 만취해 있을 때 그 배가 빠져나갔고 나는 작은 소리로 성인들께 감사를 올렸다. 티치는 공포심을 일으켜서 모두를 지배했다(질서를 바로잡지 못하는 것을 지배라고 부를 수 있다면 말이다). 그가 자신의 지위를 더없이 자랑스러워한다는 것을 나는 관찰을 통해 알았다. 내가 알던 프랑스의 최고 사령관들은, 아니 하일랜드의 족장들도, 그 정도로 공공연히 기고만장하게 굴지는 않았다. 이는 명예와 영광의 추구에 관한 뛰어난 통찰을 제시한다. 우리는 오래 살아갈수록 아리스토텔레스와 고대 철인들의 현명함을 더더욱 깨닫게 된다. 나는 평생 정당한 명예를 열망하며 살아왔지만, 자신의 품위를 조금이라도 손상시키면서 획득하거나 보존할 가치가 있는 명성은 없다고, 아니 그런 가치가 있는 인생 자체도 없다고 내 삶을 마감할 때 가슴에 손을 얹고 맹세할 수 있다.

오래 시간이 지나고 나서야 나는 밸런트레이와 밀담을 나눌 수 있었다. 어느 날 밤 다들 즐겁게 보내고 있을 때 우리는 앞돛대의 밧줄을 묶어두는 장대로 기어 나와 처지를 한탄했다.

"우리를 구해줄 자는 성인밖에 없을 걸세." 내가 말했다.

"내 생각은 전혀 달라." 밸런트레이가 말했다. "스스로 나 자신을 구할 생각이거든. 티치라는 자는 한심하기 짝이 없는 녀석이야. 우리는 그 작자에게서 이득도 보지 못하면서 포로로 사로잡힐 위험에 계속 노출되어 있지. 나는 아무 소득도 없이 타르로 범벅된 해적이 될 생각은 없네. 그리고 피할 수만 있다면 사슬에 매달리지 않을 거야." 그는 이 선박의 기강을 바로잡기 위해 어떻게 할 생각인지 말해주었다. 그러면 우리는 당분간 안전할 테고, 그들이 충분히 통솔되어서 자기들의 동료를 분열시킬 때 우리가 더 빨리 구조될 거라는 희망을 품을 수 있다는 것이었다.

나는 이 끔찍한 상황에서 용기가 완전히 꺾였다고 솔직하게 고백했고, 나를 믿어도 된다고 감히 말할 수 없었다.

"난 그리 쉽게 겁먹지 않네." 그가 말했다. "쉽게 지지도 않고."

며칠 후 우리 모두가 교수형을 당할 뻔한 사건이 일어났다. 그것은 우리가 중요한 일을 얼마나 어리석게 처리하고 있는지 너무나 적나라하게 보여주었다. 우리 모두 만취한 상태였다. 어떤 미치광이가 돛을 하나 발견하자 티치는 한번 쳐다보지도 않고 배를 돌려 추격하기 시작했다. 우리는 부산스럽게 무기를 준비하면서 이어질 끔찍한 일을 자랑스레 떠벌리기 시작했다. 나는 뱃머리에 조용히 서 있는 밸런트레이를 보았다. 그는 손을 이마에 대고 눈가에 그늘을 만든 채 바라보고 있었다. 하지만 나는 이 야만인들 사이에서의 내 행동 방침에 충실하게 가장 분주한 무리에 끼어 일하면서 아일랜드의 유머로 이들을 즐겁게 해주었다.

"깃발을 올려!" 티치가 소리쳤다. "저것들에게 해적기를 보여줘라!"

이 단계에서 그런 명령은 취기에서 비롯한 허풍에 지나지 않았고, 그러다가 귀중한 노획물을 놓칠 수도 있었다. 하지만 나는 그것을 따지는 것이 내 역할이라고 생각하지 않았기 때문에 내 손으로 검은 깃발을 달았다.

이내 밸런트레이가 고물 쪽에서 웃음을 띠고 나타났다.

"이 술고래 개자식아, 지금 네가 영국 군함을 추격하고 있다는 사실을 알고 싶을지 모르겠군." 그가 말했다.

티치는 그에게 거짓말이라고 고함을 질러댔다. 하지만 동시에 뱃전의 현장(舷牆)•으로 달려갔고, 모두들 달려갔다. 나는 그렇게 많은 술주정뱅이가 갑자기 술이 깨는 모습을 본 적이 없었다. 순양함은 우리가 경솔하게 내건 깃발을 보자 방향을 돌렸다. 그 배는 바로 그 순간 새로운 침로에서 활대를 돌리고 있었다. 배의 깃발이 바람에 휘날리며 선명하게 보였

• 물이 갑판으로 올라오는 것을 막기 위해 설치한 울타리.

다. 우리가 그것을 응시하고 있을 때 배에서 연기가 뻐끔 뿜어져 나오더니 폭발음이 들렸고, 포탄이 날아와 우리에게서 꽤 떨어진 곳의 물속에 처박혔다. 누군가는 밧줄이 있는 곳으로 달려가서 믿을 수 없을 정도로 신속하게 세라호의 방향을 바꾸었다. 한 녀석은 갑판 위에 구멍이 뚫린 채로 있던 럼주통을 즉시 굴려서 배 밖으로 던졌다. 나는 해적기 쪽으로 달려가 깃발을 내려서 바다에 내던졌고, 뒤따라 내 몸도 내던질 수 있었을 것이다. 이 엉망진창인 상황이 너무나 짜증스러웠다. 티치는 죽은 사람처럼 얼굴이 새파랗게 질린 채 쫓기듯이 선장실로 내려갔다. 그는 그날 오후에 딱 두 번 갑판에 올라왔는데, 그때마다 선미루의 난간으로 가서 아직도 수평선에서 우리를 추격하고 있는 영국 군함을 한참 쳐다보고는 아무 말 없이 선장실로 돌아갔다. 우리를 버렸다고 해도 과언이 아닐 터였다. 선상에 있던 아주 유능한 선원 한 명이 아니었으면, 그리고 온종일 불던 실바람이 아니었다면, 우리는 틀림없이 활대에 목이 매달렸을 것이다.

티치는 체면을 잃었고 해적들 사이에서 자신의 위상이 흔들릴까 불안감을 느꼈으리라는 것은 쉽게 상상할 수 있다. 그가 잃어버린 체면을 되찾기 위해서 시도한 방식은 그 인간을 특징적으로 잘 보여주었다. 이튿날 이른 아침에는 선장실에서 유황을 태우는 냄새가 진동했고, 티치는 "지옥이야, 지옥!"이라고 고래고래 소리를 지르고 있었다. 이 행동의 의미를 알고 있는 해적들은 겁에 질리기 시작했다. 곧 그가 갑판에 올라왔는데 더없이 우스꽝스러운 모습이었다. 얼굴은 시커멓게 그을렸고, 머리칼과 수염은 동그랗게 말려 있었으며, 허리띠에는 권총 여러 자루가 끼워져 있었다. 티치가 단도를 휘두르면서 유리 조각을 씹자 턱을 따라 피가 흘렀다. 그가 이런 수법을 자신이 태어난 미국의 인디언들에게서 배웠는지 어떤지 나는 잘 모르겠다. 어찌 됐든 그의 방식은 이러했고, 그는 늘 그런 식으로 무시무시한 행위를 저지를 준비가 되었다고 선언하곤 했다. 티치에게 제일 먼저 가까이 간 사람은 전날 럼주 통을 배 밖으로 던진 자였다. 티치는 그자에게 반란자라고 욕하며 심장을 칼로 찔렀다. 그러고는 시신 주위를 뛰어다니고 악을 쓰며 욕설을 퍼붓더니 자기에게 다가와보라고 우리를 도발했다. 이처럼 유치하기 짝이 없는 과시는 없을 것이다. 하지만 위험하기 그지없었는데, 그 비열한 인간이 분명 또 살인을 저지르려고 마음먹고 있었던 것이다.

갑자기 밸런트레이가 앞으로 나섰다. "이제 그런 연기는 집어치워." 그가 말했다. "그렇게 인상을 쓰면 우리가 겁먹을 거라고 생각해? 어제 네놈은 코빼기도 보이지 않더군. 네놈이 가장 필요했을 때 말이야. 그리고 말이지. 어제 우리는 네놈 없이도 잘해냈어."

해적들이 서로 수군거리며 움직이기 시작했다. 내 짐작에는 즐거움과 불안감이 반반씩 섞여 있었다. 티치는 야만인처럼 울부짖더니 단도를 던지려는 듯 휙 치켜들었다. 많은 선원이 그렇듯 그도 이 기술에 대단히 숙련되어 있었다.

"저자의 손에서 단도를 떨어뜨려!" 밸런트레이가 너무나 갑자기, 단호하게 말하는 바람에 나는 영문도 모른 채 팔을 뻗어 명령에 따랐다.

티치는 멍청이처럼 자기 권총은 생각도 못 하고 가만히 있었다.

"네 선실로 들어가." 밸런트레이가 소리쳤다. "그리고 술이 깬 다음에만 갑판에 나와. 우리가 네놈 때문에 교수형을 당할 거라고 생각해? 시커먼 얼굴에 머리는 모자라고 술주정뱅이 야만인에다 도살자를 위해서? 내려가!" 이렇게 말하면서 밸런트레이가 어찌나 갑작스럽고 사납게 발길질을 해댔던지 티치는 뒤도 돌아보지 않고 선실로 내려가는 사다리로 달려갔다.

"자, 이보게." 밸런트레이가 말했다. "자네들에게 한마디 하겠네. 자네들은 재미를 보려는 부유한 신사인지 모르지만, 나는 그렇지 않네. 나는 돈을 벌고 싶고, 다시 육지에 올라서 사람답게 돈을 쓰고 싶어. 그리고 한 가지를 결심했네. 피할 수만 있다면 교수형을 당하지 않을 거야. 그러니 조언을 해주게. 나는 신참자에 불과하니 말이지! 여기에 기강과 상식을 동원해서 처리할 방법이 없겠나?"

선원 중 한 명이 말을 꺼냈다. 그는 원칙적으로 갑판수가 있어야 한다고 말했다. 그의 입에서 말이 나오자마자 모두들 그 의견에 동의했다. 그 문제는 박수로 결정되었다. 밸런트레이는 갑판수가 되었고, 럼주는 그의 소관이 되었으며, 로버츠• 라는 이름의 해적이 정한 것을 흉내 낸 법이 통과되었다. 마지막으로 티치를 끝장내버리자는 제안이 나왔다. 하지만 밸런트레이는 티치보다 더 유능한 선장이 나오면 자신을 견제할 것이 걱정되었으므로 결사적으로 반대했다. 그는 티치가 배에 올라가서 시커먼 얼굴과 욕설로 바보들에게 겁을 주는 데는 쓸모가 있다고 말했다. 그런 일에 티치보다 더 나은 사람은 없다는 것이었다. 게다가 그 인간은 이제 권위가 바닥을 쳤고 폐위된 거나 다름없으니 약탈품에서 그의 몫을 줄여도 괜찮았다. 이 말이 소기의 목적을 달성했다. 그래서 티치의 몫은 조롱을 받을 정도로 줄어들었고, 실제로 내 몫보다도 작았다. 이제 남은 일은 두 가지뿐이었다. 티치가 그것에 동의할 것인지, 그리고 이 결의안을 누가 티치에게 알려줄 것인지 하는 문제였다.

"그런 일로 걱정 말게." 밸런트레이가 말했다. "내가 하지."

그리고 그는 술 취한 야만인을 대면하려고 사다리로 걸어가서 혼자 선실로 내려갔다.

"저 사람이야말로 우리의 대장이야." 일꾼 중 한 명이 외쳤다. "갑판수를 위해 만세 삼창!" 기꺼이 만세가 잇따랐다. 나도 가장 큰 목소리로 기여했는데, 이 박수갈채는 선실에 있는 티치 씨에게 영향을 미쳤을 것이다. 거리에서 외치는 함성이

● 대니얼 디포(1660~1731)는 《가장 악명 높은 해적들의 강도질과 살인의 전반적 역사》(1724)에서 로버츠 선장과 그의 승무원들이 동의한 일련의 규약에 대해 묘사했다.

국회의원들의 마음도 뒤흔들 수 있다는 것을 최근에 보아왔듯이 말이다.

두 사람 사이에 정확히 어떤 말이 오갔는지는 결코 알려지지 않았다. 나중에 몇 가지 실마리가 드러나긴 했지만. 밸런트레이가 티치의 팔짱을 끼고 갑판으로 올라와서 티치가 모든 사항에 동의했다고 발표했을 때 우리는 매우 놀랐고 동시에 만족스러운 심정이었다.

그 이후 북대서양에서 항해를 계속하며 보낸 열두 달인지, 열다섯 달인지에 대해서는 신속히 건너뛰겠다. 당시 우리는 다른 선박들을 포획해서 식량과 물을 얻었고, 대체로 꽤 운좋게 해나갔다. 분명 해적의 회고록처럼 점잖지 못한 것을 읽고 싶어 할 사람은 없을 것이다. 나처럼 어쩔 수 없이 해적이 된 사람이 썼더라도 말이다! 우리가 계획한 대로 상황은 훨씬 더 나아졌고, 밸런트레이는 그날부터 놀랍게도 무리를 잘 이끌었다. 신사는 어디에 있든지 우두머리가 되어야 하고, 심지어 해적선에서도 그렇다고 말하고 싶지만, 출생에 있어서는 어떤 스코틀랜드의 대지주에도 뒤지지 않는 나는 끝까지 깽깽이꾼이었고 해적들의 어릿광대에 지나지 않았다는 사실을 부끄러움 없이 고백한다. 솔직히 말해 내 장점이 돋보일 수 있는 상황은 아니었다. 여러 이유로 인해 건강이 좋지 않았고, 나는 끝까지 배의 갑판보다는 말 등에 앉는 편이 훨씬 더 편하다고 느꼈다. 그리고 솔직히 말하자면, 바다에 대한 두려움이 사라지지 않았고, 그 두려움은 해적들에 대한 공포와 각축을 벌였다. 나는 용기를 달라고 소리 높여 애원할 필요가 없었다. 많은 전쟁터에서 유명한 장군들이 지켜보는 가운데 아주 잘 싸웠고, 최근에 출세한 것도 많은 목격자 앞에서 뛰어나게 용맹스러운 공적을 세웠기 때문이다. 하지만 우리가 다른 선박을 공격하러 갈 때마다 프랜시스 버크의 심장은 겁에 질려 오그라들었다. 출발할 때 타야 하는 위태로운 소형 보트부터 시작해서 끔찍하게 출렁거리는 거대한 파도, 우리가 올라타려는 배의 높이, 정당방어에 나선 수비대의 인원이 얼마나 많을 것인지에 대한 걱정, 우리가 갈취한 물건을 (그 기후대에서) 너무도 빈번히 험악하게 내려다본 우중충한 하늘, 귓속에 울리는 바람의 비명까지 모두 다 용기를 내기에는 적합하지 않았다. 게다가 나는 대단히 섬세한 감수성을 지닌 사람이었기에 패배의 가능성과 마찬가지로 승리 이후에 이어지는 장면에도 매료되지 않았다. 배 위에서 여자들을 본 적은 두 번 있었다. 나는 마을이 약탈되는 것을 보았고 최근에 프랑스에서 일어난 아주 끔직한 대중의 소요도 보았지만, 해적질은 관련된 인원이 적고 음산하며 위험한 바다에 둘러싸여 있다는 점에서 훨씬 혐오스러웠다. 솔직히 고백하건대 나는 4분의 3 정도로 취하지 않고는 아무 일도 하지 못했고, 다른 해적들도 마찬가지였다. 티치는 온몸이 럼주로 꽉 채워지기 전까지는 아무 데도 쓸모가 없었다. 그래서 밸런트레이가 하는 가장 어려운 일 중 하나는 우리에게 적정량의 술을 나눠주는 것이었다. 그는 이 일도 감탄스럽게 잘해냈다. 전체적으로 보아 그는 내가 지금껏 보지 못한 유능한 사람이었고, 타고난 재능이 가장 많은 사람이었다! 그는 나처럼 근심 걱정에 주눅 든 마음으로 끊임없이 어릿광대짓을 하면서 해적들의 호감을 얻어내려고 애쓰지 않았다. 오히려 대부분의 경우에 꽤 엄숙하게 거리를 유지했다. 그래서 한 무리의 어린애들 속 부모나 소년들을 다루는 교사 같았다. 선원들의 상습적인 불평이 그의 역할 수행을 한층 어렵게 했다. 밸런트레이가 정한 규율은 사실 사소한 것이었지만 방종을 좋아하는 선원들에게는 짜증스럽게 느껴졌다. 더 고약한 일은, 술에 취하지 않은 상태를 유지하게 되자 선원들에게 생각할 시간이 생겼다는 것이다. 몇 명은 자신의 추악한 범죄를 뉘우치기 시작했고, 나는 때로 독실한 천주교인 한 명과 함께 몰래 빠져나와 기도를 올리곤 했다. 우리는 특히 안개가 짙게 끼거나 빗줄기가 내리쳐서 우리를 목격하는 사람들이 없을 악천후를 노렸고, 강제로 끌려가는 두 범죄자라도 우리처럼 염원에 차 진심으로 기도를 올리지 못했을 것이다. 하지만 다른 이들은 그처럼 희망을 품을 기반이 없었기에 다른 소일거리에 빠져들었는데, 그것은 셈을 해보는 것이었다. 이들은 온종일 자기 몫이 얼마나 되는지를 세어보았고, 결과를 두고 우울해했다. 앞서 나는 우리가 꽤 운 좋게 지냈다고 말했는데, 여기에 덧붙여야 할 말이 있다. 이 세상에서 내가 손을 댔던 어떤 일에서도 그 수익이 기대치에 미치는 경우는 없었다는 것이다. 우리는 많은 선박을 발견했고 많은 선박을 포획했지만, 큰돈이 실린 배는 거의 없었고, 그들의 화물은 대체로 우리에게 아무 소용도 없었다. 우리가 쟁기나 담배뿐인 화물을 가지고 무엇을 할 수 있겠는가? 고작해야 비스킷이나 술 한두 통 때문에 모든 승무원을 판자 위로 걷게 한 적이 얼마나 많았던지 되돌아보면 괴로울 뿐이다.

그동안 우리 배의 밑바닥에 해초와 조개껍데기가 너무 많이 달라붙어서 우리는 곧 배를 기울여놓고 수리할 경선 수리항으로 가야 했다. 그곳은 늪지와 맞닿은 강어귀에 있었다. 모두들 그곳에 이르면 자기 몫의 노획물을 써버릴 거라고 공공연히 이야기했다. 그래서 모두들 조금이라도 더 얻으려고 욕심을 부렸기에 결정은 차일피일 미뤄졌다. 결국 그 문제는 아주 사소한 사건으로 결정되었는데, 해적질에 무지한 사람은 그것이 우리의 생활 방식에 따르기 마련인 사건이라고 생각할 것이다. 하지만 이 부분에 대해서는 설명이 필요하다. 우리가 포획한 선박 중 딱 한 배만이, 우리가 처음으로 여자들을 보았던 그 선박만이 우리에게 진짜로 저항하며 맞섰다. 그때 우리 중 두 명이 죽었고 여럿이 부상당했다. 밸런트레이의 용감한 행위가 없었더라면 아마 우리는 결국 그들에게 패했을 것이다. 다른 선박들은 방위한다고 해봤자(아예 방위하지 않는 경우도 허다했지만) 유럽의 가장 형편없는 군대도 비웃을 정도였다. 그래서 우리의 해적질에서 가장 위험한 부분은 선체 측면을 기어 올라가는 것이었다. 나는 배의 갑판에서 우리한테 밧줄을 던져준 가여운 사람들도 본 적이 있다. 판자 위를 걸어 물에 빠져 죽느니 차라리 자발적으로 항복하고 싶어 했다. 이렇게 거듭해서 저항을 받지 않다보니 선원들은 나약해졌고, 나는 어떻게 티치가 그들의 마음에 강한 영향력을 미쳤는지 이해할 수 있었다. 실은 그 미친 자와 함께 지내는 것이 우리의 생활에서 가장 큰 위험이었던 셈이다. 내가 언급한 사건은 바로 이것이다. 자욱한 안개 속에서 우리는 우리 선박 바로 밑에서 삭구를 완전히 갖춘 작은 돛단배를 발견했다. 그 배는 거의 우리처럼 잘 항해했다. 아니, 진실에 더 가깝게 말하자면 우리만큼이나 항해를 못했다고 해야겠다. 우리는 그들의 돛대 한두 개를 부서뜨릴 수 있을지 알아보려고 함수포를 정돈했다. 바다는 사나운 너울로 굽이쳤고, 배는 이루 말할 수 없이 극심하게 요동쳤다. 우리 포병들이 세 번이나 발포했는데 목표물에서 멀찍이 떨어졌더라도 놀랄 일은 아니었다. 하지만 그사이에 사냥감은 짙은 안개에 가려 모습을 드러내지 않은 채 선미의 대포를 정비했다. 우리보다 사격술이 나았기에 그들이 처음 쏜 포탄은 우리의 뱃머리를 맞혔고 두 포수를 묵사발로 만들어놓았다. 그래서 우리는 온몸에 피가 튄 채 재빨리 갑판을 달려 우리가 잠을 자는 선실로 들어갔다. 밸런트레이는 갑판에서 계속 버텼을 것이다. 사실 이런 불의의 사고에 군인의 기세를 꺾어놓을 것은 없으니 말이다. 하지만 그는 다른 이들이 원하는 바를 재빨리 파악했고, 분명이 행운의 포격 때문에 선원들은 자신들의 일에 넌더리를 내고 있었다. 그들은 모두 순식간에 한마음이 되었다. 사냥감은 우리에게서 멀어지고 있었고, 우리 선체의 바닥이 이물질로 너무 더러워져서 술병 하나만큼도 앞지를 수 없었으며, 그 배를 따라잡으려고 항해를 계속하는 일은 어리석기 짝이 없다는 것이었다. 이런 구실을 대면서 우리는 세라호의 뱃머리를 돌렸고 강 쪽으로 침로를 잡았다. 선원들이 흥겹게 떠들어대고, 농담을 하면서 갑판 위를 쿵쿵거리며 돌아다니고, 두 포수의 죽음으로 자기 몫이 얼마나 늘었는지 계산하는 것을 보면 기이하기 그지없었다.

우리가 항구에 들어가기까지는 아흐레나 걸렸다. 미풍을 받으며 항해해야 했고 선체 바닥에 해초가 너무 많이 걸려 있었던 것이다. 하지만 열흘째 되는 날 새벽이 되기 전에 안개를 걷어가는 흐릿한 빛 속에서 우리는 곶을 지났다. 얼마 지나서 안개가 다시 끼기 시작했을 때 아주 가까이 있는 순양함 한 척이 눈에 들어왔다. 도피처에 아주 가까이 왔는데 이런 일이 생기다니 너무나 쓰라린 타격이었다. 그 배가 우리를 봤을지, 그렇다면 그들이 우리 배가 세라호인 것을 알아차렸을지를 두고 열띤 논쟁이 벌어졌다. 우리는 그때까지 포획한 배의 승무원들을 다 없애버림으로써 우리의 신상에 대한 증거를 남기지 않으려고 무진장 조심해왔다. 하지만 세라호 그 자체의 모습은 감출 수 없었고, 특히 최근에 선체 바닥이 더러워진 뒤로는 많은 배를 뒤쫓다가 실패한 터라 세라호에 대한 얘기가 종종 신문지상에 실렸을 것이 분명했다. 나는 이런 경계심으로 우리 모두 제각기 갈라질 거라고 예상했다. 하지만 여기서도 밸런트레이의 독창적인 재능이 또다시 나를 놀라게 했다. 그는 갑판수로 임명된 날부터 티치와 항상 손을 잡고 다녔는데, 이것이야말로 그를 성공하게 한 가장 놀라운 조치였다. 나는 종종 밸런트레이에게 어떻게 된 일인지 캐물었지만 그는 대답을 하지 않았다. 딱 한 번 티치와 어떤 합의를 했으며 "다른 해적들이 그것을 알게 되면 몹시 놀랄 테고, 만일 그것이 실현된다면 나 자신도 대단히 놀랄 걸세"라고 말한 적이 있다. 그런데 여기서 또다시 그와 티치는 한마음이었고, 닻을 내리자마자 두 사람이 공동으로 조달한 것 덕분에 해적들은 이루 말할 수 없는 만취 상태에 빠져버렸다. 오후가 되자 배에는 미치광이들밖에 없었다. 갑판 밖으로 물건을 내던지고, 여러 가지 노래를 동시에 울부짖고, 말다툼하고 치고받고 싸우다가 갑자기 다툼을 잊고 끌어안고 난리법석이었다. 밸런트레이는 내게 목숨이 아까우면 술을 입에 대지 말고 그저 취한 척만 하라고 말했었다. 나는 거의 온종일 선실에 누워서 작은 정박지를 둘러싼 늪지와 덤불을 쳐다보며 내 생애 가장 지루한 하루를 보냈다. 땅거미가 지고 조금 지나자 밸런트레이가 비틀거리며 내 곁으로 오더니 술꾼처럼 웃으며 넘어지는 척했다. 그러고는 다시 일어서기 전에 내게 속삭였다. "비틀거리며 선장실로 가서 보관함 위에서 곯아떨어진 척하게. 곧 내가 필요할 거야." 그의 말대로 나는 꽤 어두운 선장실로 들어가 첫 번째 보관함 위에 몸을 던졌다. 거기에는 이미 한 남자가 있었다. 그가 몸을 뒤척이며 나를 밀치는 것으로 보아 만취하지는 않은 모양이었다. 하지만 내가 다른 곳을 찾았을 땐 계속 자는 것 같았다. 이제 내 심장은 마구 두근거리기 시작했다. 뭔가 필사적인 일이 일어나고 있다는 낌새를 알아챈 것이다. 곧 밸런트레이가 내려와서 램프에 불을 붙이고 선실을 돌아보면서 만족스러운 듯이 고개를 끄덕이곤 말없이 다시 갑판으로 올라갔다. 나는 손으로 눈을 가린 채 손가락 사이로 엿보았고, 세 사람이 선장실의 보관함 위에서 자고 있음을, 혹은 자는 척하고 있음을 확인했다. 나를 비롯해 더턴과 그레이디라는 의연한 남자 둘이었다. 나머지 사람들은 갑판에서 인간적 한계를 완전히 넘어서 주흥의 절정에 이르렀기에 그들이 질러대는 괴성은 어떤 말로도 적절히 묘사할 수 없었다. 나는 살아오면서 술에 취해 발작적으로 질러대는 소리를 많이 들었고, 세라호 갑판에서도 많이 들었지만, 이와 조금이라도 비슷한 소리는 들어본 적이 없었다. 그래서 누군가 그 술에 손을 댄 것이 아닐지 처음부터 의심스러웠다. 꽤 긴 시간이 지나고 나서야 고함과 울부짖는 소리가 서서히 처량한 신음 같은 것으로 잦아들었고, 이내 정적이 감돌았다. 그러고도 긴 시간이 흐른 듯이 느껴진 다음에야 밸런트레이가 다시 내려왔는데, 이번에는 티치가 그 뒤를 따라왔다. 티치는 보관함 위에 있는 우리 셋을 보자 욕설을 퍼부었다.

"쯧." 밸런트레이가 말했다. "그자들의 귓전에 총을 쏘아도 모를걸. 그들이 뭘 들이켰는지 자네도 알잖아."

선장실 바닥에는 위로 당겨서 여는 문이 있었는데, 그 밑에 가장 비싼 전리품들이 분배의 날에 대비하여 보관되어 있었다. 이 문은 고리에 매달린 자물쇠 세 개로 잠겨 있었는데, 열쇠들은 안전을 더 확보할 수 있도록 티치와 밸런트레이, 해먼드라는 항해사가 나눠 가지고 있었다. 그런데 세 개의 열쇠가 한 손에 쥐여 있는 것이 아닌가. (아직 손가락들 사이로 엿보고 있던) 나는 밸런트레이와 티치가 꾸러미 몇 개를 꺼내는 것을 보고 더욱 놀랐다. 전부 다 해서 네 개의 꾸러미가 아주 신중하게 포장되어 있었고 쉽게 운반할 수 있도록 고리가 달려 있었다.

"자, 그럼." 티치가 말했다. "이제 가세."

"한마디만 하지." 밸런트레이가 말했다. "늪을 가로지르는 비밀의 길을 아는 사람이 자네 말고 또 있다는 것을 알았네. 그 길이 자네가 아는 길보다 더 짧은 것 같더군."

티치는 그렇게 하면 끝장난다고 소리 질렀다.

"그건 모를 일이지." 밸런트레이가 말했다. "왜냐하면 자네에게 알려줘야 할 것이 몇 가지 더 있거든. 첫째로, 자네 권총에는 총알이 없네. (자네가 기억한다면) 오늘 아침에 내가 우리 두 사람을 위해 친절하게도 권총을 장전해두었지. 두 번째로, 자네 말고도 길을 아는 사람이 있으니 내가 자네 같은 미치광이를 떠맡을 가능성은 희박하다고 생각하겠지. 세 번째로, 이제 잠자는 척할 필요가 없는 이 세 신사가 내 일행이라네. 이들이 이제 자네에게 재갈을 물리고 돛대에 묶을 걸세. 자네의 부하들이 깨어나면(우리가 술에 탄 약을 먹은 후에도 혹시 깨어난다면) 친절하게 자네를 구해주겠지. 그러면 자네는 열쇠에 대해서 조금도 어려움 없이 설명할 수 있을 걸세."

티치는 우리가 재갈을 물리고 묶는 동안 입도 뻥긋하지 않았고, 겁먹은 아기처럼 우리를 바라보았다.

"자, 이 백치 같은 놈아." 밸런트레이가 말했다. "우리가 왜 꾸러미 네 개를 만들었는지 이제 알겠지. 지금까지 너는 티치 선장이라 불렸지만 이제는 런 선장이라 불리는 게 적합해."●

이것이 우리가 세라호에서 마지막으로 들은 말이었다. 우리 넷은 네 개의 꾸러미를 가지고 살그머니 내려가서 소형 보트를 탔고, 일부 술주정뱅이들의 신음 빼고는 무덤처럼 고요한 그 배를 두고 떠났다. 물 위로 안개가 가슴 높이까지 자욱하게 끼어 있었으므로, 유일하게 길을 알고 있는 더턴은 우리에게 노를 저을 방향을 지시하기 위해 일어서야 했다. 우리는 조용히 노를 저을 수밖에 없었는데, 그 덕분에 살아났다. 세라호에서 아직 조금밖에 떨어지지 않았을 때 주위의 어둠이 회색으로 열어지고 새들이 수면 위로 날기 시작했다. 갑자기 더턴이 자기 엉덩이를 손으로 치더니 우리에게 목숨을 부지하려면 입을 다물고 귀를 기울이라고 속삭였다. 아니나 다를까 한쪽에서 노를 젓는 삐걱 소리가 희미하게 들렸고, 또 다시 들려왔으며, 더 멀리 다른 쪽에서도 같은 소리가 들려왔

● '가르치다'라는 뜻의 '티치(teach)'가 아니라 '배우다'라는 뜻의 '런(learn)' 선장이라고 부르겠다는 말이다.

다. 어제 오전에 우리 배가 목격되었음이 분명했다. 그 순양함의 작은 보트들이 우리 목을 베려고 온 것이다. 여기에 우리는 속수무책으로 그들에게 둘러싸였다. 정말이지, 우리처럼 위험한 상황에 빠진 가여운 영혼도 없었을 것이다. 우리는 노에 기대 꼼짝 않고 있으면서 안개가 걷히지 않기를 하느님께 기도했다. 내 이마에서 진땀이 배어 나왔다. 비스킷을 던지면 닿았을 어느 보트에서 곧 소리가 들려왔다. "이보게, 조용히 해." 한 장교가 속삭였다. 나는 이들이 쿵쾅거리는 내 심장박동 소리를 듣지 못하는 것이 놀라울 따름이었다.

"길은 신경 쓰지 말게." 밸런트레이가 말했다. "우리는 어쨌든 숨을 곳을 찾아야 하니까. 곧장 앞으로 노를 저어서 정박지 옆쪽으로 가세."

우리는 극도로 불안한 마음으로 조심하면서 그 말에 따랐다. 최선을 다해 손으로 배를 저으며 안개 속에서 되는대로 방향을 잡아 나아갔다. 안개로 인해 온갖 불편이 따랐지만 그것만이 우리의 안전을 지켜주었다. 그런데 하늘이 우리를 인도해주셨다. 우리는 덤불이 무성한 곳에 닿았고, 보물을 들고는 뭍으로 허둥지둥 올라갔다. 그리고 달리 숨길 방법도 없고 안개가 벌써 옅어지기 시작했기에 보트를 한쪽 뱃전으로 기울여서 가라앉게 놔두었다. 우리가 간신히 몸을 숨겼을 때 해가 뜨기 시작했고, 동시에 정박지 한가운데서 선원들의 큰 외침이 들려왔다. 우리는 세라호에 군인들이 승선했다는 것을 알았다. 그 배를 포획한 장교가 큰 명예를 얻었다는 것을 훗날 전해 들었다. 물론 그가 세라호에 접근한 방식은 칭찬할 만하지만, 일단 선박에 올라간 다음의 포획 작업은 식은 죽 먹기였을 것이다.●

내가 탈출할 수 있게 해주신 성인들께 아직 감사 기도를 올리고 있을 때 우리는 또 다른 곤경에 빠졌다는 사실을 깨달았다. 여기, 방대하고 위험한 늪지에 마구잡이로 상륙한 것이다. 길을 찾으려면 의혹과 피로, 위험을 감수할 수밖에 없었다. 더턴은 사실 순양함이 떠날 때까지 기다리다가 보트를 건져내자는 생각이었다. 늪으로 무작정 들어가기보다는 기다리는 편이 훨씬 현명한 방법이라는 것이었다. 그에 따라 한 명이 정박지 옆으로 가서 (덤불 사이로) 상황을 살펴보았다. 안개는 완전히 걷혔고, 세라호에는 영국 국기가 걸려 있었지만, 배를 끌어가려는 조짐은 보이지 않았다. 이제 우리의 상황은 매우 불확실했다. 늪지대에서 오래 머물다가는 몸이 나빠질 터였다. 그런 데다 보물을 가져오는 데 욕심을 낸 나머지 음식은 거의 챙기지 않았다. 게다가 세라호가 포획되었다는 소문이 퍼지기 전에 이 근방을 벗어나 어딘가에 숨는 것이 바람직했다. 그런데 이런 걱정거리들과 견주어볼 때 다른 쪽을 선택할 때의 위험은 길을 찾기가 어렵다는 점뿐이었다. 우리

● 매켈러 씨의 주: 세라호의 티치라는 작자를 유명한 '검은 수염'과 혼동하면 안 된다. 날짜와 세부 사항이 부합하지 않기 때문이다. 처음부터 두 번째 티치는 첫 번째 티치의 이름을 빌리고 그의 과도한 행동 방식도 모방했을 가능성이 크다. 심지어 밸런트레이 귀공자도 추종자가 있을 수 있지 않은가(원주).

가 적극적으로 길을 찾아가기로 결정한 것은 놀랍지 않은 일이라고 생각한다.

우리가 습지를 건너려고, 아니 나침반에 따라 길을 찾으려고 출발했을 때는 이미 맹렬한 더위가 기승을 부리고 있었다. 더턴은 나침반을 들었고, 우리 셋 중 누군가가 그의 보물을 운반했다. 맹세코 그는 우리에게 맡긴 것이 자기 영혼이라도 되는 듯이 계속해서 뒤를 돌아보며 날카로운 눈으로 감시했다. 잡목 숲은 덤불처럼 빽빽하게 뒤얽혀 있었다. 늪지는 겉보기와 달랐으므로, 우리는 종종 늪에 빠져들어 간담이 서늘해졌고 멀리 돌아가야 했다. 게다가 숨 막힐 정도로 무더웠고, 공기는 특히나 후덥지근했다. 따끔거리게 쏘아대는 벌레들이 무수히 몰려들어서 우리는 각자 구름처럼 자욱하게 모여든 벌레 떼를 몰고 다녔다. 좋은 가문의 신사들이 보통의 서민보다 피로를 훨씬 잘 견딘다는 말은 다들 한번쯤 들어보았을 것이다. 부하들 옆에서 흙길을 행군하는 장교들은 한결같은 태도로 부하들을 부끄럽게 한다. 우리의 현재 상황에서도 이를 관찰할 수 있었다. 여기에 한편으로는 가장 명망 높은 가문 출신의 밸런트레이와 내가 있고, 한편으로는 평범한 뱃사람으로 거인처럼 완력이 센 그레이디가 있었다. 더턴의 경우는 어느 쪽에도 딱 들어맞지 않았다. 솔직히 고백하면 그는 우리 중 누구보다도 잘 견뎠다.• 하지만 그레이디는 처음부터 자기 처지를 한탄했고, 뒤처졌고, 자기 차례가 되었는데도 더턴의 꾸러미를 운반하기를 거부했고, 거의 남지 않은 럼주를 달라고 끊임없이 요구했다. 나중에는 쉬게 해주지 않으면, 장전한 총을 들고 뒤에서 우리를 협박했다. 밸런트레이는 틀림없이 사생결단하자고 싸웠을 것이다. 하지만 내가 그를 설득해서 막았고, 우리는 잠시 멈춰 간단히 식사를 해결했다. 그래도 그레이디의 상태는 나아지지 않았다. 즉시 다시 뒤처졌고 투덜거리며 자기 신세를 한탄했다. 그러다가 마침내 부주의하게도 우리가 밟은 길을 제대로 따라오지 않고 물로 가득하다시피 한 진구렁의 깊은 곳에 발을 헛디뎠다. 그는 끔찍한 비명을 내질렀고 우리가 도와주러 가기 전에 이미 자신의 전리품과 함께 가라앉아버렸다. 그의 운명, 특히 그의 비명은 우리의 영혼까지 소름 끼치게 했다. 하지만 전체적으로 보았을 때 오히려 다행스러운 상황이었고, 우리를 구조할 수단이 되었다. 이 일로 인해 더턴은 나무를 타고 올라갔고, 나무 위에서 숲의 우듬지를 알아볼 수 있었으며, 뒤따라 올라간 내게 보여줄 수 있었다. 숲 우듬지가 길의 위치를 알려주는 지형지물이었던 것이다. 그러고 나서 그는 더 조심성 없이 발을 내디딘 듯하다. 오래지 않아 약간 빠지는가 싶더니 발을 들다가 또 빠지고, 그러기를 두 번 반복하는 것이 보였다. 그는 얼굴이 하얗게 질린 채 우리를 돌아보았다.

"도와주게." 그가 말했다. "고약한 곳에 빠졌어."

● 매켈러 씨의 주: 이 설명으로 충분하지 않은가? 이 더턴이라는 자는 장교들과 똑같이 책임감으로 고무되는 것을 좋아했다(원주).

"난 잘 모르겠는데." 밸런트레이가 이렇게 말하며 가만히 서 있었다.

더턴은 몹시 난폭한 욕설을 쏟아냈고, 그러면서 점점 더 빠져들어 거의 허리까지 진흙에 잠겼다. 그는 권총을 허리띠에서 뽑아내며 "도와줘!"라고 소리쳤다. "아니면 죽어 지옥에 가든지!"

"아니." 밸런트레이가 말했다. "농담했을 뿐이야. 도와주지." 그러고는 자신의 꾸러미와 대신 들고 오던 더턴의 꾸러미까지 내려놓았다. "자네가 필요할지 확실해지기 전까지는 나서지 말게." 밸런트레이가 나에게 말하고는 수렁에 빠진 남자에게 혼자 다가갔다. 더턴은 이제 조용해졌지만 아직 권총을 들고 있었다. 얼굴에 새겨진 공포의 흔적은 보기가 애처로웠다.

"제발, 서둘러." 그가 말했다.

밸런트레이는 이제 가까이 다가갔다. "가만히 있어." 그는 이렇게 말하고는 한순간 생각하는 듯이 보이더니 말했다. "양손을 내밀어!"

더턴은 권총을 내려놓았다. 수렁의 표면이 너무 질어서 총은 그대로 시야에서 사라지고 말았다. 그는 욕설을 내뱉으며 권총을 집으려고 몸을 굽혔다. 그러는 동안 밸런트레이는 앞으로 몸을 내밀더니 그의 어깨 사이를 찔렀다. 더턴은 머리 위로 양손을 뻗었다. 고통 때문이었는지 자신을 방어하려는 것이었는지 모르겠다. 다음 순간 그의 몸이 앞으로 고꾸라져 진창에 빠졌다.

밸런트레이는 이미 발목까지 잠겨 있었지만, 발을 뽑아내고는 내게 돌아왔다. 나는 무릎을 벌벌 떨며 서 있었다. "빌어먹을, 프랜시스!" 그가 말했다. "자네도 결국 미적지근한 녀석이군. 나는 그저 해적 놈을 공정하게 처리했을 뿐이야. 그리고 이제 우리는 세라호에서 완전히 벗어난 거야! 우리가 비리에 손을 담갔다고 말할 사람이 이제 누가 있겠나?"

나는 그에게 나를 부당하게 평가했다고 말했다. 하지만 그 끔찍한 사실에 내 인도적인 의식이 너무나 큰 충격을 받은 나머지 제대로 숨을 쉬기도 힘들었다.

"이보게." 그가 말했다. "자네는 더 단호해져야 해. 자네에게 길이 어디로 나 있는지 보여주었을 때 녀석의 쓸모는 없어진 거야. 그리고 그런 절호의 기회를 놓쳤더라면 멍청한 짓을 한 셈이라는 것을 자네는 부정할 수 없겠지."

나는 그의 말이 원칙적으로는 옳다는 것을 부정할 수 없었다. 하지만 흐르는 눈물을 막을 수도 없었다. 용감한 사나이가 눈물을 부끄러워할 필요는 없다고 생각한다. 나는 럼주를 들이켜기 전까지는 몸을 움직여 나아갈 수 없었다. 다시 말하지만 나는 나의 너그러운 감정을 조금도 부끄러워하지 않는다. 전사에게 자비로움이란 훌륭한 자질 아닌가. 하지만 밸런트레이를 전적으로 비난할 수도 없었다. 그가 취한 조치에는 실로 운이 따랐다. 우리는 더 이상의 사고 없이 길을 찾았고, 바로 그날 저녁 해가 질 무렵에 늪가에 이르렀다.

우리는 너무 지쳐서 주위를 멀리 돌아보지도 않았다. 소나무 숲 가까이에서 오후의 햇볕으로 아직 따뜻한 모래에 누워 즉시 잠에 빠져들었다.

이튿날 아침에 우리는 아주 일찍 깼고 시무룩한 기분으로 이야기를 시작했는데 거의 주먹다짐으로 끝날 뻔했다. 지금 우리는 프랑스령 정착지로부터 몇천 킬로미터 떨어진 남쪽 지방의 해안에 있었다. 무시무시한 여정과 수많은 위험이 우리 앞에 도사리고 있었다. 우호적인 관계가 필요한 때가 있다면, 이런 시간이야말로 바로 그런 때였다. 나는 진정한 품위에 대한 밸런트레이의 관념이 서서히 나빠졌다고 생각할 수밖에 없었다. 우리가 오랫동안 해적들과 어울려왔으므로, 그렇게 생각해도 이상할 것은 전혀 없었다. 그리고 나 자신에 대해 보자면, 그는 나를 야비하게 속였고, 어떤 신사라도 그의 태도에 분개했을 것이다.

나는 그의 행위를 어떻게 생각하는지 말해줬다. 약간 떨어져서 걷는 그를 뒤따르며 질책하자 마침내 그가 손을 들어 내 말을 막았다.

"프랭크." 그가 말했다. "우리가 맹세한 것을 알고 있겠지. 하지만 어떤 맹세를 했더라도 지금 자네가 뱉은 말을 내가 그대로 삼키진 않았을 걸세. 내가 자네를 진정한 애정으로 존중하지 않았다면 말이야. 그 점에서는 자네가 나를 의심할 수 없어. 지금까지 보여준 증거가 있지 않은가. 더턴은 늪을 통하는 길을 알고 있으니 데려와야 했어. 그레이디 없이는 더턴이 안 오려고 했으니 그레이디도 데려와야 했지. 하지만 자네를 데려와야 할 까닭이 뭐가 있겠나? 자네는 그 빌어먹을 아일랜드 말로 내게 언제나 위험을 부를 뿐이었어. 당연히 자네는 지금 족쇄를 차고 순양함에 있어야 맞지. 그런데 지금 하찮은 일 때문에 아기처럼 나와 싸울 텐가?"

이것은 지금까지 들어보지 못한 야비한 말이라고 생각했고, 실로 오늘날까지도 나는 친구였던 신사에 대한 내 생각과 이 말을 조화롭게 연결할 수 없다. 나는 그의 스코틀랜드 억양으로 받아쳤다. 그의 억양은 아주 심한 편은 아니었지만, 내가 그에게 대놓고 말했듯이 다분히 야만적이고 혐오스러웠다. 이 다툼은, 놀랍게도 갑자기 끼어든 사건만 아니었다면 아주 길게 이어졌을 것이다.

이렇게 다투면서 우리는 모래사장 위로 좀 걸어 나왔다. 간밤에 잠을 청한 곳은 우리가 서 있는 곳과 소나무 숲 사이에 있었는데, 거기에 꾸러미가 펼쳐져 돈이 훤히 드러나 흩어져 있었다. 그런데 숲에서 낯선 사람이 나타났다. 어쨌든 그가 거기에 있었다. 체구가 무척 큰 원주민으로 날이 넓은 도끼를 어깨에 메고 입을 딱 벌린 채 바로 자기 발 앞에 있는 보물을 보았다가 말다툼하는 우리를 쳐다보았다. 우리의 말다툼은 손에 무기를 쥘 정도로 격화되어 있었다. 우리가 그를 목격하자마자 그는 걸음아 날 살려라 하고 다시 숲속으로 달아났다.

도저히 마음이 편할 수 없는 상황이었다. 나포된 해적선으로부터 몇 킬로미터 떨어지지 않은 곳에서 선원 옷을 입은 무장한 남자 둘이 보물을 두고 싸우다가 발견되었으니 그 지역의 온 주민이 우리를 뒤쫓아 나서기에 충분했다. 우리의 말다툼은 화해에 이르지 못했지만 마음에서 싹 지워져버렸다. 눈 깜빡할 사이에 우리는 꾸러미를 다시 싸 들고 온 힘을 다해 달렸다. 문제는 어느 방향으로 가야 할지 몰랐다는 것이었고, 우리는 왔던 길로 계속해서 다시 돌아가야 했다. 밸런트레이는 사실 더턴에게서 알아낼 수 있는 정보를 다 캐냈지만, 전해 들은 말을 토대로 이동하기는 쉽지 않았다. 들쭉날쭉하고 방대한 항구로 펼쳐진 강어귀에서 어느 쪽으로 돌아가도 또 다른 물줄기가 나타났다.

우리는 거의 제정신이 아니었고 쉬지 않고 달리느라 지칠 대로 지쳐 있었다. 그때 어느 모래언덕의 꼭대기에 올라가 보니 가지처럼 뻗어 나온 만의 또 다른 지맥으로 또다시 길이 막혀 있었다. 하지만 이곳의 작은 만은 지금까지 우리를 멈추게 했던 것과는 달랐다. 바위에 둘러싸여 있고, 깎아지른 듯이 수심이 깊어서 굵은 밧줄로 단단히 고정된 작은 선박을 옆으로 기울일 수 있었다. 그 배의 선원들은 널빤지 하나를 걸쳐놓고 기슭으로 올라왔다. 여기서 그들은 불을 지피고 앉아서 음식을 먹고 있었다. 선박 자체는 버뮤다제도에서 흔히 만드는 종류였다.

황금에 대한 사랑과 해적에 대한 엄청난 증오심은 더없이 강력한 추진력이었으므로, 온 지역민이 우리를 추격하려고 들고일어났을 것이 불 보듯 뻔했다. 게다가 우리가 손가락들처럼 제각기 뻗어 있는 반도 같은 곳에 있다는 사실이 이제 분명해졌다. 우리는 처음에 손목처럼 본토로 이어지는 길로 갔어야 했지만, 그곳은 지금쯤 방비하고 있을 가능성이 없지 않았다. 이런 점들을 고려하면서 우리는 더 대담한 계획을 세웠다. 우선 추격하는 소리가 들리는지 매 순간 주의를 기울이며 모래언덕 꼭대기의 덤불 사이에 누워서 엄두를 낼 수 있을 만큼 오래 머물렀다. 이렇게 해서 숨을 가라앉히고 외모를 가다듬은 뒤 우리는 마침내 모래언덕을 걸어 내려갔고 최대한 태평한 척하며 불가의 일행에게 다가갔다.

이들은 뉴욕주 올버니의 상인과 그의 흑인들이고, 서인도 제도에서 화물을 싣고 뉴욕으로 돌아가는 중이었다. 상인의 이름은 기억나지 않는다. 그가 세라호에 대한 공포 때문에 여기에 정박했다는 말을 듣고 우리는 깜짝 놀랐다. 우리의 해적질이 그렇게 유명해진 줄 몰랐던 것이다. 올버니 선장은 세라호가 전날 나포되었다는 말을 듣자마자 펄쩍 뛰며 일어나더니 좋은 소식을 전해준 우리에게 술을 한 잔씩 따라주었고 흑인들에게 버뮤다 선박의 돛을 올리라고 지시했다. 우리는 술 한 모금을 마신 뒤 더 자신감이 생겨서 마침내 그 배에 승객으로 태워달라고 제안했다. 그는 미심쩍은 듯이 타르가 묻은 우리의 옷과 권총을 보더니 자신이 묵을 만한 공간도 충분하지 않다고 아주 정중히 대답했다. 우리가 아무리 간절하게 요청하고, 상당한 액수의 돈을 제안해도 그의 생각을 바꾸진 못했다.

"알겠습니다. 저희가 미덥지 않으시군요." 밸런트레이가 말했다. "그렇지만 저희는 당신을 아주 좋게 생각하니까 사실을 말씀드리지요. 저희는 자코바이트 탈주자입니다. 저희 목에는 현상금이 걸려 있고요."

이 말을 듣자 올버니 상인의 마음이 약간 동하는 것이 명백했다. 그는 우리에게 스코틀랜드 전쟁에 관해 많은 질문을 던졌고, 밸런트레이는 참을성 있게 대답했다. 그러고 나서 상인은 눈을 찡긋하며 천박한 태도로 "당신과 찰리 공은 원하던 것보다 더 많은 대가를 얻었겠군요"라고 말했다.

"그럼요. 그렇고말고요." 내가 말했다. "그러니 이보시오, 새로 모범을 보이셔서 우리에게 그만큼 베풀어주시면 좋겠소."

나는 아일랜드 어투로 이렇게 말했다. 그 어투는 아주 매력적이라고 인정받아왔다. 잘생긴 남자가 이런 말투를 사용할 때 실망하는 일이 거의 없다는 사실은 놀랍고, 또한 우리나라가 사랑과 존중을 받고 있다는 증거이기도 하다. 아일랜드 억양이 가미되어 있었기 때문에 목마 형틀에서 받을 형벌을 면할 수 있었던 졸병이나 큰 자선을 받아낼 수 있었던 거지를 얼마나 자주 보았는지 모른다. 그래서 올버니 상인이 나를 보고 웃음을 터뜨렸을 때 실로 이제는 안전하다는 것을 의심치 않았다. 그럼에도 그는 많은 조건을 내걸었고, 그중 한 가지로, 승선을 허락하기 전에 우리의 무기를 압수했다. 우리가 승선하자마자 배의 밧줄을 풀어 던지고 출항했다. 곧바로 미풍을 타고 미끄러지듯 만을 내려갈 때 나는 우리를 구해주신 하느님께 감사의 기도를 드렸다. 강어귀 가까이에서 순양함을 지났고, 조금 후에는 그 가엾은 세라호와 사로잡힌 해적들을 지나갔다. 이 두 가지를 보니 몸이 와들와들 떨렸다. 동료들의 운명을 떠올려보자 버뮤다 선박은 매우 안전한 장소로 보였고, 우리의 대담한 결단이 운 좋게 풀려나간 것 같았다. 그럼에도 우리에게는 덫이 바뀌었을 뿐이고, 엎친 데 덮친 격으로 작은 위험에서 더 큰 위험에 빠져든 데다 목을 매다는 돛의 활대에서 달아나 단두대로 뛰어갔고, 군함의 공공연한 적의로부터 도망쳐서 이제 우리를 반신반의하는 올버니 상인의 마음에 목숨이 달려 있는 처지일 뿐이었다.

여러 상황이 겹치면서 우연히도 우리는 감히 바랄 수 없었을 안전한 처지에 놓이게 되었다. 당시 올버니시(市)는 황무지를 가로질러 인디언들 및 프랑스인들과의 밀수업에 긴밀히 엮여 있었다. 이것이 대단히 불법적인 일이었던 만큼 사람들의 충성심은 느슨해졌고, 이 사업을 통해 세상의 가장 고상한 사람들과 관계를 맺게 되면서 그들의 지지도 양분되었다. 간단히 말하자면 그들은 세상의 온갖 밀수꾼들과 똑같았고, 어느 당파를 위해서든 쉽게 정보원이나 첩보원이 될 수 있었다. 게다가 우리의 올버니 상인은 사실 대단히 정직한 사람이었지만 매우 탐욕스럽기도 했다. 그리고 그가 우리와 어울리는 것을 무척 즐거워했다는 사실은 우리의 행운을 완벽하게 해주었다. 뉴욕시에 도착하기 전에 우리는 완전한 합의를 보았는데, 그가 자기 배로 우리를 올버니까지 데려다주고 거기에서부터 경계를 넘어 프랑스령으로 가는 길에 내려주기로

했다. 이에 대해 우리는 매우 큰 대가를 지불해야 했다. 하지만 거지들은 이것저것 선택할 수 없고, 협상하려는 범법자도 마찬가지다.

그 후 우리는 허드슨강을 따라 올라갔는데, 단언컨대 아주 멋진 강이었다. 올버니에서 우리는 '국왕의 군대'라는 여관에 머물게 되었다. 그 도시에는 프랑스인들을 학살하고 싶어 안달난 주의 민병대가 넘쳐났다. 클린턴 주지사도 그 도시에 있었는데, 매우 바쁜 사람이었고, 내가 얻어들은 바로는 당쟁을 일삼는 주 의회 때문에 거의 제정신이 아니었다고 한다. 인디언들은 양편에서 싸우려 들었다. 그래서 양쪽의 인디언들이 인질을 끌어오거나 (더 끔찍하게도) 남자와 여자의 머리 가죽을 가져와서 정해진 비율로 돈을 받는 것을 볼 수 있었다. 정말이지, 고무적인 광경은 아니었다. 전체적으로 보아 우리의 목적에 더 부적절한 시기에 오기도 어려웠을 것이다. 큰 여관에서 머물던 우리는 남들의 눈에 잘 띄었다. 올버니 상인은 우리를 속이면서 수없이 계획을 연기했고, 바야흐로 자신의 약속을 뒤집으려는 낌새가 보였다. 가엾은 도주자들은 위험에 포위된 듯했지만, 얼마간 아주 난잡하게 생활하면서 걱정을 잊으려 했다.

그런데 이 난관도 운 좋게 풀려나갔다. 그리고 우리의 탈출에 관해서 언급해야 할 것 중 하나는 우리가 취한 조치들이 마지막까지 하느님의 은총으로 이루어졌다는 것이다. 이는 인간의 자존감을 얼마나 부끄럽게 만드는 일인가! 나의 철인적 태도, 밸런트레이의 특별한 재능, 내가 보기에는 우리가 동등하게 갖춘 용맹성…… 신이 우리의 노력을 축복하지 않았더라면 이것들로는 결국 충분하지 않았을 것이다. 교회에서 말하듯이 종교의 진실을 결국 일상사에도 똑같이 적용할 수 있다는 것은 너무나도 옳은 말이다! 아무튼 우리는 흥청망청 놀다가 추라는 이름의 활기찬 젊은이를 알게 되었다. 그는 인디언 상인 중 가장 대담한 축에 속했고, 황무지의 숨은 길을 잘 알고 있었으며, 궁핍한 데다 방탕하고, 마지막으로 다행스럽게도 자기 가족과 사이가 나빴다. 우리는 도와달라고 그를 설득했고, 추는 우리가 탈출하는 데 필요한 물품들을 몰래 공급해주었다. 어느 날 우리는 옛 친구에게 말 한마디 하지 않고 몰래 올버니를 빠져나왔고, 약간 북쪽으로 올라가서 카누에 몸을 실었다.

이 여행에서 겪은 고생과 위험을 충실히 묘사하려면 내 펜보다 더 격조 높은 펜이 필요할 터다. 독자는 우리가 이제 요리조리 빠져나가야 했던 끔찍한 황무지를 스스로 상상해보아야 한다. 관목들과 늪, 깎아지른 바위들, 맹렬하게 흐르는 강들과 경이로운 폭포들에 이르기까지. 이 거친 풍경 속에서 우리는 노를 젓기도 하고, 카누를 어깨에 메고 운반하기도 하면서 온종일 힘들게 전진해야 했다. 밤이 되면 울부짖는 늑대와 다른 사나운 동물들에 둘러싸여 모닥불 앞에서 잠을 청했다. 우리는 허드슨강의 상류로 올라가서 크라운 포인트의 인근에 이르는 것을 목표로 삼았다. 그곳의 섐플레인 호수• 옆

숲속에 프랑스 요새가 있었다. 하지만 그곳으로 곧바로 향하는 것은 너무 위험했기 때문에 우리는 생각만 해도 어지러운 미로 같은 강과 호수 및 수로 사이로 이동했다. 예전에는 사람이 전혀 다니지 않는 길이었지만, 당시 그 지역은 혼란스럽게 술렁이고 있어서 인디언 부족들이 싸우러 나가기도 했고 숲에는 인디언 정찰병들이 들끓었다. 전혀 예상하지 못한 순간에 우리는 이런 무리와 맞닥뜨리곤 했다. 특히 어느 날인가 동이 틀 무렵에 갑자기 나타난 대여섯 명의 분장한 악마에게 둘러싸였던 일을 잊을 수 없다. 이들은 음산한 소리를 지르며 손도끼를 휘둘러댔다. 예전에 맞닥뜨렸을 때와 마찬가지로 이번에도 아무런 해도 입지 않고 넘어갈 수 있었다. 추가 여러 부족 사이에서 잘 알려져 있고 꽤 존중을 받는 인물이기 때문이었다. 실로 그는 대단히 용감하고 훌륭한 젊은이였다. 하지만 그와 동행하는 이점이 있더라도 이런 마주침에 상당한 위험이 없었다고 생각해서는 안 된다. 우리는 호감을 보여주기 위해서 비축해두었던 럼주를 꺼내야만 했다. 사실 인디언 상인들이 뭐라고 꾸며대든 간에 그들의 진짜 목적은 숲속에서 이동 술집을 차리는 것이었다. 일단 이 용맹한 자들이 스카우라라고 부르는 끔찍한 독주를 양껏 마시면, 당연히 우

● 프랑스령 캐나다의 첫 주지사의 이름을 딴 이 호수는 대체로 뉴욕주와 버몬트주 사이에 있고, 캐나다 국경을 약간 넘어선 곳도 있으며, 애디론댁산맥의 동쪽까지 이어진다.

리는 머리 가죽을 지키기 위해 노를 저어 떠나야 했다. 일단 술이 조금 들어가면 분별력이고 체면이고 모두 끝장이었다. 그들에게는 한 가지 생각밖에 없었는데, 스카우라를 더 마셔야 한다는 것이었다. 이들이 우리를 추격하겠다는 생각을 쉽사리 떠올릴 수 있고, 만약 우리가 잡혔더라면 이 회고록은 태어나지 못했을 것이다.

우리는 여정의 가장 중요한 지점에 이르렀는데, 프랑스군이나 영국군에 사로잡힐 가능성이 반반이라고 예상할 수 있는 곳이었다. 그런데 그때 끔찍한 재앙이 우리를 덮쳤다. 추가 갑자기 어떤 중독 증상 같은 것으로 괴로워하더니 두세 시간 만에 카누의 바닥에서 숨을 거둔 것이다. 우리는 안내자이자 통역원이고 뱃사공이며 통행권자를 단번에 잃어버린 셈이었다. 그는 한 몸으로 이 모든 역할을 해내고 있었던 것이다. 우리는 일거에 가장 위험하고 돌이킬 수 없는 곤경에 빠지고 말았다. 추는 자신의 지식을 아주 자랑스러워했고, 지리에 관해 우리에게 종종 강의를 늘어놓았었다. 그럴 때 밸런트레이는 귀를 기울이곤 했던 것 같다. 나로 말할 것 같으면, 그런 정보가 늘 몹시 지루했다. 따라서 나는 우리가 애디론댁 인디언 구역에 와 있고 길을 찾아낼 수만 있다면 목적지까지 멀지 않다는 것까지는 알았지만, 그 이상은 깜깜무식이었다. 하지만 내 행동 방식이 더 현명한 방책이었다는 것이 분명해졌는데, 밸런트레이가 아무리 애를 써도 나보다 별반 낫지 않았던 것이다. 그는 우리가 어느 강줄기를 따라 계속 올라가야 하고, 그다음에는 육로로 카누를 운반하고 나서 다른 강줄기를 내려와야 하고, 그런 다음에 세 번째 강줄기를 올라가야 한다는 것을 알았다. 여기서 고려해야 할 점은 산악 지역에서 얼마나 많은 물줄기가 사방으로 흘러내리는지를 알 수 없다는 것이다. 그런 지역에 생전 처음 와본 신사가 어느 물줄기를 다른 물줄기와 어떻게 구분할 수 있겠는가? 문제는 그것만이 아니었다. 우리는 카누를 다루는 데 완전히 초짜였고, 카누를 메고 이동하는 것은 힘에 부치는 일이었다. 그래서 절망에 빠져 삼십 분간 아무 말 없이 앉아 있었다. 그때 인디언이 한 명이라도 나타났다면 그와 소통할 수단이 없는 우리는 십중팔구 죽음을 맞았을 것이다. 밸런트레이는 침울한 기분을 드러낼 때는 언제나 핑곗거리를 대곤 했다. 그가 자기 못지않게 유능한 다른 사람들에게 잘못을 전가하는 습관은 그리 참아줄 만하지 않았고, 그가 사용하는 용어를 받아들이는 것 또한 늘 쉬운 일은 아니었다. 사실 그는 해적선에 있을 때 신사들 사이에서는 극히 보기 드문 말투를 사용하는 습관이 들었던 것이다. 그리고 지금, 말하자면 흥분으로 열에 들뜬 상태에서 그 습관은 특히 두드러졌다.

이처럼 방랑하기 시작한 지 사흘째 되는 날에 우리는 카누를 메고 바위투성이인 육로로 이동하고 있었는데, 카누가 떨어져 완전히 부서지고 말았다. 육로는 꽤 넓은 두 호수 사이에 있었고, 길 양옆은 물에 접해 있었으며, 양 끝은 끝없이 펼쳐진 숲에 둘러싸여 있었다. 호숫가는 늪지였기에 도저히 건

너갈 수 없었다. 그래서 우리는 카누와 웬만한 식량도 없이 계속 가야 하는 비참한 신세가 되었을 뿐 아니라 변변치 않지만 아직 길잡이로 삼았던 강줄기도 저버리고 당장 꿰뚫을 수 없이 빽빽한 숲으로 뛰어들어야 했다. 우리는 각자 권총을 허리띠에 끼워 넣고, 도끼를 어깨에 메고, 비틀거리며 간신히 운반할 수 있을 정도의 보물과 음식을 꾸렸다. 숲속에서 거치적거릴 나머지 소지품을 칼까지 포함해 모두 내버린 채 우리는 이 개탄스러운 모험에 착수했다. 호메로스가 그토록 멋지게 묘사한 헤라클레스의 노고는 우리가 이제껏 견딘 것에 비하면 아무것도 아니었다. 숲의 어느 지역은 바닥까지도 수풀이 빽빽이 우거져 있어서 우리는 치즈 덩어리 속에서 치즈를 갉아먹으며 나아가는 벌레처럼 나무를 도끼로 쳐나가며 길을 내야 했다. 어떤 곳은 바닥이 깊은 수렁이어서 나무들이 완전히 썩어 있었다. 나는 쓰러진 큰 통나무에 뛰어올랐다가 썩은 나무에 무릎까지 빠지고 말았다. 떨어지는 순간 단단해 보이는 나무 몸통을 붙잡고 몸의 균형을 잡으려 했지만, 이 나무는 한 장의 종이처럼 내 손이 닿자마자 훅 사라졌다. 발이 걸려 비틀거리고, 넘어지고, 무릎까지 수렁에 빠지고, 나무를 자르며 길을 내고, 잔가지들과 큰 가지들에 부딪혀 눈앞이 보이지 않고, 몸에서 옷이 갈기갈기 찢긴 채 온종일 고전했지만 한 3킬로미터쯤 나아갔는지 모르겠다. 더욱 고약하게도, 우리는 그 지역 전체를 조감할 수 없었고 장애물 때문에 가려던 길에서 계속 밀려나면서 어느 방향으로 가는지도 짐작할 수 없었다.

해가 지기 조금 전, 거친 언덕으로 둘러싸이고 시냇물이 흐르는 빈터에서 밸런트레이는 자기 짐을 내려놓았다. "나는 더 가지 않겠네." 그가 말했다. 그러더니 내게 불을 지피라고 명령하고, 가마꾼에게도 적합하지 않은 말로 욕설을 퍼붓는 게 아닌가.

나는 그에게 한때 해적이었던 것을 잊고 신사였던 것을 기억하라고 말했다.

"제정신이야?" 그가 소리 질렀다. "여기서 날 짜증 나게 하지 말게!" 그러고는 산에다 주먹질을 해대며 소리쳤다. "이런 끔찍한 황무지에 내 뼈를 남겨야 하다니! 하느님께서 차라리 내가 신사답게 교수대에서 죽을 수 있게 해주신다면!" 그는 절규하는 배우처럼 말하더니 앉아서 손가락을 깨물며 바닥을 응시했다. 그처럼 그리스도교인답지 않은 사람도 없었다.

나는 그에게 거의 경악했다. 군인과 신사는 자신의 죽음을 더 달관하는 태도로 볼 수 있어야 한다고 생각했던 것이다. 그래서 나는 아무 대꾸도 하지 않았다. 이내 어둠이 내리고 냉기가 돌았기에 나는 나를 위하여 기꺼이 모닥불을 지폈다. 하지만 하느님께서 아시듯이 미개인들이 들끓는 지역의 훤히 드러난 빈터에서 불을 피우는 것은 미친 짓이나 다름없었다. 밸런트레이는 나를 전혀 주목하지 않는 듯했지만, 이윽고 내가 작은 옥수수를 볶으려고 할 때 고개를 들었다.

"자네 혹시 형제가 있나?" 그가 말했다.

“하느님의 축복으로, 다섯 이상이 있지.” 내가 말했다.

“내겐 딱 하나가 있네.” 그가 낯선 목소리로 말했다. 그러고는 곧 덧붙였다. “그 녀석이 이 모든 것에 대해 내게 대가를 치러야 해.” 그의 동생이 우리가 겪는 곤경과 무슨 관련이 있냐고 물었더니 그는 소리쳤다. “무슨 관련이 있냐고! 그 녀석은 내 자리를 차지하고, 내 칭호를 달고, 내 아내의 환심을 사고 있어. 그런데 나는 이가 덜덜 떨리도록 추운 황무지에서 빌어먹을 아일랜드 녀석하고 단둘이 있잖아! 아, 나는 잘 속아 넘어가는 평범한 얼간이였어!”

이런 감정의 폭발은 어느 모로 보나 내 친구의 본성과 너무나 맞지 않았기에 너무 기가 막혀서 나는 공정한 의견을 표현할 수 없었다. 물론 모욕적인 말은, 아무리 실감 나는 표현이더라도 극한적인 상황에서는 지극히 하찮은 것으로 보일 수밖에 없다! 하지만 여기서 짚고 넘어가야 할 이상한 점이 있다. 그는 자기 약혼자에 대해 예전에 딱 한 번 언급한 적이 있었다. 우리가 뉴욕시를 처음으로 보았을 때인데, 그때 그는 자신의 모든 권리를 찾게 된다면 지금 자신이 보고 있는 것이 바로 자기 자산이라고 말했었다. 그레임 양이 뉴욕주에 방대한 사유지를 갖고 있기 때문이었다. 그리고 확실히 그 말이 자연스럽게 나올 수 있는 상황이었다. 그런데 지금 여기서 그녀가 두 번째로 언급되었던 것이다. 분명히 여기서 말해야 마땅한 사실은 바로 이달에, 1747년 11월에, 내 생각으로는 우리가 그 험한 산속에 앉아 있던 바로 그날에 밸런트레이의 동생과 그레임 아가씨가 결혼했다는 것이다. 나는 미신을 거의 믿지 않는 사람이지만, 여기에 미친 주님의 손길이 너무도 명백히 드러났으므로 그것에 대해 언급하지 않을 수 없다.•

다음 날과 그다음 날도 우리는 똑같은 고초를 겪으며 나아갔다. 밸런트레이는 종종 동전을 던져서 우리가 갈 방향을 결정했다. 한번은 내가 유치하다고 이의를 제기하자 그는 이상한 발언을 했는데 그 말을 나는 결코 잊은 적이 없다. "인간의 이성을 조롱하는 방식으로 이보다 더 좋은 방법은 알지 못한다네." 사흘째 되는 날에 우리는 어느 그리스도교인의 시신을 발견했다. 머리 가죽이 벗겨지고 몸은 더없이 훼손되었으며, 자신의 피가 고인 웅덩이에 누워 있었다. 황무지의 새들이 파리 떼처럼 새까맣게 몰려들어 시신 위를 맴돌며 날카로운 소리를 질러댔다. 이 광경이 우리에게 얼마나 지독한 영향을 미쳤는지는 말로 다 할 수 없다. 어떻든 내 온몸에서 맥이 다 풀렸고 세상에 대한 희망이 다 사라졌다. 바로 그날, 얼마 지나지 않아 우리는 불에 타버린 숲속에서 서둘러 걸음을 옮기고 있었다. 그런데 조금 앞에서 걷던 밸런트레이가 부서진 통나무 뒤로 재빨리 숨는 게 아닌가. 나도 그의 옆으로 몸을 숨겼고, 눈에 띄지 않게 주위를 둘러보았다. 다음 골짜기 바닥에서 수많은 야만인 전사들이 우리의 길을 가로지르며 진군하

• 매켈러 씨의 주: 완전한 착각이다. 이 날짜에는 결혼에 관한 언급조차 없었다. 내가 위에서 쓴 이야기를 보라(원주).

고 있었다. 아마 소규모 부대 정도의 전력이었을 것이다. 모두들 허리까지 벌거벗었는데 기름과 검댕을 발라 새까맸고, 그들의 불쾌한 관습에 따라 얼굴은 백연과 진사로 희고 붉게 칠해져 있었다. 그들은 한 줄로 늘어선 거위들처럼 연달아 속보로 걷고 있었다. 이들이 달가닥거리며 지나가는 데는 시간이 얼마 걸리지 않았고, 곧 다시 숲속으로 사라졌다. 하지만 나는 우리가 이 몇 분 안에 보통 사람들이 평생에 걸쳐 느끼는 것보다 더 극심한 망설임과 긴장의 고통을 겪었다고 생각한다. 이들이 프랑스 쪽 인디언인지 영국 쪽 인디언인지, 머리 가죽을 원하는지 포로를 원하는지, 우리가 이 기회에 우리의 존재를 밝혀야 하는지 가만히 누워 있다가 그 진력나는 여행을 계속해야 하는지, 이런 의문들에 답하려면 아리스토텔레스라도 골머리를 앓았을 것이다. 밸런트레이는 잔뜩 찌푸린 얼굴로 나를 쳐다보았다. 그의 치아는 내가 읽었던 글에서 묘사된 굶어 죽은 사람들의 그것처럼 입속에서 뚜렷이 드러났다. 그는 아무 말도 하지 않았지만, 온몸으로 무시무시한 질문을 던지는 것 같았다.

"영국 쪽일 거야." 내가 속삭였다. "생각해보게! 그러면 우리가 바랄 수 있는 최선은 이 행군을 다시 시작하는 거야."

"나도 아네. 알고 있어." 그가 말했다. "하지만 마지막에는 곤두박질쳐야겠지." 그는 갑자기 동전을 꺼내더니 주먹을 쥔 손으로 흔들었고, 그것을 펼쳐보고는 엎어져서 흙먼지 속에 얼굴을 묻었다.

매켈러 씨의 첨부: 이날 두 사람은 언쟁을 벌이고 헤어졌기 때문에 훈작사의 서술을 여기서 중단하도록 하겠다. 그 언쟁에 대한 훈작사의 묘사는, 솔직히 고백하자면 두 남자의 성격과 전혀 맞지 않는 것처럼 보인다. 이때부터 둘은 각자 헤매면서 기이한 고통을 겪다가 급기야는 차례로 세인트 프레더릭 요새의 부대에 발견되었다. 주목할 사실 두 가지가 있다. 첫 번째는(그리고 내 의도에서 가장 중요한 부분은) 밸런트레이 귀공자가 극심한 고통을 겪는 가운데 보물을 땅에 묻었다는 것이다. 위치는 지금까지 발견되지 않았지만, 밸런트레이 귀공자가 모자 안감에 자기 피로 그곳의 위치를 그려놓았다. 두 번째는 그가 돈 한 푼 없이 요새에 도착했을 때 훈작사가 그를 형제처럼 반겨주었고 거기서 프랑스까지 가는 여비를 대주었다는 것이다. 단순한 성격의 소유자인 버크 씨는 이 대목에서 밸런트레이 귀공자를 지나치게 칭찬한다. 세상 물정에 밝은 사람의 관점에서 보면, 칭찬받아야 마땅한 사람은 훈작사 한 명뿐이다. 내가 얼마 전에 그분에게 상처를 주었을지 몰라 염려스러우므로, 나와 편지를 주고받는 이 존경하는 분의 실로 고귀한 면모를 더욱 기쁜 마음으로 지적하고자 한다. 나는 그분이 얼마나 존경을 갈구하는지를 알고 있기에 그분의 특이한, 그리고 (내가 보기에는) 부도덕한 의견에 대한 언급은 자제해왔다. 하지만 그가 기록한 언쟁은 여기에 도저히 제시할 수 없을 정도였다. 나는 밸런트레이 귀공자를 직접 보았고, 그처럼 공포에 무감각한 사람은 상상할 수 없다. 나는 훈

작사가 이 점을 간과한 것을 유감스럽게 여기는데, 그의 이야기가 (몇 가지 과장된 수사를 제외하고는) 대단히 솔직담백한 성격을 띠고 있다고 여겨지기에 더욱 그렇다.

헨리 씨가 겪은 박해

버크 대령이 자신의 모험담을 우리에게 들려주었을 때 어느 부분에 주안점을 두었을지는 독자도 짐작할 수 있을 것이다. 실로 우리가 그 이야기를 처음부터 끝까지 들었더라면, 그 후에 벌어진 사건의 흐름이 완전히 달라졌을 거라고 생각할 수 있다. 그러나 그는 해적선에 대해서는 살짝 건드리기만 하고 지나갔다. 또한 나는 대령이 기꺼이 밝힌 이야기조차 끝까지 듣지 못했다. 한동안 멍한 상태에 빠져 있던 헨리 씨가 급기야 자리에서 일어나더니 (처리해야 할 일이 있다고 버크 대령에게 말하고는) 나에게 즉시 사무실로 따라오라고 말했다.

사무실에 들어서자 헨리 씨는 더 이상 걱정을 감추려 애쓰지 않았다. 그는 일그러진 얼굴로 서성였고 계속해서 손으로 이마를 닦았다.

"해야 할 일이 있소." 그가 드디어 말을 꺼냈다. 그러더니 포도주를 마셔야겠다며 가장 좋은 매그넘•을 가져오게 했다.

헨리 씨의 평소 습성과는 전혀 다른 행동이었는데, 더더욱 이상하게도 포도주가 들어오자 어떻게 보이든 신경 쓰지 않는 사람처럼 여러 잔을 연거푸 벌컥벌컥 들이켰다. 그렇지만 술이 들어가자 차분해졌다.

"매켈러, 이런 이야기를 들어도 별로 놀라지 않겠지." 그가 말했다. "내 형이, 형이 안전하게 살아 있다는 소식을 듣고 우리 모두 기뻐했는데, 돈이 필요한 상태라네."

나도 그리 짐작했다고 대답했다. 하지만 당장은 자금이 거의 없는 때라서 시기가 좋지 않았다.

"그렇지 않네." 그가 말했다. "저당금을 갚을 돈이 있으니."

내가 그것은 헨리 부인의 돈이라고 말했다.

"난 내 부인에 대해 책임질 걸세!" 그가 격하게 외쳤다.

"그러면." 내가 말했다. "저당은 그대로 남게 됩니다."

"나도 아네." 그가 말했다. "그것에 관해 상의하고 싶은 걸세."

나는 이 돈을 원래 쓰려던 목적에서 빼돌리기에는 너무나 안 좋은 시기라고 설명했다. 그렇게 한다면 지금까지 절약해서 남긴 소득을 다 잃고, 장원을 다시 진창에 빠트리는 것과 같다고 말했다. 더 나아가 그렇게 하지 말라고 무례하게 주장하기도 했다. 하지만 그가 씁쓸하고 완강한 미소를 띠고 고개를 저으며 계속 고집을 부렸기에 나는 열의에 휩쓸려 직분을 잊고 소리쳤다. "이것은 극도의 미친 짓입니다. 그리고 저는

● 1.5리터짜리 포도주 병.

그것에 가담하지 않겠습니다."

"내가 나 좋으라고 이러는 듯이 말하는군." 그가 말했다. "하지만 난 이제 아이도 있네. 게다가 질서를 소중하게 생각하고. 솔직히 말하자면 매켈러, 나는 이 장원에 자부심도 갖게 되었네." 그는 잠시 침울한 얼굴로 가만히 있었다. "하지만 무엇을 갖고 싶겠나?" 그가 계속했다. "그 무엇도 내 것이 아니라네. 그 무엇도. 오늘 들은 소식은 내 삶의 기반을 송두리째 뽑아버렸지. 내가 가진 것은 이름과 그림자뿐이야. 그림자뿐. 내 권리는 실체가 없어."

"그 권리가 법정에서는 충분히 실체가 있는 것으로 입증될 겁니다." 내가 말했다.

그는 불타는 듯한 눈으로 나를 보았고, 그 말을 입술에서 억누르는 것 같았다. 나는 내가 한 말을 후회했다. 그가 장원에 대해 말하면서 한편으로는 자신의 결혼에 대해 생각하고 있다는 것을 깨달았던 것이다. 갑자기 그는 호주머니에서 구겨진 편지를 확 잡아 꺼내더니 격한 몸짓으로 탁자 위에 펴 놓았다. 그러고는 떨리는 목소리로 읽어주었다. "'야곱에게.' 이렇게 시작하다니!" 그가 소리쳤다. "'야곱에게. 아마도 기억하겠지만 내가 너를 그렇게 부른 적이 있었지. 너는 이제 그 일을 벌였고 내 발꿈치를 크리펄 언덕• 꼭대기만큼 높이 걷어차버렸구나.' 하나밖에 없는 형이 이런 말을 하는 걸 어떻

• 스코틀랜드의 솔웨이만에서 가장 높은 언덕.

게 생각하나, 매켈러?" 그가 말했다. "신에게 맹세코 나는 형을 아주 좋아했네. 형에게 늘 충실했고. 그런데 이런 편지를 쓰다니! 하지만 이런 비방을 들으며 가만히 있진 않겠네." 그는 서성거리고 있었다. "난 형보다 못하지 않거든. 형보다 더 나은 사람이지. 하느님께서 그것을 입증해주시기를! 나는 형이 요구하는 터무니없는 금액을 줄 수 없네. 형은 이 장원이 형편없는 상태라는 것을 잘 알고 있어. 하지만 난 내가 가진 것을 주겠어. 형이 기대하는 것 이상으로. 난 이 모든 것을 너무 오랫동안 견뎌왔네. 형이 뭐라고 썼는지 더 읽어보게. 직접 읽어보라고. '난 네가 얼마나 쩨쩨한 놈인지 알아.' 쩨쩨한 놈이라고! 내가 쩨쩨하다고? 그게 맞는 말인가, 매켈러? 그렇게 생각하나?" 나는 그가 이 말을 하면서 정말로 나를 치는 줄 알았다. "아, 모두들 그렇게 생각하는군! 그래, 두고 보라지. 형도 보게 될 거고, 하느님도 보실 거야. 내가 이 장원을 망쳐놓고 맨발로 걸어 다니더라도 이 흡혈귀에게 잔뜩 처먹일 거야. 전부 다 요구해보라고 해. 전부 다. 그럼 갖게 해줄 테니! 전부 다 권리상으로는 형의 것이니까! 아!" 그가 외쳤다. "나는 이 모든 것을, 더 끔찍한 것도 예상했지. 내가 원정에 나가는 것을 형이 막았을 때." 그가 포도주 한 잔을 더 따라서 입술에 대려 했을 때 나는 대담하게 헨리 씨의 팔에 손을 얹었다. 그는 잠시 멈칫했다. "자네가 옳아." 그는 이렇게 말하곤 포도주 잔을 벽난로에 내던졌다. "자, 이제 돈을 세도록 하세."

나는 더 이상 반대할 엄두가 나지 않았다. 평소에 대단히 자제력이 강한 사람이 이처럼 혼란스러운 모습을 보이는 바람에 나는 큰 충격을 받았다. 그래서 우리는 같이 앉아 돈을 셌고, 버크 대령이 더 편하게 운반할 수 있도록 여러 다발로 꾸렸다. 일이 끝나자 헨리 씨는 다시 홀로 돌아갔고, 거기서 연로하신 듀리스디어 경과 밤새도록 앉아 손님과 이야기를 나누었다.

동이 트기 직전에 불려 나온 나는 대령과 함께 집을 나섰다. 스스로를 높게 평가하는 대령이니 나처럼 책임이 막중하지 않은 인물의 호위를 받는 것으로는 성에 차지 않았을 테지만, 나보다 더 중요한 사람을 호위대로 보낼 수는 없었다. 헨리 씨는 밀수꾼과 함께 있는 모습을 보여서는 안 되기 때문이었다. 바람이 많이 부는 몹시 추운 아침이었고, 우리가 긴 관목 숲을 따라 내려가는 동안 대령은 온몸을 망토에 파묻고 있었다.

"대령님." 내가 말했다. "대령님의 친구분이 엄청난 금액을 요구하셨습니다. 꼭 필요한 것이 대단히 많은가봅니다."

"그렇게 생각해야겠지요." 그가 말했다. 퉁명스럽게 들렸지만, 망토에 입이 가려서 그럴 수도 있었다.

"저는 듀리스디어가의 하인일 뿐입니다." 내가 말했다. "제게는 솔직히 말씀하셔도 괜찮습니다. 밸런트레이 귀공자로 인해 좋은 일이 생길 것 같진 않은데요?"

"이보시게." 대령이 말했다. "밸런트레이는 더없이 탁월한 능력을 타고난 신사이자 내가 흠모하는 사람이오. 그가 밟은 땅조차 나는 숭배한다오." 그러더니 곤란한 처지에 놓인 듯 말을 멈추는 것 같았다.

"그럼에도 불구하고." 내가 말했다. "그분으로 말미암아 좋은 일이 생길 가능성은 거의 없겠지요?"

"물론 당신은 마음대로 생각할 수 있겠지." 대령이 말했다.

이때쯤 우리는 작은 보트가 대령을 기다리고 있는 개울가에 이르렀다. "자." 그가 말했다. "친절하게 대해주어서 큰 신세를 졌소. 이름이 생각나지 않소만, 마지막 작별의 말로, 그리고 당신이 대단히 지적인 관심을 보여주었기에 듀리스디어 가족에게 도움이 될 만한 한 가지 사소한 상황을 알려드리지. 내 친구가 그 사실은 언급하지 않았으리라고 믿기 때문이오. 친구는 지금 파리에 거주하는 망명자 중에서 가장 많은 연금을 스코츠 펀드에서 받았소. 그건 더더욱 부끄러운 일이었지." 대령이 흥분하며 외쳤다. "내게는 더러운 동전 한 푼 없으니 말이오."

그는 이 편파적인 처사가 내 탓이라도 되는 양 나를 보며 모자챙을 위로 젖혔다. 그러더니 평소처럼 정중하게 으스대는 태도로 악수를 청하고는 돈 꾸러미를 겨드랑이에 낀 채 〈숄 아룬〉•의 애처로운 곡조를 휘파람으로 불며 배를 타러 내려갔다. 그때 나는 그 곡을 처음 들었다. 독자들도 알게 되

• '숄 아그라'라고도 알려진 아일랜드 민요.

겠지만, 나는 그 가사를 포함해서 전부를 다시 듣게 될 운명이었다. 하지만 밀수꾼들이 대령에게 "쉿, 제발!"이라고 말한 뒤 삐걱거리는 노 소리가 곡조를 대신한 후에도 그 짧은 곡조가 내 머릿속에서 맴돌았던 기억이 난다. 나는 가만히 서서 새벽빛이 바다에 퍼져나가는 가운데 보트가 멀어져가고 앞돛의 방향을 왼쪽으로 돌린 채 보트를 기다리고 있는 소형 돛배를 보았다.

이렇게 되어 금전이 부족해지자 가계는 몹시 곤혹스러운 상황에 처했고, 그에 따른 여러 파장이 이어졌다. 그중 한 가지는 내가 에든버러에 가서 예전에 받은 대출로 파산하지 않도록 조건이 좋지 않은 새 융자를 받아야 했다는 점이다. 그러느라 나는 거의 삼 주간 듀리스디어가를 떠나 있었다.

그동안에 어떤 일이 있었는지 내게 말해준 사람은 없었지만, 나는 돌아오자마자 헨리 부인의 처신이 많이 달라진 것을 알게 되었다. 예전에 듀리스디어 경과 나누던 담소를 대체로 소홀히 했고, 남편에게는 더 자주 말을 거는 것 같았는데, 그러면서도 어떤 항의를 드러냈다. 또 한 가지를 들자면, 그녀는 이제 오로지 캐서린 양에게 관심을 쏟았다. 독자는 헨리 씨가 이런 변화를 반겼을 거라고 생각할 수 있겠지만, 실은 전혀 그렇지 않았다. 오히려 변화의 조짐이 그에게는 칼로 찌르는 듯한 고통이었다. 그는 그런 변화가 바깥으로 떠도는 그녀의 애정을 드러낸다고 해석했다. 밸런트레이 귀공자가 죽은 줄 알았을 때 자랑스러워했던 자신의 지조에 대해서, 그가 살아 있다는 것을 알게 된 지금 그녀는 얼굴을 붉혔다. 이 부끄러움을 미워하면서 행동에 변화가 찾아온 것이다. 나는 어떤 진실도 감추지 않을 생각이므로 여기서 숨김없이 말하겠다. 내 생각에는 이 시절이 헨리 씨가 최악의 모습을 보였던 때다. 실로 그는 사람들 앞에서는 감정을 억제했지만, 그럴 때도 마음속 깊이 박혀 있는 짜증이 드러났다. 예전에 비교적 허심탄회하게 대하던 나에게도 종종 터무니없이 부당하게 굴었고, 심지어 자기 아내에게도 날카롭게 쏘아붙였다. 어쩌면 헨리 부인이 예전과 달리 친절한 태도를 보여서 신경을 건드렸거나 명백히 드러난 특별한 이유가 없을 때도, 그저 습관적으로 일어나는 짜증이 자기도 모르게 폭발한 것이었다. 헨리 씨가 그처럼 발끈 화를 낼 때마다(그들의 평소 태도를 벗어난 너무도 기이한 일이라서) 같은 방에 있던 사람 모두가 충격을 받았고, 부부는 상처받은 듯한 어리둥절한 눈으로 서로를 쳐다보곤 했다.

또한 헨리 씨는 이런 기질적 결함으로 스스로에게 상처를 주면서 동시에 침묵을 고수함으로써 자신의 위상에 해를 입히고 있었다. 그처럼 침묵을 지킨 것을 관대함의 소산이라고 불러야 할지 아니면 자존심의 소산이라고 불러야 할지 나는 모르겠다. 밀수꾼들은 다시, 또다시 찾아와서 밸런트레이 귀공자의 전갈을 전했고, 그중 빈손으로 떠난 자는 없었다. 나는 감히 헨리 씨에게 논리적으로 따질 엄두도 내지 못했고,

그는 고결한 분노와 같은 감정으로 귀공자가 요구하는 것을 주었다. 어쩌면 자신에게 천성적으로 인색한 성향이 있다는 것을 알았기에 자기 형의 긴박한 사정에 만용을 부려 돈을 퍼주면서 비뚤어진 즐거움을 느꼈을지 모른다. 어쩌면 그보다 미천한 사람이라도 정당하지 않은 지위에 있었다면 똑같이 시달리다가 극단적인 만용을 부렸을지 모른다. 하지만 그로 인해 장원은 (이렇게 말해도 된다면) 앓는 소리를 냈다. 일상적 비용은 점점 깎여 줄어들었고, 마구간은 로드스터 네 마리만 제외하고 텅텅 비었다. 하인들이 해고되는 바람에 지역 주민들이 지독하게 숙덕거리기 시작했고, 헨리 씨에 대한 예전의 악감정이 다시 불붙었다. 마지막으로 매년 해왔던 에든버러 여행도 중단해야 했다.

이런 일이 일어난 해는 1756년이었다. 독자는 그 흡혈귀가 7년간 듀리스디어의 피를 빨아먹었고, 그동안 헨리 씨는 그것에 대해 입도 뻥긋하지 않았다는 것을 염두에 두어야 한다. 밸런트레이 귀공자가 자신의 요구 사항을 헨리 씨에게만 언급하고 듀리스디어 경에게는 한마디도 하지 않았다는 것은 그의 교활한 악의를 입증한다. 다른 가족은 우리의 절약 방안을 보고 의아해했다. 의심할 바 없이 그들은 헨리 씨가 지독한 구두쇠가 되었다고 한탄했을 것이다. 인색함이란 언제나 경멸받을 만한 결함이지만, 특히 젊은이의 인색함은 혐오스럽기 그지없고, 헨리 씨는 아직 서른도 안 된 나이였다. 그렇지만 그는 거의 소년 시절부터 듀리스디어의 업무를 관장해왔다. 가족들은 이런 변화를 헨리 씨 못지않게 오만하고 쓰라린 침묵으로 견뎌왔는데, 마침내 에든버러 여행 문제가 변화의 절정을 장식하게 되었다.

당시 헨리 씨와 그의 아내는 식사 시간이 아니면 함께 있는 일이 거의 없었다. 버크 대령이 소식을 알린 직후에 헨리 부인은 남편에게 분명 가까이 가려고 했다. 그녀가 소심하게 남편에게 구애한 거나 마찬가지라고 말할 수도 있겠다. 예전의 무관심하고 거리를 두며 냉대하던 태도와는 다른 모습이었다. 나는 헨리 씨가 이런 접근에 오히려 움츠러들었다고 해서 그를 탓할 수도 없고, 또한 자신의 접근 시도가 거부되자 가슴 속 깊이 상처를 받은 헨리 부인을 책망할 수도 없었다. 어떻든 결과적으로 그들은 완전히 소원해졌고, (이미 말했다시피) 식사 시간 외에는 말도 거의 나누지 않았다. 에든버러 여행에 관한 문제도 식탁에서 처음 언급되었고, 우연히도 그날 헨리 부인은 몸이 안 좋아 짜증스러운 상태였다. 남편의 말뜻을 알아듣자마자 그녀의 얼굴이 붉게 달아올랐다.

"급기야 이렇게까지 하다니." 그녀가 소리쳤다. "이건 너무하잖아요! 하느님은 아실 거예요. 내 인생에 무슨 낙이 있는지. 그런데 내 유일한 위안마저 허용되지 않다니. 이런 수치스러운 습성은 짓밟아버려야 해요. 우리는 이미 이 근방에서 조롱감인 데다 눈엣가시란 말이에요. 나는 이 정신 나간 결정은 용납할 수 없어요."

"그럴 형편이 안 돼요." 헨리 씨가 말했다.

"형편이 안 된다고요?" 그녀가 외쳤다. "부끄러운 줄 아세요! 하지만 난 내 돈이 있어요."

"혼인 계약으로 인해 그것도 내 것이오, 부인." 그는 딱딱거리듯 말하고는 즉시 방을 나섰다.

연로한 듀리스디어 경은 양손을 들어 올렸다. 그와 그의 며느리는 벽난로 쪽으로 물러나면서 내게 나가라는 명확한 신호를 주었다. 헨리 씨는 평소 은신처로 쓰는 집사 사무실에 있었다. 험악한 표정으로 책상 끝에 걸터앉아서 주머니칼로 책상을 찌르고 있었다.

"헨리 씨." 내가 말했다. "지금 본인에게 너무 부당한 벌을 주는 겁니다. 이제 그만두세요."

"아!" 그가 외쳤다. "여기 있는 사람 누구도 신경 쓰지 않아. 그저 당연하다고 생각하지. 내게는 수치스러운 습성이 있거든. 난 쩨쩨한 놈이야!" 그는 칼을 칼자루 끝까지 박아 넣었다. "하지만 보여주겠어!" 헨리 씨가 맹세하며 소리쳤다. "어느 쪽이 더 관대한지 그 작자에게 보여주겠어!"

"이것은 관대함이 아닙니다." 내가 말했다. "자존심일 뿐이지요."

"내게 설교가 필요할 것 같소?" 그가 물었다.

나는 그에게 도움이 필요하다고 생각했고, 그가 원하든 말든 도와야 한다고 생각했다. 그래서 헨리 부인이 자기 방으로 돌아가자마자 그녀의 방으로 가서 들어가게 해달라고 청했다.

그녀는 놀란 마음을 숨기지 않고 말했다. "매켈러 씨, 내게 무슨 용건이 있나요?"

"부인." 내가 말했다. "하느님도 아시겠지만, 저는 지금까지 주제넘게 부인을 성가시게 해드린 적이 없습니다. 하지만 이 문제가 제 양심을 너무 짓누르고 있어서 꼭 말씀을 드려야 할 것 같습니다. 부인과 듀리스디어 경처럼 눈이 어두운 분들이 과연 있을까요? 그리고 헨리 씨처럼 고결한 신사와 이 긴 세월을 함께 살아오면서도 그분을 그렇게나 이해 못 하실 수 있을까요?"

"무슨 말이에요?" 그녀가 외쳤다.

"그분의 돈이, 그리고 부인의 돈이 어디로 갔는지 모르십니까? 그분이 마시지도 않은 포도주에 지급한 돈이?" 나는 말을 이었다. "파리로, 그 사람에게로 갔습니다! 7년간 그 사람은 우리에게서 8000파운드를 빼앗아 갔습니다. 그리고 헨리 씨는 어리석게도 그것을 비밀로 지켜오셨고요."

"8000파운드라고!" 그녀가 되풀이했다. "그건 불가능해요. 이 장원에서는 그만한 돈이 나올 수 없어요."

"우리가 동전을 한 푼, 두 푼 모으려고 얼마나 진땀을 흘렸는지 하느님이 아십니다." 내가 말했다. "그러나 총액은 8060파운드와 몇 실링입니다. 앞으로도 헨리 씨가 인색하다고 생각하신다면, 저는 더 이상 간섭하지 않겠습니다."

"더 이상 말하지 않아도 알겠어요, 매켈러 씨." 그녀가 말했다. "너무나 겸손하게도 간섭이라고 부르신 일을 적절하게 잘 하셨어요. 내 탓이 크군요. 나를 아주 부주의한 아내(그녀는 묘한 미소를 띠며 나를 보았다)라고 생각하겠지만, 당장 상황을 바로잡겠어요. 밸런트레이 귀공자는 늘 무척 경솔한 성격이었어요. 하지만 마음은 탁월한 사람이고, 너그러움의 전형이지요. 내가 직접 그에게 편지를 쓰겠어요. 이 사실을 알려줘서 내 마음을 얼마나 아프게 했는지 모를 겁니다."

"사실 부인, 저는 부인을 기쁘게 해드리고 싶었습니다." 내가 말했다. 그녀가 아직도 밸런트레이 귀공자를 생각하고 있는 것을 보고 화가 났던 것이다.

"그리고 기쁘게 해주었어요." 그녀가 말했다. "물론 날 기쁘게 해주었지요."

바로 그날(나는 직접 목격한 광경만 전하겠다) 헨리 씨가 자기 부인의 방에서 평소와 너무나 다른 얼굴로 나오는 것을 보고 나는 흐뭇했다. 얼굴은 눈물에 젖어 부어 있었지만 그는 마치 공중에서 걷는 것 같았다. 이를 보고 나는 그의 아내가 즉시 그에게 충분한 보상을 해주었다고 확신했다. '아.' 나는 속으로 생각했다. '내가 오늘 용감하게 일격을 가했군.'

이튿날 내가 앉아서 회계장부를 보고 있을 때 헨리 씨가 조용히 내 뒤에 와서 어깨를 잡고는 장난스럽게 흔들었다. "자네는 신뢰할 수 있는 사람이 아니라는 것을 알게 되었네!" 그가 말했다. 이것이 내가 관여한 사건에 대한 그의 유일한 언급이었지만, 그의 어투는 어떤 웅변적인 항의보다도 내게 더 소중했다. 또한 내가 영향을 미친 일은 이것만이 아니었다. 밸런트레이 귀공자의 다음번 전달자가(물론 오래 지나지 않아)

찾아왔을 때, 그는 편지 한 통 외에는 아무것도 받지 못하고 떠나갔다. 과거에는 한동안 내가 이런 문제를 직접 처리했었다. 헨리 씨는 펜을 종이에 대지 않았고, 나는 그저 더없이 무미건조하고 형식적인 언어를 사용했었다. 하지만 이 편지는 보지도 못했다. 즐겁게 읽을 거리는 아니었을 것이다. 헨리 씨는 아내가 처음으로 자신을 지지하고 있다고 느꼈고, 답장을 보낸 날 그가 매우 흡족한 표정을 짓는 것을 나는 보았다.

이제 가족 간의 관계가 순조롭게 흘러갔다고 주장할 수는 없더라도 전보다는 나아졌다. 적어도 오해가 없었고, 어느 쪽에서나 친절하게 대했다. 내가 생각하기에 헨리 씨와 그의 아내는, 남자 쪽에서 자존심을 억누를 수 있었다면, 그리고 여자 쪽에서 (모든 일의 근원이었던) 다른 남자에 대한 생각을 잊을 수만 있었다면 서로 가까워졌을 것이다. 놀랍게도 머릿속의 내밀한 생각은 새어 나오기 마련이다. 지금 돌아보면 놀랍게도 우리 모두는 헨리 부인의 감정의 흐름을 확연히 알 수 있었다. 그녀는 조용히 처신했고 차분한 성품을 지니고 있었지만, 우리는 그녀의 마음이 파리를 향할 때마다 이를 감지할 수 있었다. 그런데 내가 사실을 폭로했기에 그 우상이 뿌리째 뽑혔을 거라고 누구든 생각하지 않을까? 나는 여자들의 내면에 악마가 존재한다고 생각한다. 긴 세월이 흘렀고, 그 남자를 한 번도 보지 못했고, 그와 함께 지낼 때도 (다른 사람들의 말에 따르면) 기억할 만한 다정한 면모를 보여준 적이 거의 없었고, 그가 죽었다는 소문이 끼어들었고, 그의 무자비한 탐욕이 그녀 앞에 적나라하게 드러났다. 하지만 그 모든 것이 아무 소용도 없었고, 그녀가 여전히 이 가증스러운 사내를 위해 자기 마음속의 가장 좋은 자리를 간직한다는 것은 평범한 남자를 분노로 펄펄 뛰게 할 일이었다. 나는 사랑의 열정에 대해 자연스럽게 우러나는 강렬한 공감을 크게 느낀 적이 없었다. 하지만 헨리 씨 아내의 내면에 합리적 사고가 사라지고 이런 무분별함이 자리 잡고 있는 것을 보자 사랑이라는 문제 자체가 완전히 역겹게 느껴졌다. 내가 이런 생각에 잠겨 있을 때 어느 하녀가 유치한 노래를 부르기에 꾸짖은 적이 있었다. 속치마를 입은 집 안의 모든 인간이 이 거친 처사에 분개해 품은 적의가 내 귓전에도 들려왔다. 나는 이에 대해 별로 신경 쓰지 않았지만, 헨리 씨는 재미있어하면서 우리에게 인기가 없다는 공통점이 있다고 놀리곤 했다. 참으로 이상한 일인데 (내 어머니는 분명 세상의 소금이라 불릴 만한 고결한 분이었고 내 대학 등록금을 대주신 딕슨 이모는 매우 뛰어난 여성이었으므로) 나는 여성에 대한 참을성이 많지 않았고, 이해심도 그리 크지 않았을 것이다. 그리고 대담하게 접근하기는커녕 항상 여자들과의 교제를 피해왔다. 나는 이런 소심한 태도를 후회할 이유를 전혀 찾지 못했을 뿐 아니라 그리 현명하지 못한 사람들이 맞게 되는 더없이 불행한 결말을 늘 관찰해왔다. 나는 헨리 부인에 대한 내 태도가 부당하게 보이지 않도록 적절하다고 생각하는 바를 써놓았다. 이 사건의 다음 단계를 만들어낸 편지를 다시 읽었을 때 자연스럽게 떠오른 말이기도 했다.

그 편지는 마지막 전달자가 떠나고 몇 주 후에 놀랍게도 인편으로 내게 전해졌다.

매켈러 씨에게 보낸 버크 대령(후에 훈작사)의 편지

샹파뉴의 트루아

1756년 7월 12일

친애하는 매켈러 씨,

친분이 거의 없는 사람의 편지를 받아서 놀라셨으리라 믿소. 하지만 나는 듀리스디어에서 다행히 매켈러 씨를 만났을 때, 차분하고 진지한 성격을 지닌 젊은이라고 생각했소이다. 그런 자질을 군인의 타고난 재능이나 대담하고 용맹한 정신 다음으로 흠모하고 존경한다고 말해야겠군요. 게다가 나는 매켈러 씨가 명예롭게도 봉사하는, 아니 (더 정확히 말하자면) 존중받는 겸손한 벗이 되어준 고귀한 가족에게 큰 관심이 있소이다. 그리고 이른 새벽에 즐겁게도 당신과 나누었던 대화는 내 마음에 많이 남아 있소.

일전에 내가 수비를 맡고 있는 이 유명한 도시에서 파리에 간 김에 내 친구인 밸런트레이 귀공자에게 (솔직히 말해 잊어버렸던) 당신의 이름을 알려달라고 했지요. 좋은 기회가 생겨서 새로운 소식을 알리려고 편지를 씁니다.

밸런트레이 귀공자는 (우리가 마지막으로 그에 대한 이야기를 나누었을 때) 내가 당신에게 말했다시피 스코츠 펀드에서 매우 유익한 연금을 받았었소. 이어서 그는 중대를 지휘하게 되었고, 머지않아 자기의 연대를 지휘하도록 진급했소. 친애하는 매켈러 씨, 나는 이 상황에 대해 설명하지 않겠소이다. 또한 찰리 공의 오른편에서 함께 말달렸던 내게는 왜 기수의 지위만 주고 얼렁뚱땅 넘어가는지, 그리고 왜 이 시골 바닥의 구멍에서 썩어가도록 보냈는지에 대해서도 설명하지 않겠소. 나는 궁정에 익숙한 사람이기에 이곳의 분위기는 평범한 군인이 있기에도 적합하지 않다고 느낄 수밖에 없소. 그리고 나는 비슷한 수단을 동원하여 진급하는 것은 결코 바랄 수 없소. 내가 비굴하게 그런 노력을 기울일 수 있다 해도 말이오. 하지만 우리의 친구는 숙녀들을 통해 성공하는 특별한 재주를 타고났소. 내가 들은 바가 모두 사실이라면, 그는 놀라운 보호를 받고 있었소. 그런데 이 모든 것이 그에게 등을 돌린 모양이오. 내가 그와 악수할 기회가 생겼을 때, 그는 어떤 봉인된 편지 때문에 바스티유에 갇혀 있다가 막 풀려난 참이었소. 이제 석방되기는 했지만, 그의 연대와 연금을 다 잃었소. 매켈러 씨, 결국 성공에 이르는 길은 술책이 아니라 평범한 아일랜드인의 충성심일 거요. 매켈러 씨처럼 정직한 신사분은 이에 동의하리라 믿소.

자, 밸런트레이 귀공자의 재능을 나는 말로 다 할 수 없을 정도로 존경하고, 게다가 그는 나의 친구라오. 하지만 그의 운명의 격변에 대해 몇 줄 써 보내도 나쁘지 않을 거라고 생각했소. 왜냐하면 내가 보기에 그는 절박한 상태이기 때문이오. 일전에 만났을 때 그는 인도에서의 모험을 고려하고 있었소(나도 걸출한 동포인 랠리 씨와 동행하려는 희망을 갖고 있소). 하지만 이 모험을 위해서는 (내가 이해하기로는) 그의 수중에 있는 돈보다 훨씬 많은 돈이 필요할 거라오. 달아나는 적에게 금으로 다리를 놓아주는 것은 좋은 일이라는 군대의 속담을 들어보셨소? 내 말뜻을 알아들으리라 믿소. 듀리스디어 경과 그 아드님, 그리고 아름다운 듀리 부인께 깊은 경의를 표하며 서명하겠소.

친애하는 맥컬러 씨에게
겸손하고 충실한
프랜시스 버크

이 편지를 나는 당장 헨리 씨에게 가져가서 보여주었고, 우리 두 사람의 머릿속에는 딱 한 가지 생각밖에 없었다고 믿는다. 그것이 한 주 늦게 도착했다는 것이다. 나는 버크 대령에게 서둘러 답장을 썼고, 혹시 밸런트레이 귀공자를 만나게 된다면 그의 다음번 전달자를 만나도록 당부해달라고 대령에게 간청했다. 하지만 내가 아무리 서두르더라도 곧 닥칠 일을 방지하기에는 시간이 부족했다. 이미 활시위는 당겨졌으니 날아갈 수밖에 없었다. 신의 권능이(그리고 분명 신의 의지

가) 개입하더라도 사건의 전개를 막을 수 있을지 의심스러울 정도였다. 그리고 우리 중의 몇 사람이나 이 재앙을 일으킬 원인을 축적해온 것인지, 얼마나 오랫동안 그리고 우리의 행위에 대한 얼마나 맹목적인 무지로 축적해온 것인지 생각하면 기이하기 그지없다.

대령의 편지가 도착한 뒤로 나는 내 방에 작은 망원경을 비치해두었고 소작인들에게 이따금 질문을 던지곤 했다. 비밀이 그리 엄격하게 준수되지 않은 데다가 (우리 지역의) 밀수업은 은밀히 일어나는 만큼 무력을 동원하기도 했기 때문에 나는 곧 이들이 사용하는 신호를 알게 되었고, 전달자가 올 시간까지도 예상할 수 있었다. 이미 말했듯이 나는 소작인들에게 물어보았다. 밀수꾼들은 습관적으로 무장하고 다니던 필사적인 칼잡이들이라서 내가 자진해 그들에게 접근할 수는 없었다. 실은 얼마 후 결국 불운한 기회에 나는 이 허풍쟁이 몇 명에게 놀림거리가 되고 말았다. 이들은 내게 별명을 붙여주었을 뿐 아니라 어느 날 밤에는 샛길을 지나던 나를 붙잡고는 모두 (그들이 쓰는 표현을 빌리자면) 얼근히 취했으므로 자기들의 오락을 위해 나를 춤추게 시켰다. 그러기 위해 단검을 뽑아 내 발가락 가장자리를 잔인하게 찔러대면서 '구닥다리'라고 소리쳐댔다. 그들이 내게 신체적인 해를 입힌 것은 아니지만, 그럼에도 나는 개탄스럽게도 큰 충격을 받아 며칠간 침대에서 일어나지 못했다. 이 사건이 스코틀랜드에서 얼마나 수치스러운 일인지에 대해서는 언급할 필요도 없다.

이 일이 있었던 불운한 해의 11월 7일 오후에 나는 산책하다가 우연히 머클로스에서 봉화의 연기가 올라오는 것을 보았다. 집에 돌아가야 할 시간이 다가오고 있었지만, 그날 마음이 너무나 불안한 나머지 수풀을 가로질러 달려서 크레이그 헤드라 불리는 곳의 가장자리에 다다랐다. 해는 이미 졌지만 서쪽에는 아직 불그레한 빛이 널리 퍼져 있었다. 덕분에 나는 밀수꾼들이 로스의 봉홧불을 짓밟아 끄는 모습을 볼 수 있었다. 만에는 소형 돛배가 돛을 접은 채 기다리고 있었다. 그 배는 분명 닻을 내린 지 얼마 되지 않았지만 거기서 내린 작은 보트가 벌써 긴 관목 숲 끝에서 상륙할 곳을 찾고 있었다. 이것이 뜻하는 바는 딱 한 가지라는 것을 나는 알았다. 듀리스디어에 전령이 도착한 것이다.

나는 마음속에 남은 두려움을 떨치고, 예전에는 엄두도 내지 못했던 비탈을 기어 내려가 해변의 덤불숲에 숨어서 보트가 상륙하는 것을 보았다. 크레일 선장이 직접 조종하고 있었는데, 흔한 일은 아니었다. 그런데 선장 옆에 한 승객이 앉아 있었고, 승무원들은 옆에 놓인 대여섯 개의 크고 작은 여행 가방이 거치적거리는 듯 어렵사리 노를 저었다. 하지만 신속하게 뭍에 닿았고, 곧 가방들을 해변에 어수선하게 떨구어놓고는 다시 소형 돛배로 돌아갔다. 그 승객이 돌출된 바위 끝에 홀로 서 있었다. 헌칠하고 늘씬한 신사의 모습으로, 검은색 옷차림에 허리춤에는 검을 차고 손목에는 지팡이가 걸려 있었다. 그는 그렇게 서서 크레일 선장을 향해 지팡이를 흔들어 인사했는데, 호의와 조롱이 뒤섞인 몸짓이 내 마음에 깊게 새겨졌다.

보트가 내 숙적들을 태우고 떠나자마자 나는 약간 용기를 내 덤불숲 가장자리로 나와서 다시 멈춰 섰다. 내 마음은 타고난 소심함과 진실에 대한 불길한 예감 사이에서 갈팡질팡했다. 실로 이 낯선 사람이 이때 뒤를 돌아보고 자욱하게 내리기 시작한 안개 사이로 나를 알아보지 않았더라면, 나는 밤새 망설이며 서 있었을 것이다. 그는 팔을 흔들며 내게 가까이 오라고 소리쳤다. 나는 납덩이처럼 무거운 마음으로 다가갔다.

"이보게, 자네." 그는 영국 억양으로 내게 말했다. "여기 있는 짐들은 듀리스디어로 갈 거라네."

이제 나는 가까이에서 그를 볼 수 있었다. 이목구비와 얼굴이 아주 잘생겼고, 거무스름한 피부에 몸매는 호리호리했으며, 전사처럼 재빠르고 기민하며 험상궂은 표정이었고, 명령을 내리는 데 익숙했다. 한쪽 뺨에는 점이 있었는데 어울리지 않는 것은 아니었다. 큰 다이아몬드 반지가 손에서 반짝거렸다. 옷은 단색이기는 했지만 프랑스제인 데다 맵시 있었다. 일반적인 옷보다 더 긴 손목 주름이 정교한 레이스로 장식되어 있었다. 나는 더러운 밀수범들의 배에서 방금 내린 사람의 이러한 차림새에 더욱 놀랐다. 동시에 그는 나를 자세히 보고 날카로운 눈빛으로 머리부터 발끝까지 다시 훑어보더니 미소를 지었다.

"장담컨대, 이보게." 그가 말했다. "난 자네의 이름과 별명을 알고 있네. 자네의 필체를 보고 바로 이런 차림새를 예상했지, 매켈러 씨."

이 말에 내 온몸이 떨리기 시작했다.

"아." 그가 말했다. "날 두려워할 필요는 없네. 자네의 지루한 편지에 악의를 품은 건 아니니까. 난 자네를 잘 이용할 생각이거든. 날 밸리 씨라고 불러도 좋아. 내가 쓰기로 한 이름이지. 아니, 더 정확하게 말하면(매켈러 씨처럼 꼼꼼한 사람과 이야기하고 있으니) 내 이름을 그렇게 줄였다고나 할까. 자, 이제 저것하고 저것을 들게." 그는 가방 두 개를 가리켰다. "기껏해야 그걸 운반할 수 있겠군. 나머지는 나중에 가져오기로 하지. 그럼 이제 좀 서둘러주게."

어조가 너무 매서워서 나는 그의 지시를 거의 본능적으로 따랐다. 그러면서도 머릿속은 혼란스럽기 그지없었다. 내가 여행 가방을 들자 그는 몸을 돌려 긴 관목 숲으로 걸어갔다. 상록수가 빽빽이 밀집한 숲이라서 이미 땅거미가 지고 있었다. 무거운 짐 때문에 땅바닥을 기다시피 하며 나는 그를 뒤따랐다. 하지만 짐은 의식하지도 못했다고 말해야겠다. 그가 돌아왔다는 끔찍한 사실에 완전히 사로잡혀서 내 마음은 베틀의 북처럼 정신없었다.

갑자기 나는 여행 가방을 땅에 내려놓고 멈춰 섰다. 그가 뒤돌아 나를 바라보았다.

"뭔가?" 그가 말했다.

"당신이 밸런트레이 귀공자입니까?"

"내게 공정하게 말해주게." 그가 말했다. "내가 빈틈없는 매켈러에게 아무것도 숨기지 않았다는 것을."

"그렇다면 도대체 여기에 왜 오신 겁니까? 더 늦기 전에 돌아가십시오." 내가 외쳤다.

"고맙군." 그가 말했다. "이걸 선택한 것은 자네 주인이지 내가 아니야. 그렇게 선택했으니 그는(그리고 자네도) 그 결과를 감수해야지. 그러니 내 짐을 다시 들게. 아주 습한 곳에다 내려놨군. 그리고 내가 시킨 일이나 신경 쓰게."

하지만 이제 나는 그의 말에 복종할 마음이 전혀 없었다. 나는 곧장 그에게로 다가갔다. "어떻게 해도 당신을 돌아가게 할 수 없다면 말입니다." 내가 말했다. "하지만 분명, 모든 사정을 고려해보면, 그리스도교인이라면, 혹은 신사라면 앞으로 나아가기를 주저할 겁니다……."

"참 듣기 좋은 말이군." 그가 말을 끊었다.

"어떻게 해도 당신을 돌아가게 할 수 없다면 말입니다." 내가 말을 이었다. "그래도 지켜야 할 예의범절이 있지 않습니까. 여기서 여행 가방을 놓고 기다리십시오. 제가 먼저 가서 가족들이 마음의 준비를 하도록 알려주겠습니다. 당신의 부친은 연로한 분이고, 그리고……." 나는 말끝을 얼버무렸다. "지켜야 할 예의범절이 있지 않습니까."

"참말로." 그가 말했다. "매켈러라는 사람은 만나보니 더 낫군. 그런데 이보게, 자네가 분명히 알아야 할 것이 있네. 자네가 아무리 말해봐야 입만 아플 거야. 나는 내 길을 갈 거고 그에 따른 행동은 불가피하지."

"아!" 내가 말했다. "그렇습니까? 그럼 두고 봅시다!"

나는 몸을 돌려 듀리스디어를 향해 내달렸다. 그는 나를 붙잡으려고 하며 화난 목소리로 소리를 질렀다. 그러고는 그가 웃는 소리를 들은 것 같다. 분명 그는 나를 쫓아 한두 걸음 내디뎠는데, 곧 그만둔 모양이다. 어떻든 확실한 것은 내가 채 몇 분도 지나지 않아 대저택의 문 앞에 이르렀다는 것이다. 숨이 차서 질식할 정도였지만, 그래도 나 혼자뿐이었다. 나는 곧바로 계단을 올라가 홀에 뛰어들었고, 말을 할 수 없는 상태로 듀리스디어 가족 앞에 섰다. 하지만 내 표정에 소식이 담겨 있었는지 그들 모두 자리에서 벌떡 일어나 얼빠진 사람처럼 나를 응시했다.

"그가 왔습니다." 내가 드디어 헐떡거리며 말했다.

"그라고?" 헨리 씨가 말했다.

"그 사람이요." 내가 말했다.

"내 아들?" 듀리스디어 경이 외쳤다. "경솔한 아이 같으니! 안전한 곳에서 가만히 있으면 좋았을 것을!"

헨리 부인은 아무 말도 하지 않았고, 나도 그녀 쪽으로 눈을 돌리지 않았다. 그 이유는 확실히 모르겠다.

"그래." 헨리 씨가 깊은 숨을 내쉬며 말했다. "그럼 어디에 있소?"

"긴 관목 숲에 두고 왔습니다." 내가 말했다.

"날 그에게 데려가주게나." 그가 말했다.

그와 나는 말 한마디 없이 함께 나갔고, 자갈이 깔린 마찻길 중간에서 밸런트레이 귀공자와 마주쳤다. 그는 천천히 걸어오면서 휘파람을 불며 지팡이로 곡조를 맞추고 있었다. 얼굴을 알아볼 수 있을 만한 빛이 아직 허공에 남아 있었지만 표정을 읽을 수는 없었다.

"아, 야곱아." 밸런트레이 귀공자가 말했다. "여기 에서가 돌아왔다."

"형." 헨리 씨가 말했다. "제발, 내 이름으로 불러줘. 형을 보게 되어서 기쁜 척은 하지 않겠어. 그래도 우리 조상들의 집에 온 것을 내가 할 수 있는 만큼은 환영하고 싶어."

"아니면 내 집인가? 아니면 네 집?" 밸런트레이 귀공자가 말했다. "어느 쪽으로 말하려고 했어? 그런데 그건 오래된 상처니 문지를 필요는 없겠지. 네가 파리에 있는 나와 집을 나눠 가질 마음은 없더라도 듀리스디어의 난롯가 한구석마저 거부하지는 않겠지?"

"그건 무의미한 말일 뿐이야." 헨리 씨가 대답했다. "형은 자기 지위의 권한을 아주 잘 알고 있으니까."

"그래, 잘 알고 있지." 밸런트레이 귀공자는 조금 웃으며 말했다. 그들은 악수도 나누지 않았지만, 이것으로 형제간의 인사는 (말하자면) 끝났다. 그러고 나서 밸런트레이 귀공자는 나를 보고 가방을 가져오라고 명령했다.

내 쪽에서는 확인을 받기 위해 헨리 씨를 바라보았다. 어쩌면 약간 도전적으로 말이다.

"형이 여기 있는 동안은 형의 요구 사항을 내 것처럼 들어주면 고맙겠소, 매켈러 씨." 헨리 씨가 말했다. "우리는 늘 당신을 성가시게 하는군. 친절하게도 하인 한 사람을 보내주겠소?" 헨리 씨는 친절이라는 단어를 강조하며 말했다.

이 말에 어떤 의미라도 담겨 있다면, 분명 낯선 사람이 받아 마땅한 책망이었다. 하지만 귀공자는 악마처럼 뻔뻔스럽게 이 말을 꼬아서 다르게 말했다.

"그리고 우리는 천박하게도 '꺼져라'라고 말할까?" 그는 나를 곁눈질하면서 조용히 물었다.

내 말에 한 왕국의 존망이 걸렸더라도 나는 제대로 말을 할 수 없었을 것이다. 심지어 하인을 부르는 것도 불가능했다. 말을 하느니 차라리 그의 시중을 직접 드는 편이 낫겠다고 생각했다. 나는 말없이 돌아섰고, 분노와 절망이 들끓는 가슴으로 긴 관목 숲으로 들어갔다. 나뭇가지들 밑은 깜깜했다. 나는 무작정 걸음을 내디뎠고 내 용무도 잊어버렸는데, 그러다가 여행 가방에 부딪쳐 정강이가 거의 부러질 뻔했다. 이때 나는 이상한 사실을 발견했다. 조금 전에 가방을 두 개 들고 운반했을 때는 알아차리지 못했는데, 이번에는 한 개를 들기도 버거웠다는 점이다. 그래서 두 번 왕복할 수밖에 없었고, 저택 밖에서 더 오래 있어야 했다.

내가 돌아왔을 때 환영 인사는 이미 끝난 지 오래였다. 그들은 저녁 식탁에 앉아 있었는데, 부주의하게도 내 자리가 마련되지 않은 것을 보고 나는 몹시 마음이 상했다. 그런데 집에 돌아온 밸런트레이 귀공자의 한 면모를 이미 보았다면, 이제는 다른 면모를 보게 되었다. 내가 홀에 들어와서 (실로 그랬듯이) 약간 짜증이 난 상태로 서 있는 것을 가장 먼저 알아차린 사람은 귀공자였다. 그는 자리를 박차고 일어났다.

"내가 훌륭한 매켈러의 자리를 차지했군!" 그가 외쳤다. "존, 밸리 씨를 위해 다른 자리를 마련해주게. 그는 누구도 방해하지 않을 테고, 식탁은 모두 다 앉아도 충분하니 말이야."

그가 웃으면서 내 어깨를 잡아 원래의 내 자리에 앉혔을 때 나는 내 귀를, 내 감각을 의심하지 않을 수 없었다. 그의 목소리에는 다정한 장난기가 배어 있었다. 존이 그를 위해 새 식기를 차리는 동안(그는 그렇게 하라고 계속 고집했다) 그는 부친의 의자에 기대서 아버지를 내려다보았다. 노인은 고개를 돌려 아들을 올려다보았는데, 둘 사이에 너무나 유쾌하고 다정한 눈빛이 오갔기에 나는 그저 놀라운 마음에 손으로 머리를 움켜잡고 싶을 뿐이었다.

하지만 무엇을 보아도 다 똑같았다. 단 한 번도 거친 말이 그의 입에서 흘러나오지 않았고, 빈정거리는 웃음이 입술을 일그러뜨리지도 않았다. 그는 심지어 귀에 거슬리는 영국식 발음도 쓰지 않고 다정한 단어를 중시하는 부드러운 스코틀랜드 억양으로 말하고 있었다. 그리고 그의 매너는 듀리스디어에 사는 우리들의 방식과는 대단히 이질적인 고상한 우아함이 배어 있었지만, 품위는 편안한 구석이 있어서 우리를 부끄럽게 하는 대신 추켜세웠다. 식사 시간 내내 그는 이러했다. 내게 각별한 존중을 표하며 함께 포도주를 마셨고, 고개를 돌려 존과 유쾌하게 얘기를 나누었고, 아버지의 손을 쓰다듬었고, 어쩌다 자신의 모험에서 사소하고 흥겨운 이야기를 들려주었고, 과거를 떠올리며 행복해했다. 모든 행동이 너무도 잘 어울렸고, 너무나 잘생긴 사람이라서 나는 듀리스디어 경과 헨리 부인이 빛나는 얼굴로 식탁에 둘러앉아 있는 것을 이상하게 여길 수 없었다. 존은 뒤에서 시중들며 눈물을 닦고 있었다.

저녁 식사가 끝나자마자 헨리 부인은 방으로 돌아가려고 일어섰다.

"앨리슨, 예전에는 이러지 않았잖아요." 귀공자가 말했다.

"지금은 이렇게 해요." 그녀가 대답했는데, 세상에 그런 거짓말도 없을 것이다. "그러니 잘 자요, 제임스. 죽은 자들로부터 돌아온 것을 환영해요." 이렇게 말하는 그녀의 목소리가 가라앉더니 가늘게 떨렸다.

식사 내내 침울하게 보였던 가여운 헨리 씨는 전보다 더 근심스러운 표정이었다. 아내가 나가려는 것을 보고 다행스럽게 여겼지만, 이유를 생각해보자 반쯤 불쾌해졌다. 다음 순간에는 그녀의 열렬한 말에 낙담하고 말았다.

나는 내가 끼지 말아야 할 곳에 있다는 느낌이 들어 헨리 부인을 따라 나가려 했다. 이때 밸런트레이 귀공자가 나를 보았다.

“아니, 매켈러 씨.” 그가 말했다. “그렇게 가버리면 친절하지 않다고 생각하겠소! 난 당신이 가게 놔둘 수 없어요. 돌아온 탕아를 남으로 대하는 거나 다름없으니. 여기가 어딥니까? 그의 친아버지의 집이 아닙니까! 여기 앉아서 밸리 씨와 술 한 잔 더 합시다.”

“아, 그래, 매켈러 군.” 듀리스디어 경이 말했다. “우리는 내 아들이든 자네든 남 대하듯 하면 안 되지. 내가 아들에게 말하던 중이었다네.” 아들이라는 단어에 평소처럼 밝아진 목소리로 그가 덧붙였다. “자네의 친절한 도움을 우리가 얼마나 높이 사고 있는지.”

그래서 나는 평소에 머무는 시간까지 조용히 앉아 있었다. 그자의 기만이 너무나 적나라하게 드러난 한 대목만 아니었다면, 나는 그 남자의 본성에 속아 넘어갈 뻔했다. 이제 그 부분을 기술할 테니 독자들은 두 형제의 첫 만남에 대해 알고 있는 바를 바탕으로 스스로 판단하리라 믿는다. 헨리 씨는 듀리스디어 경 앞에서 잘 처신하려고 최대한 노력을 기울였음에도 약간 침울한 기색으로 앉아 있었다. 밸런트레이 귀공자가 벌떡 일어서더니 식탁을 돌아 동생의 어깨에 손을 얹었다.

“이봐, 이봐, 헤어리야.” 그는 둘이 어린애였을 때 썼을 법한 강한 억양으로 말했다. “형님이 돌아왔다고 그렇게 풀이 죽어 있으면 안 되지. 모든 게 다 네 것이잖아. 그건 분명하고, 나는 배 아파 하지 않아. 그러니 너도 아버님의 벽난로 옆의 내

자리를 배 아파 하면 안 되는 거야."

"너무나 옳은 말이구나, 헨리." 연로한 듀리스디어 경이 그로서는 드물게 얼굴을 살짝 찌푸리며 말했다. "지금까지 넌 돌아온 탕아의 이야기•에 나오는 형의 역할을 해왔잖니. 좋은 의미로 말이다. 다른 사람도 배려해야지."

"저는 쉽게 비난을 받습니다." 헨리 씨가 말했다.

"누가 너를 탓한다는 말이냐?" 듀리스디어 경이 외쳤는데, 평소 온유한 분치고는 너무 쏘아붙이는 말투라는 생각이 들었다. "나와 네 형은 네게 수없이 고마워했고, 앞으로도 그럴 거라고 믿어도 좋아. 그것으로 충분하지 않겠니."

"그래, 해리. 믿어도 돼." 귀공자가 말했다. 헨리 씨가 그를 바라보는 눈길이 사납게 이글거렸다.

이후에 이어진 온갖 참담한 일에 관해서 당시 나는 종종 네 가지 질문을 스스로에게 던지곤 했고 지금도 묻곤 한다. 귀공자의 행동은 헨리 씨에 대한 어떤 특별한 반감 때문에 야기된 것이었을까? 아니면 자신의 권리라고 생각한 것 때문에? 아니면 고양이들이 드러내기도 하고 신학자들이 악마들의 속성이라고 말하는, 그저 잔인함을 즐기는 성격 때문에? 아

• 〈누가복음〉 15장 11~32절. 돌아온 탕아가 성대한 대접을 받았다는 말을 듣고, 그 형은 자신이 오랫동안 충실하게 봉사해왔음에도 특별한 보상을 받지 못했다며 아버지에게 항의한다.

니면 그가 사랑이라고 불렀을 것 때문에? 대체로 내 생각은 처음 세 가지 중에서 망설이지만, 어쩌면 그의 행위의 바탕에는 네 가지 요인이 모두 있을지 모른다. 가령 단둘이 있을 때 헨리 씨를 가증스럽게 대하는 것은 헨리 씨에 대한 적대감으로 설명할 수 있다. 듀리스디어 경 앞에서 보이는 정반대의 태도는 그가 도모하려는 이익 때문이라고 설명할 수 있겠다. 헨리 부인의 호감을 사려고 애쓰는 것은 자신의 이익 추구와 그녀에 대한 계획적인 접근으로 설명할 수 있다. 그리고 그가 이런 행동 노선들을 뒤섞고 대립시키면서 끊임없이 들인 노력은 악의 그 자체의 즐거움으로 설명할 수 있다.

내가 누구나 인정하는 헨리 씨의 벗이기도 했고, 또 파리에 보낸 편지에서 종종 내키는 대로 항의도 했기 때문에 나는 그의 악마적 놀이에 포함되었다. 그는 나와 단둘이 있을 때는 나를 조롱하며 끈질기게 괴롭혔다. 가족 앞에서는 더없이 친절하고 겸손한 태도로 나를 대했다. 이것만으로도 고통스러웠지만 그뿐만이 아니었다. 그런 처신 때문에 나는 늘 잘못한 입장에 처하게 되었을 뿐 아니라 거기에는 도저히 말로 다 할 수 없는 모욕적인 요소가 있었다. 그가 그런 식으로 시치미를 떼며 내 증언은 너무 하찮아서 고려할 필요가 없다는 듯 나를 무시하는 것은 내 피를 분노로 들끓게 했다. 하지만 그것이 내게 무슨 의미가 있었는지는 주목할 가치가 없다. 그래서 여기에 짧게 기록할 뿐이다. 그것을 기록한 가장 큰 이유는 그것이 한 가지 좋은 결과를 낳았고, 헨리 씨의 고충을 내가 더 빨리 이해할 수 있게 해주었기 때문이다.

헨리 씨에게는 큰 짐이 지워져 있었다. 둘만 있을 때는 절대로 기회를 놓치지 않고 조롱해대는 사람이 여러 사람들 앞에서 접근할 때 어떻게 반응할 것인가? 자신을 기만하고 모욕하는 사람의 미소에 어떻게 되갚아 웃어줄 것인가? 헨리 씨는 무례하게 보일 수밖에 없는 처지였다. 그는 침묵을 지킬 수밖에 없었다. 그가 자존심이 덜 강해서 터놓고 말했더라도 누가 그 말을 진실로 믿겠는가? 중상모략은 소기의 효과를 발휘했다. 듀리스디어 경과 헨리 부인은 눈앞에서 벌어지는 일을 매일 목격했고, 만일 법정에 선다면 밸런트레이 귀공자는 참을성이 강하고 선량한 사람의 모범이며, 반면 헨리 씨는 고마움을 모르는 질투의 화신이라고 증언했을 것이다. 그런데다 누가 해도 비열하게 보였을 이런 일들이 헨리 씨에게는 열 배나 더 크게 작용했다. 밸런트레이 귀공자는 목숨이 위태로운 상황에 있는 데다 자기의 약혼자와 작위와 재산을 이미 잃었다는 것을 누가 잊을 수 있겠는가?

"헨리야, 나와 말을 타러 나갈래?" 귀공자가 어느 날 물었다.

오전 내내 그 남자에게 시달렸던 헨리 씨가 내뱉었다. "아니."

"가끔 네가 더 친절했으면 좋겠어, 헨리." 귀공자가 아쉬운 듯이 말했다.

나는 이 대화를 한 가지 실례로 제시하지만, 이와 비슷한 장면이 끊임없이 이어졌다. 헨리 씨가 비난을 받는 것은 놀라운 일이 아니었다. 내가 너무 속을 태우다가 담즙성 열병에 걸릴 뻔한 것도 놀랍지 않다. 아, 당시를 되돌아보기만 해도 치가 떨린다.

이 세상에 그보다 더 사악한 계략은 없었을 것이다. 너무도 기만적이고, 너무도 단순하고, 대적하기가 너무도 불가능한 계략이었다. 하지만 나는 다시 생각해보고 늘 생각하는데, 헨리 부인은 뭔가 겉으로 드러나지 않는 실상을 파악할 수도 있었다. 그녀는 자기 남편의 성격을 더 잘 알았을 테고, 수년간의 결혼 생활을 통해 그의 신뢰를 받았을 수도, 혹은 차지할 수도 있었다. 또한 대단히 주도면밀한 노신사인 듀리스디어 경, 그의 관찰력은 다 어디로 간 것인가? 그렇지만 우선 한 가지 이유를 들자면, 이 기만극을 펼친 사람은 사기술의 달인이었고, 천사라도 능히 속일 만한 사람이었다. 두 번째로, 헨리 부인의 경우를 보면, 이 세상에서 소원해진 부부만큼 관계가 멀어진 사람들은 없다는 것을 나는 봐왔다. 그래서 그들은 서로의 말이 귀에 들리지 않거나 공통의 언어가 없는 듯이 행동한다. 세 번째로, (이 두 관찰자의 경우에) 이들은 뿌리 깊은 오랜 편애로 인해 눈이 멀었다. 네 번째로, 밸런트레이 귀공자의 목숨이 위험에 처해 있다고 간주되었기(왜 '간주되었기'라고 썼는지 곧 그 이유를 알게 될 것이다) 때문에 그를 비판하는 것은 더욱 옹졸하게 보였다. 두 사람은 귀공자의 소중한 목숨에 대해 끊임없이 노심초사하면서 그의 결함에는 더 철저히 눈을 감았다.

당시 나는 사람의 매너가 미치는 영향을 더없이 명료하게 인식하게 되었고, 그러면서 나의 평범한 매너를 몹시 유감스럽게 여기기도 했다. 헨리 씨는 신사의 진수를 보여주었다. 그는 무언가 하려는 마음이 일어날 때나 상황상 필요할 때는 자신의 역할을 품위 있고 활기차게 해낼 수 있었다. 하지만 일상적 교제에서는 (이를 부인하려 해봐야 쓸데없는 일이다) 장식적인 부분이 부족했다. 반면에 밸런트레이 귀공자는 어떤 몸짓을 하든지 돋보였다. 결과적으로 한 사람은 품위 있어 보이고 다른 사람은 품위 없어 보이는 상태에서 그들 육신의 온갖 습관은 그런 선입견을 확인해주는 것 같았다. 이뿐만이 아니었다. 형의 올가미에 깊이 빠져들어 버둥거릴수록 헨리 씨는 더욱 광대처럼 우스꽝스러워졌다. 반면 밸런트레이 귀공자는 자신의 사악한 놀이가 즐거울수록 더욱 미소를 지었고 더 매력적으로 보였다! 그래서 음모는 점점 더 범위가 확대되며 진전되었고 심화되며 공고해졌다.

그가 목숨이 위험에 처해 있다고 간주되는 (내가 말했듯이) 상황을 이용한 것도 간교한 계략 중 하나였다. 그는 자신을 사랑하는 이들 앞에서 그 위험에 대해 가벼운 농담처럼 언급함으로써 더욱 그들의 심금을 울렸다. 그것이 헨리 씨에게는 잔인한 공격 무기로 사용되었다. 우리 셋만 홀에 있던 어느 날 그가 반듯한 마름모꼴의 색유리 창에 손가락을 얹은 기억이 난다. "여기로 네 행운의 금화가 날아갔지, 야곱아." 그가 말했다. 헨리 씨가 그저 어두운 표정으로 바라보자 그가 덧붙였다. "아, 그렇게 무력한 적대감으로 쳐다보지 않아도 돼, 내 착한 파리야. 네가 원하면 언제든 이 거미를 없앨 수 있잖아. 오, 하느님, 얼마나 오래 걸릴까요? 네가 언제나 맹렬히 대들게 될까, 고지식한 동생아? 그게 이 따분한 구덩이에서 내 관심사 중 하나야. 나는 늘 실험을 좋아했거든." 그래도 헨리 씨는 얼굴색이 달라진 채 침울한 표정으로 그를 응시할 뿐이었다. 마침내 밸런트레이 귀공자는 웃음을 터뜨렸고 헨리 씨의 어깨를 탁 치면서 뚱한 개라고 불렀다. 그러자 헨리 씨는 펄쩍 뒤로 물러나서 내가 보기에는 위험한 동작을 취했는데, 귀공자도 그렇게 생각한 모양이었다. 아주 살짝 언짢은 표정이었다. 그 이후로는 헨리 씨를 함부로 건드린 적이 없었던 것 같다.

그러나 자기 목숨이 위험에 처했다는 말을 입에 달고 다니는 사람치고는 그의 행동에 이상하게도 조심성이 없다고 나는 생각했고, 그의 목에 현상금을 건 영국 정부가 깊은 잠에 빠졌다고 상상하게 되었다. 그를 고발하고 싶은 욕망의 유혹을 받았다는 것은 부인하지 않겠다. 하지만 두 가지 생각 때문에 그만두었다. 우선 그가 명예롭게 교수대에서 인생을 마친다면, 자기 부친과 헨리 씨 아내의 마음에 영원히 성인으로 남게 될 것이다. 두 번째로, 내가 어떻게든 그 문제에 개입하면, 헨리 씨가 의심의 눈초리를 받지 않을 수 없을 것이다. 그러는 동안에 우리의 적은 내 예상 이상으로 빈번히 나다녔고, 그가 집에 돌아왔다는 소식이 퍼져 시골 전역이 떠들썩했지만 조금도 불안해하는 기색이 없었다. 그를 알고 있었던 별별 사람 중에 (내가 짜증스러운 기분으로 말하곤 했듯이) 욕심이 없는 사람은 없었고, 충성심이 없는 사람도 없었다. 그는 말을 타고 여기저기 돌아다녔는데, 예전에 받았던 악평이 남아 있음에도 헨리 씨보다 더 전폭적인 환영을 받았고, 밀수꾼들이 배회하고 있음에도 나보다 훨씬 안전하게 돌아다녔다.

그에게 그 나름의 골칫거리가 없는 것은 아니었다. 그리고 그것이 중대한 결과를 야기했으므로 지금 서술하려 한다. 독자는 제시 브라운을 잊지 않았을 것이다. 그녀는 주로 밀수꾼들 사이에서 생활해왔고 크레일 선장과 친한 사이였으므로 밸리 씨가 집에 돌아왔다는 소식을 일찌감치 들었다. 그 여자는 사실 오래전에 밸런트레이 귀공자에 대한 관심을 아예 접었을 것이다. 하지만 자신을 그의 이름과 늘 관련시키는 것이 습관이었고, 그것이 그녀가 과시하는 온갖 연기의 바탕이었다. 따라서 이제 그가 돌아오자 그녀는 듀리스디어 근방에 자주 출몰해야 할 의무가 있다고 생각했고, 그는 집 밖으로 나갈 때마다 자신을 기다리는 그녀와 마주치지 않을 수 없었다. 남사스러운 모습의 여자가 대개 술에 취해서 그에게 '내 잘생긴 사내'라고 미친 듯이 부르며 행상인들의 시를 읊어댔다. 내가 들은 바로는, 심지어 그의 목에 매달려 눈물을 흘리려고 했다. 그가 이렇게 시달리는데 내가 방관했다는 것은 인정한다. 하지만 다른 사람들을 그토록 시달리게 했던 귀공자 자신은 정작 참을성이 전혀 없었다. 경내에서 희한한 광경들이 벌어졌다. 그가 제시를 지팡이로 때리자 제시가 예전에 쓰던 무기, 돌멩이를 다시 주워 들었다고 말하는 사람도 있다. 적어도 확실한 것은 그가 크레일 선장에게 그 여자를 납치하라고 지시했고, 선장은 이 제의를 유난히 거칠게 거절했다는 것이다. 결국 사건은 제시의 승리로 끝났다. 그녀를 위해 돈을 끌어모았고, 면담이 이루어졌다. 면담 중에 우리의 오만한 신사는 제시의 입맞춤을 참아주고 자기 목에 매달려 우는 걸 허락해야 했다. 그녀는 솔웨이 쪽 어딘가에서(어딘지는 기억나지 않는다) 술집을 차렸고, 내가 들은 유일한 소식으로는 그곳을 찾는 사람이 극히 드물다고 했다.

이것은 나중에 일어난 일이다. 제시가 그의 뒤꽁무니를 쫓아다닌 지 얼마 되지 않은 어느 날, 밸런트레이 귀공자는 집사의 사무실로 나를 찾아왔다. 평소보다 정중한 태도로 그가 말했다. "매켈러, 빌어먹을 미친 여자 한 명이 이 근방에서 돌아다니네. 내가 그 문제에 직접 나설 수 없어서 자네에게 온 걸세. 하인들에게 그 여자를 내쫓으라고 엄히 명령을 내려주게."

"귀공자님." 내가 약간 떨면서 말했다. "본인의 더러운 일은 직접 처리하실 수 있지 않습니까?"

그 말에 그는 한마디도 하지 않고 사무실에서 나가버렸다.

오래지 않아 헨리 씨가 들어왔다. "새로운 소식이 있네!" 그가 소리쳤다. "이 모든 것으로도 모자라 자네가 나를 더 비참하게 만들어야겠나? 자네가 밸리 씨를 모욕한 것 같더군."

"헨리 씨, 제 이야기를 들어보세요." 내가 말했다. "모욕을 당한 사람은 바로 접니다. 그것도 제 생각으로는 엄청난 모욕을 당했지요. 하지만 제가 그분에게 말했을 때 헨리 씨의 입장에 무신경했을 수도 있겠군요. 사정을 전부 듣고도 그렇게 생각하신다면, 그렇다고 말씀해주시기만 하면 됩니다. 헨리 씨를 위해서라면 무슨 일이든 따를 테니까요. 심지어 죄를 짓더라도요. 하느님께서 저를 용서해주시기를!" 그러고 나서 나는 어떤 일이 있었는지를 설명했다.

헨리 씨는 씩 웃었다. 내가 그때까지 보지 못한 음산한 미소였다. "아주 잘했네." 그가 말했다. "그가 제시 브라운을 속속들이 맛봐야지." 그러고는 밖에 있는 밸런트레이 귀공자가 눈에 들어오자 창문을 열었다. 그에게 밸리 씨라고 부르며 들어와서 한마디 나누자고 요청했다.

"제임스." 우리의 박해자가 사무실에 들어와서 문을 닫자 헨리 씨가 말을 꺼냈다. 그는 내가 곧 내 분수를 알게 될 거라고 생각하는 듯이 나를 보며 웃고 있었다. "형이 내게 매켈러 씨에 대해 불만을 토로했기에 그 문제에 대해서 물어보았어. 내가 언제나 형의 말보다 매켈러 씨의 말을 신뢰하리라는 건 말 안 해도 알겠지. 우리끼리만 있으니까 평소에 형이 하듯이 나도 거리낌 없이 말할게. 매켈러 씨는 내가 소중하게 여기는 신사고, 이 지붕 밑에서 지내는 동안 형은 내가 나 자신이나 내 소유물에 어떤 희생을 치르더라도 지지할 사람과 더 이상은 충돌하지 않도록 노력하는 게 좋을 거야. 그리고 매켈러 씨한테 시키려던 일에 대해서 말하자면, 형은 자신이 뿌린 잔인한 씨앗의 결과에서 스스로를 구제해야지. 내 하인 중 누구도 그런 일에 이용될 수 없어."

"내가 알기로는 내 아버지의 하인들이야." 귀공자가 말했다.

"아버지에게 가서 그 이야기를 말씀드려봐." 헨리 씨가 말했다.

밸런트레이 귀공자의 얼굴이 창백해졌다. 그는 나를 손가락으로 가리켰다. "저 남자를 당장 해고해." 그가 말했다.

"그럴 일은 없어." 헨리 씨가 말했다.

"이 일에 대해 비싼 대가를 치르게 해주지." 귀공자가 말했다.

"나는 사악한 형 때문에 이미 너무 비싼 대가를 치렀어." 헨리 씨가 말했다. "이미 파산했고 공포마저 바닥났지. 형이 나를 해코지할 방법이 이제는 남아 있지 않을걸."

"그게 맞는 말일지 두고 봐." 그는 이렇게 말하고 조용히 나가버렸다.

"형이 이제 어떤 일을 벌일까, 매켈러?" 헨리 씨가 외쳤다.

"저를 해고하세요." 내가 말했다. "친애하는 헨리 씨, 저를 해고하세요. 제가 새로운 슬픔을 일으키기만 하니까요."

"나를 완전히 홀로 남기고 싶나?" 그가 말했다.

새로운 공격이 어떤 것일지에 대해서 우리는 오래 마음을 졸이지 않아도 되었다. 그때까지 귀공자는 헨리 부인과 아슬아슬한 놀이를 해왔다. 그는 그녀와 단둘이 있는 것을 유별나게 피해왔다. 당시 나는 그것이 점잖게 보이려는 시늉이라고 생각했지만, 지금 생각해보면 대단히 교활한 전략이었던 것 같다. 그는 식사 시간에만 그녀를 보았고, 그렇게 마주칠 때는 다정한 오빠처럼 처신했다. 그때까지는 그가 헨리 씨와 아내의 관계를 직접적으로 방해하지 않았다고 말할 수 있다. 그녀의 호감이 헨리 씨에게서 멀어지도록 교묘히 조종한 것을 제외하면 말이다. 그런데 이제 달라졌다. 하지만 정말로 복수하려고 그랬는지, 아니면 듀리스디어가 지겨워져서 새로운 오락거리를 찾았는지 악마가 아니고서야 그 누가 판단할 수 있겠는가?

적어도 그날부터 헨리 부인에 대한 포위 작전이 시작되었다. 작전이 너무나 교묘하게 펼쳐졌기에 헨리 부인도 눈치챘을 것 같지는 않다. 그녀의 남편은 침묵 속에서 지켜봐야 했다. 포위를 위한 첫 번째 참호는 우연한(그렇게 보이게 만든) 사건으로 구축되었다. 종종 그랬듯이 어느 날 프랑스에 있는 망명자들에 대한 대화가 시작되었고, 이들이 부르는 노래에 관한 이야기로 넘어갔다.

"이런 문제에 관심이 있으시다면." 귀공자가 말했다. "제게는 특히 감동적이었던 노래에 대해 말씀드리지요. 가사 자체는 거칠지만 제 처지 때문이었는지 항상 심금을 울렸어요. 먼저 어느 망명자의 애인이 부른 노래로 되어 있다고 말씀드려야겠군요. 그 애인이 어떤 생각을 하는지 묘사하기보다는 망명자가 그녀에게 바라는 것을 그리고 있어요. 가여운 사람이지요! 그렇게 먼 나라에서." 이 부분에서 그는 한숨을 쉬었다. "평범한 보초병인 아일랜드인 스무 명이 이 노래를 부르기 시작하면 그처럼 애처로운 광경은 다시없습니다. 이들이 떨구는 눈물을 보면 그 노래가 얼마나 그들의 심금을 울렸는지 알 수 있지요. 노래는 이렇습니다, 아버님." 그는 자기 말을 듣는 사람이 듀리스디어 경뿐이라는 듯이 교묘하게 말했다. "제가 노래를 끝까지 부르지 못하더라도 망명 생활을 하는 사람들은 대개 그렇다고 생각하셔야 합니다." 그러고 나서는 버크 대령이 휘파람으로 불던 가락을 노래하기 시작했다. 그 가사는 사실 투박하기는 했지만 망명한 연인에 대한 가엾은 아가씨의 열망을 아주 애처롭게 묘사했다. 그중 한 구절은 (혹은 그와 비슷한 구절이) 실로 아직도 내 머릿속에 남아 있다.

아, 내 속치마를 붉게 물들이고,
내 소중한 연인과 함께 빵을 구걸하겠어요
내 벗들은 내가 죽기를 바라지만,
윌리를 위해 등심초 숲에서, 오!

그는 노래만 놓고 봐도 훌륭했지만, 연기자로서는 더욱 뛰어났다. 나는 에든버러 극장에서 모든 관객의 눈시울을 촉촉히 적셨다는 유명한 배우들에 대해 들어본 적이 있다. 놀라운 광경이었을 것이다. 하지만 밸런트레이 귀공자가 그 소곡을, 그리고 그 노래를 듣는 사람들을 악기처럼 다루며 연기한 광경만큼 놀랍지는 않았을 것이다. 그는 한순간 목이 메는 듯하다가 억제하는 듯했고, 그래서 가사와 멜로디가 그 자신의 가슴과 과거에서 터져 나오는 것 같았다. 그리고 이 모든 연기는 헨리 부인을 곧바로 겨냥하고 있었다. 그의 술책은 여기서 끝나지 않았다. 모두들 너무나 감미로운 감동을 받았으므로, 그가 조금이라도 계략을 부리고 있다고 의심하는 것은 불가능해 보였다. 그를 직접 본 사람이라면 그가 감정을 과시하기는커녕 오히려 마음을 가라앉히려고 애쓰고 있다고 맹세했을 것이다. 노래가 끝나고 나서 우리는 한동안 말없이 앉아 있었다. 그가 땅거미가 내리는 저녁 시간을 택했기에 누구도 옆 사람의 표정을 볼 수 없었다. 모두 숨을 죽이고 있는 것 같았고, 듀리스디어 경이 헛기침을 했을 뿐이었다. 가장 먼저 움직인 사람은 그 가수였다. 그는 갑자기 조용히 일어나더니 평소 헨리 씨의 차지였던 홀의 야트막한 구석에 가서 조용히 서성였다. 거기서 그가 감정의 여운을 애써 억누르고 있다고 생각하게 만들려는 것이었다. 이내 그는 돌아와서 평소의 목소리로 아일랜드 사람들의 성격에 대해(그들은 언제나 부적절한 이름으로 불려왔다며 그들을 옹호했다) 긴 강의를 늘어놓기 시작했다. 그래서 하인들이 촛불을 가지고 들어왔을 때 우리는 평상시의 대화로 돌아와 있었다. 하지만 그때도 헨리 부인의 얼굴이 약간 창백하다고 나는 생각했다. 그녀는 이후 곧바로 자기 방으로 물러났다.

두 번째 작전의 조짐은 이 음흉한 악마가 순진한 캐서린 양과 다정한 관계를 맺었다는 것이었다. 이들은 두 명의 어린애처럼 늘 손을 잡고 있었다. 때로 캐서린 양이 그의 무릎에 올라앉기도 했다. 그의 온갖 악마적 행위가 늘 그렇듯이 이것도 여러 방면으로 상처를 주었다. 헨리 씨에게는 자기 아이가 꾐에 빠져 자신을 배반하는 모습을 보는 것이 더없이 괴로운 타격이었다. 그는 가엽고 순진한 아이에게 거칠게 대했고, 그래서 그에 대한 아내의 존중심은 한층 더 낮아졌다. 그리고 (결론적으로 말해서) 그것은 헨리 부인과 밸런트레이 귀공자가 가까워지게 만든 끈이 되었다. 이 유대감 덕분에 두 사람이 예전에 보였던 자제력은 하루가 다르게 사그라졌다. 머지않아 두 사람은 긴 관목 숲에서 산책을 하고 전망대에서 담소를 나누었다. 얼마나 다정하고 친밀한 관계였는지는 알지 못한다. 나는 헨리 부인이 다른 선량한 여자들과 비슷하다고 믿는다. 그녀는 온전한 양심을 갖고 있지만, 어쩌면 조금씩 눈감아주는 경향이 있었을지 모른다. 나처럼 아둔한 관찰자가 보기에도 그에 대한 그녀의 다정함은 여동생다운 감정보다는 더 강렬한 것이었다. 그녀의 목소리는 더 풍부해졌고, 눈은 빛을 발했으며 다정함이 담겨 있었다. 그녀는 우리 모두에게, 심지어 헨리 씨와 내게도 더 상냥하게 대했다. 마치 조용하고 서글픈 행복을 들이쉬고 있는 것 같았다.

이런 모습을 보는 것이 헨리 씨에게는 얼마나 지독한 고문이었을까! 하지만 이것이 우리에게 궁극적인 구조의 손길을 내밀었는데, 이에 대해 곧 이야기하겠다.

밸런트레이 귀공자가 듀리스디어에 머무른 이유는 고상한 (아무리 아름답게 꾸미더라도) 목적이 있어서가 아니라 오로지 돈을 짜내려는 것뿐이었다. 후작사가 편지에서 알려주었듯이 그는 프랑스령 인도에 가서 일확천금을 노리려고 계획하고 있었다. 이에 필요한 자금을 받아내려고 왔던 것이다. 다른 가족들에게 그것은 파산을 의미했지만, 듀리스디어 경은 믿기 어려울 정도의 편애로 자금을 대줄 것을 계속 요구했다. 듀리스디어 가문이 이제 극도로 축소되었으므로(실은 부친과 두 아들 외에는 아무도 없었다) 한사 상속을 파기하고 땅 일부를 양도할 수 있었다. 처음에는 모호하게 암시하더니 나중에는 공개적으로 압박하는 바람에 헨리 씨는 이에 동의하지 않을 수 없었다. 헨리 씨가 그 엄청난 고통에 시달리지만 않았어도 동의하지 않았을 거라고 나는 믿는다. 자기 형이 떠나기를 간절히 바라지만 않았다면 그는 자신의 의지와 가문의 전통을 그처럼 깨뜨리지 않았을 것이다. 그럼에도 그는 동의를 해주면서 대가를 얻었다. 한번은 공개적으로 그 사안에 대해 이야기하면서 얼마나 수치스러운 일인지를 적나라하게 드러냈다.

"잘 아시겠지만." 그가 말했다. "이것은 제 아들에게 부당한 일입니다. 제가 아들을 갖게 된다면 말이지요."

"하지만 네게 아들이 생길 것 같지 않구나." 듀리스디어 경이 말했다.

"하느님이 아시겠지요!" 헨리 씨가 말했다. "제가 형에 대해서 잔인하고 부자연스러운 처지에 있다는 것과 영주이신 아버님께서 제게 명령할 권리가 있다는 것을 고려해 저는 이 문서에 서명했습니다. 하지만 우선 한 가지를 말씀드리겠어요. 제가 너그럽지 못한 압박을 받았다는 것입니다. 그러니 아버님, 앞으로 두 아들을 비교하고 싶어지시면 제가 무엇을 했는지, 그리고 형은 무엇을 했는지 기억해주시기를 요청드리겠습니다. 행동이야말로 공정한 시험대니까요."

그때까지 나는 듀리스디어 경처럼 불편해 보이는 사람을 본 적이 없었다. 그의 늙은 얼굴이 붉게 달아올랐다. "헨리야, 지금 이 순간에 불평하는 것은 슬기로운 선택 같지 않구나." 그가 말했다. "네 너그러움의 미덕을 없애버리잖니."

"아버님, 스스로를 속이지 마세요." 헨리 씨가 말했다. "저는 형에 대한 너그러움에서가 아니라 아버님에 대한 복종으로 그 부당한 일을 한 겁니다."

"낯선 사람 앞에서……." 듀리스디어 경은 더욱 불편한 심기를 드러내며 말을 꺼냈다.

"여기 매켈러 외에는 아무도 없습니다." 헨리 씨가 말했다. "그는 제 친구입니다. 그리고 아버님, 아버님께서 빈번히 저를 탓하실 때는 매켈러를 낯선 사람으로 여기지 않으셨는데, 지금처럼 처음으로 제가 스스로를 변호하는 경우에 낯선 사람으로 여겨야 한다면 가혹한 일이지요."

나는 듀리스디어 경이 자기 결정을 백지화할 거라고 거의 믿었다. 하지만 밸런트레이 귀공자는 마음을 놓지 않고 경계하고 있었다.

"아! 헨리야, 헨리야." 그가 말했다. "넌 우리 중에서 가장 훌륭해. 강직하고 충실하지. 아! 정말 나도 너처럼 훌륭했으면 좋겠구나."

이렇게 자신의 종아가 너그러운 면모를 드러내자 듀리스디어 경은 망설임을 떨치고 증서에 서명했다.

그리하여 문서의 효력이 발생하자마자 옥터홀의 땅은 제 가치보다 훨씬 낮은 가격에 팔렸다. 그 돈은 우리의 거머리에게 지불되었고, 개인 운송을 통해 프랑스로 보내졌다. 이제 그 인간의 볼일은 성공적으로 매듭지어졌고, 호주머니는 우리의 금전으로 또다시 불룩해졌다. 하지만 우리가 이 희생에 동의하면서 바랐던 것은 아직 우리에게 주어지지 않았고, 그 방문객은 여전히 듀리스디어에 남아 있었다. 악의적으로 그런 것인지, 아니면 인도로 모험을 떠날 때가 아직 되지 않았는지, 헨리 부인에 대한 계략이 성공하기를 바라서였는지, 혹은 정부의 명령에 따른 것이었는지 누가 알겠는가? 하지만 그는 계속 머물렀고, 그것도 몇 주일이나 더 머물렀다.

독자들은 내가 '정부의 명령에 따른'이라고 쓴 것을 주목했을 것이다. 이때쯤 이 남자의 불명예스러운 비밀이 서서히 새어 나왔다.

내게 첫 번째 단서를 제공한 사람은 어느 소작인이었다. 그는 밸런트레이 귀공자의 방문과 특히 그의 안전에 대해 언급했다. 소작인은 자코바이트 동조자였는데, 한 아들을 컬로든 전투에서 잃은 뒤 더 비판적인 시각을 갖게 되었다. "이상하게 여길 수밖에 없는 점이 한 가지 있어요." 그가 말했다. "귀공자께서 어떻게 코커머스•에 도착했을까요?"

"코커머스라고?" 이렇게 말하면서 갑자기 내 머릿속에 밸런트레이 귀공자가 오랜 여정 끝에 말끔한 모습으로 배에서 내리는 것을 보며 놀라워했던 기억이 떠올랐다.

"네, 맞아요." 소작인이 대답했다. "거기서 크레일 선장이 그 분을 태웠답니다. 밸런트레이 귀공자님께서 프랑스에서부터 배를 타고 온 줄 아셨어요? 하긴 우리 모두 그런 줄 알았지요."

나는 이 소식을 머릿속에서 조금 굴려보고는 헨리 씨에게 전했다. "참 이상한 일이 있습니다." 그리고 그에게 말해주었다.

"매켈러, 형이 어떤 경로로 왔는지가 중요한가? 여기 있는 게 문제지." 헨리 씨가 신음을 냈다.

"아뇨, 헨리 씨!" 내가 말했다. "다시 생각해보세요. 뭔가 정부가 묵인해주는 듯한 낌새가 있지 않나요? 귀공자가 여기서 편안하게 지내는 것이 무척 이상했지요."

"잠깐만." 헨리 씨가 말했다. "잠시 생각해보겠네." 그의 얼굴에 음산한 미소가 떠올랐다. 밸런트레이 귀공자의 미소와 약간 비슷했다. "종이를 좀 주게." 그는 앉아서 아무 말 없이 그가 아는 어느 신사에게 편지를 썼다. 불필요한 이름은 밝히지 않을 생각이지만, 그는 높은 직책에 있는 분이었다. 이 편지를 나는 이런 상황에서 신뢰할 수 있는 유일한 하인, 매코

• 솔웨이만에서 약간 떨어진 컴브리아주의 마을.

노치를 통해 전달했다. 노인은 열심히 말을 달린 나머지 내가 목이 빠지게 기다리면서 예상했던 시간보다 더 빨리 답장을 들고 돌아왔다. 헨리 씨는 답장을 읽으며 다시 음산한 미소를 지었다.

"매켈러, 이것은 자네가 지금까지 나를 위해 해준 일 중에 최고라네." 그가 말했다. "이걸 손에 들고 드디어 형의 가슴을 덜컥 내려앉게 해줄 수 있겠군. 저녁 식사 때 우리를 기다려."

정찬 시간이 되자 헨리 씨는 귀공자에게 어떤 공적 행사에 참석하라고 제안했다. 듀리스디어 경은 헨리 씨가 바랐던 대로 이 계획에 반대했다.

"아!" 헨리 씨는 아주 편안하게 말했다. "더 이상 제게 그런 식으로 말씀하지 않으셔도 괜찮아요. 저도 아버님처럼 이제 비밀을 알고 있으니까요."

"비밀이라니?" 듀리스디어 경이 말했다. "헨리야, 대체 무슨 말이냐? 맹세코 나는 네가 모르는 비밀을 알지 못한단다."

귀공자의 얼굴색이 달라졌고, 나는 그가 두른 갑옷의 연결 고리가 찔리는 것을 보았다.

"어찌 된 일이지?" 헨리 씨는 대단히 놀란 표정으로 귀공자를 바라보았다. "형이 형의 주인을 아주 충실히 모시는 모양이던데. 그래도 형이 아버님의 마음을 편안하게 해드릴 정도로는 인정이 있는 줄 알았어."

"무슨 말을 하는 거야? 나는 내 사적인 일을 공적으로 의논하는 걸 거부하겠어. 당장 그만둬." 그는 아주 어리석게도 열렬히 소리쳤다. 어른이라기보다는 어린애 같은 모습이었다.

"장담컨대 형 쪽에서는 그토록 조심할 필요가 없었어." 헨리 씨가 말을 이었다. "여기 내가 받은 편지에 뭐라고 적혀 있는지 봐. (편지를 펼치면서) '물론 이 합의를 비밀로 유지하는 것이 국가와 그 신사(그를 밸리 씨라고 계속 부르는 것이 최선일 걸세)의 이익에 부합된다네. 그러나 그의 가족이 자네가 매우 애처롭게 묘사한 불안감에 계속 시달리게 할 의도는 없었다네. 나는 자네 가족의 두려움을 잠재울 수 있어서 기쁘네. 밸리 씨는 그레이트브리튼에서 자네 못지않게 안전하다네.'"

"어떻게 이런 일이 있을 수 있단 말이냐?" 듀리스디어 경은 몹시 놀라워하면서 더욱 의심스러운 표정으로 아들을 바라보았다.

"사랑하는 아버님." 밸런트레이 귀공자는 이미 마음이 진정된 상태로 대답했다. "이것이 밝혀지게 되어 너무나 기쁩니다. 제가 런던에서 직접 받은 지시는 전혀 상반된 의미를 담고 있었거든요. 그 면죄부를 모두에게 비밀로 유지하라는 명령이었어요. 아버님도 포함해서 말이지요. 실은 아버님을 각별히 언급했더군요. 제가 그 편지를 태워버리지 않았더라면 직접 보여드릴 수 있을 텐데. 그들이 신속히 마음을 바꾸었나 봅니다. 그 일이 있은 지 아직 얼마 되지 않았거든요. 아니면 헨리에게 편지를 쓴 분이 그 부분을 오해한 모양입니다. 그분이 다른 부분도 오해한 것 같으니까요. 아버님, 사실을 말씀드리자면." 그는 말을 이었는데 점점 편안하게 느끼고 있는 것이 분명했다. "저는 반역자에게 아무런 설명도 없이 주어진 이 호의가 아버님께서 청탁하신 결과인 줄 알았어요. 가족들에게도 비밀을 지키라는 지시는 아버님께서 본인의 친절을 감추고 싶어 하셔서 그런가보다고 생각했고요. 그래서 저는 더 신중하게 명령을 따랐습니다. 이제는 어떤 경로를 통해서 저처럼 악명 높은 범죄자에게 면죄부가 흘러온 것인지를 추측할 일만 남았네요. 아버님의 아들은 헨리가 받은 편지에 암시되어 있는 듯한 혐의에 대해 스스로를 변명할 필요가 없습니다. 듀리스디어가에 변절자나 첩자가 있다는 말은 들어본 적이 없으니까요." 그는 당당하게 말했다.

이렇게 해서 그는 이 궁지에서 아무런 해도 입지 않고 빠져나온 것 같았다. 하지만 이는 자신이 저지른 실수와 헨리 씨의 집요함을 감안하지 않은 것이었다. 헨리 씨는 이제 자기 형과 비슷한 기질을 보이고 있었다.

"그 일이 있은 지 아직 얼마 되지 않았다고?" 헨리 씨가 말했다.

"최근의 일이야." 그는 꽤 완강한 어조로 말했지만, 목소리에 떨림이 없지 않았다.

"그 정도로 최근이라고?" 헨리 씨는 약간 어리둥절해하는 사람처럼 물으면서 편지를 다시 펼쳤다.

편지에는 일자에 대한 언급이 한마디도 없었지만, 귀공자가 그것을 어찌 알겠는가?

"내게는 꽤 최근에 일어난 일 같았어." 그는 웃으며 말했다.

금 간 종처럼 공허하게 울리는 웃음소리에 듀리스디어 경은 다시 식탁 너머로 아들을 바라보았다. 그가 늙은 입술을 꼭 다무는 것을 나는 보았다.

"아닌데." 헨리 씨가 다시 편지를 훑어보며 말했다. "나는 형의 말을 기억해. 얼마 되지 않은 일이라고 했잖아."

여기서 우리는 승리의 증거를 보았고, 또한 듀리스디어 경의 믿을 수 없이 강렬한 편애의 가장 뚜렷한 실례를 보았다. 그가 무엇을 하나 했더니 총애하는 아들의 정체가 폭로되지 않도록 구해주려고 개입한 것이다!

"헨리야." 그는 애처롭고 간절하게 말했다. "내 생각에는 더 이상 왈가왈부할 이유가 없구나. 마침내 네 형이 안전하게 돌아와서 우리 모두 기뻐했지. 그 점에서 우리 모두는 하나가 되었어. 그리고 감사해하는 신하로서 우리는 적어도 국왕의 건강과 성은을 위해 건배할 수 있겠지."

이렇게 해서 밸런트레이 귀공자는 곤란한 상황에서 벗어났다. 하지만 적어도 그는 자신을 변명해야 하는 궁지에 빠졌고, 설득력이 없는 변명으로 궁지에서 벗어났으며, 신상의 위험으로 인한 매력은 이제 공공연히 그에게서 떨어져 나갔다. 듀리스디어 경은 이제 자신의 총아가 영국 정부의 첩자라는 것을 마음 깊은 곳에서 인식했고, 헨리 부인은 (그 이야기를 어떻게 이해했든 간에) 신뢰를 잃은 모험담의 영웅을 눈에 띄게 차갑게 대했다. 아무리 촘촘하게 잘 짜인 사기극이라도 약점이 있기 마련이라서 그것을 잡아당기면 모든 것이 풀어지고 만다. 우리가 이 행운의 일격으로 우상을 흔들지 않았더라면 그 참사에 어떻게 되었을지 누가 알겠는가?

하지만 동시에 우리가 이룬 것이 전혀 없는 것 같았다. 하루 이틀이 지나지 않아 그는 자기의 완패로 인한 나쁜 인상을 모두 지워버렸고, 겉으로 보기에는 예전처럼 당당하게 굴었다. 듀리스디어 경에 관해 말하자면, 그는 부모로서 편애에 깊이 빠져 있었다. 그것은 적극적인 자질이어야 할 사랑이라기보다는 그의 다른 능력들이 무감각해지고 마비되어버린 결과였다. 용서가(그 고상한 단어를 오용하자면) 허약하기 그지없는 그에게서 노망난 사람의 눈물처럼 흘러나왔다. 헨리 부인의 경우는 달랐다. 밸런트레이 귀공자가 뭐라고 꾸며내서 부인에게 변명했는지, 그리고 자신을 경멸하는 그녀를 어떻게 설득했는지는 하늘만이 알고 있다. 말보다 목소리가 더 중요하고, 말의 내용보다 말하는 사람이 더 중요하게 느껴진다는 것은 인간 감정에 내재한 최악의 약점 중 하나다. 그는 어떤 핑곗거리를 찾아냈거나 폭로된 사실을 자기에게 유리하게 왜곡할 묘책을 찾아냈음이 분명했다. 왜냐하면 얼마간 냉랭하게 지낸 후 그와 헨리 부인 사이에서 상황이 더 악화된 듯이 보였기 때문이다. 그러고 나서 그들은 늘 함께 붙어 있었다. 나는 이 불운한 숙녀가 어느 정도 의도적으로 눈을 감아버린 점을 제외하면 그녀를 조금이라도 비난하는 듯이 보이고 싶지 않다. 하지만 그녀가 지난 며칠간 위험한 불장난을 저질렀다고 생각한다. 이 점에 대한 내 생각이 옳건 그르건

한 가지 확실하고 분명한 사실은 헨리 씨가 그렇게 생각했다는 점이다. 이 가여운 신사는 여러 날 내 방에 틀어박혀 있었고, 너무나 큰 번민에 싸인 터라 나는 말을 건넬 엄두도 내지 못했다. 그래도 그는 내가 옆에 있고 공감하고 있다는 사실에서 위안을 얻었을 수 있다. 우리가 어쩌다 이야기를 나눌 때도 있었는데, 기묘한 방식으로 이어진 대화였다. 어떤 사람의 이름은 절대 거론되지 않았고, 구체적 상황도 언급되지 않았다. 그래도 동일한 문제가 우리 머릿속을 떠나지 않았고, 우리는 각자 그것을 의식하고 있었다. 그 이상한 대화술은 이런 식으로 연습할 수 있다. 즉 어떤 것에 대해 몇 시간이고 이야기를 나누면서도 그것의 이름도 말하지 않고 암시도 하지 않는 것이다. 어쩌면 이런 식의 타고난 대화술을 발휘해서 밸런트레이 귀공자는 온종일 헨리 부인에게 구애하면서도(명백히 그는 그렇게 하고 있었다) 그녀를 놀래지 않아 그녀가 경계심을 갖지 않도록 이끌어갔는지 궁금해했던 기억이 난다.

헨리 씨의 상황이 얼마나 극단으로 치달았는지 보여주기 위해 나는 그가 1757년 2월 26일(이 날짜를 잊지 못하는 이유가 있다)에 내뱉은 몇 마디 말을 적겠다. 겨울로 되돌아간 듯이 계절에 맞지 않는 날씨였다. 바람이 없어도 매섭게 추웠고, 온 세상에 하얗게 서리가 덮였고, 잿빛 하늘은 낮게 드리워져 있었다. 바다는 채석장 구덩이처럼 시커멓고 고요했다. 헨리 씨는 벽난로 가까이 앉아서(이제는 그에게 흔히 있는 일이었는데) '인간'이 '어떤 일을 해야' 하는지, '개입이 현명한 방법인지', 그리고 그 비슷한 일반적 명제에 대해 토론했고, 그것을 우리는 제각기 구체적인 상황에 적용시켜보았다. 나는 창가에 서서 밖을 내다보고 있었는데, 이때 밸런트레이 귀공자와 헨리 부인, 그리고 캐서린 양이 바로 그 아래로 지나갔다. 그들은 이제 삼총사처럼 늘 붙어 있었다. 아이는 서리를 보고 즐거워서 이리저리 뛰어다녔고, 귀공자는 숙녀의 귀에 (멀리서 보아도) 악마처럼 우아하고 교묘하게 속삭이고 있었다. 그녀는 집중해서 듣는 사람처럼 땅을 바라보고 있었다. 나는 갑자기 침묵을 깨고 소리쳤다.

"헨리 씨, 내가 당신이라면 말이지요." 내가 말했다. "듀리스디어 경에게 모든 것을 터놓겠어요."

"매켈러, 매켈러." 그가 말했다. "자네는 내 입장의 약점을 모르는 걸세. 나는 그런 졸렬한 생각을 누구에게도, 특히 아버님께는 털어놓을 수 없네. 그렇게 한다면 아버님께서 쏟아낼 조롱의 구렁텅이에 빠지고 말겠지. 내 입장의 약점은." 그가 말을 이었다. "나 자신 속에 있네. 나는 사랑을 끌어들이는 사람이 아니라는 거야. 그들은 내게 고마워하고, 고맙다고 말하지. 나는 고마움이라는 풍요로운 장원을 갖고 있네! 하지만 그 사람들의 마음속에는 내가 없다네. 나와 함께 생각하거나 나를 위해 생각하려는 마음이 일지 않는 거지. 바로 그것이 나의 패배라네!" 그는 일어나더니 불을 밟아 뭉개 껐다. "하지만 방법을 찾아야겠지, 매켈러." 그가 어깨 너머로 갑자기 나를 보며 말했다. "방법을 찾아야겠어. 나는 참을성이 많은 사람이야. 너무 많지, 너무 많아. 나는 스스로를 경멸하게 되었네. 그래도 정말 누구도 이렇게까지 시달리지는 않았어!" 그는 다시 생각에 잠겼다.

"기운 내십시오." 내가 말했다. "방법이 저절로 나올 겁니다."

"이제는 화가 나지 않은 지도 오래되었네." 그가 말했다. 내 말과 앞뒤가 맞지 않아서 나는 더 말을 잇지 않았다.

1757년 2월 27일 밤에 일어난 사건의 전모

앞에서 서술한 대화가 있었던 날 밤에 밸런트레이 귀공자는 외출했다. 그는 이튿날, 그 운명적인 27일에도 집 밖에서 많은 시간을 보냈다. 하지만 그가 어디에 갔는지, 무엇을 했는지 우리는 전혀 관심을 두지 않았기에 그다음 날까지도 물어볼 생각을 하지 않았다. 만일 우리가 물어봤더라면, 우연히 알아냈더라면 모든 것이 달라졌을 것이다. 하지만 우리의 모든 행각은 무지한 상태에서 일어났고, 그렇게 판단되어야 하므로 나는 이 사건들이 발생한 순간 우리 눈에 보인 대로 서술할 생각이고, 그 후에 알아낸 사실은 그것을 찾아낸 시간까지 남겨두겠다. 이제 내 이야기의 어두운 부분에 이르렀고, 헨리 씨에 대한 독자의 아량을 끌어내야 하기 때문이다.

27일은 온종일 매서운 날씨가 이어졌다. 숨이 막힐 듯이 추워서 지나다니는 사람들이 연기 나는 굴뚝처럼 보였다. 홀의 커다란 화로에는 장작이 높이 쌓여 있었다. 봄에 오는 철새

중에 잘못해서 우리가 사는 북쪽 지역으로 날아온 몇 마리가 미친 듯이 집 창문을 에워싸거나 얼어붙은 잔디밭 위를 총총 뛰어다녔다. 정오쯤 햇살이 반짝이자 하얀 언덕과 숲 위로 서리에 덮인 아주 예쁜 겨울 풍경이 드러났다. 크레일 선장의 소형 돛배는 크레이그 헤드 밑에서 바람이 일기를 기다리고 있었고, 농가와 오두막집에서는 연기가 수직으로 피어올라 공중으로 사라졌다. 밤이 되면서 옅은 안개가 머리 위로 모여들었고, 어둠이 내려앉아 고요하고 별빛 하나 보이지 않았으며 몹시 추웠다. 도무지 계절에 맞지 않는, 이상한 사건이 일어나기에 적합한 밤이었다.

헨리 부인은 당시 습관대로 일찍 자기 방으로 물러났다. 최근에 우리는 카드 게임을 하면서 밤 시간을 보냈는데, 이것도 우리의 방문객이 듀리스디어에서의 생활을 얼마나 따분하게 여겼는지를 보여주는 또 다른 증거였다. 게임을 시작한 지 얼마 지나지 않아 듀리스디어 경은 벽난로 옆 자리에서 슬그머니 일어나 아무 말 없이 침실의 온기를 찾아 방을 나갔다. 이렇게 남은 세 사람에게는 서로 나눌 사랑도, 예의도 없었다. 우리 중 누구라도 상대방을 즐겁게 해주려고 한순간이라도 더 앉아 있을 리는 만무했다. 하지만 습관 탓에, 그리고 카드를 방금 돌렸기 때문에 우리는 그 판을 끝내려는 모양새를 유지하고 있었다. 우리는 밤늦게까지 깨어 있는 사람들이었다고 말해야겠다. 듀리스디어 경은 평소보다 일찍 잠자리에 들었지만 시곗바늘이 12시를 지난 지 얼마 되지 않았고, 하인들은 이미 오래전에 잠자리에 들었다. 한 가지 덧붙이자면, 나는 밸런트레이 귀공자가 술에 취한 모습을 본 적이 없지만, 그는 마음껏 술을 마시고 있었고 어쩌면 (겉으로 드러나지는 않았어도) 약간 취한 상태였을 것이다.

어떻든 그의 태도는 이제 싹 바뀌었다. 듀리스디어 경이 나가고 문이 닫히자마자 목소리는 전혀 달라지지 않은 채 일상적이고 예의 바른 말이 줄줄이 쏟아지는 모욕으로 바뀌었던 것이다.

"소중한 헨리야, 네 차례란다." 이러던 그가 이제는 이렇게 말을 이었다. "카드 게임처럼 하찮은 일에서도 네가 촌스럽게 구는 걸 보면 참으로 이상하단 말이야. 야곱아, 네가 카드 게임 하는 걸 보면 꼭 소작인이나 선술집의 선원들 같다니까. 똑같이 둔하고, 똑같이 쩨쩨하고 탐욕스럽지. 이렇게 느려터진 백치 때문에 돌아버리겠어. 내게 너 같은 동생이 있다는 게 이상할 따름이지. 고루해빠진 인간들도 자기가 건 돈을 잃어버릴 처지가 되면 생기가 돌기 시작하거든. 그런데 너와 게임을 하면 얼마나 따분한지 도무지 표현할 말이 없구나."

헨리 씨는 어떤 전략을 심사숙고하듯이 카드를 계속 바라보았지만, 마음은 다른 곳에 있었다.

"하느님, 이게 대체 언제 끝날까요?" 밸런트레이 귀공자가 소리쳤다. "루르도 같으니라고! 하긴, 이런 무식한 사람들 앞에서 프랑스어를 써봐야 아깝기만 하지. '루르도'는 말이야, 내 동생아. 우리가 흔히 말하는 촌뜨기나 광대, 얼간이를 일

컫는단다. 우아함이나 민첩함, 영리함도 없고, 남을 즐겁게 해주는 재능도, 타고난 재치도 전혀 없는 작자들 말이야. 그런 사람을 보고 싶으면 거울에 비친 네 모습을 보면 돼. 다 너를 위해 하는 말이야. 정말로. 그리고 구닥다리 양반. (나를 보고 하품을 삼키면서) 이 따분한 곳에서 내 오락 중 하나는 자네와 자네 주인을 밤처럼 화로에 굽는 거라네. 자네를 놀리는 건 꽤 재미있어. 그 별명을 (촌스럽기는 해도) 들을 때마다 자네는 항상 움찔하거든. 그런데 나는 때로 이 친애하는 녀석 때문에 애를 먹네. 카드를 들고 잠에 빠진 것 같잖아. 헨리야, 내가 방금 얘기해준 별명이 특히 적절한 것 같지 않니? 봐봐, 예를 들어 내가 흔쾌히 인정하는 네 굳건한 자질에도 불구하고, 지금까지 만난 여자 중에 너보다 나를 더 좋아하지 않은 여자는 없었어. 그리고 내 생각에는 말이야." 그가 더없이 매끄럽고 느긋하게 말을 이었다. "내 생각에는 지금까지도 나를 더 좋아하지 않는 여자는 없어."

헨리 씨가 자기 카드를 내려놓았다. 그는 조용히 자리에서 일어났고, 그러면서 계속 깊은 생각에 잠긴 사람처럼 보였다. "이 겁쟁이!" 그가 마치 자신에게 말하듯 조용히 내뱉었다. 그러고는 서두르지도 않고, 특별히 난폭하지도 않게 밸런트레이 귀공자의 주둥이를 갈겼다.

밸런트레이 귀공자는 펄쩍 뛰어 일어났는데 모습이 달라진 것 같았다. 그 남자가 그처럼 아름다워 보인 적이 없었다. "나를 쳤어!" 그가 외쳤다. "나는 전능하신 하느님이 나를 치는 것도 용납할 수 없어!"

"목소리 낮춰." 헨리 씨가 말했다. "아버님이 또다시 형을 위해서 개입해주길 바라?"

"아니, 진정들 하세요." 내가 소리치며 둘 사이에 끼어들려고 했다.

밸런트레이 귀공자는 내 어깨를 잡더니 팔을 쭉 뻗은 곳에 나를 세워두고는 동생에게 말했다. "이게 뭘 의미하는지 알아?" 그가 말했다.

"내 인생에서 가장 신중한 행동이었어." 헨리 씨가 말했다.

"난 피를 봐야겠어. 이에 대한 대가로 피를 봐야겠다고." 밸런트레이 귀공자가 말했다.

"제발 형의 피이기를." 헨리 씨가 말했다. 그는 벽으로 걸어가서 칼집 없이 걸려 있던 여러 칼 중에 두 개를 내렸다. 그는 밸런트레이 귀공자에게 날 끝 쪽으로 검을 내밀었다. "매켈러는 우리가 공정하게 싸우는지 지켜봐야 해." 헨리 씨가 말했다. "그게 반드시 필요할 테니까."

"나를 더 이상 모욕할 필요 없어." 밸런트레이 귀공자가 검 하나를 임의로 쥐며 말했다. "난 평생 너를 증오해왔으니까."

"아버님이 잠자리에 드신 지 얼마 안 지났어." 헨리 씨가 말했다. "밖에 나가서 어딘가로 가야겠어."

"긴 관목 숲에 좋은 장소가 있어." 밸런트레이 귀공자가 말했다.

"신사분들." 내가 말했다. "두 분 모두 부끄러운 줄 아세요!

같은 어머니에게서 태어난 두 아들이 어머니에게서 받은 생명을 저버리려는 겁니까?"

"그래도 할 수 없어, 매켈러." 헨리 씨가 줄곧 드러냈던 더할 수 없이 침착한 태도로 말했다.

"내가 막겠어요." 내가 말했다.

그런데 이제 이 부분에서 나는 내 인생의 오점을 남기게 되었다. 내 말을 듣자마자 밸런트레이 귀공자는 칼을 내 가슴에 겨눴다. 나는 강철 칼날을 따라 번득이는 빛을 보았고, 양팔을 들며 그의 앞쪽 바닥에 무릎을 꿇었다. "안 됩니다, 안 돼요." 나는 아기처럼 소리쳤다.

"더 이상 성가시게 굴지 않겠군." 귀공자가 말했다. "집 안에 겁쟁이가 있다니 참 좋은 일이야."

"불빛이 있어야겠군." 헨리 씨는 아무 방해도 없었다는 듯이 말했다.

"이 벌벌 떠는 인간이 양초를 들고 가면 되겠네." 귀공자가 말했다.

부끄럽지만 솔직히 말하자면 나는 아직도 번쩍이는 칼날에 눈먼 나머지 손전등을 가져오겠다고 나섰다.

"우리는 소, 소, 손전등이 필요 없어." 밸런트레이 귀공자가 나를 비웃으며 말했다. "바람도 전혀 없잖아. 자, 일어나서 양초 두 개를 들고 앞장서. 나는 바로 뒤에서 이것을 들고 따라가지." 그는 칼날을 번쩍거리며 말했다.

나는 촛대를 들고 앞장서 걸었다. 그 발걸음을 되돌릴 수만 있다면 내 손이라도 바치고 싶다. 하지만 겁쟁이는 기껏해야 노예에 불과하다. 내가 걸음을 옮기는 동안에도 내 이는 서로 딱딱 부딪치며 떨리고 있었다. 밸런트레이 귀공자가 말한 대로였다. 바람 한 점 없었다. 바람 없이 응결된 서리가 공기를 꽁꽁 얼어붙게 했다. 촛불 불빛 속에서 걸어가고 있을 때 시커먼 어둠이 천장처럼 머리 위를 덮었다. 단 한마디 말도 없었다. 얼어붙은 길을 따라가는 우리의 발걸음 소리만 들렸다. 한밤중의 냉기가 양동이의 물을 쏟아부은 것처럼 나를 뒤덮었다. 나는 걸음을 옮기며 공포 외에도 다른 이유로 몸을 떨었지만, 같이 걷던 자들은 나처럼 모자도 쓰지 않고 따뜻한 실내에서 방금 나왔음에도 그 변화를 알아차리지 못하는 것 같았다.

"바로 여기야." 밸런트레이 귀공자가 말했다. "촛대를 내려놓게."

나는 그가 시키는 대로 했고, 오래지 않아 불꽃은 얼어붙은 숲 한가운데서 방 안에서와 같이 흔들림 없이 타올랐다. 나는 형제가 자리 잡는 것을 보았다.

"저 빛이 눈에 거슬리는군." 밸런트레이 귀공자가 말했다.

"뭐든 형에게 유리하게 해줄게." 헨리 씨가 자리를 옮기며 대답했다. "형은 곧 죽을 테니까." 그는 서글픈 듯이 말했지만, 목소리에는 어떤 울림이 있었다.

"헨리 듀리." 밸런트레이 귀공자가 말했다. "시작하기 전에 두 마디만 하지. 너는 펜싱을 해봤으니 연습용 펜싱 칼은 다룰

줄 알겠지. 하지만 진짜 검을 잡으면 얼마나 다른지 전혀 모를걸! 그러니 너는 지게 되어 있어. 하지만 내 상황은 얼마나 좋은지 알겠니! 네가 죽으면 난 이 나라를 떠나 내 돈이 있는 곳으로 가면 돼. 내가 죽으면 너는 어떻게 되겠니? 내 아버지, 네 아내(너도 잘 알다시피 나를 사랑하는 네 아내 말이야) 심지어 너보다 나를 더 좋아하는 네 아이까지 모두 내 죽음에 복수하겠지! 그 생각은 해봤니, 소중한 헨리야?" 그는 미소를 지으며 동생을 바라보더니 펜싱 시합에서 하듯이 인사했다.

헨리 씨도 아무 말 없이 인사했고, 두 검은 부딪쳤다.

나는 경기를 판정하는 법도 몰랐다. 게다가 나는 추위와 공포와 경악에 사로잡혀 제정신이 아니었다. 하지만 헨리 씨가 처음부터 우위를 점했고, 억제되어 타오르는 분노로 사기 석을 밀어붙이는 것 같았다. 그는 점점 더 가까이 적에게 다가갔는데, 갑자기 밸런트레이 귀공자가 숨을 헐떡이며 작게 욕설을 내뱉더니 펄쩍 뒤로 물러났다. 이렇게 움직이자 또 눈이 부셨던 것 같다. 새로운 위치에서 그들은 다시 시작했다. 그런데 이번에는 헨리 씨가 더 가까이 붙어서 더 맹렬하게 밀어붙였고, 귀공자의 자신감은 분명 한풀 꺾인 듯했다. 의심할 바 없이 그는 이제 졌다는 것을 깨달았고, 공포의 차가운 고통을 맛보았다. 그러지 않았더라면 더러운 반칙을 시도하지 않았을 것이다. 내가 그것을 잘 지켜봤다고 말할 수는 없다. 그런 일을 훈련받지 못한 내 눈은 세세한 것들을 포착할 만큼 예리하지 못했다. 하지만 귀공자가 규칙에 어긋나게 자기 동생의 칼날을 왼손으로 잡은 것 같았다. 확실한 건 헨리 씨가 옆으로 뛰어서 겨우 위기를 모면했고, 귀공자가 공중으로 달려들다가 넘어져서 무릎을 꿇었고, 다시 움직이기 전에 칼날이 귀공자의 몸통을 관통했다는 것이다.

나는 비명을 내지르며 달려갔다. 하지만 귀공자의 몸통은 이미 땅에 고꾸라져서 발에 밟힌 지렁이처럼 버둥거리다가 움직임을 멈췄다.

"형의 왼손을 보게." 헨리 씨가 말했다.

"온통 피투성이군요." 내가 말했다.

"손 안쪽은?" 그가 말했다.

"손바닥이 베여 있어요." 내가 말했다.

"그럴 줄 알았네." 그는 이렇게 말하고 돌아섰다.

나는 그 남자의 옷을 풀어 헤쳤다. 심장이 전혀 뛰지 않았다. 가벼운 떨림도 없었다.

"신께서 우리를 용서해주시길! 헨리 씨." 내가 말했다. "돌아가셨어요."

"죽었다고?" 그가 조금 멍하게 내 말을 따라 했다. 그러더니 높아지는 목소리로 "죽었어? 죽었다고?"라고 말하고는 갑자기 피 묻은 검을 땅에 내던졌다.

"어쩌지요?" 내가 말했다. "헨리 씨, 진정하세요. 이미 너무 늦었으니 진정하셔야 합니다!"

그는 고개를 돌려 나를 바라보았다. "아, 매켈러!" 그가 양손으로 얼굴을 감싸며 말했다.

나는 헨리 씨의 코트를 잡아당겼다. "제발 우리 모두를 위해서라도 용기를 내세요!" 내가 말했다. "이제 어떻게 할까요?"

그는 여전히 멍한 눈을 드러냈다. "뭘 한다고?" 헨리 씨가 말했다. 그러면서 시신을 내려다보았다. "아아!" 그가 아무 기억도 나지 않는 듯이 손을 이마에 대며 외쳤다. 그러고는 내게서 돌아서서 듀리스디어의 저택 쪽으로 이상하게 휘청거리며 달려가기 시작했다.

나는 잠시 골똘히 생각했다. 분명히 내 의무는 죽은 자보다는 살아 있는 자 쪽에 있는 것 같았다. 나는 서리가 덮인 땅에 양초를 내버려두고, 그 빛을 받으며 나무 밑에 누워 있는 시신을 그냥 놔둔 채 헨리 씨를 쫓아 달렸다. 하지만 내가 아무리 뛰어도 나보다 먼저 출발한 그는 이미 집으로 들어가 있었다. 홀에 올라가자 헨리 씨는 난롯불 앞에서 양손으로 얼굴을 감싸고 있었다. 그렇게 서 있는 그의 몸이 눈에 띄게 떨렸다.

"헨리 씨, 헨리 씨." 내가 말했다. "이 일로 우리 모두 파멸할 겁니다."

"내가 대체 뭘 한 거지?" 그는 이렇게 외치더니 도저히 잊을 수 없는 표정으로 나를 바라보았다. "누가 아버님께 말해야 하지?" 그가 말했다.

그 말에 내 가슴이 쿵 내려앉았지만, 마음이 약해질 순간이 아니었다. 나는 브랜디를 한 잔 따라서 그에게 내밀었다. "마시세요." 내가 말했다. "잔을 다 비우세요." 나는 그가 아이인 양 억지로 삼키게 했다. 그러고는 한밤의 냉기에 아직도 추웠기에 나도 한 잔 마셨다.

"말을 해야 해, 매켈러." 그가 말했다. "반드시 말해야지." 그러고는 갑자기 벽난로 옆 듀리스디어 경의 자리에 털썩 주저앉아 오열을 터뜨렸다.

낭패감이 내 영혼에 밀려들었다. 헨리 씨가 아무 도움도 줄 수 없다는 것이 분명했다. "그럼." 내가 말했다. "여기 앉아 계세요. 모든 것을 제게 맡기세요." 그리고 나는 촛불 하나를 들고 방을 나와 깜깜한 집 안에 섰다. 아무 기척도 없었다. 나는 이 모든 일을 목격한 사람이 하나도 없다고 가정해야 했다. 그리고 이제 어떻게 하면 똑같이 비밀리에 남은 일들을 처리할 수 있을지 생각해야 했다. 망설일 시간이 아니었다. 나는 방문을 두드리지도 않고 헨리 부인의 방으로 대담하게 들어갔다.

"뭔가 큰일이 일어났군요." 침대에서 일어나 앉으며 그녀가 외쳤다.

"부인." 내가 말했다. "저는 다시 복도로 나가겠습니다. 가능한 한 빨리 옷을 갈아입으십시오. 해야 할 일이 많습니다."

부인은 내게 질문을 던지며 성가시게 하지 않았고, 나를 기다리게 하지도 않았다. 내가 뭐라고 말할 것인지 정리할 시간도 없이 부인이 방 문턱에서 내게 들어오라고 손짓했다.

"부인." 내가 말했다. "부인께서는 아주 용감해지셔야 합니다. 아니면 저는 다른 곳으로 가야 하니까요. 오늘 밤에 아무도 저를 도와주지 않는다면, 듀리스디어 가문은 끝입니다."

"난 아주 용감해요." 그녀는 말했다. 그리고 미소 같은 것을 지으며 나를 보았는데, 보기에 괴롭지만 매우 용감한 미소였다.

"결국에 결투가 벌어졌습니다." 내가 말했다.

"결투라고?" 그녀가 내 말을 따라 했다. "결투라니! 헨리와……."

"귀공자요." 내가 말했다. "고통을 너무 오래 견뎌오셨어요. 부인께서 전혀 모르시는, 그리고 제가 말씀드려도 믿지 않으실 고통이지요. 하지만 오늘 밤에는 도가 지나쳤어요. 그가 부인을 모욕했을 때……."

"잠깐만." 그녀가 말했다. "그라니? 누구 말이에요?"

"아, 부인!" 마음속에서 치밀어 오른 분노에 내가 소리쳤다. "어떻게 그런 질문을 하실 수 있습니까? 정말로 그러신다면 저는 다른 곳에 가서 도움을 청하겠습니다. 여기서는 아무 도움도 얻을 수 없으니까요!"

"내가 어떤 점에서 매켈러 씨를 화나게 했는지 모르겠군요." 헨리 부인이 말했다. "용서하시고, 이 긴장감에서 벗어나게 해주세요."

하지만 나는 아직 그녀에게 말할 엄두가 나지 않았다. 부인에 대한 확신이 서지 않았다. 그녀에 대한 의혹과 그것이 일으킨 무력감에 짓눌려 나는 분노에 가까운 심정으로 이 가여운 여인에게 따졌다.

"부인." 내가 말했다. "우리는 지금 두 남자에 대해 이야기하고 있습니다. 그중 한 사람이 부인을 모욕했는데, 그게 누구냐고 제게 물어보시는군요. 답을 찾도록 도와드리지요. 이 두 남자 중 한 사람과 부인은 많은 시간을 함께 보내셨는데, 다른 사람이 부인을 꾸짖은 적이 있던가요? 한 사람에게 부인은 늘 친절하게 대하셨지요. 다른 사람에게는 늘 친절하신 것은 아니었다고 생각합니다. 하느님께서 저를 보시고 우리 두 사람 사이에서 판단을 내려주시겠지요. 그런데 그 다른 사람의 사랑이 부인을 실망시킨 적이 있었나요? 오늘 밤에 이 두 남자 중 한 사람이 제가 듣는 곳에서, 고용된 타인 앞에서 부인이 자신을 사랑한다고 말했습니다. 제가 한마디 더 하기 전에 부인께서 스스로 그 질문에 답해보십시오. 그것이 누구였습니까? 아니, 부인, 다른 질문에 답해주십시오. 만일 그것이 이 끔찍한 결과를 낳았다면, 누구의 잘못입니까?"

그녀는 눈이 부신 사람처럼 멍하니 나를 응시했다. "맙소사!" 헨리 부인이 탄성을 지르듯이 한 번 말했다. 그러고는 두 번째로 자기 자신에게 속삭이듯이 말했다. "맙소사! 제발, 매켈러, 대체 무슨 일이에요?" 그녀가 소리쳤다. "난 마음을 굳게 먹었어요. 무슨 말이든 들을 수 있어요."

"부인은 아직 들을 수 있는 상태가 아닙니다." 내가 말했다. "그게 어떤 일이든 부인은 먼저 자기 잘못이라고 말씀하시겠지요."

"아!" 그녀는 양손을 맞잡고 쥐어짜며 외쳤다. "이 남자가 정말로 나를 미치게 해! 나에 대한 생각은 그만할 수 없나요?"

"부인에 대해서는 한 번도 생각한 적이 없습니다." 내가 외쳤다. "저는 오로지 제 소중하고 불행한 주인님만 생각합니다."

"아!" 부인은 손을 가슴에 대며 외쳤다. "헨리가 죽었나요?"

"목소리를 낮추십시오." 내가 말했다. "다른 사람이 죽었습니다."

나는 그녀가 바람에 휘날리듯이 흔들리는 것을 보았다. 비겁해서인지 괴로워서인지 모르지만 나는 고개를 돌려 바닥을 바라보았다. "끔찍한 소식이지요." 그녀의 긴 침묵에 겁이 좀 났기에 이윽고 내가 말했다. "하지만 집안을 구하기 위해 부인과 저는 대담해져야 합니다." 그래도 그녀는 아무 대답도 하지 않았다. "캐서린 양도 있지 않습니까." 내가 덧붙였다. "이 일을 해결하지 못하면, 캐서린 양은 수치스러운 유산을 물려받을 겁니다."

헨리 부인을 정신 차리게 만든 것이 자기 아이에 대한 생각이었는지 아니면 수치라는 적나라한 단어였는지 나는 모르겠다. 어떻든 내 말이 끝나자마자 그녀의 입술에서 내가 지금껏 들어보지 못한 소리가 새어 나왔다. 마치 언덕 아래 파묻혀서 그 무거운 짐을 어떻게든 치워보려는 것 같았다. 다음 순간에 그녀는 목소리 비슷한 소리를 냈다.

"결투를 했다고요." 부인이 속삭였다. "다른 게 아니라?" 그녀는 그 단어에서 멈추었다.

"제 소중한 주인님 편에서는 공정한 결투였습니다." 내가 말했다. "그리고 다른 사람에 대해 말하자면 반칙을 하다가 돌아가셨습니다."

"지금은 그런 말 하지 말아요!" 그녀가 외쳤다.

"부인." 내가 말했다. "제 가슴은 그분에 대한 증오로 불타오릅니다. 네, 그분이 돌아가신 지금도 그렇습니다. 하느님께서 아시듯이 제게 용기가 있었다면 그 싸움을 막았을 겁니다. 그러지 못해 부끄럽고요. 하지만 그분이 쓰러지는 것을 보았을 때, 주인님에 대한 동정심 외에 다른 것을 느낄 여유가 있었다면 구원에 대한 기쁨이었을 겁니다."

헨리 부인이 내 말을 제대로 알아들었는지 모르겠다. 하지만 그녀는 다음으로 "듀리스디어 경은?"이라고 물었다.

"그 일은 제가 맡겠습니다." 내가 말했다.

"내게 말하듯이 듀리스디어 경에게 말하지는 않겠죠?" 그녀가 물었다.

"부인." 내가 말했다. "부인께서는 염려해야 할 다른 사람이 없습니까? 듀리스디어 경은 제가 맡겠습니다."

"다른 사람이라니?" 부인이 따라 했다.

"부인의 남편분 말입니다." 내가 말했다. 그녀는 알 수 없는 표정으로 나를 보았다. "남편을 저버리실 생각입니까?" 내가 물었다.

그녀는 계속 나를 바라보더니 다시 손을 가슴에 얹었다. "아니요." 그녀가 말했다.

"그 말씀을 하느님께서 축복해주시기를!" 내가 말했다. "지금 그분에게 가십시오. 홀에 계십니다. 그분에게 말을 건네십시오. 무슨 말을 하시든 전혀 상관없습니다. 그분에게 손을 내밀고 '다 알아요'라고 말씀하십시오. 하느님께서 부인께 많은 은총을 내려주신다면, '나를 용서해줘요'라고 말씀하십시오."

"하느님께서 당신에게 힘을 주시고 자비로운 사람으로 만들어주시길!" 부인이 말했다. "내 남편에게 가겠어요."

"가는 길을 밝혀드리지요." 내가 양초를 들며 말했다.

"내가 어둠 속에서 찾아갈게요." 그녀가 몸서리치며 말했다. 나는 헨리 부인이 내게 몸서리를 쳤다고 생각한다.

이렇게 우리는 헤어졌다. 그녀는 작은 불빛이 희미하게 빛나는 홀의 입구 쪽으로 내려갔고, 나는 듀리스디어 경의 방을 향해 복도를 걸었다. 이유는 정확히 알 수 없지만 나는 젊은 여자의 방에 들어갔을 때처럼 노인의 방에 불쑥 들어갈 수 없었다. 아무리 내키지 않아도 방문을 두드려야 했다. 하지만 노인은 잠귀가 밝았다. 어쩌면 잠이 들지 않았었을 수도 있다. 한 번 두드렸을 때 들어오라는 말이 들려왔다.

듀리스디어 경도 침대에 앉아 있었다. 몹시 늙고 핏기가 없어 보였다. 낮에 옷을 차려입었을 때는 체격이 어느 정도 커 보였지만 지금은 작고 연약해 보였다. 그의 얼굴은 (가발을 벗어 옆에 놓았으므로) 어린애 얼굴보다도 크지 않았다. 이것을 보자 나는 더럭 겁이 났다. 더욱이 그의 초췌한 눈빛은 이미 불행을 예감하고 있었다. 그렇지만 내게 무슨 일로 왔냐고 물었을 때 그의 목소리는 평온하게 들렸다. 나는 촛대를 의자 위에 놓고 침대의 다리 부분에 기대며 그를 바라보았다.

"듀리스디어 경." 내가 말했다. "제가 경의 가족의 편파적인

지지자라는 것을 잘 알고 계실 것입니다."

"우리 중 누구도 편파적인 지지자가 아니길 바라네." 그가 말했다. "자네가 내 아들을 진심으로 아끼는 것을 보며 나는 늘 기뻤네."

"아! 듀리스디어 경, 지금 이런 예의를 차려 말할 때가 아닙니다." 내가 대답했다. "불속에서 뭐라도 건져내려면 사실을 적나라하게 있는 그대로 보아야 합니다. 전 편파적인 지지자입니다. 우리 모두 그렇습니다. 그리고 이렇게 편파적인 지지자로서 저는 지금 한밤중에 애원하려 듀리스디어 경 앞에 왔습니다. 제 말씀을 들어주십시오. 제가 나가기 전에 그 이유를 말씀드리겠습니다."

"매켈러 군, 나는 언제나 자네 말에 귀 기울일 준비가 되어 있네." 그가 말했다. "밤이든 낮이든 언제든지 말일세. 자네에게 그럴 이유가 있을 것이라 믿기 때문이지. 전에도 매우 적절한 이야기를 해주지 않았나. 나는 그것을 잊지 않았네."

"저는 제 주인님을 위해 간청하러 왔습니다." 내가 말했다. "그분이 어떻게 처신하시는지는 말씀드리지 않아도 잘 아시겠지요. 어떤 처지에 있는지도 아시고요. 그분이 얼마나 관대하게 늘 듀리스디어 경의 다른…… 듀리스디어 경의 요구에 순응해왔는지도 알고 계시지 않습니까." 나는 다른 아들의 이름에서 말이 막혀 다른 식으로 말했다. "아시지요. 틀림없이 아실 겁니다. 그분이 얼마나 고통스러워하셨는지요. 자기 아내 때문에 어떤 고통을 겪었는지요."

"매켈러 군!" 듀리스디어 경은 수염 난 사자처럼 침대에서 일어나며 소리쳤다.

"제 말씀을 들어주시겠다고 하셨지요." 내가 말을 이었다. "듀리스디어 경께서 모르시지만 아셔야 하는 것, 제가 여기서 말씀드리려는 것 중 하나는 그분이 다른 사람들이 없을 때 겪어야 했던 학대입니다. 듀리스디어 경께서 등을 돌리시기만 하면, 제가 감히 이름을 입에 올릴 수 없는 그분은 제 주인님을 인정사정없이 조롱하고, 비웃고 (듀리스디어 경, 이런 말씀을 용서해주십시오) 경의 편애를 두고 비웃고, 헨리 씨를 야곱이라 부르고 얼간이라 부르면서 어떤 인간도 참을 수 없을 정도의 비열한 농담으로 괴롭힙니다. 그리고 듀리스디어 경이나 헨리 부인이 나타나기만 하면 즉시 태도가 달라집니다. 그러면 제 주인님은 자기에게 모욕을 퍼부은 사람에게 미소를 짓고 예의 바르게 대해야 했지요. 저도 어느 정도 모욕을 당했기에 잘 알고 있습니다. 참으로 그렇게 사는 것은 도저히 견딜 수 없는 고통이지요. 지난 몇 달간 이런 일이 지속되었습니다. 그분이 뭍에 내린 바로 그날부터 시작되었지요. 첫날 저녁에 제 주인님에게 야곱이라고 부르며 인사하더군요."

듀리스디어 경은 옷을 벗어 던지고 일어날 듯이 움직였다. "지금 그 말에 조금이라도 진실이 있다면……." 그가 말했다.

"제가 거짓말하는 사람으로 보이십니까?" 내가 손으로 그를 잡고 말을 끊었다.

"내게 진작 말했어야지." 듀리스디어 경이 말했다.

"아, 듀리스디어 경! 실로 그랬어야 했습니다. 이 불충한 하인의 얼굴을 미워하셔도 당연합니다!" 내가 외쳤다.

"내가 바로잡겠네." 그는 말했다. "당장." 그러고는 다시 일어나려고 움직였다.

다시 나는 그를 저지했다. "아직 드릴 말씀이 끝나지 않았습니다." 내가 말했다. "미리 말씀드렸더라면 얼마나 좋았을까요! 이 온갖 모욕을 가엾고 불우한 주인님은 아무런 도움도, 지지도 받지 못하고 견디셨습니다. 듀리스디어 경께서 해주신 최고의 말씀은 다만 고마움의 표현이었지요. 아, 그분도 듀리스디어 경의 아들 아니었습니까! 그분에게 다른 아버지는 없습니다. 또한 헨리 씨는 지역 주민들에게도 증오를 받고 있습니다. 그것이 얼마나 부당한 일인지 하느님은 아십니다. 그런 데다 그분은 사랑이 없는 결혼을 하셨지요. 천지 사방에서 그분은 아무런 애정도, 지지도 받지 못하며 견디셨습니다. 소중한, 너그러운, 불운한, 고결한 분이시지요!"

"자네가 흘리는 눈물이 자네에게 큰 명예가 되고 내게는 큰 부끄러움이 되는군." 듀리스디어 경이 중풍에 걸린 환자처럼 떨면서 말했다. "하지만 자네가 나를 부당하게 평가한 부분이 있네. 헨리는 항상 내게 소중한 아들이었네. 아주 소중했지. 제임스, (매켈러 군, 이것을 부정하지는 않겠네) 제임스는 더 소중했을지도 모르지. 자네는 제임스를 호의적인 시각으로 보지 않았네. 그 아이는 자신의 불운으로 고생해왔어. 우리는 그것이 얼마나 큰 불운이었고 얼마나 부당한 불운이었는지를 기억해야만 하네. 그런데 지금도 그 아이는 헨리보다 더 다정하다네. 하지만 제임스에 대해서는 더 이상 말하지 않겠네. 자네가 헨리에 대해 말한 것은 대부분 사실이지. 나는 놀라지 않았네. 그 아이의 마음이 얼마나 너그러운지 잘 알고 있거든. 내가 그걸 알고 부당하게 이용한다고 말할 셈인가? 그럴 수 있겠지. 위험한 미덕이 있다네. 침입자를 유혹하는 미덕 말일세. 매켈러 군, 내가 그 애에게 보상해주겠네. 이 모든 것을 바로잡겠어. 나는 지금까지 나약했네. 게다가 더 고약하게도, 우둔해졌어."

"제 양심을 짓누르는 것을 더 말씀드려도 듀리스디어 경께서는 본인을 탓하시면 안 됩니다." 내가 말했다. "경은 나약하시지 않았습니다. 악마 같은 위선자에게 이용당하신 겁니다. 그가 목숨이 위험한 지경에 처해 있다고 경을 속여온 것을 보시지 않았습니까. 그는 자기 삶의 단계마다 경을 속여왔습니다. 저는 그 사람을 경의 마음속에서 송두리째 뽑아내고 싶습니다. 억지로라도 경이 다른 아들을 바라보시게 하고 싶습니다. 아, 경의 진정한 아들은 그분입니다!"

"아닐세, 아니야." 그가 말했다. "두 아들, 내겐 아들이 둘 있네."

내가 절망적인 몸짓을 하자 경은 깜짝 놀랐다. 그는 얼굴빛이 달라지며 나를 바라보았다. "아직도 나쁜 소식이 더 있단 말인가?" 그가 물었다. 이 질문을 하면서 목소리가 높아지며 동시에 가늘어졌다.

"훨씬 나쁜 소식입니다." 내가 대답했다. "오늘 밤에 그는 헨리 씨에게 이런 말을 했습니다. '지금까지 만난 여자 중에 너보다 나를 더 좋아하지 않은, 지금까지도 나를 더 좋아하지 않는 여자는 없어'라고요."

"내 며느리에 대한 험담은 듣지 않겠네!" 그가 외쳤다. 그가 내 말을 가로막으려고 재빨리 대답하는 것을 보면서 나는 그의 눈이 내가 예상한 만큼 어둡지 않고 그도 헨리 부인이 포위되는 것을 보며 분명 불안감을 느꼈다는 결론을 내렸다.

"저는 부인을 헐뜯을 생각이 없습니다." 내가 외쳤다. "제가 드리려는 말씀은 그게 아닙니다. 제가 듣는 곳에서 헨리 씨에게 그런 말을 했다는 것입니다. 그 말로도 아직 분명하지 않다고 생각하신다면 그 후에 나온 말을 더 말씀드리겠습니다. '네 아내가 나를 사랑하고 있지.'"

"둘이 싸웠나?" 그가 말했다.

나는 고개를 끄덕였다.

"그 애들에게 빨리 가야겠네." 그가 다시 침대를 벗어나려 하며 말했다.

"아뇨, 안 됩니다!" 내가 손을 내밀며 외쳤다.

"자네는 모르는 모양이군." 듀리스디어 경이 말했다. "방금 그게 얼마나 위험한 말인지."

"어떻게 해야 이해하시겠습니까, 듀리스디어 경?" 내가 말했다.

그의 눈은 내게서 진실을 청하고 있었다.

나는 급히 침대 옆에 무릎을 꿇었다. "아, 듀리스디어 경!" 내가 외쳤다. "경께서 방기하신 헨리 씨를 생각해주십시오. 경께서 얻으시고 경의 부인께서 낳아주신 이 가여운 죄인을 생각해주십시오. 우리 중 누구도 그분에게 힘을 주려고 애쓰지 않았습니다. 경 자신이 아니라 그분을 생각해주십시오. 그분도 고통받는 사람입니다. 그분을 생각해주십시오! 그것은 슬픔을 여는 문입니다. 그리스도의 문, 하느님의 문이지요. 아! 그 문이 열려 있습니다. 그분이 경을 생각하셨듯이 그분에 대해 생각해주십시오. '누가 아버님께 말해야 하지?' 그분께서는 그리 말씀하셨습니다. 그래서 제가 왔습니다. 그래서 경의 발 앞에 무릎을 꿇고 간청하는 것입니다."

"날 일어나게 해주게." 그는 소리치며 나를 옆으로 밀쳤고 내 앞에 섰다. 목소리가 바람을 맞은 돛처럼 떨렸지만 듀리스디어 경은 우렁차게 말했다. 얼굴은 눈처럼 하얗게 질렸지만, 눈은 차분하고 메말라 있었다. "말이 너무 많군." 그가 말했다. "어디서 싸웠나?"

"관목 숲이었습니다." 내가 말했다.

"헨리는?" 그가 물었다. 내가 대답하자 듀리스디어 경은 생각에 잠겨 늙은 얼굴을 찌푸렸다.

"제임스는?" 그가 말했다.

"누워 있는 채로 놔두고 왔습니다." 내가 말했다. "촛불 옆에."

"촛불이라고?" 그가 외쳤다. 그러고는 창가로 달려가더니 창문을 열고 둘러보았다. "길에서도 보일 수 있겠군."

"이 시간에는 누구도 그 길로 다니지 않습니다." 내가 반대 의견을 제시했다.

"그게 문제가 아니야." 듀리스디어 경이 말했다. "다닐 수도 있으니까. 들어보게!" 그가 외쳤다. "저건 무슨 소리인가?"

만에서 사람들이 아주 조심스럽게 노를 젓는 소리였다. 나는 그렇게 말했다.

"밀수꾼이라." 듀리스디어 경이 말했다. "매켈러 군, 당장 달려가서 촛불을 끄게. 그동안 나는 옷을 입겠네. 자네가 돌아온 뒤에 어떻게 해야 현명할지 의논하세."

나는 아래층으로 더듬거리며 내려가 밖으로 나갔다. 꽤 멀리 떨어진 곳에서 빛이 반짝였고, 관목 숲의 여러 곳을 환하게 비췄다. 이렇게 칠흑 같은 밤에는 그 빛이 몇 킬로미터 밖에서도 보일 것 같았다. 나는 내 부주의한 소행을 질책했다. 그곳에 도착해보니 빛이 얼마나 선명하게 타오르고 있던지! 촛대 하나는 쓰러졌고 심지가 꺼져 있었다. 다른 촛대는 혼자 꾸준히 타오르면서 서리 내린 넓은 공간을 환하게 비췄다. 불빛이 쏟아진 원 안에 있는 것은 시커멓게 내려앉은 어둠과 대조되어 대낮보다 더 밝게 보였다. 그 한가운데에 핏자국이 있었고, 조금 떨어진 곳에 칼자루 끝이 은으로 된 헨리 씨의 검이 있었다. 하지만 시신은 흔적도 없이 사라졌다. 거기 서서 바라보고 있으려니 심장이 갈비뼈에 부딪혀 쿵쾅거리기 시작했고 두피의 머리카락이 곤두섰다. 너무나 괴이한 광경이라서 공포가 나를 엄습했다. 나는 좌우를 돌아봤지만, 너무나 단단하게 얼어붙은 땅 위에서는 아무런 실마리도 찾을 수 없었다. 나는 가만히 서서 아프도록 귀를 기울였지만, 나를 둘러싼 어둠은 텅 빈 교회처럼 허허로웠다. 바닷가에서는 잔물결 하나 일지 않았다. 마을에서 바늘 하나만 떨어져도 그 소리가 들릴 것 같았다.

나는 촛불을 껐고, 더듬거리며 걸어가는 내 주위에 칠흑 같은 어둠이 덮였다. 어둠은 나를 둘러싼 휘장 같았다. 나는 듀리스디어 저택으로 돌아가면서 겁쟁이 같은 상상에 깜짝깜짝 놀라며 턱을 어깨에 대고 돌아보곤 했다. 문간에서 누군가 움직이더니 내게 다가왔다. 헨리 부인을 알아보기 전에 나는 공포에 질려 비명을 지를 뻔했다.

"아버님께 말씀드렸어요?" 그녀가 말했다.

"저를 내보내신 분이 듀리스디어 경이었습니다." 내가 말했다. "사라졌어요. 그런데 왜 여기 계십니까?"

"사라졌다고요?" 그녀가 되풀이해서 말했다. "무엇이 사라졌단 말인가요?"

"시신 말입니다." 내가 말했다. "왜 남편분과 함께 계시지 않습니까?"

"사라졌다고요?" 부인이 말했다. "제대로 보셨을 리 없어요. 다시 가보세요."

"이젠 불빛도 없습니다." 내가 말했다. "돌아갈 엄두가 나지 않습니다."

"나는 어둠 속에서도 잘 볼 수 있어요. 여기 한참 동안, 정말 한참 동안 서 있었거든요." 그녀가 말했다. "자, 손을 내밀어보세요."

우리는 손을 잡고 관목 숲으로, 그 치명적인 곳으로 돌아갔다.

"피를 조심하십시오." 내가 말했다.

"피라고요?" 그녀가 깜짝 놀라 격렬하게 물러서며 외쳤다.

"아마 있을 겁니다." 내가 말했다. "저는 장님이 된 것 같아요."

"아뇨." 그녀가 말했다. "아무것도 없어요! 꿈을 꾼 게 아닌가요?"

"아, 그랬더라면 얼마나 좋을까요!" 내가 외쳤다.

부인은 검을 알아보았고 그것을 집어 들었다. 하지만 피를 보자 손을 벌려 다시 떨어뜨렸다. "아!" 그녀가 외치더니 즉시 용기를 내서 다시 집어 들었다. "이걸 집으로 가져가서 잘 닦아야겠어요." 그녀는 이렇게 말하고는 다시 사방으로 주위를 둘러보았다. "그분이 정말로 죽은 것은 아니겠지요?"

"심장이 뛰지 않았습니다." 내가 말했다. 그러고는 다시 생각이 나서 물었다. "왜 남편분과 함께 계시지 않았습니까?"

"아무 소용도 없었어요." 그녀가 말했다. "내게 말을 하려고 하지 않아요."

"부인께 말씀을 안 하신다고요?" 내가 반복해 말했다. "아! 부인께서 노력하지 않으셨겠지요."

"매켈러 씨는 나를 의심할 권리가 있어요." 부인이 부드럽고 품위 있게 대답했다.

이 말에 나는 처음으로 그녀에 대한 연민을 느꼈다. "하느님은 아십니다, 부인." 내가 외쳤다. "제가 겉으로 보이듯이 가혹한 사람이 아니라는 것을요. 이 끔찍한 밤에 누가 말을 꾸미고 말고 하겠습니까? 하지만 저는 헨리 듀리 씨의 적을 제외한 모든 사람의 벗입니다."

"그렇다면 그의 아내를 믿지 못하는 것은 가혹한 일이에요." 그녀가 말했다.

헨리 부인을 가리고 있던 베일이 찢겨나간 듯 나는 부인이 이 잔혹한 재앙을 얼마나 품위 있게 견디고 있는지, 그리고 내 비난을 얼마나 너그럽게 참아주었는지 즉시 깨달았다.

"돌아가서 듀리스디어 경께 이 사실을 알려드려야 합니다." 내가 말했다.

"난 아버님 얼굴을 뵐 수 없어요." 그녀가 외쳤다.

"우리 중 누구보다도 침착하신 그분을 마주하게 될 겁니다." 내가 말했다.

"그래도 아버님의 얼굴을 볼 수 없어요." 그녀가 말했다.

"그렇다면." 내가 말했다. "헨리 씨에게 돌아가십시오. 제가 듀리스디어 경을 뵈러 가겠습니다."

나는 촛대를 들고 부인은 검을 든 채(그 여자가 들고 가기에는 기이한 짐이었다) 집으로 돌아가고 있을 때 그녀가 다른 생각을 떠올렸다. "헨리에게 말해야 할까요?" 그녀가 물었다.

"듀리스디어 경의 결정에 따르지요." 내가 말했다.

내가 그의 방에 다다랐을 때 듀리스디어 경은 옷을 거의 다 차려입은 상태였다. 그는 이마를 찌푸린 채 내 이야기를 들었다. "밀수꾼들 짓이겠군." 그가 말했다. "그런데 죽었는지, 살았는지?"

"제 생각에 그는……." 나는 그 말을 쓰기가 꺼려져서 멈추었다.

"알고 있네. 하지만 자네가 착각했을 수도 있지 않은가. 살아 있지 않다면 밀수꾼들이 왜 옮겨 갔겠나?" 그가 물었다. "아! 여기 희망의 문이 있네. 그가 집에 왔을 때처럼 예고도 없이 떠났다고 소문을 내야겠군. 우리 모두 추문을 피해야 하니 말일세."

나는 듀리스디어 경이 다른 사람들과 마찬가지로 가문을 중시하는 것을 보았다. 이제 살아 있는 가족 모두가 돌이킬 수 없는 슬픔에 빠져들자 희한하게도 우리는 모두를 아우르는 가족이라는 추상적 개념 그 자체에 매달렸고, 공허하고 아무것도 아닌 가문의 평판을 떠받치려고 노력했다. 듀리스 가족뿐 아니라 고용된 집사도 마찬가지였다.

"헨리 씨에게 말씀드릴까요?" 내가 물었다.

"내가 보고 판단하지." 그가 말했다. "먼저 헨리를 보러 가고, 그런 다음에 자네와 관목 숲을 살펴보고 나서 생각해보겠네."

우리는 아래층으로 내려가서 홀에 들어갔다. 헨리 씨는 탁자 옆에 앉아 석상처럼 손으로 머리를 받치고 있었다. 그의 아내는 약간 뒤쪽에 서서 손으로 입을 가리고 있었다. 그녀가 그의 마음을 움직일 수 없다는 것은 분명했다. 연로한 듀리스디어 경은 아들이 앉아 있는 곳으로 아주 침착하게 걸어갔다.

표정 역시 침착했지만, 내게는 조금 차갑게 느껴졌다. 그는 다가가서 두 손을 내밀며 "내 아들아!"라고 말했다.

숨이 막혔다 이어지는 소리를 지르며 헨리 씨는 벌떡 일어나 아버지의 목에 얼굴을 기대고 흐느꼈다. 지금까지 보지 못한 더없이 가련한 광경이었다. "아! 아버님." 그가 울부짖었다. "제가 형을 사랑한 것을 아버님도 아시지요. 제가 처음부터 형을 사랑한 것을 아시지요. 형을 위해서는 죽을 수도 있었어요. 그걸 아시지요! 형과 아버님을 위해서는 제 목숨을 기꺼이 내놓았을 거예요. 아아! 아신다고 말씀해주세요. 아! 저를 용서하실 수 있다고 말씀해주세요. 아, 아버지, 아버지, 제가 무슨 짓을 저지른 걸까요. 제가 무슨 짓을 저질렀지요? 함께 어린 시절을 보냈는데!" 그는 흐느끼며 노인을 어루만졌고, 공포에 사로잡힌 아이처럼 간절히 노인의 목에 매달렸다.

그러다 그는 자기 말을 들으며 울고 있는 아내를 발견하고는(아마 처음으로 보았을 것이다) 순식간에 그녀 앞에 무릎을 꿇었다. "아, 여보." 그가 소리쳤다. "당신도 나를 용서해야 해요! 당신의 남편도 못 되지. 난 당신의 인생을 망쳐놓기만 했으니까. 하지만 당신은 어린 시절의 나를 알았잖아요. 그때의 헨리 듀리는 해를 끼칠 사람이 아니었어요. 영원히 당신의 친구가 될 생각이었어요. 지금도 그 사람이에요. 당신과 같이 놀던 어린애라고. 아, 그를 절대로, 절대로 용서해줄 수 없겠어요?"

이러는 동안 듀리스디어 경은 침착하게 대응할 태세를 갖춘 냉정하고도 친절한 관객 같았다. 헨리 씨가 처음에 울부짖자(이 소리는 실로 온 집 안 사람들을 깨워 모여들게 할 정도였다) 듀리스디어 경은 어깨 너머로 내게 "문을 닫게"라고 말했다. 그리고 이제는 혼자서 고개를 끄덕이고 있었다.

"이제 헨리를 아내에게 맡겨도 괜찮겠네." 그가 말했다. "촛불을 가져오게, 매켈러 군."

듀리스디어 경과 함께 나서면서 나는 이상한 현상을 감지했다. 칠흑처럼 깜깜하고 밤이 깊어진 지 얼마 지나지 않았음에도 새벽 냄새가 나는 것 같았다. 동시에 상록수의 나뭇가지들이 흔들리며 고요한 바다 같은 소리를 냈고, 가끔 바람이 얼굴에 불어오면서 양초의 불꽃이 흔들렸다. 이처럼 움직이는 기류에 둘러싸였기에 우리는 더 빨리 움직였을 것이다. 결투가 있었던 곳에 이르자 듀리스디어 경은 인내심을 갖고 피를 살펴보았다. 그리고 승선장 쪽으로 더 멀리 나아가면서 마침내 진실의 증거 몇 가지를 보게 되었다. 첫 번째로는 길을 가로질러 웅덩이가 있는 곳에 누가 보아도 남자 한 명 이상의 무게로 얼음을 밟아놓은 흔적이 있었다. 그다음으로는 조금 더 떨어진 곳에 어린나무 하나가 부러져 있었고, 그 아래 승선장 옆으로 평소 밀수꾼들의 선박이 정박하는 곳에는 운반하던 사람들이 쉬려고 몸뚱이를 내려놓아 생긴 것이 분명한 핏자국이 있었다.

이 자국을 우리는 듀리스디어 경의 모자로 바닷물을 담아와서 씻어내기 시작했다. 우리가 이런 일을 하고 있을 때 갑자기 신음을 내듯이 돌풍이 일더니 순식간에 주위가 깜깜해졌다.

"눈이 오겠군." 듀리스디어 경이 말했다. "우리가 바랄 수 있는 최선이지. 이제 돌아가세. 어두워서 할 수 있는 일이 없으니."

우리가 집으로 돌아가고 있을 때 바람은 다시 잦아들었고, 어둠 속에서 후두두 소리가 요란하게 들려왔다. 우리가 나무 밑에 몸을 숨겼다가 나왔을 땐 빗줄기가 거세게 퍼부었다.

이런 일을 하는 동안 듀리스디어 경의 정신이 얼마나 맑은지, 그 못지않게 몸은 얼마나 활기차게 움직이는지 보면서 나는 끊임없이 놀라워했다. 집에 돌아온 후 의논하는 자리에서 그의 언행을 보고 내가 느낀 놀라움은 극에 달했다. 밀수꾼들이 밸런트레이 귀공자를 데려간 것은 분명했다. 그가 죽었는지 살아 있는지의 문제는 아직 우리의 추측에 남겨져 있지만 말이다. 날이 밝기 한참 전에 모든 일의 흔적은 빗물에 씻겨 나갈 테고, 이는 우리에게 유리할 것이다. 밸런트레이 귀공자는 어느 날 밤에 홀연히 나타났다가 이제 날이 밝기 전에 홀연히 떠났다고 소문을 내면 되었다. 그리고 이 모든 것을 그럴듯하게 만들려면 이제 내가 그의 방으로 올라가서 짐을 정리하고 숨기기만 하면 되었다. 물론 우리는 밀수꾼들이 신중하게 입을 다물 것인지에 좌우되는 신세이기는 하지만, 그것은 우리의 죄로 인한 어찌할 수 없는 약점이었다.

이미 말했듯이 나는 놀라워하며 듀리스디어 경의 말에 귀를 기울였고, 서둘러 그의 지시를 따랐다. 헨리 씨와 헨리 부인은 홀에 없었고, 듀리스디어 경은 따뜻한 침실로 서둘러 갔다. 하인들은 아직 기척이 없었다. 내가 탑의 계단을 올라 죽은 사람의 방에 들어섰을 때 무서운 고독감이 마음을 짓눌렀다. 몹시 놀랍게도 그의 방은 출발 준비로 온통 난장판이었다. 대형 여행 가방 세 개 중 두 개는 이미 잠겨 있었고, 나머지 하나는 거의 가득 채워진 채 열려 있었다. 그것을 보자 즉시 진실에 대한 어떤 예감이 번뜩이며 떠올랐다. 그 남자는 어떻든 떠날 준비를 했던 것이다. 그는 다만 크레일을 기다렸고, 크레일은 다만 바람이 일기를 기다렸던 것이다. 그날 밤 일찍 선원들은 날씨가 달라지는 기미를 느꼈고, 승객에게 변화를 알려주며 탑승하라고 부르기 위해 작은 보트를 보냈고, 보트의 승무원들은 자신이 흘린 피 한가운데 누워 있는 그를 우연히 발견했던 것이다. 아니, 그 이면에는 더 많은 이야기가 있었다. 이렇게 떠날 준비를 하고 있었던 것을 보면 그가 전날 밤에 상상조차 할 수 없는 모욕을 퍼부었던 이유를 분명히 이해할 수 있었다. 그것은 작별의 저격이었고, 교활한 지략으로 더 이상 억제되지 않은 증오였다. 그리고 또한 모욕의 성격과 헨리 부인의 행실을 돌아보면 한 가지 결론에 이를 수 있다. 아직까지 입증하지 못했고, 최후의 심판까지 결코 입증할 수 없겠지만, 그가 마지막에 자신의 본분을 망각하고 헨리 부인에게 도를 넘어 접근했다가 퇴짜를 맞았다는 결론이다. 이미 말했듯이 그것은 절대로 입증될 수 없을 것이다. 그러나 그 새벽에 그의 짐들 사이에서 그 결론이 떠올랐을 때, 그 생각은 내게 꿀처럼 감미롭게 느껴졌다.

나는 열려 있는 여행 가방을 닫기 전에 조금 뒤져보았다. 아름다운 레이스와 리넨, 그리고 그가 자랑스럽게 입고 나타났던 멋진 옷들이 많이 있었다. 책 한두 권과 최고의 책이라 불릴 만한 카이사르의 《내전기》, 홉스 씨의 책 한 권, 볼테르 씨의 《앙리아드》, 인도제국에 관한 책 한 권, 그리고 수학에 관한 책이 있었는데 내가 공부한 범위를 훨씬 넘어서는 것이었다. 나는 이 책들을 아주 복잡한 심정으로 바라보았다. 그런데 열린 여행 가방 속에서는 어떤 문서도 보이지 않았다. 그래서 나는 골똘히 생각하기 시작했다. 그 남자는 죽었을 수 있다. 하지만 밀수꾼들이 그를 데려간 것을 보면 그렇지 않을 가능성도 있다. 그렇지만 부상으로 인해 죽을 수 있다. 그러나 그렇지 않을 가능성도 있다. 그리고 후자의 경우에 대비해서 나는 어떤 방어 수단을 갖춰야 한다고 단단히 마음먹었다.

나는 가방들을 저택의 꼭대기 층에 있는 다락방으로 하나씩 옮겼다. 늘 잠가두는 방이었다. 나는 내 방에 가서 열쇠를 찾아 다락방으로 올라갔고 그 방에 가방 두 개가 딱 들어맞는 것을 보고 흡족해했다. 한 가방에는 새그린 가죽으로 된 휴대용 편지 케이스가 달려 있었는데, 나는 그것을 칼로 잘라 열었다. 그 순간부터 (그것이 공적으로 인정되는 한) 그 남자는 내 수중에 들어왔다. 그 안에는 연애편지가 많았고, 대체로 그가 파리에 있던 시절에 주고받은 편지였다. 더 중요한 것은 그가 영국 장관에게 보낸 보고서의 사본들과 장관이 보낸 답장의 원본들이었다. 엄청난 악영향을 미칠 수 있는 일련의 편지들이었는데, 이것들이 세상에 공개되는 순간 그의 명예는 결딴날 테고 목에는 현상금이 붙을 것이다. 나는 그 문서들을 훑어보면서 혼자 싱글벙글 웃었다. 양손을 비비고 신이 나서 노래를 부르기도 했다. 날이 밝았어도 나는 그 즐거운 일을 멈추지 않았고, 쉬지도 않고 부지런히 일했다. 다만 창가로 가서 잠시 내다보고는, 서리가 완전히 사라졌고 세상이 다시 어두컴컴해졌으며 만에 비바람이 몰아치는 것을 보았다. 그리고 소형 돛배가 정박지에서 없어진 것을 확인하고는 그가 (살았든 죽었든) 지금 아일랜드 바다 위에서 굴러다닐 거라고 확신했다.

그날 밤에 일어난 사건과 관련해서 내가 훗날 알아낸 사실을 아주 사소한 것이라도 여기에 덧붙이는 것이 적절하겠다. 그것을 알아내는 데는 오랜 시간이 걸렸다. 대놓고 물어볼 엄두를 내지 못했고, 밀수꾼들은 나를 조롱하거나 적대시했기 때문이다. 그 남자가 살아 있는지를 확실히 알 수 있을 때까지 거의 반년이나 걸렸다. 그리고 몇 년이 지나서야 나는 크레일의 선원 중에 부정하게 번 돈으로 술집을 차린 사람에게서 진실처럼 느껴지는 구체적인 이야기를 들었다. 밀수꾼들은 팔꿈치를 땅에 대고 버둥거리는 그를 발견한 모양이었다. 그는 정신 나간 사람처럼 주위를 응시하고, 양초를 바라보다가 피가 흥건한 자기 손을 바라보기도 했다. 밀수꾼들이 다가

왔을 때는 정신을 차린 것 같았고, 자신을 배로 데려가라고 말하며 입도 뻥끗하지 말라고 명령도 했다. 선장이 그에게 어쩌다 이런 곤경에 빠지게 되었냐고 묻자 갑자기 격렬하게 욕설을 토해내더니 즉시 기절해버렸다. 그들은 그를 어떻게 할지 논쟁을 벌였지만, 이제나저제나 바람이 일기를 기다리고 있었고, 그를 몰래 프랑스로 실어다주기로 하고 큰돈을 받았으므로 더 지체할 마음이 없었다. 게다가 이 혐오스러운 쓰레기들은 그에게 호감도 있었다. 이들은 그가 사형선고를 받았다고 생각했고, 어떤 곤란한 처지에서 그런 부상을 입었는지 몰랐으므로 그를 위험한 곳에서 벗어나게 해주는 것이 좋겠다고 판단했다. 그래서 그는 선박으로 옮겨졌고, 항해하는 도중에 회복했으며, 회복기의 환자로 해버 니 그레이스에 상륙했다. 참으로 주목할 것은, 그가 결투에 대해서 누구에게도 말하지 않았기에 지금까지 어느 밀수꾼도 그가 어떤 다툼으로, 어떤 적의 손에 쓰러졌는지를 알지 못한다는 점이다. 다른 사람이 그랬다면 당연히 체면 때문이라고 생각했겠지만, 그의 경우에는 오만함 때문이었을 것이다. 그는 자신이 그토록 모욕했고 그토록 무자비하게 경멸했던 사람에게 패했다는 사실을 어쩌면 스스로도 용납할 수 없었을 것이다.

밸런트레이 귀공자의
두 번째 부재 시에 일어난 사건 요약

이튿날 아침, 증세가 뚜렷이 드러난 중병을 나는 내 주인에게 닥친, 아무것도 섞이지 않은 순수한 마지막 고통으로 차분하게 생각할 수 있다. 그것은 어쩌면 불행의 옷을 걸치고 나타난 은총이었을지 모른다. 어떤 육신의 고통이 그의 마음의 고통에 맞먹을 수 있겠는가? 헨리 부인과 나는 침대 옆에 앉아 그를 지켜보았다. 늙은 듀리스디어 경은 차도가 있는지 알아보려고 이따금 찾아왔지만 대개는 방문을 넘어서지 않았다. 내 기억으로는 딱 한 번, 희망이 거의 사라졌을 때, 침대 옆으로 걸어와서 아들의 얼굴을 한참 쳐다보더니 머리와 손을 번쩍 쳐들고 이상한 몸짓으로 돌아섰다. 그 모습은 내 기억에 비극적인 장면으로 남았는데, 세상사에 대한 크나큰 슬픔과 경멸이 담겨 있었던 것이다. 하지만 대부분의 시간에는 헨리 부인과 내가 방을 차지했고, 밤에는 서로 교대하고 낮에는 서로 벗하면서 시간을 보냈다. 환자를 지켜보는 일이 울적

했던 것이다. 헨리 씨는 머리카락을 자른 머리에 수건을 두른 채 쉴 새 없이 뒤척거리며 손으로 침대를 두드렸다. 혀가 잠시도 멈추지 않았고, 목소리는 강물처럼 끊임없이 흘러나와 내 마음을 지치게 했다. 내게는 말할 수 없이 수치스럽게 여겨졌지만, 주목할 만한 사실은 그가 아무 의미도 없는 것들에 대해 쉴 새 없이 말했다는 것이다. 도착이라든가 출발에 대해서, 말들(그는 계속해서 말에 안장을 얹으라고 요구했는데 어쩌면 (가엾게도!) 자신의 고통에서 달아날 수 있다고 생각했을지 모른다)에 대해서, 정원에 관련된 일과 연어 잡는 그물, 그리고 (내가 들으면서 특히 화가 났던) 자신의 업무에 대해서 끊임없이 말하고 숫자를 계산하고 소작인과 논쟁을 벌였다. 자기 부친이나 아내, 형에 대해서는 하루 이틀 빼놓고는 한마디도 없었다. 그때도 그의 마음은 순전히 과거에 머무르면서 자신을 다시 어린애로 생각하고 형과 순진하게 장난치며 놀던 일에 대해 말했을 뿐이었다. 그 말이 더욱 애처롭게 느껴졌던 것은, 거기서도 밸런트레이 귀공자의 목숨이 위험에 처한 듯이 보였기 때문이었다. 그는 "아! 제이미가 물에 빠져 죽을 거예요! 아! 제이미를 구해줘요!"라고 매우 격렬하게 거듭거듭 소리쳤다.

이는 물론 헨리 부인과 내게 깊은 슬픔을 주었다. 하지만 그의 헛소리는 대체로 그 자신을 공정하게 보여주지 못했다. 그는 자기 형의 비방을 정당화하려는 것 같았고, 자신은 돈벌이에 몰두한 냉정한 인간이라고 스스로를 설득하려는 것 같았다. 내가 병실에 혼자 있었더라면 그런 말에 전혀 신경을 쓰지 않았을 것이다. 하지만 그런 말에 귀를 기울이면서 나는 그것이 그의 아내에게 미칠 영향을 계속 살펴보았고, 그에 대한 존중심이 나날이 추락하고 있다고 속으로 말했다. 이 지구상에서 그를 이해할 수 있는 사람은 나밖에 없는데, 그런 사람이 하나 더 있어야 한다고 나는 확신했다. 그가 곧 죽어 그의 미덕이 소멸되어버리든 가까스로 살아남아 자신이 물려받은 슬픔으로, 올바른 기억으로 되돌아가든 말이다. 그가 죽는다면 가장 사랑한 사람이었던 아내가 진심으로 애도하고, 그가 살아난다면 가식 없이 반겨야 한다고 나는 믿었다.

부인과 허심탄회하게 대화를 나눌 기회가 없었기에 나는 결국 문서로 밝히는 방법을 생각하게 되었다. 그래서 병실에서 물러나 잠을 자야 하는 야밤에 시간을 들여 서류철을 마련했다. 하지만 준비하는 일은 가장 쉬운 부분이었고, 다음 단계로 부인에게 그것을 보여주는 일이 남았는데 실행에 옮길 엄두가 나지 않았다. 며칠간 나는 서류철을 옆구리에 끼고 다니면서 이야기를 꺼낼 순간을 엿보았다. 어쩌다 좋은 기회가 있었다는 것은 부인하지 않겠다. 하지만 그때마다 혀가 입천장에 달라붙었다. 다행히 우연한 계기에 내가 망설임을 떨치지 않았더라면 지금까지도 나는 그 서류 뭉치를 들고 다녔을지 모른다. 어느 날 밤에 나는 그 일을 아직 하지 못한 나 자신의 비겁함에 절망하면서 다시 방을 나서고 있었다.

“매켈러 씨, 무엇을 그렇게 들고 다니세요?” 부인이 물었다. “지난 며칠간 똑같은 것을 한 아름 안고 들어왔다 나가시는 것을 보았어요.”

나는 아무 말 없이 돌아서서 부인의 앞쪽 탁자에 문서를 내려놓았고 그녀가 읽도록 내버려두고 나왔다. 그 문서가 무엇인지에 대해서 이제 독자에게 조금 알려주겠다. 그녀에게 준 서류철의 맨 앞 장에 나오는, 내가 쓴 편지를 그대로 보여주는 것이 제일 좋은 방법이겠다. 편지의 사본을(내 훌륭한 습관 덕분에) 보관해두었다. 어떤 사람들은 내가 이런 사건에 지나치게 개입한다고 경솔하게 문제 삼았는데, 이 편지는 내가 내 역할을 적절히 수행해왔음을 보여줄 것이다.

듀리스디어

1757

존경하는 부인,

저는 특별한 사유 없이 제 본분을 벗어나는 처신을 하지 않을 거라고 믿습니다. 하지만 저는 과거에 과묵함이라는 부적절하고 은밀한 결함으로 인해 얼마나 큰 해악이 부인의 고귀한 가족에게 흘러들었는지 보았습니다. 제가 감히 부인께 보여드리려는 것은 가족 관련 서류이고 부인께서 알아두실 가치가 있는 문서입니다.

필요한 설명을 별지로 덧붙입니다.

존경하는 부인께,
부인께 감사하고 순종하는 하인
에프라임 매켈러 올림

첨부된 문서

(가) 에프라임 매켈러가 제임스 듀리 님, 관례적 호칭으로는 밸런트레이 귀공자에게 보낸 편지 열 통의 사본, 후자가 파리에 거주하던 시기(날짜상으로 정리됨). 비고: (나) 및 (다)와 함께 읽어야 함.

(나) 밸런트레이 귀공자가 앞서 언급한 에프라임 매켈러에게 보낸 편지 일곱 통의 원본(날짜상으로 정리됨).

(다) 앞서 언급한 밸런트레이 귀공자가 헨리 듀리 씨에게 보낸 편지 세 통의 원본(날짜상으로 정리됨). 비고: 헨리 씨가 답장을 보내기 위해 본인에게 주었음. 본인이 쓴 답장의 사본은 문서 (가-4), (가-5), (가-9)임. 헨리 씨가 서신을 교환한 의도는, 그 사본을 찾을 수 없지만 그가 받은 비정상적인 형의 편지에서 짐작할 수 있음.

(라) 앞서 언급한 밸런트레이 귀공자와 영국의 차관 ×× 씨 사이에 올해 1월까지 3년에 걸쳐 오간 서신의 원본과 사본 총 27통. 비고: 밸런트레이 귀공자의 문서에서 발견됨.

헨리 씨를 돌보기도 했고 또 괴로운 마음 때문에 피로가 극에 달했지만 나는 잠을 이룰 수 없었다. 밤새 방 안을 서성이며 핵심적인 문제에 대해 숙고했고 때로는 너무나 사적인 일에 무모하게 연루된 것을 후회하기도 했다. 그러다가 새벽빛이 감도는 기미가 보이자 병실로 갔다. 날씨가 따뜻했기에 헨리 부인은 덧창과 창문까지 모두 열어놓은 채 꼼짝 않고 앞을 응시하고 있었다. 밖에는 볼 것이 아무것도 없었고, 기껏해야 숲에 스며드는 새벽의 푸른빛뿐이었다. 내가 들어서며 인기척을 내도 그녀는 얼굴을 돌리지 않았다. 아주 나쁜 징조를 예감하게 하는 상황이었다.

"부인." 내가 말을 꺼냈다. 그러고는 또다시 '부인'이라 불렀지만 말을 이을 수 없었다. 헨리 부인은 해명 한마디 없었다. 이 난감한 상황에서 나는 탁자에 흩어져 있는 문서를 모으기 시작했다. 제일 먼저 눈에 띈 사실은 문서의 부피가 줄어든 듯이 보였다는 것이었다. 일단 나는 문서들을 훑어보았고, 또다시 훑어보았지만, 내가 앞날에 대비하기 위해 매우 중요하게 여겼던 차관과 나눈 서신은 어디서도 찾을 수 없었다. 나는 벽난로를 보았다. 불꽃 없이 타고 있는 잔불 사이로 종이가 타고 남은 검은 재가 바람에 휘날렸다. 이것을 보자 내 소심함이 사라져버렸다.

"맙소사, 부인." 병실에 적합하지 않은 목소리로 내가 외쳤다. "하느님 맙소사, 부인, 도대체 제 문서를 어떻게 하신 겁니까?"

"태웠어요." 헨리 부인이 고개를 돌리며 말했다. "매켈러 씨와 내가 본 것만으로도 충분해요. 아니, 그 이상이에요."

"간밤에 멋진 일을 하셨군요!" 내가 외쳤다. "제가 잉크를 흘림으로써 밥을 먹듯이 자기 동료의 피를 흘림으로써 밥을 먹는 남자의 명예를 구하려고 말이지요!"

"매켈러 씨가 섬기는 가문의 명예를 구하기 위해서였어요." 그녀가 대답했다. "그 가문을 위해 매켈러 씨는 이미 아주 많은 일을 해줬지요."

"그 가문을 위해 앞으로 오래 봉사하지는 않겠습니다." 내가 외쳤다. "저는 절박한 상태에 몰렸으니까요. 부인은 제 손에 있던 칼을 빼어 내리쳤습니다. 우리 모두를 무방비 상태로 만드셨어요. 그 편지를 갖고 있으면 언제라도 그 사람에게 흔들어댈 수 있었습니다. 그런데 이제는 어떻게 할까요? 우리가 불리한 처지에 있기 때문에 그 남자에게 떠나라고 할 수도 없습니다. 온 지역이 불같이 일어나서 우리를 비난하겠지요. 그를 억제할 수 있는 유일한 수단이었는데, 이제 사라졌군요. 그가 내일이라도 돌아오면 우리 모두 그와 앉아서 저녁 식사를 하고, 그와 함께 테라스를 거닐고, 무엇보다도 그의 한가한 시간을 즐겁게 해주기 위해 카드 게임을 해야겠지요! 아뇨, 부인! 하느님께서 마음이 내키신다면 부인을 용서하시길 바랍니다. 저는 그런 마음을 찾을 수 없으니까요."

"매켈러 씨가 이렇게 단순하다니 놀랍군요." 헨리 부인이 말했다. "이 사람이 명예를 뭐 그리 대단하게 생각하겠어요?

하지만 그는 우리가 명예를 얼마나 소중하게 생각하는지 알아요. 우리가 편지를 만천하에 공개하느니 차라리 죽음을 택하리라는 것을 알아요. 그것을 알고 있으니 그 점을 이용할 거라고 생각하지 않아요? 매켈러 씨가 칼이라고 부른 문서는 물론 올바른 자질이 조금이라도 남아 있는 사람에게는 실로 무기가 될 수 있겠지만, 그 사람에게는 종이로 만든 칼일 뿐이에요. 그런 협박을 하면 그는 매켈러 씨의 얼굴에 대고 미소를 짓겠지요. 그는 자신의 타락을 밟고 서서 자신의 강점으로 만들어버릴 거라고요. 그런 사람들과 싸우는 건 헛수고일 뿐이에요." 그녀는 약간 절망적으로 마지막 문장을 외치더니 다시 차분한 목소리로 말을 이었다. "아뇨, 매켈러 씨. 나는 이것에 대해 밤새 생각했어요. 여기서 벗어날 방법이 없어요. 문서가 있건 없건, 그는 이 집에 자유롭게 들락날락할 수 있어요. 결국 그는 적법한 계승자잖아요? 우리가 그를 차단하려 한다면, 모두들 가여운 헨리에게 반발해서 들고일어날 테고, 나는 그가 길거리에서 돌을 맞는 광경을 또다시 봐야 할 거예요. 아! 헨리가 죽으면 상황이 달라지겠지요. 그 두 분이 자신들의 이익을 위해 한사 상속의 제한을 해제했으므로 이 장원은 내 딸에게 갈 거예요. 그러면 누가 이 땅에 발을 들여놓을지 내가 결정할 수 있겠지요. 하지만 헨리가 살아나고, 가여운 매켈러 씨, 그 남자가 돌아온다면 우리는 견딜 수밖에 없어요. 하지만 이제는 함께 견딜 수 있겠지요."

전반적으로 나는 헨리 부인의 마음가짐을 알게 되어 꽤 흡족했다. 또한 그녀가 그 문서에 대해 개진한 주장이 타당하다는 것도 부정할 수 없었다.

"더 이상 이 이야기는 하지 말기로 하지요." 내가 말했다. "저로서는 숙녀에게 원본을 맡긴 것을 유감스럽게 여기지 않을 수 없습니다. 최고의 상황이더라도 그런 방식은 업무 처리에 합당하지 않았습니다. 이 가문에 더 이상 봉사하지 않겠다는 말은 그저 혀 놀림에 불과했습니다. 그러니 마음을 놓으셔도 됩니다. 저는 듀리스디어에 속합니다, 헨리 부인. 여기서 태어난 듯이 말이지요."

공정하게 평가하자면, 그녀는 완전히 마음을 놓은 듯이 보였다고 말해야겠다. 그래서 이날 아침에 우리는 서로 관용을 베풀고 존중하는 올바른 토대 위에서 하루를 시작했고 그 후로도 오랜 세월 동안 그렇게 지내게 되었다.

바로 그날, 분명 즐거운 일이 예정되어 있었던 그날에 헨리 씨의 회복을 암시하는 첫 신호가 보였다. 이튿날 오후 3시경에 그는 의식을 되찾았고, 나를 알아보고는 큰 애정을 드러내며 내 이름을 불렀다. 헨리 부인도 그 방의 침대 발치에 서 있었지만, 그는 그녀를 보지 못한 듯했다. 사실 열은 내렸지만 몸이 너무나 쇠약해져서 그는 딱 한 번 애를 쓰고는 다시 혼수상태에 빠졌다. 회복 과정은 이제 더디지만 꾸준히 진행되었다. 나날이 식욕이 돌았고, 매주 우리는 그가 힘이 세지고 살이 더 붙는 것을 확인할 수 있었다. 그달 말이 되기 전에 헨리 씨는 침대에서 벗어났고, 의자에 앉은 그를 테라스로 데리고 나갈 수도 있었다.

어쩌면 이때쯤에 헨리 부인과 내 마음이 가장 불편했을 것이다. 그가 곧 죽을지 모른다는 걱정은 없어졌지만 더 고약한 두려움이 뒤를 이었던 것이다. 우리는 매일 심판의 날이 다가오는 것을 의식했다. 여러 날이 지났는데, 아무 일도 일어나지 않았다. 헨리 씨는 점점 튼튼해졌고 우리와 다양한 주제에 관해 이야기를 나눴으며, 그의 부친은 그와 함께 앉아 있다가 돌아가곤 했다. 그런데도 최근에 일어난 비극적 사건이나 그것을 초래한 예전의 고통에 대해서는 아무 언급도 없었다. 기억하고 있으면서도 그 끔찍한 사실을 숨기는 것일까? 아니면 그 모든 일이 기억에서 지워진 것일까? 이 문제 때문에 우리는 낮에 함께 있을 적이면 그를 줄곧 지켜보며 마음을 졸이곤 했고, 밤에는 홀로 누워 잠을 이루지 못했다. 우리는 두 가지 가능성 중에 어느 쪽을 바라야 할지도 알 수 없었다. 둘 다 너무도 부자연스러워 보였고, 온전하지 않은 정신을 곧바로 가리키는 것 같았다. 일단 이런 걱정이 들자 나는 그를 유심히 관찰했다. 그는 어린애 같은 면을 드러냈는데, 예전의 성격과는 전혀 달리 명랑했고 쉽게 관심을 느꼈으며 자신이 종전에는 경멸했던 사소한 문제에서 끈질기게 고집을 부리기도 했다. 그가 고통에 시달리며 침체되어 있었을 때 비밀을 터놓을 수 있는 단 한 명의 벗, 아니 그의 유일한 벗은 나였고, 아내와는 화합하지 못했었다. 그런데 그가 병에서 회복하자 모든 것이 달라졌다. 과거는 잊혔고, 그의 생각에서 첫 번째를 차지한 것은 아내였다. 아니, 그녀 생각밖에 없었다. 그는 아이가 엄마에게 하듯이 온 마음으로 그녀에게 매달렸고 공감을 받으리라고 확신하는 것 같았다. 무엇이든 필요할 때마다 자기 응석을 받아줄 거라고 확신하는 아이처럼 툴툴거리며 스스럼없이 요구하는 말투로 아내를 불렀다. 그리고 이 숙녀를 공정하게 평가하자면, 그가 실망한 경우는 한 번도 없었다. 사실 이런 행동의 변화는 그녀의 마음속에 말할 수 없이 깊은 연민을 불러왔다. 그녀는 속으로는 그런 변화를 자신에 대한 책망으로 느낀 듯싶다. 그래서 처음에는 마음껏 혼자 울기 위해 달아나는 모습을 보이곤 했다. 하지만 내게는 이런 변화가 자연스럽지 않아 보였다. 다른 것들과 함께 그런 변화를 관찰하면서 나는 고개를 자주 저으며 그의 정신이 완전히 또렷해진 것인지 의아하게 여기기 시작했다.

이 의혹은 오랜 세월이 지나도록 이어졌고, 사실 내 주인님이 죽음에 이를 때까지 계속됐으며, 또한 그 뒤로 우리의 모든 관계에 먹구름을 덮었기 때문에 그것에 대해 좀 더 자세히 고찰해보는 것이 좋겠다. 그가 자신의 업무를 다시 처리할 수 있게 되었을 때 나는 많은 기회에 그를 꼼꼼하게 시험해보았다. 그의 지력은 부족하지 않았고, 권위도 그러했다. 하지만 예전에 지속적으로 기울이던 관심은 완전히 사라졌다. 그는 쉽게 피곤해했고, 하품을 했으며, 금전적인 문제에 전혀 걸맞지 않게 해이에 가까운 느긋함을 보여주었다. 물론 이제 우리는 밸런트레이 귀공자의 부당한 요구에 맞서 대항하지 않아도 되었기 때문에 엄격한 규제를 원칙으로 세우거나 한두 푼을 갖고 싸우는 경우는 줄었다. 다시 말해서, 이렇게 느긋하게 처리한다고 해서 지나친 면이 있었던 것은 아니다. 그랬더라면 나는 그 일에 동참하지 않았을 테다. 하지만 전체적으로 변화가 있었고, 아주 소소하지만 그래도 분명히 감지할 수 있는 변화였다. 헨리 씨가 제정신이 아니라고 말할 수는 없었지만, 그가 자기 본연의 성격에서 멀리 떨어져 나왔다는 것은 누구도 부인할 수 없었다. 결국에는 그의 매너와 외모에도 변화가 있었다. 열병의 어떤 열기가 그의 핏줄에 남았던 것이다. 동작이 약간 급해졌고 눈에 띄게 수다스러워졌지만, 그 어느 것도 엄밀히 말해서 부적절하지는 않았다. 그의 온 마음은 행복한 감정을 기꺼이 받아들였고 환영하고 중시했다. 그러나 고통이나 슬픔에 대해서는 약간의 암시에도 눈에 띄게 초조한 기색으로 받아들였고, 다시 묵살해버리고는 즉시 안도감을 느꼈다. 이런 기질 덕분에 그는 말년에 행복을 느낄 수 있었다. 하지만 그를 미친 사람이라 부를 수 있는 부분이 있다면 바로 이것이었다. 현세 삶의 많은 부분에서 우리는 우리가 고칠 수 없는 것에 대해 성찰한다. 하지만 헨리 씨는 마음속으로 노력해서 어떤 걱정거리를 떨쳐버릴 수 없으면 그 원인을 즉시, 어떤 대가를 치르더라도 없애버려야 했다. 그래서 그는 문제를 회피하려 들다가 다음 순간에는 정면으로 맞서 행패를 부렸다. 이후 그의 삶에서 불행하고도 과도한 조치는 고통에 대한 이 맹렬한 두려움에서 비롯되었다고 생각한다. 그가 예전의 행동 방식과는 너무나 다르게 마부 맥매너스를 두드려 패는 바람에 당시 많은 사람의 입방아에 올랐던 일 또한 이런 두려움에서 초래된 것이 확실하다. 이 일 때문에 나는 200파운드 가까이 대가를 지불해야 했고, 고통을 참지 못하는 헨리 씨의 기질이 나를 내버려뒀더라면 그 금액의 절반 이상을 아낄 수 있었을 것이다. 하지만 그는 정신적 고통을 계속 받느니 차라리 손실을 보거나 어떤 극단적인 조치를 취하려 했다.

이런 일들 때문에 우리가 당면한 문제, 즉 그가 자신이 저지른 끔찍한 행위를 기억하고 있는지 잊어버렸는지, 기억한다면 어떤 관점에서 보고 있는지의 문제는 우리의 관심사에서 멀어져갔다. 그런데 진실은 혜성처럼 우리에게 나타났고, 실로 내 인생에서 가장 놀라운 순간 중 하나였다. 그는 여러 차례 바깥에 나다녔고 이제는 부축을 받아 조금씩 걷고 있었다. 우연히도 나는 그와 단둘이 테라스에 있었다. 그는 잘못을 저지른 어린 남학생처럼 묘하게 은근한 미소를 띠고 나를 쳐다보았다. 그러고는 아무런 예고도 없이 비밀스럽게 속삭였다. "그를 어디에 묻었나?"

나는 아무 대답도 할 수 없었다.

"그를 어디에 묻었나?" 그가 반복했다. "그의 묘지를 보고 싶네."

나는 이 상황에서 가장 좋은 방법은 정면으로 돌파하는 것이라고 생각했다. "헨리 씨." 내가 말했다. "헨리 씨가 무척 반가워하실 소식이 있습니다. 십중팔구 헨리 씨는 살인의 죄를 범하지 않으셨습니다. 명확한 증거를 기반으로 추론해보니 헨리 씨의 형님은 죽지 않았고, 기절한 상태에서 소형 보트로 실려 가신 것 같습니다. 이제는 완전히 나으셨을 수 있겠군요."

그의 표정에 무엇이 새겨져 있었는지 나는 알 수 없었다. "제임스?" 그가 물었다.

"헨리 씨의 형님 제임스 씨 말입니다." 내가 답했다. "거짓으로 판명될 희망을 드리고 싶지는 않지만, 저는 그분이 살아 계실 가능성이 농후하다고 생각합니다."

"아!" 헨리 씨가 말했다. 그러더니 지금껏 보지 못했던 신속한 동작으로 갑자기 의자에서 일어나 한 손가락을 내 가슴에 얹고 날카롭게 속삭이듯 말했다. "매켈러." (그의 말을 그대로 적겠다.) "누구도 그를 죽일 수 없어. 그자는 인간이 아니거든. 그는 내 등에 묶여 있어. 영원토록. 하느님의 영겁에 이르도록!" 그는 그렇게 말하고는 다시 앉더니 고집스럽게 입을 다물었다.

하루인지 이틀인지 지났을 때 그가 똑같이 은밀한 미소를 띠고는 우리 둘밖에 없는지 확인하려는 듯이 좌우를 살피고 나서 말했다. "매켈러, 어떤 소식이라도 듣게 되면 반드시 내게 알려줘야 해. 그를 감시하지 않으면 전혀 예상하지 못할 때 우리를 덮칠 거야."

"그분은 다시 이 집에 얼굴을 내밀지 않을 겁니다." 내가 말했다.

"아, 아냐, 그럴 거야." 헨리 씨가 말했다. "내가 어디에 있든 그도 거기에 나타날 거야." 그러고는 다시 좌우를 살폈다.

"이런 생각에 빠져 있으시면 안 됩니다, 헨리 씨." 내가 말했다.

"아." 그가 말했다. "그것 참 좋은 조언이군. 자네가 어떤 소식을 듣기 전까지는 그 생각을 절대로 안 하겠어. 그리고 우린 아직 모르잖아." 그가 덧붙였다. "그는 죽었을지도 몰라."

그가 말하는 방식을 보고 나는 감히 의심하지 못했던 것을 완전히 확신하게 되었다. 그는 살해 시도를 뉘우치며 괴로워하기는커녕 자신의 실패를 한탄하고 있었다. 나는 이렇게 알아낸 것을 혼자서 간직하기로 했다. 그의 부인이 그에게 편견을 갖고 대할지 몰라 걱정스러웠던 것이다. 하지만 그런 노력은 부질없었다. 그녀는 스스로 짐작했고, 헨리 씨의 감정이 지극히 당연하다고 생각했다. 솔직히 말하자면, 우리 세 사람 모두 같은 생각을 하고 있었다고 인정하지 않을 수 없다. 또한 듀리스디어에 전해지는 소식 중에서 밸런트레이 귀공자가 죽었다는 소식보다 더 모두의 환영을 받을 소식은 없었다.

여기서 한 가지 예외, 즉 듀리스디어 경에 대해 말해야겠다. 헨리 씨에 대한 걱정에서 한시름 놓여나기 시작했을 때 나는 그의 부친인 이 노신사에게서 드러나는 어떤 변화를 의식하지 않을 수 없었다. 사멸의 결과를 예고하는 조짐이었다. 그의 창백한 얼굴은 부어올랐다. 그는 벽난로 옆에 앉아서 라틴어 책을 읽다가 잠에 빠져들기 일쑤였고, 그의 책은 잿더미 위에 굴러다녔다. 어떤 날은 발을 질질 끌었고, 어떤 날에는 말을 더듬었다. 상냥한 태도는 더욱 극단으로 나아가는 것 같았다. 사소한 불편을 끼치는 것에 대해서도 끊임없이 사과했고, 모두에게 대단히 사려 깊게 대했다. 한없이 나를 추켜세우며 내게도 공손하게 대했다. 하루는 변호사를 불러오게 한 뒤 오랫동안 단둘이 있더니 불편한 걸음으로 홀을 지나다가 나와 마주치자 내 손을 다정하게 잡았다. "매켈러 군." 그가 말했다. "자네의 수고를 적절히 존중할 기회가 여러 번 있었지. 그런데 오늘 내가 유언장을 다시 쓰면서 내 마음대로 자네를 유언 집행자 중 한 명으로 지정했다네. 자네가 이 일을 맡아줄 만큼 우리 집안에 애정을 갖고 있다고 믿네." 당시에 그는 하루의 대부분을 잠에 빠져 지냈고, 종종 깨우기 어려웠다. 그는 세월의 흐름을 잊어버린 것 같았고, 여러 번(특히 잠에서 깨어날 때) 자기 아내와 이미 초록 이끼가 낀 묘비 밑에서 잠들어 있는 옛 하인을 부르곤 했다. 내가 맹세를 해야 한다면 그에게 유언장을 쓸 수 있는 능력이 없었다고 진술해야 했을 것이다. 그러나 글자 하나하나 그처럼 합리적으로 작성되고 사람들과 공적 사무에 대해 그토록 탁월한 판단력을 보여준 유언장은 다시없었다.

듀리스디어 경의 소멸은 오래 걸리지 않았지만 조금씩 극히 미세하게 진행되었다. 그의 신체 기능은 전반적으로 꾸준히 쇠퇴했다. 팔다리의 힘이 거의 다 빠졌고, 청력은 완전히 잃었으며, 말을 하면 웅얼거리는 소리로 빠져들었다. 하지만 마지막에 가서는 예전의 예의 바르고 친절한 태도를 간신히 되찾아 그를 도와준 모든 사람의 손을 꼭 잡아주고, 내게는 라틴어 책 안에 힘겹게 내 이름을 써넣어 선물로 주는 등 우리가 이미 경험하고 있다고 말할 수 있는 크나큰 상실을 수많은 방법으로 상기시켜주었다. 최후에는 명료하게 말하는 능력이 순간적으로 돌아왔다. 어린애가 수업 내용을 잊어버리듯이 그는 말하는 기술을 잊은 것 같았고 어쩌다 어느 부분을 기억해내는 듯했다. 생애 마지막 날 밤에 그는 갑자기 침묵을 깨고 베르길리우스의 시 한 부분을 읊었다. "아들이자 아버지인 자에게 연민을 보여주시오. 간청하오. 우아한 숙녀여."• 완벽한 발음에 적합한 억양을 구사했다. 갑자기 명료한 소리가 들리는 바람에 우리는 깜짝 놀라 각자 하던 일을 중단했다. 하지만 그에게 달려갔어도 소용이 없었다. 그는 가만히 앉아 있었고, 겉으로 보기에는 얼이 빠진 것 같았다. 잠시 후에 듀리스디어 경은 전보다 더 힘겹게 침실로 들어갔다. 그리고 한밤중의 어느 시각에 그의 영혼은 단말마의 극심한 고통조차 없이 떠나갔다.

먼 훗날 나는 우연히 어떤 의사와 이 특정한 증세들에 관한 이야기를 나누게 되었다. 너무 명성이 높은 의사라서 이름을 언급하기가 망설여진다. 그의 의견으로는 아버지와 아들 둘

• 《아이네이스》 제6권, 116~117행. 아이네이아스는 지하 세계로 내려가서 아버지 안키세스에게 인사하게 해달라고 여자 예언자 시빌에게 간청한다.

다 동일한 질병을 앓았을 것이라고 했다. 아버지는 비정상적인 슬픔의 압박으로, 아들은 아마도 열병의 자극으로 두 사람 모두 뇌 속의 어느 혈관이 터졌고, 어쩌면(의사가 덧붙이기로는) 그 가족에게 이런 질환에 쉽게 걸리는 소질이 있었을 것이다. 아버지는 침몰했고 아들은 겉으로는 건강한 남자의 모습을 되찾았다. 하지만 지상의 일을 하려고 머물러 있는 연약한 영혼의 세포조직이 파괴됐다. 영혼이 하는 천상의 일은 물질적 사고로 인해 방해받지 않기를 나는 바란다. 하지만 더 성숙한 관점에서 보자면, 그것은 조금도 중요하지 않다. 우리 인생의 기록에 심판을 내리실 그분은 우리를 허약하게 만드신 바로 그분이기 때문이다.

늙은 듀리스디어 경의 죽음으로 인해 그 후계자의 처신을 지켜보던 우리는 다시 한번 놀라게 되었다. 조금이라도 생각이 박힌 사람이라면, 두 아들이 같이 아버지를 살해했고, 검을 잡았던 사람이 아버지를 자기 손으로 죽였다고 말할 수도 있었을 것이다. 그러나 그런 생각이 새 듀리스디어 경의 마음을 괴롭히는 것 같진 않았다. 그는 적절히 침울해했다. 슬픔에 차 있다고 할 수는 없었고, 다만 기분 좋은 슬픔이라고 말할 수 있겠다. 그는 고인에 대해 유감스러워하며 쾌활하게 말했고, 고인의 성품이 드러난 옛 일화들을 들려주었고, 그러면서 양심의 가책 없이 미소를 지었다. 장례식 날이 다가오자 그는 정확히 예절에 맞춰 주인 노릇을 했다. 게다가 작위를 물려받았을 때 큰 만족감을 느꼈다는 것을 나는 알 수 있었다. 그는 격식에 맞게 그 칭호를 쓰라고 남들에게 요구했다.

그런데 이제 이런 상황에서 새로운 인물이 등장했다. 이 이야기에서 자기 나름의 역할을 할 인물이었다. 현재의 듀리스디어 경 알렉산더를 말하는 것인데, 그의 탄생(1757년 7월 17일)은 내 가여운 주인에게 행복을 만끽할 수 있게 해주었다. 이제 그에게는 더 바랄 것이 없었고, 또 다른 것을 바랄 여지도 없었다. 실로 그처럼 아이를 귀여워하고 애지중지하는 부모도 없을 것이다. 그는 아들이 눈앞에 보이지 않을 때마다 끊임없이 불안해했다. 아이가 밖으로 나가면? 아버지는 비가 올까봐 걱정스럽게 구름을 보곤 했다. 밤이 되면? 그는 침대에서 일어나 잠자는 아이를 보러 가곤 했다. 그가 아들에 대한 이야기만 늘어놓는 바람에 외부인들은 그와 나누는 대화를 지루해했다. 장원과 관련된 문제에서도 그는 각별히 알렉산더를 염두에 두고 모든 것을 계획했다. "그 숲이 알렉산더가 성년이 될 때 무성해지도록 당장 일을 시작하게"라거나 "이건 알렉산더가 장가갈 때 아주 멋지게 어우러지겠군"이라고 말했다. 매일 그가 이처럼 마음을 쏟는 것이 점점 두드러지면서 감동적일 때도 많았지만 상당히 비난받을 만한 일들도 적지 않았다. 곧 아이는 그와 밖에서 산책할 수 있게 되었고, 처음에는 테라스에서 손을 잡고 걷다가 나중에는 멀리 경내의 정원에서 돌아다니곤 했다. 이것이 듀리스디어 경에게는 가장 중요한 일이었다. 둘의 목소리는(둘 다 큰 소리로 말했기 때문에 멀리서도 잘 들렸다) 인근 마을에서도 익숙해졌다. 나로 말하면, 이들의 목소리가 새들의 노래보다 더 듣기 좋다고 생각했다. 둘이 찔레꽃을 한 아름 안고 돌아오는 모습은 참 아름다운 광경이었다. 아버지는 아이처럼 얼굴이 발그레했고 때로는 아들 못지않게 차림새가 흐트러져 있었다. 둘은 바닷가에서 모래를 파고 개울을 막아 댐을 쌓는 등 별별 놀이를 같이 했다. 나는 그들이 똑같이 사색에 잠긴 어린애의 표정으로 울타리 너머 소 떼를 바라보는 것을 본 적도 있다.

이렇게 그들의 산책을 언급하자니 내가 목격한 기이한 장면이 떠오른다. 장원의 어느 길을 지날 때마다 나는 묘한 감정을 느끼곤 했다. 내가 괴로운 심부름을 하느라 자주 걸었던 길이기도 하고 듀리스디어 가문에 엄청난 일이 벌어진 길이기도 했다. 하지만 이 길은 머클로스를 넘어 어느 지점에서나 편리한 위치에 있었기 때문에 나는 마지못해 두 달에 한 번 꼴로 그 길을 지나야 했다. 그 일은 알렉산더 군이 여섯 살인가 일곱 살이었을 때 일어났다. 나는 볼일이 있어 이른 아침에 멀리 떨어진 곳에 갔다가 화창한 오전 9시쯤 집으로 돌아오는 길에 그 관목 숲으로 들어섰다. 숲 전체에 봄의 색깔이 감돌고, 가시나무에 꽃들이 만개하고, 새들은 마음껏 지저귀는 계절이었다. 이런 즐거운 풍경과 대조적으로 관목 숲은 더 칙칙하게 보였고, 나는 그 숲과 연관된 생각을 떠올리며 더욱 침울해졌다. 이런 상태에서 걸음을 옮길 때 약간 떨어진 앞쪽에서 목소리가 들려왔고 듀리스디어 경과 알렉산더 군의 목소리라는 것을 알게 되자 언짢은 기분이 들었다. 나는 빠르게 걸음을 옮겨 곧 그들의 모습을 보았다. 두 사람은 결투가 벌어졌던 빈터에 함께 서 있었다. 듀리스디어 경은 아들의 어깨에 손을 얹고 약간 엄숙하게 이야기하고 있었다. 그가 내 인기척을 느끼고 고개를 들었을 때, 적어도 표정이 밝아지는 것을 볼 수 있겠다고 나는 생각했다.

"아!" 그가 말했다. "여기 선량한 매켈러가 왔구나. 방금 샌디에게 이 장소에 얽힌 이야기를 해주고 있었네. 악마가 어떤 사람을 죽이려고 했는데 반대로 그 사람이 악마를 죽일 뻔했다고 말이야."

나는 그가 아이를 이곳에 데려온 것만으로도 이상하다고 생각했지만, 자신이 저지른 행위에 대해 이야기를 한다는 것은 도를 넘어선 일이었다. 그런데 최악의 상황이 기다리고 있었다. 그가 아들을 바라보더니 이렇게 덧붙였던 것이다. "매켈러에게 물어보렴. 그가 여기서 직접 봤거든."

"정말로 악마를 봤어요?" 아이가 물었다.

"나는 그런 이야기를 들어본 적도 없어요." 내가 대답했다. "그런데 제가 급한 볼일이 있어서요." 나는 곤혹스러운 입장을 얼버무리며 심술궂게 대답했다. 그런데 갑자기 쓰라린 과거와 촛불 옆에서 벌어진 그 경악스러운 장면이 내 마음에 밀려들었다. 일 초만 더 빨리 방어했더라면, 내 앞에 있는 이 아이는 세상의 빛을 보지 못했을 거라는 생각이 들었다. 그리고 그 어두운 관목 숲에서 늘 퍼덕이며 내 마음을 맴도는 감정들이 말로 튀어나왔다. “하지만 이 정도는 사실입니다.” 내가 외쳤다. “이 숲에서 나는 악마를 만났고, 여기서 그를 물리치는 것을 보았어요. 우리가 살아 도망칠 수 있었으니 고마운 일이지요. 듀리스디어의 성벽 돌들이 무너지지 않고 서 있으니 감사해야지요! 그리고 말이지요, 아, 알렉산더 군! 혹시 이곳을 지나게 되면, 앞으로 100년이 지나더라도, 그리고 이 나라의 가장 명랑하고 높으신 분들과 오더라도 옆으로 비켜서서 잠시 기도를 올리셨으면 합니다.”

듀리스디어 경은 엄숙하게 고개를 숙였다. “아!” 그가 말했다. “매켈러는 항상 옳은 말을 한단다. 자, 알렉산더야, 모자를 벗으렴.” 그러면서 그는 모자를 벗고 한 손을 내밀었다. “오, 하느님.” 그가 말했다. “많은 은총을 내려주셔서 하느님께 감사하고 제 아들도 하느님께 감사합니다. 저희가 얼마간 평화를 누릴 수 있게 해주십시오. 저희를 그 사악한 남자로부터 지켜주세요. 거짓말하는 그자의 입을 세게 때려주세요, 하느님!” 마지막 말은 비명처럼 튀어나왔다. 그러고 나자 예전의 분노가 떠올라 숨이 막혀 말할 수 없었는지, 이런 걸 기도라고 하는 것이 아주 이상하다는 것을 알아차렸는지 어쨌든 갑자기 멈췄다. 그러고는 잠시 후 모자를 다시 머리에 얹었다.

“듀리스디어 경, 한마디를 잊으신 듯합니다.” 내가 말했다. “우리가 우리에게 죄지은 자를 사하여준 것과 같이 우리 죄를 사하여주시옵소서. 오, 주님, 그 나라와 능력과 영광은 영원히 주님의 것입니다. 아멘.”

"아! 그렇게 말하기는 쉽지." 듀리스디어 경이 말했다. "매켈러, 말이야 아주 쉽지. 하지만 나더러 용서하라고! 내가 용서하는 척한다면 내 꼴이 아주 우스꽝스러워질걸."

"아이를 생각하세요, 듀리스디어 경!" 나는 약간 엄격하게 말했다. 그가 내뱉은 표현이 어린애가 듣기에는 적합하지 못하다고 생각했기 때문이다.

"그래, 맞는 말이야." 그가 말했다. "아이에게는 지루한 일이지. 새 둥지를 뒤지러 가자꾸나."

바로 그날이었는지 며칠 뒤였는지는 기억나지 않지만, 듀리스디어 경이 내가 혼자 있는 것을 보고는 동일한 주제에 대해 마음을 조금 더 터놓았다.

"매켈러." 그가 말했다. "나는 지금 무척 행복하다네."

"그러신 것 같습니다, 듀리스디어 경." 내가 말했다. "그리고 그것을 보면 제 마음도 기쁘고요."

"행복에는 의무가 따르는 것 같네. 그렇게 생각하지 않는가?" 그가 생각에 잠겨 말했다.

"저도 그렇게 생각합니다." 내가 말했다. "슬픔에도 의무가 따르고요. 우리가 여기서 최선을 다하려고 노력하지 않는다면, 제 소견에는 우리가 이 세상에서 빨리 사라질수록 모두에게 더 낫겠지요."

"그래, 하지만 자네가 내 입장이라면 자네는 그를 용서하겠나?" 듀리스디어 경이 물었다.

갑작스러운 공격에 나는 약간 당황했다. "용서는 우리 모두에게 엄격하게 주어진 의무입니다." 내가 말했다.

"허허!" 그가 말했다. "그건 다 하는 말이고! 자네 자신은 그 남자를 용서했나?"

"글쎄, 아니요!" 내가 말했다. "신께서 저를 용서해주시길! 저는 용서하지 못했습니다."

"그것에 대해 합의하고 악수하세!" 듀리스디어 경은 명랑한 기색으로 외쳤다.

"그런 나쁜 감정에는 합의할 수 없습니다." 내가 말했다. "그리스도교인이라면 말이지요. 저는 복음서의 가르침에 더 맞는 상황에 합의하겠습니다."

나는 약간 미소를 지으며 말했다. 하지만 듀리스디어 경은 큰 소리로 웃으며 방을 나섰다.

나는 아이의 노예가 된 듀리스디어 경을 묘사할 적절한 표현을 찾지 못하겠다. 그는 끊임없이 아이 생각에 빠져 있었다. 그래서 일이나 친구, 아내를 까맣게 잊어버리거나 독이 든 술을 마시고 몸부림치는 사람처럼 고통스럽게 애를 써야지만 기억해냈다. 이것은 아내와 관련해서 가장 두드러졌다. 내가 듀리스디어에 온 이후 관찰한바 그 아내는 언제나 그의 마음을 짓누르는 존재였고, 그의 눈길을 끌어당기는 자철석이었다. 그런데 이제 그녀는 완전히 내쳐지고 말았다. 나는 그가 문간에 서서 방 안을 둘러보고는 아내가 벽난로 앞에 누워 있는 개라도 되는 양 그녀를 지나치는 것을 보았다. 그가 찾는 것은 알렉산더였고, 그녀는 이를 잘 알고 있었다. 그가 아내에게 너무 거칠게 말하는 바람에 내가 끼어들어야겠다는 마음이 들 때도 많았다. 이유는 늘 똑같았는데, 그녀가 어떤 점에서 알렉산더의 의도를 가로막았다는 것이었다. 의심할 바 없이 이런 말은 부인을 비판하는 성격을 띠고 있었다. 분명 그녀는 오로지 하느님만 하실 수 있는 방법으로 보복을 당하고 있었다. 그토록 긴 세월 동안 온갖 애정 표현에 냉담했던 그녀가 이제 무시당할 차례가 되었던 것이다.

이렇게 되어 이상한 상황이 펼쳐졌다. 집안은 다시 두 패로 나뉘었고, 이번에 나는 부인 편에 속해 있었다. 내가 주인에 대한 애정을 잃어버렸다는 말은 아니다. 그러나 한 가지 이유를 들자면, 그는 나와 어울릴 필요를 예전처럼 느끼지 않았다. 두 번째로는 알렉산더 군과 캐서린 양의 경우를 비교하지 않을 수 없었다. 그 영애에게 듀리스디어 경은 전혀 관심을 느끼지 않았다. 그리고 세 번째로, 나는 그가 자기 아내를 대하는 태도의 변화에 상처를 받았는데, 그것이 배신처럼 여겨졌다. 더욱이 나는 그녀의 한결같은 다정한 태도에 감탄하지 않을 수 없었다. 어쩌면 남편에 대한 그녀의 감정은 처음부터 연민에 기반을 두고 있었던 만큼 그녀는 아내라기보다는 어머니에 더 가까웠을 수 있다. 어쩌면 그녀는, 내가 이런 말을 해도 된다면, 자신의 두 아이가 서로 너무나 행복해하는 모습을 보며 기뻐했을지 모른다. 그중 한 명이 과거에 너무나 부당한 고통을 받았기 때문에 더욱 그렇게 느꼈을 수 있다. 나는 그녀에게서 질투심의 불꽃이 타오르는 것을 한 번도 본 적이 없지만, 그럼에도 그녀는 가엾게 소외된 캐서린 양과 시간을 보낼 수밖에 없었다. 내 쪽에서는 여가 시간을 모녀와 함께 보내는 일이 점점 많아졌다. 전체적으로 보면 즐거운 가족이었기에 이 분열을 지나치게 과장하는 것일 수도 있다. 그래도 분열은 존재했다. 듀리스디어 경이 이를 알았는지 몰랐는지는 확실하지 않다. 알았던 것 같지는 않다. 그는 자기 아들과 떼려야 뗄 수 없이 엮여 있었다. 하지만 나머지 사람들은 모두 알았고, 그 사실로 인해 어느 정도 고통을 받았다.

하지만 우리에게 가장 걱정스러웠던 것은 그 아이에게 다가올, 점점 커지는 위험이었다. 듀리스디어 경이 자기 부친을 닮아갔으므로, 그의 아들이 두 번째 벨린트레이 귀공사가 될까 봐 두려웠다. 세월이 흐르고 보니 이 걱정은 순전히 과장된 기우였음이 드러났다. 분명 오늘날 스코틀랜드에서 7대 듀리스디어 경만큼 훌륭한 신사는 없다. 내가 그의 집안을 어떻게 떠나게 되었는지는, 특히 오로지 그의 부친의 행위를 해명하기 위해 쓴 기록에서는 말하기 적절하지 않지만 말이다…….

편집자의 주석: 여기서 매켈러 씨의 원고 다섯 장을 생략했다. 나는 그 부분을 정독하고 나서 매켈러 씨가 노년에 꽤 까다로운 하인이었다는 느낌을 받았다. 7대 듀리스디어 경에 대해서 비판하는(어찌 되었든 우리에게는 중요한 사람이 아니므로) 주목할 만한 주장은 제기된 바 없다. —R. L. S.

……하지만 당시 우리는 그가 자기 아들을 자기 형의 복사판으로 만들지 않을까 염려했다. 부인은 건전한 원칙을 주입하려고 노력했었지만 기꺼이 포기하고는 이제 속으로 경악하며 바라보았다. 때로 그녀는 그것에 대해 넌지시 암시하곤 했고, 어쩌다 듀리스디어 경이 터무니없는 응석을 받아준 사실을 알게 되면 몸짓이나 탄성으로 본심을 드러내곤 했다. 나로 말할 것 같으면, 나는 밤낮으로 그 생각에 시달렸다. 아들보다는 아버지 때문에 더 걱정이었다. 그 남자는 잠에 빠져서 어떤 꿈을 꾸고 있었고, 어떤 식으로든 거칠게 꿈에서 깨어난다면 틀림없이 치명적인 결과가 이어질 터였다. 그가 아이의 죽음을 견디고 살아남는 것은 상상도 할 수 없었고, 그 치욕에 대한 두려움 때문에 나는 두 손으로 얼굴을 가렸다.

이런 생각에 끊임없이 사로잡혀 옥죄인 나머지 나는 결국 항의하게 되었는데, 그 사건은 자세히 이야기할 가치가 있다. 듀리스디어 경과 나는 어느 날 같은 탁자에 앉아서 세부 항목을 다루는 지루한 일을 하고 있었다. 이미 말했듯이 그는 이런 일에 예전처럼 관심을 기울이지 않았다. 그만 나가고 싶어서 분명 몸이 근질거리는 듯했고, 초조하고 지쳐 보였으며, 예전에 보았을 때보다 나이 들어 보였다. 아마도 그의 초췌한 얼굴 때문에 내가 갑자기 그것에 착수했던 것 같다.

"주인님." 나는 고개를 숙인 채 일을 계속하는 척하며 말했다. "아니면 다시 헨리 씨라고 부르게 해주십시오. 화를 내실까 두려워서 예전 시절을 생각해주셨으면 하니까요."

"내 선량한 매켈러!" 그가 말했다. 어조가 너무 친절했기에 나는 하려던 말을 포기할 뻔했다. 하지만 내가 하려는 말은 그를 위한 것임을 상기하면서 마음을 다잡았다.

"헨리 씨가 무엇을 하고 계신지 혹시 생각해보신 적이 있으신가요?" 내가 물었다.

"내가 무엇을 하고 있는지?" 그가 반복했다. "난 워낙에 수수께끼를 푸는 재주가 없다네."

"헨리 씨가 귀공자와 무엇을 하고 계시는지 말입니다." 내가 말했다.

"글쎄." 그가 약간 도전적인 목소리로 말했다. "내가 내 아들과 무엇을 하고 있다는 말인가?"

"헨리 씨의 아버님은 아주 훌륭하신 분이셨지요." 나는 단도직입적인 접근을 피하고 돌려서 말했다. "하지만 그분이 현명한 아버지였다고 생각하십니까?"

그는 잠시 뜸을 들이더니 말했다. "아버님에 대해 비판적인 말은 하지 않겠네." 그가 대답했다. "어쩌면 누구보다도 원망할 이유가 많겠지만 아무 말도 하지 않겠어."

"네, 그렇지요." 내가 말했다. "헨리 씨에게는 적어도 그럴 이유가 있었습니다. 하지만 헨리 씨의 아버님은 훌륭한 분이셨지요. 단 한 부분만 제외하면 그분보다 더 훌륭한 분을 뵌 적이 없고, 더 현명한 분도 뵌 적이 없습니다. 그분이 비틀거린 곳에서, 다른 사람이라면 넘어졌을 겁니다. 그분에게는 두 아들이 있었지요."

듀리스디어 경은 갑자기 세게 책상을 두드렸다.

"이게 무슨 말이야?" 그가 외쳤다. "분명히 말하게!"

"그렇다면 말하겠습니다." 나는 심장이 쿵쾅거리는 바람에 목소리를 간신히 쥐어짜내며 말했다. "헨리 씨께서 계속 알렉산더 군의 응석을 받아주신다면 아버님의 전철을 따라가시게 될 겁니다. 듀리스디어 경, 귀공자가 (성장해서) 밸런트레이 귀공자의 전철을 밟지 않도록 주의하십시오."

그렇게까지 노골적으로 말할 생각은 아니었다. 하지만 극단적인 두려움에서 어떤 야만적인, 실로 그 무엇보다도 야만적인 용기가 나오는 법이다. 나는 그 솔직한 말로 배수의 진을 친 것이다. 나는 대답을 듣지 못했다. 내가 고개를 들었을 때 듀리스디어 경은 벌떡 일어섰는데, 그다음 순간에 쿵 소리와 함께 바닥에 쓰러졌다. 발작인지 경련인지 몰라도 아주 오래가지는 않았다. 그는 정신을 차리더니 멍한 눈으로 내가 받치고 있던 자기 머리에 손을 얹고는 갈라진 목소리로 말했다. "몸이 안 좋았네." 그러고는 잠시 후에 말했다. "부축해주게." 나는 그가 일어서도록 부축했고, 그는 탁자를 손으로 잡기는 했지만 잘 서 있을 수 있었다. "몸이 안 좋았네, 매켈러." 그가 다시 말했다. "뭔가 부서졌어, 매켈러. 아니, 부서지려 했는데, 그러고 나서 모든 것이 빙빙 돌다가 사라졌어. 몹시 화가 났던 것 같아. 걱정하지 말게, 매켈러. 걱정하지 말게. 자네 머리에 있는 머리카락 한 올도 건드리지 않을 테니. 너무 많은 것이 왔다가 사라졌어. 그건 우리 둘 사이의 어떤 것이었어. 하지만 매켈러, 나는 헨리 부인을 보러 가겠네. 부인을 보러 가야겠어." 그는 이렇게 말하고는 꽤 안정된 걸음으로 방을 나섰고, 뒤에 남은 나는 극심한 후회에 압도되고 말았다.

오래지 않아 방문이 열렸고, 부인이 눈을 번쩍이며 미끄러지듯이 들어왔다. "이게 대체 무슨 말이에요?" 그녀가 소리쳤다. "내 남편에게 무슨 짓을 한 겁니까? 도대체 어떻게 해야 이 집안에서 당신이 어떤 위치에 있는지 알게 될까요? 언제까지 문제를 일으키면서 간섭할 건가요?"

"부인." 내가 말했다. "저는 이 집안에 온 뒤로 가혹한 말을 많이 들었습니다. 한동안은 밥 먹듯이 들었고 모두 삼켰습니다. 오늘 일에 대해서는 저를 뭐라 부르셔도 좋습니다. 제가 저지른 큰 실수에 합당한 가혹한 말은 찾지 못하실 겁니다. 하지만 저는 최선의 의도로 말했습니다."

나는 그녀에게 여기 적힌 대로 솔직하게 말했다. 내 말을 끝까지 듣더니 그녀는 생각에 잠겼고, 나는 그녀의 반감이 사그라지는 것을 볼 수 있었다. "그래요." 그녀가 말했다. "당신의 의도는 좋았군요. 나도 똑같은 생각을 했고, 아니 똑같은 유혹을 느낀 적이 있어요. 그러니 매켈러 씨를 용서하겠어요. 하지만 정말로, 그이가 더 이상은 견디지 못한다는 것을 모르나요? 그는 더 이상 견딜 수 없어요!" 그녀가 외쳤다. "끊어지기 직전까지 줄이 당겨진 상태란 말이에요. 그이에게 하루 이틀밖에 남지 않았다면, 미래가 뭐가 중요하겠어요?"

"맞습니다." 내가 말했다. "저는 더 이상 간섭하지 않겠습니다. 부인께서 제 선의를 이해해주셔서 감사할 뿐입니다."

"그래요." 마님이 말했다. "하지만 엄밀히 따져보면, 당신의 용기는 실패했다고 생각해요. 당신은 용감하게 말한 것이 아니라 잔인하게 말했으니까요." 그녀는 말을 멈추고 나를 바라보았다. 그러다 갑자기 작은 미소를 짓더니 이상한 말을 했다. "매켈러 씨, 당신이 어떤 사람인지 아세요? 바로 노처녀예요."

그 불운한 남자, 밸런트레이 귀공자가 돌아올 때까지 이 가족에게 주목할 만한 사건은 더 이상 일어나지 않았다. 하지만 여기에 버크 훈작사의 회고록에서 두 번째로 발췌한 부분을 넣어야겠다. 그 자체로도 흥미롭지만 내 목적에 매우 중요하기 때문이다. 밸런트레이 귀공자가 인도에서 체류한 것을 보여주는 유일한 자료이고, 세쿤드라 다스가 처음으로 언급된다. 한 가지 사실이 여기서 명료하게 드러난다고 말할 수 있는데, 우리가 그것을 20년 전에 알았더라면 얼마나 많은 재앙과 슬픔을 피할 수 있었을까! 세쿤드라 다스가 영어를 할 줄 알았다는 것 말이다.

버크 훈작사의 인도에서의 모험
—그의 회고록에서 발췌함

……그리하여 나는 여기, 이름도 기억나지 않는 도시의 어느 거리에 있었다. 그때도 그 위치를 전혀 몰랐기에 남쪽으로 가야 할지 북쪽으로 가야 할지 갈팡질팡했다. 경보가 너무 갑작스럽게 울리는 바람에 나는 신발이나 양말도 신지 못하고 달려가야 했다. 싸움 도중에 모자가 벗겨졌고, 내 장구는 영국군의 수중에 들어갔다. 인도 병사들 빼고는 동무도 없었고, 무기라고는 검밖에 없고, 주머니에는 달랑 동전 하나밖에 없었다. 간단히 말해서, 나는 갈랑 씨•가 그의 고상한 이야기에서 알려준 탁발승과 아주 흡사했다. 독자도 기억하겠지만, 이 신사들은 항상 특별한 사건에 빠져들곤 했다. 나 자신도 대단히 놀라운 사건을 넘나들게 되었는데, 얼마나 놀라웠는지 오늘날까지

• 《아라비안 나이트》를 프랑스어로 번역해 유럽에 소개한 앙투안 갈랑(1646~1715).

도 그것을 설명할 길이 없다고 단언한다.

인도 병사는 매우 정직한 사람이었다. 오랫동안 프랑스군에서 복무했고, 랠리 씨의 용감한 동포를 위해서라면 사지가 잘리더라도 마다하지 않았을 것이다. 내가 놀랍도록 너그러운 마음을 보여준다고 이미 언급한(이름은 생각나지 않는다) 사람이 바로 이 병사다. 당시 그는 성곽 위에서 고주망태가 되어 쓰러진 드페삭 씨와 나를 보고는 사령관이 지나가는 동안 지푸라기를 덮어주었다. 그래서 나는 그에게 아주 솔직하게 의논했다. 무엇을 해야 할지 몰랐기에 그게 가장 곤란한 문제였다. 우리는 결국 정원 담벼락을 오르기로 결정했다. 그러면 나무 그늘에서 잠을 잘 수 있을 테고 혹시 실내화 한 켤레와 터번을 건질 기회가 올지도 모른다. 문제는 도시의 그 지역에서 어느 담벼락을 오를지 선택하는 일이었다. 그 구역은 완전히 벽으로 둘러싸인 정원들로 이루어져 있었고, 담벼락 사이에 난 길에는 늦은 밤 시간이라 인적이 없었다. 나는 인도 병사에게 내 등을 대주어 올라가게 했고, 우리는 곧 나무들로 가득한 넓은 정원에 뛰어내렸다. 이슬로 흠뻑 젖어 있었는데, 그것이 그 나라에서는 특히 백인들에게 해로웠다. 하지만 나는 극심한 피로에 지친 나머지 이미 반쯤 잠들었는데 인도 병사가 나를 불렀다. 담벼락 안의 저쪽 끝에서 갑자기 밝은 빛이 나타나더니 나뭇잎 사이로 계속 비추는 것이 아닌가. 이런 시간과 장소에서는 매우 이상한 일이 아닐 수 없었다. 우리 처지에서는 약간 소심하게 행동해야 마땅했다. 인도 병사는 정찰하러 가더니 곧 돌아와서 상황이 극히 안 좋다고 말했다. 이 집은 백인의 소유였고 십중팔구 영국인이라는 것이었다.

"실로." 내가 말했다. "여기서 백인 남자를 볼 수 있다면 내 눈으로 직접 봐야겠네. 아, 주님께 찬미를! 백인도 가지가지거든!"

인도 병사는 집을 한눈에 바라볼 수 있는 곳으로 나를 데려갔다. 집은 넓은 베란다로 둘러싸여 있었다. 깔끔하게 정돈된 램프 등이 바닥에 놓여 있었고, 등 양쪽으로 남자들이 동양인처럼 가부좌를 틀고 앉아 있었다. 두 남자 모두 현지인처럼 모슬린을 몸에 감고 있었다. 그런데 두 사람 중 한 명은 백인일 뿐만 아니라 나와 독자들이 잘 알고 있는 남자, 용맹함과 비범한 재능을 타고났다고 내가 그리도 빈번히 칭찬했던 바로 그 남자, 밸런트레이 귀공자가 아닌가. 나는 그가 인도 제국에 왔다는 소식을 듣긴 했지만 서로 만나지 못했고, 그가 무슨 일을 하고 있는지 특별히 들은 바가 없었다. 하지만 그를 알아보자마자 옛 동무의 팔에 안기는 순간 내 고난이 끝날 거라고 생각했다. 나는 유난히 밝은 달빛이 비치는 곳으로 걸어 나가서 밸런트레이의 이름을 부르며 인사하고 내 비참한 상황을 짧게 몇 마디로 알려주었다. 그는 몸을 돌렸고, 조금도 놀란 기색이 없이 내가 말하는 동안 내 얼굴을 똑바로 들여다보았다. 그러고는 내가 말을 끝내자 자기 동무에게 야만적인 현지 방언으로 말을 걸었다. 다른 남자는 지팡이 같은 다리와 담배 파이프 대 같은 손가락 때문에 특이하게도 연약해 보이는 사람이었는데 이제 자리에서 일어났다.

"저 사힙●은." 그가 말했다. "영어를 전혀 알지 못하십니다. 저는 알아들을 수 있고요. 그런데 작은 실수를 하셨군요. 아! 그런 일이 자주 일어날 수 있지요. 하지만 사힙께서 어떻게 이 정원에 들어오게 되셨는지 알고 싶다고 하시는군요."

"밸런트레이!" 내가 외쳤다. "자네는 그리 뻔뻔스럽게 내 얼굴에 대고 나를 모른다고 할 건가?"

밸런트레이는 까딱도 하지 않고 나를 마치 탑에 새겨진 인물처럼 응시했다.

"제 사힙은 영어를 전혀 이해 못 하십니다." 원주민은 조금 전처럼 구변 좋게 말했다. "어떻게 이 정원에 들어오셨는지 알고 싶다고 하시는군요."

"아! 지옥에나 가라고 해!" 내가 말했다. "내가 정원에 어떻게 들어오게 되었는지 알고 싶다고, 그런가? 자, 그렇다면 여보게, 친절하게 내 애정을 담아서 사힙에게 말해주게. 여기 있는 우리는 지금까지 그가 만나지도, 들어보지도 못한 두 군인이지만, 여기 인도 병사는 멋진 사내고 나도 멋진 사내라고. 그리고 우리가 고기로 밥을 든든히 먹고 터번과 실내화, 그리고 편의를 위해 잔돈으로 금화를 받지 못한다면 말일세, 이보게, 나는 이 정원을 그냥 내버려두지 않을 테고 문제가 생길 거라고 전하게."

둘은 한참 동안 힌두스타니어로 대화를 나누며 코미디를

● 과거 인도에서 신분이 높은 유럽 남자를 부르던 호칭.

이어나갔다. 그러더니 힌두인이 똑같이 미소를 짓고는 말을 반복하기 피곤하다는 듯이 한숨을 지으며 말했다. "사힙은 어떻게 이 정원에 들어오셨는지를 알고 싶다고 하시는군요."

"정말로 그럴 텐가?" 나는 말하며 내 칼자루에 손을 댔고, 인도 병사에게도 검을 꺼내라고 명했다.

밸런트레이의 힌두인은 계속 웃는 얼굴로 가슴팍에서 권총을 꺼내 들었고, 밸런트레이 자신은 손 하나 까딱하지 않았지만 만반의 준비가 되어 있다고 나는 믿었다. 그 정도로 그를 잘 알았다.

"사힙은 떠나시는 게 좋겠다고 하십니다." 힌두인이 말했다.

솔직히 말하자면 나도 같은 생각을 하고 있었다. 총격 사건이 일어났다는 보도가 나온다면, 하느님의 섭리로, 우리 둘은 교수형에 처해지기 때문이다.

"사힙에게 그를 신사로 여기지 않는다고 전하게." 나는 이렇게 말하고 경멸의 몸짓을 보이며 몸을 돌렸다.

내가 세 발자국도 떼기 전에 나를 부르는 힌두인의 목소리가 들렸다. "사힙은 당신이 빌어먹게 비열한 아일랜드 사람인지 알고 싶다는군요." 그가 말했다. 이 말에 밸런트레이는 미소를 지으며 깊이 고개 숙여 절했다.

"그게 무슨 말인가?" 내가 말했다.

"사힙은 당신의 친구 매켈러에게 물어보라고 하십니다." 힌두인이 말했다. "사힙은 피장파장이라고 하십니다."

"내가 다음에 만날 때는 스코틀랜드 사기꾼에게 좋은 치료

약을 주겠다고 사힙에게 전하게." 내가 소리쳤다.

내가 떠날 때에도 둘은 미소 짓고 있었다.

의심할 바 없이 나는 과거의 행실에서 몇 가지 과오를 꼽을 수 있다. 그리고 아무리 용맹한 사나이라도 자신의 공적을 적은 기록으로 후세에 호소하려면, 카이사르와 알렉산더의 운명을 공유하기를 기대하고 또한 몇몇 비방자와 맞닥뜨릴 것을 예상해야 한다. 하지만 한 가지 점에 대해서는 프랜시스 버크를 결코 비난할 수 없다. 그는 절대로 자기 친구에게 등을 돌리지 않는다는 것이다…….

> 이다음에 버크 훈작사가 나에게 원고를 보내기 전에 삭제하려고 시도한 단락이 나온다. 틀림없이 그것은 그가 나의 무분별한 행동이라고 생각한 것에 대한 아주 자연스러운 불평이 아니었을까 싶다. 사실 나는 그런 행동을 전혀 떠올릴 수 없지만 말이다. 어쩌면 헨리 씨가 약간 부주의했을 수도 있다. 아니면 밸런트레이 귀공자가 내 서신을 훔쳐볼 수 있는 수단을 찾아내 트루아에서 보낸 편지를 읽었을 수도 있다. 그것에 대한 복수로 극히 곤란한 처지에 있는 버크 씨에게 이런 잔인한 장난질을 한 것이다. 밸런트레이 귀공자는 사악한 성격에도 불구하고 자연스러운 애정이 없지는 않았다. 그는 처음에 버크 씨에게 진심으로 애정을 느꼈을 것이다. 하지만 배반당했다는 생각이 이 얕은 우정의 샘을 말려버려서 그의 혐오스러운 본성이 적나라하게 드러났다. ―에프라임 매켈러.

집안의 숙적

내가 날짜를 몰라 당황하다니 참으로 이상한 일이다. 그것도 내 삶의 성격 자체를 변화시키고 우리 모두를 이국의 땅으로 보낸 사건이 일어난 날짜를 말이다. 하지만 실은 내가 너무나 시달린 나머지 평소의 습관에서 벗어났기에 내 일기를 보면 엉망진창이고, 때로는 일주일이나 이 주일간 날짜도 기입하지 않았으며, 전체적으로 거의 자포자기한 사람이 쓴 것 같았다. 어떻든 1764년 3월 말이나 4월 초였을 것이다. 나는 깊은 잠에서 깨어나면서 뭔가 안 좋은 일이 벌어질 거라는 예감을 받았다. 이 예감이 가슴을 너무나 짓눌렀기에 나는 셔츠와 반바지 차림으로 서둘러 아래층으로 내려갔는데, 난간을 잡은 손이 떨렸던 기억이 난다. 차갑고 화창한 아침이었고, 하얀 서리가 두껍게 덮여 있었다. 찌르레기가 듀리스디어 저택 주위에서 듣기 좋은 큰 소리로 지저귀고 있었고, 방마다 바닷소리가 밀려들었다. 내가 홀의 문에 다가갔을 때 또 다른 소리가 들려와 내 걸음을 멈추게 했다. 이야기를 나누는 목소리였다. 나는 더 다가가서는 마치 꿈을 꾸는 사람처럼 서 있었다. 분명 사람의 목소리가 났고, 그것도 내 주인의 집에서 나는 소리였지만, 내가 알지 못하는 목소리였다. 분명 인간의 말이고, 게다가 내 고국의 언어였다. 하지만 아무리 귀 기울여 들어도 한 음절도 포착할 수 없었다. 어떤 요정 아내(혹은 방랑하는 이방인)에 관한 옛 동화가 머릿속에 떠올랐다. 그녀는 몇 세대 전에 내 조상들이 살던 곳에 와서 일주일간 머물며 다른 사람들에게는 아무 뜻도 통하지 않는 언어로 종종 말을 했고, 왔을 때와 똑같이 어둠이 구름처럼 덮여 있을 때 자기 이름도 남기지 않고 돌아갔다고 한다. 나는 조금 겁이 났지만, 호기심이 더 컸다. 그래서 홀의 문을 열고 들어갔다.

저녁 식사의 식기들이 아직 식탁에 남아 있었다. 덧문은 아직 닫혀 있었지만, 햇빛이 틈새로 스며들었다. 이 웅장한 방을 밝혀주는 것은 가느다란 양초 하나와 벽난로에서 나오는 불빛뿐이었다. 벽난로 옆에 두 남자가 앉아 있었다. 망토를 몸에 두르고 장화를 신은 사람을 나는 한눈에 알아보았다. 불길한 새가 돌아온 것이었다. 불그레한 잔불 가까이 앉아 있는 다른 사람은 미라처럼 칭칭 감긴 꾸러미 같았는데, 유럽인보다 피부가 어두운 색깔의 외국인이라는 것을 알 수 있었다. 매우 호리호리한 체구에 이마는 특이하게도 넓었고 한쪽 눈을 가리고 있었다. 꾸러미 몇 개와 작은 여행 가방 하나가 바닥에 널브러져 있었다. 그 초라한 짐과 어떤 조심성 없는 시골 구두 수선공이 지나치게 덧댄 밸런트레이 귀공자의 장화 상태를 보고 판단하건대, 악은 번영을 누리지 못했다.

내가 들어서자 그가 일어섰고, 우리의 눈이 마주쳤다. 왜 그랬는지 모르지만 내 용기가 5월 아침의 종달새처럼 날아올랐다.

"하!" 내가 말했다. "당신이로군요?" 나는 내 목소리에 묻어난 무심함에 만족했다.

"바로 나라네, 훌륭한 매켈러." 그가 말했다.

"이번에는 눈에 띄는 검은 개●를 등에 업고 오셨군요." 내가 말을 이었다.

"세쿤드라 다스를 말하는 건가?" 밸런트레이 귀공자가 물었다. "소개해주지. 인도의 원주민 신사라네."

"흠!" 내가 말했다. "저는 밸리 씨나 밸리 씨 친구분에 대해 특별한 애정은 없습니다. 하지만 밸리 씨를 좀 제대로 볼 수 있게 방에 햇빛을 들이겠어요." 이렇게 말하며 나는 동쪽 창문의 덧문을 열었다.

아침 햇살에 보니 이 남자가 변했다는 것을 알 수 있었다. 나중에 모두 한자리에 모였을 때는 오히려 시간이 그에게 타격을 거의 주지 않은 것을 보고 놀랐지만, 첫인상은 달랐다.

"늙은이가 되고 있군요." 내가 말했다.

그의 표정이 어두워졌다. "자네 모습이나 보고 말하게." 그

● '우울증'이나 '악마'를 뜻한다.

가 말했다. "그러면 이런 얘기를 늘어놓고 싶지 않을 테니."

"헛!" 내가 대꾸했다. "늙는 것은 제게 아무것도 아닙니다. 언제나 늙었다고 생각해왔으니까요. 그런데 감사하게도 지금은 명성을 얻고 존중도 받고 있지요. 누구나 그렇게 말할 수는 없을 겁니다. 그렇지 않아요, 밸리 씨? 밸리 씨 이마에 새겨진 주름은 재앙을 뜻하지요. 당신의 인생이 감옥처럼 당신을 궁지에 몰아넣고 있고요. 곧 죽음이 문을 두드릴 겁니다. 그러면 밸리 씨가 어디에서 위안을 끌어낼 수 있을지 궁금하군요."

여기서 밸런트레이 귀공자는 세쿤드라 다스에게 힌두스타니어로 말을 걸었는데, 그것으로 보아 내 말에 짜증 났다는 것을 (솔직히 고백하자면 매우 즐거운 마음으로) 알 수 있었다. 적에게 조롱을 퍼붓는 동안 내 머릿속은 쉬지 않고 여러 문제를 생각하며 복잡하게 돌아갔다는 것을 독자들은 믿을 수 있을 터다. 가장 큰 문제는 듀리스디어 경과 어떻게 몰래, 그리고 빨리 소통할 수 있을까 하는 것이었다. 잠시 숨 돌릴 시간이 생기자 나는 이 문제에 관심을 쏟았다. 그러다가 갑자기 눈을 돌려보니 바로 그 사람이 문간에 서 있는 것이 아닌가. 겉으로는 아주 침착해 보였다. 그는 내 시선을 받자마자 문지방을 넘어 들어왔다. 그의 발걸음 소리를 들은 귀공자는 다른 쪽에서 다가오기 시작했다. 1미터 정도 떨어진 곳에서 두 형제는 완전히 멈춰 섰고, 서로를 차분한 눈길로 응시했다. 그러다 듀리스디어 경이 미소를 짓고 약간 머리를 숙이더니 경쾌하게 몸을 돌렸다.

"매켈러." 그가 말했다. "이 여행객들을 위해 아침 식사를 준비해야겠네."

밸런트레이 귀공자는 분명 약간 당황한 모습이었다. 하지만 더욱 뻔뻔스러운 말과 행동으로 나갔다. "나는 매처럼 배가 고프단다." 그가 말했다. "맛있는 것으로 내놔봐, 헨리야."

주인님은 똑같이 굳은 미소를 띤 채 그를 돌아보았다. "듀리스디어 경이야." 주인님이 말했다.

"어허! 가족 간에는 절대 아니지." 귀공자가 대답했다.

"이 집안사람들은 모두 내게 적법한 칭호를 붙여." 듀리스디어 경이 말했다. "예외를 만들고 싶다면, 다른 사람들에게 어떻게 보일지, 그것이 무력한 질투의 결과로 여겨지지는 않을지 생각해봐."

나는 너무나 즐거워서 손뼉을 치고 싶었다. 더구나 듀리스디어 경이 대답할 시간도 주지 않고 내게 손짓으로 따라오라 명하더니 바로 홀에서 나갔기에 더욱 그랬다.

"빨리 따라오게." 그가 말했다. "해충을 집에서 쓸어내야지." 그러고는 복도를 휙휙 지나갔는데, 걸음이 너무 빨라서 따라잡을 수 없을 정도였다. 그는 곧장 존 폴의 방으로 가서 이름을 부르지도 않고 바로 문을 열고 들어갔다. 존은 겉으로 보기에는 깊이 잠든 것 같았지만, 듀리스디어 경은 그를 깨우려는 시늉도 하지 않았다.

"존 폴." 그가 내가 여태껏 듣지 못한 나지막한 목소리로 조용히 말했다. "자네는 내 아버님을 오랫동안 섬겼지. 그러지 않았으면 난 자네를 집에서 개처럼 쫓아낼 거야. 삼십 분 내로 자네가 여기서 사라진다면 에든버러에서 계속 임금을 받게 해주겠어. 하지만 여기나 세인트 브라이즈에서 계속 얼쩡거린다면, 노인이고 오래된 하인이고 뭐든 간에 자네의 불충한 행동에 대해 따끔한 맛을 보도록 놀라운 방법을 찾아낼 거야. 일어나 나가게. 자네가 마음대로 저들을 들이려고 열어준 문으로 떠나면 되겠군. 내 아들이 자네 얼굴을 다시는 보지 않아야 한다고 결정했네."

"이 일을 이렇게 차분히 견디시는 것을 보니 기쁩니다." 다시 둘이서 걸어갈 때 내가 말했다.

"차분하다고!" 그는 갑자기 내 손을 자기 가슴 위에 얹었다. 큰 망치로 가슴을 두드리는 듯이 쿵쾅거리고 있었다.

이 사실에 나는 놀라움과 공포에 휩싸였다. 어떤 체질도 그처럼 격렬한 압박을 견뎌낼 수 없었다. 이미 불안정한 그의 체질은 특히 그러했다. 이 소름 끼치는 상황을 끝장내야 한다고 나는 머릿속으로 다짐했다.

"제가 부인께 소식을 전하면 좋을 것 같습니다." 내가 말했다. 물론 듀리스디어 경이 직접 가야 했지만, 나는 그의 무관심에 기대를 걸었고 부질없는 기대는 아니었다.

"그래." 그가 말했다. "그러게. 나는 아침 식사를 재촉하겠네. 우리 모두 식탁에 앉아야지. 알렉산더도. 우리 모두 아무 걱정도 없는 듯이 보여야 하네."

나는 부인의 방으로 달려갔고, 잔인한 예고 없이 곧바로 소식을 알렸다.

"나는 오래전에 결정했어요." 그녀가 말했다. "몰래 짐을 싸서 오늘 밤에 떠나야겠어요. 집이 한 채 더 있다는 것을 하느님께 감사해야지요! 처음 출항하는 배를 타고 뉴욕으로 가겠어요."

"그 사람은요?" 내가 물었다.

"그에게 듀리스디어를 남겨주는 거죠." 그녀가 외쳤다. "그가 좋을 대로 하라고 해요."

"실례지만, 그렇게는 안 됩니다." 내가 말했다. "개 한 마리가 그의 발목을 물고 늘어질 테니까요. 그가 예의 바르게 처신한다면 잠자리와 식사, 그리고 타고 다닐 말은 갖게 될 겁니다. 하지만 열쇠는, 부인께서 그 편이 괜찮다고 생각하신다면 매켈러라는 사람의 손에 있겠지요. 그의 손에서 열쇠는 안전할 겁니다. 그를 믿으세요."

"매켈러 씨." 그녀가 소리쳤다. "그렇게 생각해주다니 고마워요. 모든 것을 매켈러 씨의 손에 맡기겠어요. 우리가 야만적인 나라로 가야 한다면, 우리의 복수를 매켈러 씨에게 남기겠어요. 매코노치를 세인트 브라이즈로 보내서 몰래 마차를 마련하고 변호사를 불러오게 하세요. 듀리스디어 경이 법적 대리인을 남기고 가야지요."

이 순간 듀리스디어 경이 문가에 나타났고, 우리는 그에게 우리의 계획을 밝혔다. "그 얘기는 절대 듣지 않겠소!" 그가 소리쳤다. "그는 내가 자기를 겁냈다고 생각할 거야. 나는 죽을 때까지, 하느님 제발, 내 집에서 살겠네. 여기서 나를 떠밀어낼 사람은 이 세상에 아무도 없어. 최종적으로 말해서 나는 여기 있을 테고, 지옥의 모든 악마가 난동을 부리더라도 여기에 머물겠소." 그의 말과 억양이 얼마나 격렬했는지 도저히 묘사할 수 없다. 하지만 우리 둘은, 특히 방금 그의 자제력을 목격했던 나는 겁에 질려 그 자리에 서 있었다.

부인이 호소하는 듯한 눈빛으로 나를 보았고, 간절한 눈빛이 폐부를 찌르는 바람에 나는 다시 정신을 차렸다. 나는 그녀에게 나가라고 은밀히 신호를 보냈다. 나와 듀리스디어 경 둘만 남게 되었을 때 나는 그가 반미치광이처럼 서성거리던 방구석으로 다가가 손으로 그의 어깨를 힘주어 눌렀다.

"듀리스디어 경." 내가 말했다. "다시 한번 솔직하게 말씀드리겠습니다. 이번이 마지막이라면 더 좋겠습니다. 이런 일을 하는 데 저도 지쳤거든요."

"어떻게 해도 내 뜻을 바꿀 수 없네." 그가 대답했다. "자네 말을 듣기 거부하는 일은 결코 없을 걸세. 하지만 그 무엇도 내 생각을 바꿀 순 없네." 그는 확고하게 말했지만 앞선 것처럼 격렬한 어조는 아니었고, 그래서 내게 희망을 갖게 해주었다.

"알겠습니다." 내가 말했다. "쓸데없는 말씀을 드리겠습니다." 나는 의자를 가리켰고 그는 앉아서 나를 바라보았다. "저는 부인께서 듀리스디어 경을 매우 등한시하던 때를 기억합니다."

"그 시절에 나는 그것에 대해 언급한 적이 없었네." 듀리스디어 경이 얼굴을 몹시 붉히며 응수했다. "그런데 지금은 모든 것이 달라졌지."

"얼마나 달라졌는지 아십니까?" 내가 말했다. "모든 것이 얼마나 바뀌었는지 아시냐는 말씀입니다. 듀리스디어 경, 상황이 역전되었지요! 이제 부인께서는 듀리스디어 경의 말 한마디나 눈길을 한 번이라도 받으려 하십니다. 네, 그렇게 환심을 사려고 하셔도 아무 소용도 없지요. 듀리스디어 경이 구내 정원에서 여기저기 돌아다니시는 동안 부인께서는 누구와 시간을 보내는지 아십니까? 듀리스디어 경, 마님은 에프라임 매켈러라는 늙고 메마른 토지관리인과 기꺼이 시간을 보내십니다. 그것이 무슨 의미인지 경께서는 기억하실 수 있겠지요. 제가 착각한 것이 아니라면, 경께서도 예전에 같은 사람을 말동무로 삼으실 수밖에 없었으니까요."

"매켈러!" 듀리스디어 경이 일어서며 외쳤다. "오, 하느님, 매켈러!"

"매켈러의 이름을 불러도, 하느님의 이름을 불러도 진실을 바꿀 수는 없습니다." 내가 말했다. "그리고 저는 지금 사실을 말씀드리는 겁니다. 그 큰 고통을 견디신 듀리스디어 경께서 똑같은 고통을 다른 이에게 나눠주다니 그것이 그리스도교인이 할 일이라고 생각하십니까? 하지만 새 친구에게 폭 빠지신 나머지 경께서는 옛 친구를 모두 잊으셨습니다. 경의 기억에서 완전히 지워졌다는 말입니다. 하지만 그들은 가장 암울한 순간에 경의 곁을 지켰습니다. 특히 마님이 그러셨지요. 그런데 마님에 대한 생각이 경의 뇌리를 스친 적이 있습니까? 그날 밤에 마님이 어떤 시련을 겪으셨는지 생각해보신 적이 있으십니까? 아니면 그 후에 마님이 아내로서 어떻게 경을 대해왔는지, 아니면 지금 어떤 처지에 놓였다고 느끼는지 생각해보신 적이 있으십니까? 한 번도 생각하지 않으셨지요. 경께서는 자존심 때문에 여기 남아서 그 사람에게 용감하게 맞서야 하고, 마님은 경과 함께 머물러야겠지요. 아, 듀리스디어 경의 자존심, 그것은 중요한 문제지요! 하지만 마님은 여자이고, 듀리스디어 경은 거대한 남자가 아닙니까! 마님은 듀리스디어 경께서 지켜주겠다고 맹세한 여자입니다. 또 더 중요하게도 경의 아드님의 어머니입니다!"

"아주 매섭게 말하는군, 매켈러." 그가 말했다. "유감스럽지만, 신에게 맹세코 자네의 말이 모두 사실이라고 생각하네. 내가 행복을 누릴 자격이 있는지를 입증하지 못했어. 내 아내를 다시 부르게."

마님은 결과를 알기 위해 가까이서 기다리고 있었다. 내가 그녀를 데려오자 듀리스디어 경은 우리 각각의 손을 잡고는 자기 가슴에 얹었다. "내 인생에는 두 친구가 있었네." 그가 말했다. "내가 지금껏 얻은 위안은 이 두 사람이 번갈아가며 준 거였지. 당신과 매켈러가 같은 생각이라면 나는 고마움을 모르는 녀석이겠지……." 그는 입을 꾹 다물고 눈물이 고인 눈으로 우리를 바라보았다. "당신들이 원하는 대로 하게."

그가 말했다. "다만 이렇게 생각하지는 말게……." 그는 다시 말을 끊었다. "나를 당신들이 원하는 대로 하게. 내가 두 사람을 사랑하고 존중한다는 것은 하느님이 아실 거야." 그러고는 우리의 손을 놓더니 몸을 돌려 창가로 가서 밖을 내다보았다. 하지만 마님은 경의 이름을 부르며 뒤쫓아 가더니 그의 목에 매달려 목 놓아 울었다.

나는 밖으로 나와 문을 닫고는 가만히 서서 하느님께 진심으로 감사의 기도를 드렸다.

듀리스디어 경의 계획대로 우리 모두 아침 식탁에 모였다. 식탁에 앉기 전에 밸런트레이 귀공자는 덧댄 부츠를 벗고 식탁에 적합한 복장으로 갈아입었다. 세쿤드라 다스는 이제 꾸러미에 둘둘 감겨 있는 대신 점잖고 수수한 검정 양복을 입고 있었는데 이상하게 어울리지 않았다. 가족이 들어왔을 때 둘은 큰 창문 옆에서 밖을 내다보고 있었다. 두 사람은 고개를 돌렸다. 흑인은(집안사람들이 그를 이미 그렇게 부르기 시작했다) 거의 무릎까지 몸을 굽혀 인사했지만, 밸런트레이 귀공자는 가족의 일원인 양 앞으로 달려 나왔다. 마님은 방의 끝에 서서 깊이 고개 숙여 인사하여 그를 멈춰 세웠고, 아이들을 자기 뒤에 서 있게 했다. 듀리스디어 경은 아내보다 조금 앞에 서 있었고, 이렇게 듀리스디어 집안의 세 사촌이 대면하게 되었다. 시간의 흐름은 모두의 얼굴에서 선명하게 드러났다. 그들의 달라진 얼굴에 '죽음을 기억하라'라는 글귀가 적혀 있는 것 같았다. 그런데 내게 더 충격을 준 것은 사악한 인간이 세월의 흐름을 가장 멋지게 견뎌냈다는 사실이었다. 마님은 완전히 중년 부인이었고, 자녀들과 식솔들이 가득 둘러앉은 큰 식탁의 상석에 어울리는 여성이 되었다. 듀리스디어 경은 팔다리가 늘어졌고, 등이 굽었으며, 걸음을 옮길 때는 알렉산더 군에게서 다시 배운 듯이 달리는 동작을 보였다. 얼굴이 핼쑥했고 전보다 약간 늘어져 보였다. 가끔 그 얼굴에 특이하게 만감이 교차하는 듯한 미소가 떠올랐는데, (내 눈에는) 신랄하면서도 애처롭게 보였다. 하지만 밸런트레이 귀공자는 애를 써서 그런지 몰라도 아직 몸이 꼿꼿했다. 이마 가운데에 위협적인 일자 주름이 그어져 있었고, 입은 명령을 내리려는 듯이 굳게 다물고 있었다. 그에게는《실낙원》에 그려진 사탄의 위엄과 광휘 같은 것이 있었다. 나는 그를 바라보며 감탄하지 않을 수 없었고, 다만 그를 보면서 공포를 느끼지 않는 것이 놀라울 뿐이었다.

하지만 사실 (우리가 식탁에 둘러앉아 있는 동안) 그의 권위는 완전히 사라졌고 이빨이 모두 뽑힌 것 같았다. 우리는 그가 비바람을 통제하는 마술사인 줄 알았었다. 그랬던 그는 여기 평범한 신사로 변모해서 이웃들처럼 아침 식탁에서 잡담을 늘어놓고 있었다. 이제 그의 부친은 돌아가셨고, 듀리스디어 경과 마님은 사이가 좋아졌는데, 그가 누구의 귀에 중상모략을 퍼부을 수 있겠는가? 내가 이 남자의 교활함을 지나치게 과대평가했다는 생각이 계시처럼 떠올랐다. 그는 여전히 악의를 품고 있었다. 예전처럼 기만적이었다. 그런데 그를 강하게 해준 근원이 사라지자 무력하게 거기 앉아 있었다. 그는 아직 독사였지만, 이제는 짜증스러운 실패에 독을 다 써버렸다. 아침 식탁에 앉아 있는 동안 두 가지 생각이 또 떠올랐다. 첫 번째로, 그는 자신의 간계가 전혀 효과가 없다는 것을 알고는 당혹감(괴로움이라고 말할 뻔했다)을 느끼고 있다는 점이었다. 두 번째로, 어쩌면 듀리스디어 경의 생각이 옳았고, 우리가 돛대를 잃은 적에게서 달아나는 것은 잘못일지도 모른다는 생각이었다. 하지만 가엾은 주인님의 쿵쿵 뛰는 심장이 떠올랐고, 우리가 겁쟁이처럼 처신하려는 것은 다 주인님의 생명을 부지하기 위한 것이라고 다시 생각했다.

식사가 끝나자 밸런트레이 귀공자는 내 방으로 나를 따라왔고, (내가 권하지 않았지만) 의자에 앉더니 자기를 어떻게 할 거냐고 물었다.

"글쎄요, 밸리 씨." 내가 말했다. "이 저택은 한동안 밸리 씨에게 계속 개방되겠지요."

"한동안이라?" 그가 말했다. "자네의 말뜻을 못 알아듣겠는데."

"그 뜻은 아주 분명합니다." 내가 말했다. "가족의 평판을 위해서 밸리 씨를 받아들일 겁니다. 그런데 밸리 씨께서 어떤 위법한 행위로 공적인 망신을 당한다면 다시 쫓겨나시겠지요."

"자네는 무례한 악당이 되었군." 귀공자가 위협하듯 이마를 찌푸리며 말했다.

“훌륭한 선생에게서 배웠습니다.” 내가 대꾸했다. “그리고 선친께서 돌아가신 후 밸리 씨의 영향력이 완전히 사라진 것을 틀림없이 보셨겠지요. 저는 이제 당신이 두렵지 않습니다, 밸리 씨. 심지어, 하느님 저를 용서하시길, 밸리 씨와 함께 있으니 즐겁기까지 하군요.”

그는 웃음을 터뜨렸는데, 헛웃음이 분명했다.

“내 호주머니는 텅텅 비었네.” 그가 잠시 후에 말했다.

“그 호주머니에 돈이 들어갈 것 같진 않군요.” 내가 대답했다. “그런 기대는 품지 마시라고 충고하겠습니다.”

“그 점에 대해 할 말이 있지.” 그가 대꾸했다.

“그렇습니까?” 내가 말했다. “무슨 말일지 짐작할 수 없군요.”

“아! 자신 있는 척하는군.” 주인이 말했다. “아직 내게 유리한 점이 있네. 자네들은 추문을 두려워하지만 나는 즐긴다는 거야.”

“죄송하지만 밸리 씨.” 내가 말한다. “우리는 밸리 씨에 관한 추문을 전혀 두려워하지 않습니다.”

그는 다시 웃었다. “자네는 재치 있는 대화술을 공부해왔군.” 그가 말했다. “하지만 말이란 아주 쉽고, 아주 기만적일 때도 있지. 나는 지금 사전 경고를 하는 거라네. 내가 이 집안에 치명적인 독이라는 걸 알게 될걸. 내게 돈을 주고 내 뒷모습을 보는 편이 더 현명할 걸세.” 이렇게 말하고는 내게 손을 흔들고 방을 나섰다.

잠시 후에 듀리스디어 경이 변호사 칼라일 씨와 함께 들어왔다. 오래 묵은 포도주 한 병을 가져오게 해서 우리는 일에 착수하기 전에 한 잔씩 마셨다. 필요한 증서를 준비해서 작성했고, 스코틀랜드의 사유지는 칼라일 씨와 내게 신탁 양도되었다.

“한 가지 사안이 더 있소, 칼라일 씨.” 사무적인 일들이 다 조정되었을 때 듀리스디어 경이 말했다. “그 점에 관해서 우리에게 공정하게 처리해주기를 바라오. 이 갑작스러운 출발과 내 형의 귀향이 동시에 일어났다고 분명 말들이 많을 거요. 두 사건이 결부되어 있다는 말을 막아주면 좋겠소.”

“반드시 그렇게 하겠습니다, 듀리스디어 경.” 칼라일 씨가 말했다. “밸런트레이…… 밸리 씨는 그럼 동행하지 않으시는 겁니까?”

“그 점에 대해서도 얘기해야겠소.” 듀리스디어 경이 말했다. “밸리 씨는 듀리스디어에 남아 매켈러 씨의 보살핌을 받을 거요. 그리고 그가 혹시라도 우리의 목적지를 알게 되는 일은 없어야겠소.”

“그런데 떠도는 소문에…….” 변호사가 말을 시작했다.

“아하! 하지만 칼라일 씨, 이는 우리 사이의 비밀로 간직해야 해요.” 듀리스디어 경이 말을 가로막았다. “내 동선은 칼라일 씨와 매켈러만 알고 있어야겠소.”

“밸리 씨는 여기 남아 계시고요? 그렇군요.” 칼라일 씨가 말했다. “경께서 맡기신 권한은…….” 그러더니 다시 말을 중단했다. “매켈러 씨, 우리가 꽤 무거운 책임을 지게 되는군요.”

"확실히 그렇습니다, 칼라일 씨." 내가 말했다.

"확실히 그렇군요." 그가 말했다. "밸리 씨는 발언권이 없습니까?"

"그는 발언권이 없을 거요." 주인님이 말했다. "바라건대 영향력도 없을 테고. 밸리 씨는 좋은 조언자가 아니오."

"알겠습니다." 변호사가 말했다. "그런데 밸리 씨에게 수입이 있습니까?"

"내가 알기로는 빈털터리요." 듀리스디어 경이 대답했다. "내가 이 집 안의 식탁과 벽난로와 촛불을 제공할 거요."

"그리고 용돈에 관해서는요? 제가 이 책임을 나눠 져야 한다면, 경의 생각을 명확히 알아야 할 필요가 있다는 것을 아시겠지요." 변호사가 말했다. "용돈 문제에 대해서는 어떻게 해야 합니까?"

"용돈은 없을 거요." 듀리스디어 경이 말했다. "나는 밸리 씨가 혼자 조용히 생활하면 좋겠소. 우리가 그의 처신에 늘 흡족해했던 것은 아니라서."

"돈 문제에서." 내가 덧붙였다. "그는 파렴치하게도 헤픈 사람이라는 것을 보여주었어요. 이 명세서를 훑어보세요, 칼라일 씨. 여기에 그가 이 장원에서 지난 15년간, 아니 20년간 뽑아낸 각각의 금액을 다 더해서 적어놓았어요. 총액이 상당합니다."

칼라일 씨는 휴 하는 소리를 냈다. "이런 일은 짐작도 못 했습니다." 그가 말했다. "제가 추궁하는 듯이 보인다면 다시 한 번 죄송합니다, 듀리스디어 경. 하지만 제가 경의 의도를 완벽하게 파악하고 있어야 실로 바람직하거든요. 매켈러 씨가 혹시 돌아가시게 된다면 이 신탁 업무에 저 혼자 남기도 하고요. 밸리 씨가, 음, 이 나라를 떠나는 것을 경께서 선호하지 않으실까요?"

듀리스디어 경은 칼라일 씨를 바라보았다. "왜 그런 질문을 하는 거요?" 그가 말했다.

"듀리스디어 경, 저는 밸리 씨가 경의 가족에게 불편한 존재라고 이해했습니다." 변호사는 미소를 지으며 말했다.

듀리스디어 경의 얼굴근육이 갑자기 경직되었다. "그가 지옥에 있으면 좋겠소!" 그가 외치더니 스스로 포도주를 한 잔 따랐는데, 손이 얼마나 떨리는지 포도주의 절반은 가슴에 흘렸다. 이는 더없이 현명하게 일상적인 행동을 하는 와중에 그의 적대감이 솟구쳐 나온 두 번째 경우였다. 칼라일 씨는 깜짝 놀라서 그때부터 호기심을 느끼며 듀리스디어 경을 은밀히 관찰했다. 이것을 보고 나는 우리가 듀리스디어 경의 건강과 이성을 고려하여 최선의 행동을 하고 있다고 다시 확신하게 되었다.

이처럼 감정 폭발이 일어난 순간을 제외하면 면담은 성공적으로 마무리되었다. 물론 칼라일 씨는 변호사들이 늘 그렇듯이 조금씩 말을 흘릴 것이다. 이렇게 우리는 그 지역에 더 우호적인 감정의 토대를 마련했다고 느꼈고, 우리가 시작한 것을 그 남자의 비행이 분명 마무리할 거라고 생각했다. 사실 변호사는 집을 나서기 전에 진실에 대한 어렴풋한 인식이 이미 퍼져 있음을 우리에게 보여주었다.

"어쩌면 설명드려야 할 것 같습니다, 듀리스디어 경." 그는 모자를 손에 들고 잠시 서서 말했다. "밸리 씨에 대한 경의 의도에 제가 그리 놀라지 않았다는 것 말입니다. 그분이 지난번에 듀리스디어에 계실 때 어떤 소문이 나돌았거든요. 세인트 브라이즈에 사는 여자에 관한 이야기였는데, 경께서는 그 여자에게 대단히 후하게 베풀어주셨지만, 밸리 씨는 상당히 잔인하게 대했다고 하더군요. 그리고 또 한사 상속에 관해서 많은 논쟁이 있었지요. 간단히 말하자면, 그것에 대한 공방이 끝없이 이어졌습니다. 그리고 아는 체하는 사람들은 강경한 의견을 내놓더군요. 저는 제 직업에 걸맞게 어느 쪽 입장도 편들지 않았습니다. 그런데 여기 매켈러 씨가 보여주신 명세서를 보고 마침내 눈을 떴습니다. 매켈러 씨, 당신과 저는 그 사람이 제멋대로 하도록 놔둘 수 없을 것 같군요."

그 중요한 날의 나머지 시간은 순조롭게 흘러갔다. 우리는 적을 계속 눈앞에 두려고 계획했기 때문에 다른 이들과 나도 번갈아가며 그를 지켜보았다. 우리가 자신에게 신경을 쓰는 것을 보고 그는 기분이 좋아진 것 같았는데, 내 기분은 서서히 가라앉았다. 내가 가장 두려웠던 것은 우리의 고충을 살살 파고드는 저 남자의 기막히게 교묘한 재주였다. 독자는 혹시 (말이 사고를 당한 후에) 말의 근육조직을 교묘하게 나누고 따져보고 부상당한 부위를 단호하게 결정하는 접골사의 손을 느껴본 적이 있는가? 밸런트레이 귀공자의 혀 놀림도 그와 마찬가지여서 너무나 교묘한 질문을 던졌다. 눈도 너무나 예리하게 관찰했다. 나는 아무 말도 하지 않은 것 같았는데, 그럼에도 모든 비밀을 털어놓은 것 같았다. 내가 그를 어떻게 대해야 할지 마음을 정하기도 전에 그는 주인님이 마님과 나를 소홀히 대하고, 아들의 응석을 해로울 정도로 받아주는 것에 대해 내게 위로의 말을 건네고 있었다. 그 아들에 대해 그가 거듭 언급하는 것을 나는 (공포에 질린 마음으로) 알아차렸다. 소년은 자기 삼촌에게 확실히 겁을 내고 움츠리는 모습을 보였다. 그의 아버지가 어리석게도 아이에게 그것을 주입했다는 생각이 퍼뜩 떠올랐다. 그것은 현명한 방법이 아니었다. 그리고 내 앞에 있는, 아직도 대단히 멋지고 달변가인 데다 아주 다양한 이야기를 들려줄 수 있는 남자를 볼 때마다 그야말로 소년의 상상력을 사로잡을 사람이라는 생각이 떠올랐다. 존 폴은 바로 아침에 떠났는데, 그가 자신이 좋아하는 사람에 관해 입도 뻥끗하지 않으리라고는 생각할 수 없었다. 그렇다면 알렉산더 군은 이야기를 듣고 싶은 호기심이 불타오르는 디도고, 밸런트레이 귀공자는 젊은이들에게 세상에서 가장 재미있는 얘깃거리를 풍부하게 들려줄 수 있는 사악한 아이네이아스가 될 것이다.• 전투와 바다 위에서의 참사, 도주, 서인도제도의 숲, 그리고 (그의 최근 여행 이후로) 인도의 고대 도시에 대한 이야기 말이다. 그가 이런 미끼를 얼마나 교활하게 이용할지, 그리고 소년의 머릿속에 어떤 제국을 조금씩 세워갈 것인지 내게는 아주 분명하게 보였다. 이 남자가 집에 머물고 있는 한 그와 소년을 떼어놓을 강력한 방해물은 없었다. 뱀에게 주문을 거는 것은 어렵지만, 반바지를 입기 시작한 지 얼마 안 된 어린 남자애에게 주문을 거는 것은 그리 어렵지 않을 테니 말이다. 내가 알던 어느 늙은 선원은 피게이트 윈스•• 너머의 작은 오두막에서(그는 포르토베요라는 지명에서 따온 이름을 붙였던 것 같다) 홀로 살았는데, 토요일이면 소년들이 리스•••에서 떼 지어 몰려가서 썩은 고기를 둘러싼 까마귀들처럼 촘촘히 둘러앉아 욕설이 섞인 그의 이야기에 귀 기울였던 기억이 난다. 젊은 대학생이었던 나는 휴일에 머리를 식힐 겸 사색에 잠겨 지나가다가 그 광경을 종종 주목했다. 의심할 바 없이 이 아이들 중 많은 소년은 강력한 금지 명령에도 불구하고 거기에 갔을 것이다. 많은 소년들은 자신이 영웅으로 삼은 그 늙은 짐승 같은 인간을 두려워했고, 증오하기도 했다. 술에 약간 취한 그에게서 달아나는 소년들

• 베르길리우스의 《아이네이스》 제2권에서 아이네이아스는 트로이의 함락에 대한 이야기를 들려주며 디도를 압도한다.

•• 에든버러의 해안 지역으로, 18세기까지 선원들과 밀수꾼들이 모여드는 습지였다. 1742년에 조지 해밀턴이라는 선원이 에드워드 버넌 제독의 지휘 아래 파나마의 항구도시 포르토베요를 함락한 후 그 승리를 기념해 오두막을 짓고 '포토벨로'라고 이름 붙였다.

••• 스코틀랜드 동남부의 항구.

과 고주망태가 된 그에게 돌을 던지는 소년들도 본 적이 있다. 하지만 그러면서도 아이들은 토요일마다 그를 찾아갔다! 그렇다면 알렉산더 군 같은 소년은 자신을 사로잡으려는 너무도 잘생기고 말도 잘하는 신사 모험가의 마력에 얼마나 쉽게 빠져들 것인가! 그리고 그 영향력에 든 후에는 얼마나 쉽게 비뚤어질 수 있는가!

그가 알렉산더 군의 이름을 입에 세 번 올리기도 전에 나는 우리의 적이 무엇을 겨냥하는지 알아차렸다. 이런 일련의 생각과 기억이 큰 진동으로 내 마음을 뒤흔들었다. 그래서 나는 길을 가로질러 큰 구덩이가 입을 벌리고 있는 양 깜짝 놀라 뒷걸음질 쳤다. 알렉산더 군, 그 아이가 우리의 약점이었고, 쉽게 꼬임에 빠질 수 있는 낙원의 이브였다. 그리고 뱀은 벌써 길 위에서 쉭쉭거리고 있었다.

장담하건대 나는 더 열성적으로 준비 작업을 살펴보았다. 내게 남아 있던 마지막 망설임은 깨끗이 사라졌고, 지체될 경우의 위험이 내 눈앞에 큰 글자로 적혀 있었다. 그 순간부터는 앉지도 않고 숨도 쉬지 않은 듯하다. 나는 밸런트레이 귀공자와 그의 인도인을 감시하기도 했고, 다락방에서 작은 여행 가방을 잠갔으며, 가방을 밀회 장소까지 운반하라고 매코노치를 샛문을 통해 숲길로 내보내기도 했다. 그러고는 다시 기회를 잡아 마님과 몇 마디 의논을 했다. 이것이 듀리스디어에서 우리가 보낸 하루의 왼쪽 면이었다. 하지만 오른쪽 면에는 아버지에게 물려받은 집에서 편안히 지내는 가족의 일상처럼 매사가 완전히 평안해 보였다. 혹시 어떤 심리적 동요가 보이더라도 밸런트레이 귀공자는 이를 예상치 않은 자신의 방문에 충격을 받아서라고, 그리고 자신이 불러일으키던 두려움 때문이라고 여겼을 것이다.

저녁 식사는 훌륭하게 차려졌고, 차가운 인사가 오갔으며, 모두들 각자 자기 방으로 돌아갔다. 나는 밸런트레이 귀공자에게 끝까지 주의를 기울였다. 우리는 그의 침실을 북쪽 부속 건물에 배정했고 그 옆방에 인도인이 머물게 했다. 그곳은 문들이 달려 있는 본채에서 가장 멀었고 또 본채와 차단될 수 있기 때문이었다. 나는 그가 세쿤드라 다스에게 친절한 벗인지 좋은 주인인지(둘 중 어느 쪽이든 간에) 몰라도 자상하게 보살펴주는 것을 보았다. 그는 인도인에게 편안한지 물어보았고, 인도인이 춥다고 불평하자 장작불을 손수 지폈다. 그가 주로 먹는 쌀에 대해 물어보기도 하고 기분 좋게 힌두스타니어로 얘기를 나누었다. 그동안 나는 촛불을 들고 옆에 서서 졸음에 겨운 척하고 있었다. 이윽고 밸런트레이 귀공자가 괴로워하는 내 기색을 보았다. "자네의 예전 습관은 전혀 달라지지 않았군! 일찍 자고 일찍 일어나는 것까지. 늘어지게 하품하면서 사라지게!" 그가 말했다.

일단 내 방에 돌아오자 나는 시간을 맞추기 위해 평소처럼 옷을 벗는 동작을 했다. 옷을 벗고 다시 입는 일이 끝나자 부싯깃 통을 준비하고 양초의 불을 불어 껐다. 한 시간 정도 지난 후 나는 다시 불을 켰고, 듀리스디어 경의 병실에서 신었던 값싼 천으로 만든 신발을 신고 여행자들을 부르려고 집 안으로 들어갔다. 주인님과 마님, 캐서린 양, 알렉산더 군, 마님의 하녀 크리스티, 이들 모두 이미 옷을 갈아입고 기다리고 있었다. 나는 이 은밀한 행동이 아주 순진한 사람들에게 미친 영향을 보았다. 모두들 문 틈새로 백지장처럼 하얀 얼굴을 드러냈던 것이다. 우리는 옆으로 난 샛문을 통해 한밤중의 어둠 속으로 살그머니 나아갔고, 한두 줄기 비치는 별빛 외에는 온통 깜깜했다. 그래서 처음에는 더듬거리며 걸음을 옮기다가 발을 헛디뎌 덤불 속에서 넘어지기도 했다. 몇백 미터 떨어진 숲길에서 매코노치가 커다란 등불을 들고 우리를 기다리고 있었다. 그래서 나머지 길은 비교적 수월하게 걸을 수 있었지만, 뭔가 떳떳하지 않은 느낌에 모두들 계속 침묵을 지켰다. 수도원을 조금 지나서는 좁은 길이 큰길로 이어졌다. 그리고 400미터쯤 더 지나 황무지가 시작되는 이글스라는 곳에 이르자 길 옆에 서 있는 마차 두 대의 환한 불빛이 보였다. 우리는 작별의 순간에 한두 마디의 말밖에 하지 않았고, 그마저도 사무에 관련된 말이었다. 말없이 손을 잡고 얼굴을 옆으로 돌리고는 작별이 끝났다. 말은 빠르게 달리기 시작했고, 평탄하지 않은 황무지에서 등불이 도깨비불처럼 재빨리 움직이더니 스토니 브레이를 지나서는 가라앉아버렸다. 나는 매코노치와 단둘이 등불을 들고 길에 서 있었다. 우리는 한 가지를 기다리고 있었는데, 바로 카트모어에서 다시 나타날 마차였다. 그들은 꼭대기에 이르러 마차를 세웠고, 마지막으로 뒤를 돌았을 때 작별한 장소에서 아직 움직이지 않은 우리의 등불을 본 모양이었다. 마차에서 떼어낸 등불을 세 번 위아래로 흔들어 작별을 고했던 것이다. 그러고 나서 듀리스디어의 정다운 집을 마지막으로 바라보고는 야만적인 나라로 얼굴을 돌린 채 정말로 사라져버렸다. 나는 둥근 지붕처럼 펼쳐진 밤하늘이 얼마나 방대한지 예전에는 몰랐었다. 가엾은 우리 두 하인(하나는 늙고 하나는 나이가 지긋한)이 섬기던 분들이 떠나가고 처음으로 함께 서 있었던 그날까지. 나는 내가 다른 사람들의 얼굴에 얼마나 의존하고 있는지를 한 번도 느낀 적이 없었다. 고립감이 배 속에서 불처럼 타올랐다. 마치 집에 남은 우리가 진짜 망명자인 것 같았다. 듀리스디어와 솔웨이사이드, 그리고 이 고장을 고향으로 만들어주고 공기를 달콤하게 해주며 언어를 기분 좋게 들리게 해주었던 그 모든 것이 나의 옛 주인들과 함께 떠나서 바다 건너 멀리 가버린 것 같았다.

그날 밤새도록 나는 평탄한 도로에서 서성거리며 미래와 과거에 대해 곰곰이 생각했다. 처음에는 다감한 마음으로 방금 떠난 사람들을 생각했지만, 남은 할 일을 생각하면서 내 마음은 더 씩씩하게 기운을 냈다. 내륙의 산봉우리에 햇살이 닿고, 새들이 지저귀기 시작하며, 누르스름한 황무지 한가운데 있는 농가에서 연기가 피어오르기 시작한 다음에야 나는 집 쪽으로 얼굴을 돌렸고, 바다 옆에서 아침 햇살에 빛나는 듀리스디어의 지붕을 향해 걸어갔다.

평소의 식사 시간에 나는 밸런트레이 귀공자를 불러오게 한 뒤 차분한 마음으로 홀에서 그를 기다렸다. 그는 텅 빈 방을 둘러보고는 식탁에 차려진 세 사람분의 식기를 보았다.

"함께 식사할 사람이 얼마 안 되는군." 그가 말했다. "어찌 된 일인가?"

"이제 이 인원에 익숙해져야 합니다." 내가 대답했다.

그는 갑자기 나를 날카롭게 쳐다보았다. "이게 다 무슨 일이야?" 그가 말했다.

"이제 밸리 씨와 저, 그리고 밸리 씨의 친구분 다스 씨가 함께 지내야 합니다." 내가 대답했다. "듀리스디어 경과 마님, 그리고 자제분들은 여행을 떠나셨습니다."

"이거 놀라운걸!" 그가 말했다. "이럴 수 있단 말인가? 내가 실로 코리올리에서 볼스키족의 심장을 두근거리게 했나보군!• 그렇다고 해서 아침 식사가 식어가도록 놔둘 이유는 없지. 매켈러 씨, 괜찮으면 앉으시게나." 그는 이렇게 말하면서 내가 앉으려고 마음먹었던 식탁의 상석에 앉았다. "아침을 먹으면서 이 도피 행각에 관해 자세히 말해주게."

나는 그가 말로 표현한 것보다 더 큰 충격을 받았음을 알 수 있었다. 나는 그 못지않게 냉정하게 처신하기로 마음을 굳혔다. "저는 방금 밸리 씨에게 상석에 앉으시겠냐고 물어보려

• 셰익스피어의 《코리올라누스》에 나오는 가이우스 마르키우스의 허장성세에 대한 암시.

던 참이었어요." 내가 말했다. "제가 지금 집주인 노릇을 떠맡게 되었지만, 그래도 밸리 씨가 예전에 이 가족의 일원이었다는 것은 절대 잊을 수 없으니까요."

얼마간 그는 손님을 접대하는 듯이 굴면서 세쿤드라에게 특히 관심을 기울였고 매코노치에게 지시를 내렸다. 매코노치는 그의 지시를 불만스러운 듯이 받아들였다. "그런데 내 좋은 가족들은 어디로 철수한 건가?" 그가 무심한 듯이 물었다.

"아! 밸리 씨, 그것은 또 다른 문제입니다." 내가 말했다. "저는 그분들의 목적지를 전하라는 지시를 받지 않았습니다."

"내게 말이지." 그가 정정했다.

"누구에게도 말이지요." 내가 말했다.

"그건 덜 노골적이군." 밸런트레이 귀공자가 말했다. "좋은 태도야. 내 동생은 점점 나아지고 있군. 그런데 나는 어떻게 되나, 매켈러 씨?"

"밸리 씨에게는 숙식이 제공될 겁니다." 내가 말했다. "밸리 씨께서 지하 저장고를 마음대로 사용하셔도 된다는 허락도 받았습니다. 저장고는 상당히 잘 비축되어 있습니다. 밸리 씨께서 저와 잘 지내시기만 하면 되는데, 이는 그리 어렵지 않겠지요. 포도주나 승용마가 모자랄 일은 없을 겁니다."

밸런트레이 귀공자는 뭔가 핑계를 대서 매코노치를 방 밖으로 내보냈다.

"그리고 돈은?" 그가 물었다. "내가 용돈을 받으려면 내 좋은 친구 매켈러와 잘 지내야 하나? 이렇게 어렸을 때의 방침으로 돌아가다니 즐거운 일이군."

"그에 대해서 고려된 바는 없습니다." 내가 말했다. "하지만 제가 책임을 지고 밸리 씨에게 적절히 제공하겠습니다."

"적절히?" 그가 반복했다. "그리고 자네가 책임을 진다고?" 그는 몸을 곧추세워 앉더니 홀에 여러 줄로 걸려 있는 칙칙한 초상화들을 둘러보았다. "내 조상님들의 이름으로 자네에게 고맙다고 하겠네." 그가 말했다. 그러고는 다시 빈정거리는 어투로 돌아가서 말했다. "하지만 세쿤드라 다스를 위한 용돈은 분명 마련되어 있겠지? 설마 그들이 그것을 빠뜨리지는 않았겠지?"

"적어놓았다가 나중에 편지 쓸 때 지시 사항을 알려달라고 하겠습니다." 내가 말했다.

그랬더니 그는 갑자기 자세를 바꾸더니 팔꿈치를 식탁에 올리고 앞으로 몸을 숙이며 말했다. "이게 전적으로 현명한 일이라고 생각하나?"

"저는 명령에 따릅니다, 밸리 씨." 내가 말했다.

"겸손하기 그지없군." 밸런트레이 귀공자가 말했다. "하지만 그만큼 솔직하진 못하네. 자네는 어제 아버지가 돌아가신 후 내 권한이 땅에 떨어졌다고 말했지. 그렇다면 영국 상원에 의석이 있는 귀족이 어둠을 틈타 자기 조상들이 몇 번이나 포위 공격을 견뎌낸 본가에서 달아나고 또 자기 주소도 숨기다니 그건 어찌 된 일인가? 그것은 국왕과 온 공화국에도 중요한 관심사일 텐데 말이지. 그리고 나를 자신의 소중한 매켈러에게 맡기고 아버지처럼 책임지게 하다니 그건 어째서인가? 여기에 상당한 진짜 불안감의 냄새가 풍기는군."

나는 그리 솔직하지 않은 말로 부정하면서 그를 가로막으려고 했지만, 그는 손짓으로 나를 가로막으며 자기 말을 이어갔다.

"맞아. 그런 냄새가 난다니까." 그가 말했다. "하지만 그것을 넘어서 얘기를 해보지. 그 불안감은 충분히 근거가 있다고 생각하니까. 난 좀 내키지 않는 마음으로 이 집에 돌아왔네. 지난번에 내가 떠났을 때의 상황을 고려해보면, 꼭 필요한 일이 아니고는 돌아오고 싶은 마음이 들 수 없었지. 하지만 나는 돈이 꼭 필요해. 자네는 순순히 주지 않겠지. 그래, 하지만 나는 자네에게서 강제로 돈을 빼앗을 능력이 있어. 듀리스디어를 벗어나지 않고도 일주일 내로 이 바보들이 어디로 달아났는지 알아낼 걸세. 그들을 쫓아갈 거야. 그리고 내 사냥감을 따라잡으면 그 가족에게 다시 쐐기를 박아 그들을 터뜨려서 산산조각 내버리겠어. 그런 다음에 듀리스디어 경이 (형언할 수 없는 조롱과 격노가 담긴 어투였다) 내가 자기 눈앞에서 사라지도록 돈을 내놓을 건지 아닌지 두고 봐야지. 그러면 그때에 내가 이득을 선택할 것인지 복수를 선택할 것인지 모두들 알게 될 거야."

나는 이 남자의 너무나 솔직한 말을 듣고 놀랐다. 사실 그는 듀리스디어 경의 성공적인 도주에 몹시 분개했고, 자신이 속아 넘어간 얼간이로 보인다고 느꼈기에 말을 골라가며 할 기분이 아니었다.

"이건 전적으로 현명하다고 생각하십니까?" 나는 그의 말을 흉내 내어 말했다.

"지난 20년간 나는 내 하찮은 지혜에 따라 살아왔네." 그는 허영심으로 거의 바보처럼 미소를 지으며 대답했다.

"그리고 결국 거지가 되셨지요." 내가 대답했다. "거지라는 단어가 그 상황을 충분히 설득력 있게 표현한다면 말입니다."

"매켈러 씨, 자네가 주목했으면 좋겠군." 그가 갑자기 고압적으로 열렬히 외쳤는데, 그 모습을 보고 나는 경탄할 수밖에 없었다. "내가 세심하게 예의를 차리고 있다는 것을. 그 점에서 나를 모방하면, 우리는 더 잘 지낼 걸세."

대화가 지속되는 동안 나는 계속 지켜보는 세쿤드라 다스 때문에 마음이 불편했다. 첫마디를 꺼낸 후 우리 중 누구도 밥을 먹는 시늉도 하지 않았다. 우리는 상대의 얼굴을 응시했고, 상대의 마음을 응시했다고 말할 수도 있겠다. 그런데 인도인의 눈빛이 뭔가 이해한다는 듯이 조금씩 또렷해지고 있어서 곤혹스러웠다. 하지만 나는 그 상상을 털어내고 나서 그가 영어를 전혀 모른다고 다시 속으로 말했다. 그저 두 목소리의 진지한 어조라든가 밸런트레이 귀공자가 가끔 드러낸 경멸과 분노에서 뭔가 중요한 의미를 눈치챘다고 말이다.

삼 주간 우리는 듀리스디어 저택에서 같이 지냈다. 이는 내 인생에서 가장 특이한 사건으로, 밸런트레이 귀공자와의 친밀한 교류라고 부를 수밖에 없는 새로운 장이 열린 것이었다. 처음에 그의 태도는 약간 변덕스러웠다. 어떤 때는 예의바르다가 어떤 때는 내 면전에서 나를 모욕하며 예전의 태도로 돌아가기도 했다. 그가 어떻게 대하든 나는 그와 중간쯤에서 타협했다. 다행히도 이제 나는 이 남자와 끝없이 어울려야 했고, 드러난 칼날이 무서웠지 화가 잔뜩 나서 찌푸린 얼굴은 전혀 무섭지 않았다. 그래서 그가 한바탕 무례하게 굴 때 재미를 느끼기도 했고, 어떤 때는 기지 넘치는 대답으로 대꾸하기도 했다. 한번은 저녁 식사 시간에 내가 익살스러운 표현을 쓰자 그가 그 말에 완전히 압도되고 말았다. 그는 웃고 또 웃다가 소리쳤다. "이 수다쟁이 노파가 속치마 속에 재치를 감춰두고 있는 걸 누가 짐작이나 했겠어?"라고 외쳤다.

"그건 재치가 아니에요, 밸리 씨." 내가 말했다. "스코틀랜드의 천연덕스러운 유머랍니다. 가장 반어적이죠." 그리고 사실 나는 재치 있는 사람으로 보이려고 허세를 부린 적도 없었다.

그 순간부터 그는 내게 절대로 무례하게 굴지 않았고, 우리 사이의 대화는 전부 다 농담처럼 흘러갔다. 우리가 가장 떠들썩하게 웃고 익살 떨 때는 그가 말이나 술 한 병, 또는 돈을 요구할 때였다. 그는 내게 어린 남학생처럼 접근했고 나는 그의 아버지처럼 그것을 받아넘겼으며, 양쪽 다 유쾌하게 법석을 떨었다. 나는 그가 나를 전보다 더 낫게 생각한다는 것을 알아차렸고, 이는 인간의 가련한 부분, 즉 허영심을 자극했다. 게다가 그의 태도는(자기도 모르는 사이에 그렇게 되었다고 생각해야겠지만) 친근할 뿐 아니라 다정하게 달라져갔다. 나를 그토록 오랫동안 증오했던 남자의 이런 변화는 더욱 교활하게 보였다. 그는 외출하는 일이 거의 없었고, 심지어 초대를 받아도 거절했다. "아니." 그는 말하곤 했다. "내가 그 아둔한 소지주들에게 무슨 관심이 있다고? 나는 집에 있겠네, 매켈러. 포도주 한 병을 조용히 나눠 마시며 좋은 대화를 나누세." 그리고 실로 듀리스디어의 식사 시간은 재치가 반짝이는 대화 때문에 누구에게든 즐거웠을 터였다. 그는 자신이 예전에 나와 교류하는 데 무관심했던 것을 떠올리며 종종 놀라워했다. "그런데 알다시피." 그는 덧붙이곤 했다. "우리는 반대편에 있었지. 오늘도 그래. 하지만 그것에 대해서는 절대 말하지 않기로 하세. 자네가 자네 고용주에게 충실하지 않다면, 나는 자네를 그만큼 좋게 생각하지 않을 테니." 내 눈에는 그가 어떤 악행도 저지를 수 없게 보였다는 것을 독자는 고려해야 한다. 그리고 (오랜 시간이 지난 후에) 늦게나마 누군가의 인격과 특성을 공정하게 평가해주는 것이 얼마나 매력적인 아첨인지도 고려해야 한다. 하지만 나는 나 자신에 대해 변명할 생각이 없다. 내가 책임을 져야 한다. 나는 그가 감언이설로 나를 속이도록 내버려두었다. 간단히 말해 감시견이 깊은 잠에 빠져들었던 것이다. 그러다가 갑자기 벌떡 깼다.

그 인도인은 집 안에서 끊임없이 이리저리 돌아다녔다고 말해야겠다. 그는 결코 말을 하지 않았고, 다만 자기 언어로 밸런트레이 귀공자와 얘기를 나눴다. 그런데 그는 결코 예상하지 못한 장소에 나타났고, 넋이 빠진 듯이 멍한 얼굴이었으며, (사람이 다가오면) 화들짝 놀라 정신을 차리고는 굽실거리고 절하면서 사람을 조롱했다. 그가 너무나 조용하고 허약하며 자기만의 환상에 빠져 있었기에 나는 그를 지나치면서 별 관심을 두지 않았고, 자기 나라를 떠나온 해롭지 않은 망명자로 여기면서 동정심을 느끼기도 했다. 하지만 의심할 바 없이 이자는 계속 엿듣고 다녔고, 의심의 여지 없이 이자의 잠행과 나의 방심 때문에 우리의 비밀이 밸런트레이 귀공자의 귀에 들어갔다.

어느 날 저녁 식사 후 평소보다 더 흥겹게 얘기를 나누며 유쾌하게 시간을 보내다가 나는 큰 충격을 받았다.

"다 훌륭하군." 밸런트레이 귀공자가 말했다. "그런데 우리는 여행 가방을 잠그러 가는 편이 좋겠네."

"아니, 왜요?" 내가 외쳤다. "떠나십니까?"

"내일 아침에 떠난다네." 그가 말했다. "먼저 글래스고 항구에 갔다가 뉴욕주로 갈 걸세."

내가 신음을 냈을 것이다.

"그래." 그가 말을 이었다. "내가 장담하지 않았나. 일주일이라고 말했는데 거의 이십 일이나 걸렸어. 하지만 신경 쓰지 말게. 아무쪼록 손해 본 시간을 보상할 테니. 더 빨리 가야지."

"노잣돈은 있으십니까?" 내가 물었다.

"소중하고도 순진하신 분, 갖고 있다네." 그가 말했다. "원한다면 내가 자네를 속였다고 비난해도 좋네. 하지만 나는 아버지에게서 동전을 짜내면서 만일의 경우에 대비해 내 몫을 챙겨두었거든. 자네가 우리 진군에 동행하겠다면 자네 운임은 자네가 지불해야 하네. 나와 세쿤드라의 운임을 낼 정도의 돈은 있지만, 그 이상은 없거든. 위험에 처하는 데는 충분하지만, 너그러움을 베풀기에는 충분하지 않다네. 그렇지만 마차 바깥쪽에 달린 좌석이 있는데, 적절한 삯을 낸다면 자네에게 주겠어. 그러면 동물원 전체가 다 함께 갈 수 있겠군. 집 지키는 개와 원숭이, 그리고 호랑이까지."

"제가 당신과 함께 간다고요?" 내가 말했다.

"난 그걸 기대하네." 밸런트레이 귀공자가 말했다. "자넨 내가 패배한 모습을 보았지. 내가 승리하는 모습을 자네에게 보여줄 생각이거든. 그길 위해서 이 거친 날씨에 자네를 우유에 적신 빵 조각처럼 흠뻑 적시는 위험도 무릅쓸 걸세."

"어떻든." 내가 덧붙였다. "저를 갑판 밖으로 내던질 수는 없다는 것을 잘 아시겠지요."

"쉽지는 않겠지." 그가 말했다. "자네는 예의 그 탁월한 분별력으로 핵심을 지적하는군. 나는 불가피한 것과는 절대로 싸우지 않네."

"제가 간청해도 소용이 없겠지요?" 내가 말했다.

"물론이지. 전혀 없네." 그가 말했다.

"하지만 시간을 주시면 저는 편지를 쓸 수……." 내가 말을 시작했다.

"그러면 듀리스디어 경이 뭐라고 답장하겠나?" 그가 물었다.

"네." 내가 말했다. "그게 문제입니다."

"그리고 내가 직접 가는 것이 얼마나 더 효율적이겠나!" 그가 말했다. "그런데 이런 얘기를 아무리 해봐야 입만 아플 뿐이지. 내일 아침 7시에 마차가 현관문 앞에 와 있을 걸세. 나는 현관문에서 출발하거든, 매켈러. 숲을 살금살금 가로질러 한길까지 나가서, 가령 이글스에서 마차에 타지는 않네."

이제 나는 확고하게 결심했다. "세인트 브라이즈에서 십오 분만 시간을 내주실 수 있습니까?" 내가 말했다. "칼라일과 의논해야 할 일이 있습니다."

"원한다면 한 시간도 내주지." 그가 말했다. "자네 좌석으로 돈을 받는 게 내 목적이라는 걸 부정하지 않겠네. 자네는 언제든 말을 몰아 글래스고까지 제일 먼저 갈 수 있어."

"글쎄요." 내가 말했다. "저는 옛정이 어린 스코틀랜드를 떠난다는 생각은 한 번도 한 적이 없습니다."

"활기를 얻게 될 걸세." 그가 말했다.

"어떤 사람에게는 불운한 여행이겠지요." 내가 말했다. "밸런트레이 귀공자에게 말입니다. 가슴속에서 뭔가 말하는군요. 아주 명확하게 말합니다. 불길한 여행이라고."

"자네가 예언을 믿는다면." 그가 말했다. "저것에 귀를 기울이게나."

넓게 펼쳐진 솔웨이만에서 격렬한 돌풍이 불어왔고, 빗줄기가 커다란 창문에 세차게 부딪쳤다.

"마법사여, 저게 무엇을 예고하는지 아는가?" 그가 강한 억양으로 말했다. "매켈러라는 남자가 뱃멀미를 심하게 할 거라는 뜻이네."

나는 내 침실에 들어와서 고통스러울 정도로 흥분한 상태로 앉아 온 힘을 다해 저택의 박공지붕을 내리치는 요란한 돌풍소리에 귀 기울였다. 내 마음을 짓누르는 압박감과 꼭대기의 작은 탑들 사이에서 요동치는 기이한 바람 소리, 그리고 끊임없이 떨리는 석조 저택에서 나는 소리에 눈꺼풀에서 잠이 완전히 달아나버렸다. 나는 양초 옆에 앉아 시커먼 창유리를 바라보았다. 폭풍우가 계속해서 창문을 뚫고 들어오려는 것 같았다. 그리고 그 너머 텅 빈 들판에서 나는 결국에 일어날 앞날을 바라보았고, 그러자 머리카락이 쭈뼛쭈뼛 솟았다. 부패한 영향력에 변질된 아이, 해체된 가정, 주인님의 죽음, 아니면 죽음보다 더 고약한 결말, 처량한 슬픔에 빠진 마님…… 어둠 위에 환하게 그려진 이 모든 것을 눈앞에서 보았고, 바람의 비명은 대책이 없는 나를 조롱하는 것 같았다.

매켈러 씨와 밸런트레이 귀공자의 여행

마차는 축축하고 짙은 안개 속에서 현관문 앞에 도착했다. 우리는 아무 말 없이 집을 떠났다. 듀리스디어 저택은 비애에 바친 집처럼 홈통이 늘어지고 창문은 닫힌 채 서 있었다. 밸런트레이 귀공자는 머리를 창밖으로 계속 내밀고 빗물에 젖은 벽과 희미하게 빛나는 지붕이 갑자기 안개에 파묻혀 사라지기 전까지 돌아보았다. 이렇게 떠나면서 그 남자에게 어떤 자연스러운 슬픔이 엄습한 모양이라고 생각할 수밖에 없었다. 아니면 그 결말에 대한 어떤 예감이었을까? 어쨌든 듀리스디어에서 긴 언덕을 올라 우리가 축축한 공기 속에서 나란히 걷고 있을 때, 그는 우리나라의 민요 중에 가장 슬픈 곡을 처음에는 휘파람으로 불다가 노래로 부르기 시작했다. 술집에서 사람들을 울게 하는 〈방랑하는 윌리〉였다. 그가 부른 노래의 가사를 나는 다른 곳에선 들어본 적이 없었고, 가사가 적힌 종이를 구할 수도 없었다. 하지만 우리의 출발에 가장 어울리던 부분은 내 기억에 남아 있다. 한 절은 이렇게 시작했다.

> 고향이 그때는 고향이었지, 내 사랑, 다정한 얼굴들로 가득한
> 고향이 그때는 고향이었지, 내 사랑, 아이에게 행복한

그리고 이와 비슷하게 끝났다.

> 이제 황야의 언덕 꼭대기에 동이 틀 때,
> 집은 외로이 서 있고 굴뚝은 차갑게 식었네
> 이제 사람들이 모두 떠났으니 홀로 서 있으라 하게,
> 옛집을 사랑하던 다정한 마음, 진실한 마음이 떠났으니

나는 이 가사의 장점을 절대 판단할 수 없을 것이다. 구슬픈 곡조 때문에 너무 성스러워졌고, 너무나 잘 어울리는 순간에 뛰어나게 노래를 잘 부르는 사람이 내게 불러주었던(아니면 나를 '달래주었던') 것이다. 그는 노래를 끝내고 내 얼굴을 쳐다보더니 눈에 고인 눈물을 보았다.

"아! 매켈러." 그가 말했다. "자네는 내가 회한을 전혀 느끼지 못한다고 생각하나?"

"당신이 좋은 사람이 되기 위한 모든 수단을 갖고 있지 않더라도." 내가 말했다. "아주 나쁜 사람이 될 수는 없을 겁니다."

"아니, 전혀 아니야." 그가 말했다. "전혀 아니지. 그 점에서

자네가 틀렸네. 원하지 않는 것이 병폐거든, 전도사 씨." 하지만 그는 다시 마차에 오르면서 한숨을 쉬는 것 같았다.

온종일 똑같이 우울한 날씨가 이어지는 가운데 우리는 마차를 달렸다. 자욱한 안개가 우리를 둘러쌌고, 머리 위에서 하늘은 하염없이 눈물을 흘렸다. 황야의 언덕들로 길이 이어졌는데, 황야에서 들리는 것이라고는 물에 젖은 헤더에서 울어대는 붉은뇌조의 소리와 불어난 개울물이 쏟아져 내리는 소리뿐이었다. 어쩌다 졸다가 잠이 들면 곧장 역겹고 불길한 악몽에 빠져들었고, 숨이 막혀 깨어나곤 했다. 가끔 가파른 비탈길에서 바퀴가 천천히 굴러갈 때면 마차 안에서 열대지방의 언어로 말하는 목소리가 들리곤 했다. 그 언어는 새들이 지저귀는 소리처럼 하나도 알아들을 수 없었다. 가끔 긴 오르막길에서는 밸런트레이 귀공자가 땅에 내려 내 옆에서 걷기도 했지만, 대개는 말 한마디 없었다. 그리고 잠이 들었든 깨어 있든 간에 계속해서 나는 다가오는 파멸의 어두운 전망을 바라보았다. 똑같은 전망이 내 눈앞에 떠올랐는데, 이제는 언덕 비탈에 낀 안개 위에 그려졌을 뿐이었다. 그 가운데 어느 환영은 진짜처럼 선명하게 내 앞에 떠올랐다. 그 환영에서 듀리스디어 경은 작은 방의 식탁에 앉아 있었다. 양손으로 감싸고 있던 머리를 천천히 들어 내게 향했는데, 희망이 완전히 사라진 얼굴이었다. 나는 그 얼굴을 듀리스디어에서의 마지막 밤에 검은 창유리 위에서 처음 보았었다. 이 얼굴은 자주 나타났고, 여행의 중반이 지나도록 계속 돌아왔다. 하지만 이

것이 정신이상의 징후는 아니었다. 나는 원숙한 노년에 이르렀지만 내 지능은 조금도 쇠퇴하지 않았다. 또한(당시에는 그렇게 생각하고 싶었지만) 하늘에서 보내준 미래에 대한 경고도 아니었다. 우리에게 온갖 재앙이 닥쳤지만 그런 재앙은 없었고, 내가 가련한 광경들을 많이 봤지만 그 광경은 보지 못했던 것이다.

우리는 밤새 이동하기로 결정했다. 이상하게도 땅거미가 지자 나는 기분이 조금 나아졌다. 밝은 등불이 안개를 환히 비추고 입김을 내뿜는 말과 느린 걸음으로 말을 모는 마부를 비추자 그 광경이 대낮의 풍경보다 자연스럽게 더 유쾌한 느낌을 주었던 것 같다. 아니면 내 마음이 우울함에 지쳤을 수도 있겠다. 어떻든 나는 몸은 흠뻑 젖고 피곤했지만 머릿속에는 만족스러운 느낌이 없지 않은 채 몇 시간을 깨어 있었다. 그러다가 마침내 자연스럽게 잠에 빠져들었는데 아무 꿈도 꾸지 않았다. 하지만 나는 아주 깊은 잠에 빠져서도 무언가를, 게다가 적어도 머리를 약간 써가며 무언가를 하고 있었던 모양이다. 나 자신에게 소리를 지르려던 순간에 깜짝 놀라 깼기 때문이다.

고향이 그때는 고향이었지, 내 사랑, 아이에게 행복한

어제는 내가 이 가사에 주목하지 못했지만, 현재 여행에 나선 밸런트레이 귀공자의 가증스러운 목적에 잘 들어맞는다는 점을 깨닫고 괴로워서 깼던 것이다.

그때쯤 우리는 글래스고시(市)에 가까워졌고, 그곳에서 곧 어느 여관에 들러 아침을 먹었는데 거기서 (공교롭게도) 곧 출항할 선박을 알게 되었다. 우리는 선실에 자리를 예약하고 이틀 후에 휴대품을 선박에 실었다. 무척 낡은 그 배의 이름은 논서치였는데 아주 잘 어울리는 이름이었다.• 누가 봐도 이번이 이 배의 마지막 항해여야 했다. 사람들은 부둣가에 서서 고개를 절레절레 저었고, 길에서 모르는 사람들이 내게 여러 차례 경고를 해주었다. 이 배는 치즈처럼 썩었으며 짐을 너무 많이 실어서 돌풍이 일면 틀림없이 허우적대다가 침몰하리라는 것이었다. 그렇기 때문에 승객이라고는 우리밖에 없었다. 맥머트리라는 선장은 말이 없고 차분한 사람으로 글래스고나 게일어 억양을 썼다. 선원들은 무식하고 거친 뱃사람들로, 밧줄 구멍을 통해 들락거렸다. 나와 밸런트레이 귀공자는 서로를 벗하며 시간을 보낼 처지였다.

논서치는 순풍을 타고 클라이드를 벗어났고, 우리는 일주일 가까이 화창한 날씨를 즐기며 잘 나아가고 있다고 느꼈다. 나는 적어도 뱃멀미를 한 번도 하지 않았기에 (놀랍게도) 항해가 체질에 잘 맞는다는 것을 깨달았다. 하지만 내 건강 상태는 평소처럼 안정적이지 않았다. 큰 파도로 선박이 출렁거

• 논서치(Nonesuch)는 '둘도 없는 것', '탁월하거나 완전한 것'을 의미하지만 여기서는 정반대의 의미로 아이러니하게 쓰이고 있다.

려서인지, 갇혀 있어서인지, 소금에 절인 음식 때문인지, 아니면 이 모든 것 때문이었는지 몰라도 마음을 짓누르는 암울한 기분과 괴로운 긴장감으로 고통스러웠다. 어쩌면 배를 타야 했던 내 용무의 성격에서 기인했을지 모르지만, 그것은 더 이상 문제가 되지 않았다. 병폐는(그것이 무엇이든 간에) 내 주위 환경에서 생겨났다. 선박을 탓할 문제가 아니었다면, 밸런트레이 귀공자의 탓이었을 것이다. 증오와 공포는 해로운 동무다. 나는 이 둘을 (부끄럽지만 인정하자면) 다른 곳에서도 만났고, 함께 자고 일어났으며, 함께 밥을 먹고 술을 마셨지만, 그 전에도, 또한 그 이후에도 논서치에 타고 있을 때처럼 몸과 영혼이 그토록 철저히 그 해독에 손상된 적이 없었다. 내 적은 오히려 인내심의 좋은 본보기였다고 기꺼이 고백하겠다. 날씨가 가장 궂은 날에도 그는 더없이 참을성 있고 상냥한 태도로 내가 받아주는 한 대화를 이어갔다. 그는 예의 바르게 접근하다가도 내가 퇴짜를 놓으면 갑판 위에 대자로 누워 책을 읽곤 했다. 그가 갖고 있던 책은 리처드슨 씨의 유명한 소설 《클러리사》였고, 그가 내게 베풀어준 사소한 배려 가운데 하나는 몇 단락을 낭독해주는 것이었다. 어떤 웅변가도 그처럼 작품의 애절한 부분을 그렇게 효과적으로 읽을 수 없을 것이다. 나는 그에게 내 유일한 장서인 성경의 구절로 쏘아붙이곤 했다. 그 구절들은 내게도 매우 신선했는데, 나는 종교적 의무를 (가슴 아픈 말이지만) 언제나, 지금까지도 극히 등한시했던 것이다. 그는 작품의 가치를 감식가처럼 맛보았고 실제로 그는 감식가였다. 때로는 내 손에서 책을 낚아채서 뭐가 어디에 있는지 잘 아는 사람처럼 낱장을 넘기고는 멋진 열변으로 나의 신중한 올리비에 대신 충동적인 롤랑•을 들려주곤 했다. 하지만 참으로 희한하게도 그는 자기가 읽은 내용을 자신에게 적용해보지 않았다. 그가 읽은 내용은 여름날의 천둥처럼 그의 머리 위 높은 곳에서 흘러가버렸다. 러블리스와 클러리사, 다윗의 너그러움에 관한 이야기, 그의 참회에 관한 〈시편〉, 〈욥기〉의 엄숙한 질문들, 〈이사야서〉의 감동적인 시, 이 모든 것에서 그는 선술집에서 바이올린을 긁어대는 소리처럼 그저 재미를 느낄 뿐이었다. 이 표피적인 감수성과 내면의 거친 냉혹함 때문에 나는 그를 불신했다. 이는 그의 세련된 매너라는 허울 아래 숨겨져 있는, 내가 알고 있듯이 그의 파렴치한 비열함과 매한가지였다. 그래서 때로는 그가 기형의 인간인 양 그에 대한 불쾌함이 올라왔다. 때로 나는 유령 같은 것에서 달아나듯이 그를 멀리했다. 어떤 순간에는 그가 판지를 붙여 만든 인간처럼 여겨지기도 했다. 얼굴에 붙은 천을 세게 때리면 그 안에서 그저 텅 빈 공간이 드러날 것 같았다. 이러한 공포(단순히 상상의 소치는 아닐 것이다) 때문에 나는

• 중세 기사들의 영웅 행위를 찬미하는 서사시 《롤랑의 노래》에서 샤를마뉴 대제의 영웅적인 전사 롤랑과 올리비에는 승부가 나지 않은 긴 격투 끝에 영원한 우정을 맹세한다. 사라센인들과 벌인 롱스보의 치명적 전투에서 올리비에는 신중한 전략을 조언하지만, 그 말을 듣지 않고 스스로 싸우기를 고집한 롤랑 때문에 프랑스군은 전멸하고 만다.

그와 가까이 있는 것이 더욱 싫어졌다. 그가 가까이 다가오면 내 몸속의 무언가가 떨리는 것이 느껴졌다. 어떨 때는 비명을 지르고 싶었고, 어떤 날에는 그를 힘껏 칠 수 있을 것 같았다. 수치심도 분명히 이런 마음 상태에 한몫했을 것이다. 듀리스디어에서 지낸 마지막 날들에 내가 그 남자에 대한 관용적인 태도에 빠져들었던 것이 수치스러웠다. 누군가가 그때 내게 다시 너그러워질 거라고 말했으면 나는 그 사람 면전에 대고 비웃었을 것이다. 그는 이 치열한 분노를 전혀 알아차리지 못했을 수도 있다. 그러나 그러기에는 너무나 영리한 사람이었다. 그게 아니라 그는 평생 나태하게 살아오면서 말동무가 꼭 필요했고, 그래서 부득이하게 나의 노골적인 혐오감을 마주하고 참아주었던 것이다. 어쨌든 분명 그는 자신의 혀가 만들어내는 음을 사랑했다. 실은 그뿐 아니라 자신의 모든 재능과 특성을 사랑했다. 이런 종류의 어리석음은 거의 필연적으로 사악함에서 비롯된다. 내가 그에게 저항하는 것이 드러나자 그는 어쩔 수 없이 선장을 붙잡고 긴 대화를 나누었다. 선장이 불쌍하게 손발을 꼼지락거리고 대답 대신 끙 하고 앓는 소리만 내면서 피로감을 분명히 드러냈는데도 그랬다.

첫 주가 지난 뒤 우리는 사나운 바람과 악천후를 만났다. 바다에 높은 파도가 일었다. 논서치는 구식 배인 데다 짐이 너무 많이 실려 있었기 때문에 믿을 수 없을 정도로 요동쳤다. 선장은 돛대가 부서질까봐 몹시 걱정했고, 나는 목숨을 잃을까봐 몹시 두려웠다. 배의 항로에는 조금도 진척이 없었다. 참을 수 없이 언짢은 기분이 갑판을 지배했다. 일꾼들, 선원, 선장 모두 온종일 서로를 조롱했다. 누군가가 건방진 말을 하면 다른 사람은 주먹질하는 것이 일상사였다. 선원 모두가 자신들의 의무를 거부할 때도 있었다. 그래서 후갑판에 있던 우리는 폭동에 대비해 두 번이나 무장했는데, 그때까지 나는 한 번도 무기를 사용해본 적이 없었다.

한창 험악한 시기에 허리케인급의 바람이 불어닥치자 모두들 배가 침몰할 것이라고 믿었다. 나는 어느 날 정오부터 이튿날 해가 질 무렵까지 선실에 갇혀 있었다. 밸런트레이 귀공자는 갑판 어딘가에 밧줄로 묶여 있었고, 세쿤드라 다스는 어떤 약을 먹은 후 의식불명으로 누워 있었다. 그러니 나는 그 시간 내내 고독하게 보냈다고 할 수 있겠다. 처음에는 너무 겁에 질려서 움직일 수도 없었고, 마음이 얼어붙어버린 듯이 생각도 거의 할 수 없었다. 그런데 오래지 않아 한 줄기 위안의 빛이 내게 스며들었다. 논서치가 침몰한다면, 이 배와 함께 우리가 그리도 두려워하고 증오했던 인간이 헤아릴 수 없이 깊은 바닷속 심연으로 사라질 것이다. 더 이상 밸런트레이 귀공자는 존재하지 않을 테고, 그의 갈비뼈 사이에서 물고기가 즐겁게 놀 것이다. 그의 모든 계략은 무위로 돌아가고, 그의 순진한 적들은 평화를 얻을 것이다. 이미 말했듯이 처음에는 이것이 다만 위로의 빛줄기였다. 그런데 오래지 않아 이 생각은 화창한 햇살이 되었다. 이 남자가 죽을 거라는 생각, 그로 인해 수많은 사람이 괴로움을 겪었던 이 세상에서 그가 지워질 거라는 생각이 나를 사로잡았다. 나는 이 생각에 집착했다. 그 생각이 내 배 속에서 달콤하게 느껴졌다. 나는 배가 마지막으로 거꾸러지고 바닷물이 선실 안으로 밀려 들어와 이 폐쇄된 공간에서 나 혼자 잠시 치명적인 몸부림을 치는 광경을 상상했다. 나는 그 참상을 헤아려보았고, 만족스러운 기분으로 말하기에 이르렀다. 만일 그와 같은 파국이 논서치호를 덮쳐서 이 배가 내 가여운 주인님의 적과 함께 침몰한다면 나는 모든 것을, 그리고 그 이상도 견뎌낼 수 있으리라고. 둘째 날 정오쯤에 바람의 비명이 약해졌다. 배는 위험할 정도로 기울지 않았고, 우리가 폭풍의 정점을 지났다는 사실이 점점 분명해지고 있었다. 나는 하느님의 자비를 구하고 있었지만 속으로는 실망했다. 온 마음을 사로잡는 증오라는 지독한 정념의 이기심 탓에 나는 무고한 선원들을 잊어버렸고 나와 내 적에 대해서만 생각했던 것이다. 나 자신에 대해 말할 것 같으면, 나는 이미 늙은 몸이었다. 게다가 젊었던 적도 없었다. 나는 세상의 기쁨을 누리도록 만들어진 사람이 아니었다. 애정을 느끼는 대상도 거의 없었다. 내가 바로 거기 대서양에서 빠져 죽든지, 몇 년 더 질질 끌다가 어쩌면 그 못지않게 비참하게 아무도 없는 병상에서 죽든지 6펜스짜리 은화를 던져서 결정할 만큼의 중요한 일도 아니었다. 나는 무릎을 꿇고(뒤흔들리는 선실에서 곧바로 내동댕이쳐지지 않도록 물품 보관함을 붙잡고는) 약해지는 허리케인의 요란한 바람 소리 속에서 목소리를 높여 불경스럽게도 내 죽음을 위해 기도

했다. “오, 하느님!” 내가 외쳤다. “제가 이제 일어나 저 인간을 쓰러뜨릴 수 있다면 저는 더 사람다워지겠지요. 하지만 하느님께서는 저를 어머니의 자궁에 있을 때부터 겁쟁이로 만드셨습니다. 하느님, 저를 그렇게 만드셨으니 제 나약함을 아시지요. 죽음의 얼굴만 보아도 제 다리가 후들후들 떨릴 것을 아시지요. 하지만 보십시오! 이제 당신의 하인은 준비되었습니다. 인간의 나약함을 떨쳤습니다. 저 인간의 목숨을 거두기 위해 제 목숨을 내놓겠습니다. 하느님, 둘 다 거두어주십시오! 둘 다 거두시고, 죄 없는 이들에게 은총을 내려주십시오!” 이와 비슷하지만 더 불경한 단어를 쓰고 더욱 성스러운 서원을 올리며 나는 계속해서 내 심정을 토해냈다. 하느님은 내 간청을 듣지 않으셨는데, 아마도 나를 불쌍히 여겨서 그러셨을 것이다. 내가 여전히 괴로운 탄원에 전념하고 있을 때 누군가가 밖에서 방수포 덮개를 치워 석양빛이 선실 안으로 쏟아져 들어왔다. 나는 부끄러워서 비틀거리며 일어섰고, 놀랍게도 고문대 위에 뻗어 있던 사람처럼 온몸이 휘청거리고 쑤시며 아팠다. 세쿤드라 다스는 잠을 자면서 약 기운을 떨어내고는 멀지 않은 구석에 서서 분노에 이글이글 타는 눈으로 나를 보고 있었다. 햇빛이 들어오는 바깥에서 선장이 내 탄원에 고마워하며 소리쳤다.

“이 배를 구한 사람은 당신입니다, 매켈러 씨.” 그가 말했다. “아무리 배를 부리는 기술이 좋아도 배를 가라앉지 않게 할 수는 없습니다. 우리는 당연히 이렇게 말해야지요. ‘여호와께서

성을 지키지 아니하시면 파수꾼의 깨어 있음이 헛되도다!'"•

나는 선장의 착각에 당황했고, 또한 인도인이 나를 놀라움과 공포가 어린 눈으로 쳐다보았기에 당황했다. 그는 곧 비굴하게 굽실거리는 태도로 나를 성가시게 했다. 그가 내 기도를 엿들었고 그 이상한 내용을 이해했다는 것을 지금은 알고 있다. 물론 그는 분명 그 사실을 당장 자기 후원자에게 알려주었을 것이다. 더 많은 사실을 알고 있는 지금 그때를 되돌아보면, 당시에 나를 무척 어리둥절하게 했던 것, 즉 밸런트레이 귀공자가 내게 (말하자면) 칭찬해주는 듯한 묘한 미소를 지었던 것을 지금은 이해할 수 있다. 또한 바로 그날 밤에 그가 내뱉은 말이 이제는 이해가 된다. 그는 손을 들고 미소를 지으며 말했다. "아! 매켈러 씨. 모든 사람이 스스로 생각하는 만큼 엄청난 겁쟁이도 아니고, 또 스스로 생각하는 만큼 좋은 그리스도교인도 아니라네." 자신의 말이 얼마나 진실한 것인지 그는 짐작도 못 했다! 왜냐하면 실은 맹렬한 폭풍우 속에서 내게 떠올랐던 생각들이 내 영혼을 계속 사로잡고 있었던 것이다. 기도를 올리던 순간에 저절로 내 입술에서 나온 말들이 귓가를 떠나지 않았다. 그것이 어떤 수치스러운 결과와 맞물렸는지 나는 정직하게 기술해야 한다. 다른 사람들의 죄는 묘사하면서 내 죄를 숨기는, 그런 불성실함은 조금도 옹호할 수 없기 때문이다.

• 〈시편〉 127편 1절.

바람은 잠잠해졌지만, 바다는 전보다 더 높이 들썩거렸다. 밤새껏 논서치호는 맹렬하게 요동쳤다. 이튿날 새벽이 밝고, 또 그다음 날 새벽이 밝아도 변함없었다. 선실을 가로질러 갈 수도 없었다. 나이도 있고 경험이 많은 선원들도 갑판에서 자빠졌고, 한 명은 거세게 부딪쳐 뇌진탕을 일으켰다. 그 낡은 배의 판자와 받침나무들이 죄다 요란하게 삐거덕거렸고, 계주에 걸려 있던 거대한 종은 끊임없이 구슬프게 울렸다. 이러던 어느 날 밸런트레이 귀공자와 나는 선미루의 끝에 단둘이 앉아 있었다. 논서치호의 선미루는 갑판의 다른 곳보다 높았다. 그 위에 꽤 높은 현장이 둘려 있었기에 이 배는 바람을 거슬러 가기 어려웠다. 멋진 구식 소용돌이무늬가 새겨진 현장은 양쪽에서 배의 앞부분으로 가면서 낮아졌고 중앙 상갑판의 현장에서 만났다. 활용도보다는 장식을 목적으로 고안된 것처럼 보이는 이런 배치로 인해 현장이 끊어진 곳이 있었다. 더욱이나 이 끊어진 곳은 배의 높은 부분 끝에 있어서 (배가 어떤 특정한 방식으로 움직일 때) 현장이 가장 필요했다. 우리는 바로 이곳에 앉아서 발을 늘어뜨리고 있었다. 밸런트레이 귀공자는 나와 배의 측면 사이에 앉아 있었고, 나는 선실 채광창의 쇠창살을 양손으로 붙잡고 있었는데 그곳이 위험한 자리라는 생각이 들었기 때문이다. 더구나 바로 눈앞에서 귀공자의 몸으로 배가 요동치는 정도를 계속 볼 수 있었기에 더 그러했다. 그는 현장이 끊어진 곳에서 해를 등지고 있어서 더 두드러져 보였다. 어떤 때는 머리가 하늘로 솟구치고 그림자가 논서치호의 반대쪽으로 넘어갈 정도로 길어지다가, 그다음 순간에는 흔들리며 내려와 내 발밑에 이르고 수평선이 방의 천장처럼 머리 위로 치솟았다. 나는 이 광경을 지켜보며 점점 매료되었다. 새들이 뱀을 쳐다보며 매료되듯이. 게다가 내 마음은 놀랍도록 다양한 소음에 시달리고 있었다. 이 배를 몰아가려는 헛된 희망으로 모든 돛을 펼쳐놓았기에 돛이 펄럭이는 소리로 온 배 안이 공장처럼 요란하고 시끄러웠다. 우리는 우리가 위협을 느꼈던 폭동에 관한 이야기를 시작했다. 이야기는 암살에 관한 주제로 넘어갔는데, 이 주제가 너무 매력적이라서 밸런트레이 귀공자는 참지 못하고 내게 어떤 이야기를 꼭 들려주려 했고, 동시에 자신이 얼마나 영리한지, 그리고 얼마나 사악한지를 보여주려 했다. 그는 이야기를 할 때마다 자신을 꾸미고 과시했는데, 대체로는 꽤 효과적이었다. 하지만 한 순간은 하늘에서 나를 내려다보다가 다음 순간에는 내 발바닥에서 올려다보며 너무나 소란스럽고 혼란스러운 와중에 큰 목소리로 들려준 이 이야기, 이 특별한 이야기가 유례없이 나를 사로잡았다.

"내 친구인 백작의 적은." 그는 이렇게 이야기를 시작했다. "로마에 처음 온 어떤 독일계 남작이었네. 백작이 무엇 때문에 적대감을 느끼게 되었는지는 중요하지 않네. 하지만 그는 복수하려는 마음을 굳게 먹고 있었고, 자기 자신을 보호하기 위해서 심지어 남작에게도 그 적대감을 드러내지 않았지. 실은 그것이 복수의 첫째 원칙이라네. 겉으로 드러난 증오는 무력하거든. 백작은 호기심이 많고 주도면밀한 사람이었고, 예술가의 자질도 지니고 있었네. 뭔가 할 일이 생기면 빈틈없이 완벽하게 해야 했는데, 이는 결과뿐 아니라 방법과 수단도 그래야 했어. 그러지 않으면 실패한 일이라고 생각했지. 어느 날 그는 우연히 교외에서 말을 타다가 로마 인근의 황무지로 이어지는 폐쇄된 샛길에 이르렀네. 한쪽에는 고대 로마 시대의 무덤이 있었고, 다른 쪽에는 상록수들이 둘러싼 정원에 인적 없는 집 한 채가 있었지. 이 샛길을 따라가다가 그는 곧 황무지가 되어버린 들판에 다다랐고, 그 가운데 있는 언덕의 비탈에서 열려 있는 문을 보았네. 거기서 멀지 않은 곳에 까치밥나무만 한 제대로 자라지 못한 소나무 한 그루가 있었지. 적막하고 아주 은밀한 곳이었어. 이때 백작의 마음속에서 어떤 목소리가 이곳에 그에게 도움이 될 것이 있다고 말했네. 그는 말을 소나무에 묶어놓고는 불을 피우기 위해 부싯돌과 부시를 들고 언덕으로 올라갔네. 그 문에 들어서자 고대 로마 시대의 석공술로 만든 통로가 있었고, 머지않아 이 통로는 두 갈래로 나뉘었네. 백작은 오른쪽을 택했고 어둠 속에서 더듬더듬 앞으로 나아가다가 팔꿈치까지 올라오는 담벼락 같은 것에 부딪혀 멈추게 되었지. 그것은 통로 전체를 가로막고 있었네. 그것을 발로 차서 소리를 내다가 백작은 매끄러운 돌의 가장자리를 발견했고 뚫려 있는 곳을 찾았네. 호기심이 동해서 그는 바닥에 있는 썩은 나뭇가지를 모아 불을 지폈지. 그의 앞에는 깊은 우물이 있었네. 아마 인근의 농부가 예전에 그 물을 사용했겠지. 그리고 그 담을 세웠을 걸세. 한참 동안 백작은 가로대에 기대서 우물 안을 내려다보았네. 로마 시대에 기초를 쌓은 우물이었고, 로마 문명이 손을 대서 만든 것이 모두 그렇듯이 영원히 견딜 수 있도록 지어져 있었네. 옆면은 아직 반듯했고 연결 부분은 매끄러웠지. 혹시라도 그곳에 빠지게 된다면 도저히 달아날 수 없었어. 백작은 생각했네. '자, 어떤 강한 충동에 이끌려 난 이곳에 오게 되었어. 왜 그랬을까? 내가 무엇을 얻었지? 왜 나를 여기로 보내 이 우물을 들여다보게 했을까?' 이때 갑자기 담의 가로대가 그의 무게를 버티지 못해 부서졌고, 그는 곤두박질치며 떨어질 뻔했네. 자기 목숨을 구하려고 펄쩍 뛰어 물러나다가 마지막으로 깜빡이던 불을 밟아 꺼뜨리고 말았지. 그래서 빛은 사라지고 그 대신 불편한 연기만 남았어. '여기서 죽으라고 나를 보낸 걸까?' 이렇게 말했는데 머리끝부터 발끝까지 온몸이 떨렸지. 그러다가 퍼뜩 어떤 생각이 스쳤네. 그는 손과 무릎을 대고 우물 가장자리까지 기어가서 손으로 머리 위의 공간을 휘저어보았네. 원래 수직 기둥 두 개에 고정되어 있었던 가로대가 한쪽 기둥에서 떨어져 나와 다른 기둥에 매달려 있었지. 백작은 처음에 보았던 대로 그것을 돌려놓았네. 다음에 이곳에 오는 사람에게는 치명적일 수밖에 없었지. 그러고 나서 그는 환자처럼 더듬거리며 지하 묘지에서 나왔네. 다음 날 그는 남작과 함께 코르소에서 말을 타면서 일부러 딴 데 정신이 팔린 듯이 행동했네. 남작은 (그가 의도했던 대로) 이유를 물었고, 그는 조금 교묘하게 말을 얼버무리다가 이상한 꿈 때문에 마음이 몹시 심란하다고 말했네. 남작을 끌어들이려는 계산이었지. 남작은 미신을 믿으면서도 경멸하는 척하는 사람이었거든. 그가 놀리는 말을 하자 백작은 흥분한 듯이 그 친구에게 조심하라고 말했네. 자신이 꾼 꿈이 그에 대한 것이었다고 말이지. 내 친애하는 매켈러, 자네는 인간 본성에 대해 잘 알고 있으니 한 가지는 확실히 알겠지. 남작이 그 꿈 얘기를 듣기 전까지는 가만히 있을 수 없었으리라는 것 말일세. 백작은 그가 포기하지 않을 것을 확신하고는 호기심으로 몸이 달아오를 때까지 그를 놀렸지. 그러고는 내키지 않는 척하며 호기심을 풀어주기로 했네. '자네에게 경고하겠네.' 그가 말했지. '여기서 좋지 않은 일이 생길 걸세. 뭔지 몰라도 무엇인가가 내게 그렇게 말하네. 하지만 꿈 얘기를 해주지 않으면 나나 자네나 편안하지 못할 테니까 모든 책임은 자네가 지게! 꿈은 이러했네. 자네가 말을 타고 있는 모습을 보았네. 어딘지는 모르겠지만 자네 한쪽에는 오래된 무덤이 있고 다른 쪽에는 상록수가 있는 정원이 있는 걸로 보아 로마 근방이었던 것 같네. 나는 몹시 겁이 나서 자네에게 돌아오라고 외치고 또 외쳤던 것 같아. 내 말을 들었는지는 모르겠지만, 자네는 완강하게 계속 나아갔네. 길은 폐허가 된 황무지로 이어졌고, 거기 언덕 비탈에 문이 하나 있었네. 문 근처에 꼴사나운 소나무가 한 그루 서 있었지. 여기서 자네는 말에서 내리더니 (나는 자네에게 조심하라고 계속 소리치고 있었지) 말을 소나무에 묶어놓고는 단호하게 그 문으로 들어가더군. 그 안은 어두웠지만 꿈속에서 나는 자네를 계속 볼 수 있었고, 계속 자네를 막으려고 노력했지. 자네는 오른쪽 벽을 따라서 더듬더듬 나아갔고, 갈라진 길에서 오른쪽을 택했고, 작은 공간에 이르렀는데 그곳에는 가로대가 둘린 우물이 있었네. 여기서, 왜 그런지 모르지만, 자네에 대한 걱정이 천배로 커져서 나는 목이 쉬도록 조심하라고 비명을 지르고 아직 시간이 있으니 당장 그 통로에서 나오라고 명령했네. 내가 꿈속에서 그런 말을 했고 그때는 분명한 의미가 있는 것 같았는데, 오늘 일어나보니 그게 무슨 의미인지 솔직히 모르겠네. 내가 아무리 소리를 질러도 자네는 전혀 관심을 두지 않고 계속 가로대에 기대서 물속을 골똘히 내려다보더군. 그런데 그때 자네에게 어떤 말이 전달되었네. 난 그게 무엇인지 알아듣지 못했네. 그런데 그것에 대한 공포가 너무 극심한 나머지 퍼뜩 깨어나고 말았지. 온몸을 떨면서 흐느끼며 깨어났다네.' 백작이 말을 이었네. '자, 자네가 계속 고집을 부려줘서 진심으로 고맙네. 그 꿈이 돌덩이처럼 내 마음을 짓눌렀는데, 이제 밝은 대낮에 평이한 말로 얘기를 하고 나니 그리 심각한 문제 같지 않군.' '난 잘 모르겠네.' 남작이 말했네. '어떤 점에서 이상하거든. 어떤 말이 전달되었다고! 아! 참 기이한 꿈이군그래. 우리 친구들에게 들려주면 재미있어하겠군.' '그럴 것 같지 않네.' 백작이 말했네. '왠지 내키지 않는 마음이 들거든. 우리 서로 잊어버리도록 하세.' '아무렴.' 남작이 말했네. 그리고 (실제로) 그 꿈은 다시 언급되지 않았지. 며칠 지나서 백작은 들판에 승마하러 가자고 제안했고, 남작은 (그들은 매일 급속히 가까워지고 있었기에) 매우 흔쾌히 승낙했다네. 로마로 돌아오는 길에 백작은 서서히 어느 특정한 길로 이끌었지. 머지않아 그는 말을 세우더니 손으로 눈을 턱 가리고는 비명을 질렀네. 그러다가 다시 얼굴을 보이며(그 얼굴은 이제 몹시 창백했는데, 백작은 연기에 능한 사람이었지) 남작을 응시했지. '아니, 어디 아픈가?' 남작이 외쳤네. '무슨 일인가?' '아무것도 아니야.' 백작이 외쳤네. '아무것도 아니라네. 발작인지 뭔지 모르겠어. 서둘러 로마로 돌아가세.' 하지만 그가 이렇게 말하는 동안에 남작은 주변을 돌아보았고, 로마로 돌아가는 길 왼쪽으로 먼지가 쌓인 샛길 한쪽에는 무덤이, 다른 한쪽에는 상록수 정원이 있는 것을 보았네. '그래.' 남작이 달라진 목소리로 말했네. '어떻든 로마로 서둘러 돌아가세. 자네 몸이 좋지 않은 것 같아 걱정이네.' '아, 제발!' 백작이 몸서리치며 외쳤네. '빨리 로마로 돌아가 침대에 눕고 싶네.' 두 사람은 돌아가면서 거의 한마디 말도 나누지 않았지. 백작은 당연히 사교적인 모임에 나가야 했지만 침대에서 일어나지 않았고, 시골 열병에 걸린 것 같다고 사람들에게 알려주었네. 다음 날 남작의 말이 소나무에 묶여 있는 것이 발견되었지만, 남작 자신에 대해서는 그날부터 아무 얘기도 들려오지 않았다네. 자, 그것이 살인이었나?" 갑자기 이야기를 멈추며 밸런트레이 귀공자가 물었다.

"그가 백작이었던 것은 확실합니까?" 내가 물었다.

"작위에 대해서는 정확히 모르겠네." 그가 말했다. "하지만 그는 명망 있는 집안 출신의 신사였어. 하느님께서 그렇게 교묘한 적으로부터 자네를 구해주시길 바라네, 매켈러!"

이 마지막 말을 할 때 그는 저 높은 곳에서 웃으며 나를 내려다보고 있었다. 다음 순간에는 내 발아래 있었다. 나는 그가 올라갔다 내려갔다 하는 것을 어린애처럼 뚫어지게 응시했다. 그 움직임을 보다보니 머리가 어지럽고 띵해서 나는 꿈속에서 말하듯이 몽롱하게 말했다.

"백작은 그 남작을 무척 증오했습니까?" 내가 물었다.

"그가 가까이 오면 뱃속이 뒤틀렸다네." 밸런트레이 귀공자가 말했다.

"저도 똑같은 것을 느낀 적이 있습니다." 내가 말했다.

"정말로?" 밸런트레이 귀공자가 외쳤다. "이거야말로 새로운 소식이군! 궁금하기 그지없네. 내가 스스로를 치켜세우고 있는 건가? 아니면 내가 뱃속이 뒤집히게 했나?"

그는 우아한 자세를 취하는 뛰어난 능력이 있었다. 나 외에는 그를 바라보는 사람이 하나도 없는데도, 위험의 소지가 있으면 오히려 더 우아한 자세를 취했다. 이제 그는 다리를 꼬고 팔짱을 끼고 앉아서 흔들리는 배에서 절묘하게 균형을 잡고 있었다. 깃털만 한 무게만 더해져도 균형이 깨질 것 같았다. 갑자기 내 주인님이 식탁에 앉아 양손에 머리를 괸 모습이 떠올랐다. 그런데 이제 주인님이 얼굴을 들어 나를 보았을 때 그 얼굴에는 깊은 책망이 새겨져 있었다. 동시에 내가 기도를 드리며 했던 말("제가 이제 일어나 저 인간을 쓰러뜨릴 수 있다면 저는 더 사람다워지겠지요")이 갑자기 날아와 마음에 박혔다. 나는 온 힘을 다 그러모아 (그때 배가 내 적이 있는 쪽으로 기울어지며 내려가고 있었기에) 재빨리 발로 그를 밀었다. 내가 이런 시도를 해봐야 소득도 없이 죄책감을 느끼게 되리라는 것은 이미 정해진 일이었다. 내게 확신이 없었기 때문인지, 아니면 그가 믿기 어려울 정도로 재빨리 반응해서인지 그는 밀어내는 내 발을 피해 펄쩍 뛰어 일어나면서 동시에 지지물을 붙잡았다.

시간이 얼마나 지났는지 모르겠다. 나는 공포와 회한과 수치심에 압도되어 앉아 있던 자리에 누워버렸고, 그는 지지물을 잡고 현장에 등을 기댄 채 특이하게 복잡한 표정으로 나를 바라보았다. 마침내 그가 입을 열었다.

"매켈러." 그가 말했다. "나는 아무 비난도 하지 않겠네. 대신 타협을 제안하겠어. 자네는 이런 영웅적인 행위가 사람들에게 알려지는 것을 바라지 않겠지. 나는 솔직히 인정하건대, 한 식탁에서 같이 밥을 먹는 사람에게 살해당할 것을 끊임없이 두려워하면서 숨 쉬고 싶진 않다네. 약속해주게나. 아니지." 그는 말을 잠시 끊었다가 다시 이었다. "자네는 아직 차분하고 침착한 상태가 아니야. 자네가 심약한 상태일 때 내가 약속을 강제로 받아냈다고 생각할지 모르겠군. 그리고 나는 궤변(양심적인 자들의 사기술)이 개입될 여지를 남겨두지 않겠네. 충분히 시간을 갖고 생각해보게."

그러고 나서 그는 미끄러지는 갑판 위로 다람쥐처럼 재빨리 달아났고 선실로 뛰어 내려갔다. 삼십 분쯤 후에 그는 돌아왔고, 나는 그가 떠났을 때와 똑같이 꼼짝 않고 누워 있었다.

"자." 그가 말했다. "자네는 그리스도교인으로서, 내 동생의 충실한 하인으로서 내게 두려움을 느끼게 할 시도를 더는 하지 않겠다고 맹세할 텐가?"

"맹세합니다." 내가 말했다.

"맹세의 증거로 악수할 것을 요구하네." 그가 말했다.

"당신은 조건을 붙일 권리가 있습니다." 내가 대답했고, 우리는 악수했다.

그는 곧장 앞서 앉았던 자리에, 전과 똑같이 위태로운 자세로 앉았다.

"잠깐만요!" 내가 내 눈을 가리며 외쳤다. "그 자세로 앉으신 것을 보면 견딜 수가 없습니다. 바다가 조금이라도 요동치면 바로 물속으로 거꾸러질 수 있지 않습니까."

"자네는 참 일관성이 없군." 그는 미소를 지으며 대답하더니 내가 부탁한 대로 자세를 바꾸었다. "그런 일이 있었지만 자네에 대한 내 존중심은 몇십 배 더 커졌다는 것을 알려주고 싶네. 자네는 내가 충성심의 가치를 알지 못할 거라고 생각하나? 그렇다면 내가 왜 세쿤드라 다스를 세상 방방곡곡에 데리고 다닌다고 생각하나? 그는 내일 당장이라도 나를 위해 죽거나 사람을 죽일 수 있기 때문이네. 그래서 나는 그를 사랑하지. 그러니 자네는 이상하게 생각할 수 있겠지만, 나는 오늘 오후에 일어난 일로 자네가 더 좋아졌네. 자네가 십계명에 자석처럼 딱 붙어 있는 사람인 줄 알았거든. 그런데 그게 아니었어, 빌어먹을!" 그가 외쳤다. "수다쟁이 노인의 몸속에 결국 피가 흐르고 있었단 말이야! 그렇다고 자네가 약속을 한 것이 더 나았다는 사실이 달라지는 것은 아닐세." 그는 다시 미소를 지으며 말을 이었다. "자네가 이 새로운 거래를 잘 해낼지 의심스럽거든."

"아마도." 내가 말했다. "제가 시도했던 일에 대해 당신과 하느님의 용서를 구해야겠지요. 어떻든 저는 약속을 했고, 그것을 충실히 지킬 겁니다. 하지만 당신이 괴롭히는 사람들을 생각하면……." 나는 잠시 말을 멈추었다.

"인생이란 참 희한한 거야." 그가 말했다. "인간들도 아주 희한한 종족이고. 자네는 내 동생을 사랑한다고 생각하지. 장담컨대 그것은 습관에 불과한 거라네. 자네의 기억을 되돌아보게나. 자네가 듀리스디어에 처음 왔을 때 내 동생을 아둔하고 평범한 젊은이로 생각했던 것이 기억날 걸세. 지금도 그 애는 그때만큼 젊지는 않지만 똑같이 아둔하고 평범하지. 자네가 그 애 대신 나와 어울렸다면 지금은 열렬히 내 편을 들었을 걸세."

"밸리 씨가 평범하다고는 결코 말하지 않았겠지요." 내가 대꾸했다. "하지만 이 점에서 밸리 씨는 스스로 아둔함을 드러내고 있군요. 방금 제 약속에 의지한다는 것을 보여주셨는데, 다른 말로 하면 그건 제 양심에 의지한다는 것이지요. 하지만 그 양심은 눈이 너무 강한 빛을 피하듯이 깜짝 놀라 본능적으로 밸리 씨를 피하려 합니다."

"아!" 그가 말했다. "하지만 나는 다른 뜻으로 한 말이네. 내가 젊었을 때 자네를 만났더라면 하는 말이지. 내가 언제나 지금의 나와 똑같았다고 생각하지 말게. 또한 (자네 같은 친구를 만났더라면) 지금의 내가 되었을 거라고 생각하지 말게나."

"허, 참, 밸리 씨." 내가 말했다. "밸리 씨는 저를 조롱했겠지요. 저 같은 구닥다리에게는 친절한 말을 열 마디도 낭비하지 않았을 겁니다."

그러나 그는 이제 새로운 방식으로 자신을 정당화하는 데 접어들었고, 항해가 끝날 때까지 이 정당화로 나를 지치게 했다. 과거에 그는 자신을 필요 이상으로 흉악하게 묘사하면서 즐거워했고, 자신의 사악함을 자랑하면서 그것을 문장(紋章)이라도 되는 양 달고 다녔다. 물론 그가 이제 와서 자신이 예전에 고백한 악행 중 한 가지라도 줄여보려고 할 정도로 비논리적인 인물은 아니었다. "하지만 나는 이제 자네가 인간이라는 것을 알게 되었으니." 그는 말하곤 했다. "수고스럽지만 나 자신을 설명해보겠네. 장담하건대 나도 인간이고, 이웃사람들처럼 내게도 미덕이 있거든." 말했다시피 그는 나를 지치게 했는데, 내가 대답할 말이 딱 하나밖에 없었기 때문이다. 이 대답을 적어도 스무 번은 했을 것이다. "밸리 씨의 현재 계획을 접으시고 저와 함께 듀리스디어로 돌아가시지요. 그러면 밸리 씨를 믿겠습니다."

그렇게 말하면 그는 나를 보고 고개를 가로저었다. "아! 매켈러, 자네는 천년을 살아도 내 성격을 절대로 이해하지 못할 걸세." 그는 말하곤 했다. "이 전투는 이미 시작되었고, 생각할 시간은 지난 지 오래고, 자비를 구할 시간은 아직 오지 않았네. 이것은 우리가 20년 전에 듀리스디어의 홀에서 동전을 던졌을 때 시작되었지. 우리 둘 다 살아오면서 부침이 있었지만, 어느 쪽도 포기할 생각을 한 번도 하지 않았네. 그리고 나로 말할 것 같으면, 내가 장갑을 내던져 도전하는 순간 내 목숨과 명예는 그것과 함께 가는 걸세."

"명예가 다 뭡니까!" 내가 말하곤 했다. "그리고 실례를 무릅쓰고 말하자면, 전쟁의 비유는 우리가 당면한 문제에 비해 너무 거창하게 들립니다. 밸리 씨가 원하는 것은 결국 더러운 돈이잖습니까. 그것이 밸리 씨 주장의 밑바닥에 있지요. 그리고 밸리 씨가 동원하는 수단은 무엇입니까? 밸리 씨에게 한 번도 해를 입힌 적이 없는 가족에게 슬픔을 주고, (가능하면) 자신의 친조카를 더럽히고, 친동생의 심장을 쥐어짜는 것이지요! 털모자를 쓴 노파를 더러운 몽둥이로 패서 죽이는 노상강도, 그것도 1실링짜리 동전 하나와 코담배 한 봉지를 빼앗으려고 그런 짓을 벌이는 강도. 밸리 씨가 주장하는 전사는 그런 인간에 지나지 않습니다."

내가 그를 이렇게(아니면 이와 비슷하게) 공격하면, 그는 미소를 지으며 오해라도 받는 사람처럼 한숨을 쉬었다. 한번은 그가 보다 전반적으로 자신을 변호했는데, 이때 그가 사용한 기이한 궤변이 그의 성격을 잘 밝혀주므로 되풀이해서 기록할 필요가 있겠다.

“전쟁이 북과 깃발로 일어난다고 생각하다니 자네는 아주 민간인답군.” 그가 말했다. “전쟁은 (고대인들이 아주 현명하게 말했듯이) 최후의 수단이라네. 우리가 우리의 이익을 가차 없이 취하려 들 때, 그때 전쟁을 일으키는 거지. 아! 매켈러! 자네는 듀리스디어의 집사 사무실에서 전투를 치르는 악마 같은 군인이라네. 그게 아니라면 소작인들이 자네에게 응당 해야 할 도리를 하지 않을 걸세!”

“저는 전쟁이 무엇인지, 무엇이 아닌지에 대해 신경 쓰지 않습니다.” 내가 대답했다. “밸리 씨는 제게 존경을 받으려 하면서 저를 지치게 합니다. 밸리 씨의 동생은 좋은 사람이고, 밸리 씨는 나쁜 사람입니다. 그 이상도, 그 이하도 아닙니다.”

“내가 알렉산더였다면…….” 그가 말을 시작했다.

“그런 식으로 우리 모두 스스로를 속이는 겁니다.” 내가 외쳤다. “제가 사도 바울이었다면, 결국 똑같았겠지요. 보시다시피 지금 제 인생을 엉망으로 만들고 있듯이 사도 바울의 삶도 똑같이 엉망진창으로 만들었을 거란 말입니다.”

“내가 말하려는 바는.” 그는 끼어든 내 말을 억누르며 외쳤다. “내가 하일랜드의 가장 하찮은 족장이었더라도, 내가 아프리카 사막에서 벌거벗은 검둥이들의 가장 작은 나라의 왕이었더라도 내 부하들은 나를 숭배했을 걸세. 내가 나쁜 사람이라고? 아! 하지만 나는 본래 훌륭한 독재자가 되도록 태어난 거야! 세쿤드라 다스에게 물어보게. 내가 그를 아들처럼 대한다고 말할 걸세. 내일부터 나와 운명을 같이하고 내 노예가, 내 도구가 되어보게. 내가 내 사지와 정신에 명령을 내리듯이 내 마음대로 부릴 수 있는 사람이 되어보게. 그러면 자네는 내가 분노했을 때 세상에 보이는 어두운 면을 다시는 보지 않을 거라네. 나는 전부를 갖든지 아니면 아무것도 갖지 않겠네. 하지만 내게 전부를 준 사람에게는 이자를 붙여서 갚아주지. 나는 왕처럼 관대한 마음을 갖고 있거든. 그래서 손해를 보았지!"

"지금까지 손해를 본 것은 오히려 다른 사람들입니다." 내가 언급했다. "그것은 왕족 쪽에서 보면 하찮게 보이지요."

"허튼소리 말게!" 그가 외쳤다. "지금이라도 나는 자네가 그토록 관심을 쏟는 그 가족을 봐줄 수 있어. 그래, 지금이라도. 내일이라도 자기들끼리 시시하게 살라고 그들을 내버려두고, 우리가 세상이라 부르는 살인자들과 사기꾼들이 득실거리는 숲으로 사라지겠네. 내일 당장이라도 그러겠어!" 그가 말했다. "다만, 다만……."

"다만 뭡니까?" 내가 물었다.

"다만 그들이 무릎 꿇고 빌어야 해. 그것도 많은 사람 앞에서." 그가 웃으며 덧붙였다. "정말로 매켈러, 그렇게 뉘우치는 행동을 보여주려는 내 목적에 딱 맞을 만큼 큰 방이 있을지 모르겠군."

"그건 허영심, 허영심입니다!" 내가 훈계했다. "여자애가 뽐

내며 쪼르르 거울 앞으로 달려갈 때와 똑같은 감정이 이 엄청난 악의 힘을 좌지우지하다니!"

"아! 세상의 무슨 일이든 두 가지 단어로 표현할 수 있다네. 부풀리는 단어가 있고, 축소하는 단어가 있지. 자네는 단어를 가지고는 나와 싸울 수 없어!" 그가 말했다. "지난번에 자네는 내가 자네의 양심에 의지하고 있다고 말했지. 내가 자네처럼 헐뜯고 싶은 기분이라면, 나는 자네의 허영심에 의지하고 있다고 말할 걸세. 자네는 약속을 지키는 사람이라고 주장하고 있는데, 나는 패배를 받아들이지 않는 사람이라고 주장하네. 이를 허영심이라 부르든 미덕이라 부르든 위대한 영혼이라 부르든 뭐가 중요한가? 하지만 우리에게 공통된 성향이 있다는 것을 인정하게. 우리 둘 다 어떤 관념을 위해 산다는 것을."

이렇게 허물없이 많은 대화를 나누고 양쪽 다 참을성을 많이 발휘했다는 점에서 우리가 이제는 아주 사이좋게 지냈다고 짐작할 수 있을 것이다. 이는 사실이었고, 전보다 더 진정성이 있었다. 내가 애써 기록한 논쟁들과 별도로 서로 배려하는 분위기가 지배적이었고, 심지어 다정한 기운도 감돌았다고 말하고 싶다. 거센 폭풍이 지나간 직후에 내가 병에 걸렸을 때 그는 내 침상 옆에 앉아서 대화를 나누며 나를 즐겁게 해주었고, 효과가 좋은 약을 주기도 했다. 나는 아무 의심없이 그 약을 받았다. 이런 관계에 대해 그 자신도 언급했다. "보다시피." 그가 말했다. "자네는 이제 나를 더 잘 알게 되었네. 과학에 대해 겉핥기라도 알고 있는 사람이 나밖에 없는 이 외로운 배에서 자네는 바로 얼마 전만 해도 내가 자네의 목숨을 앗아 갈 계획을 갖고 있다고 믿었겠지. 그런데 보다시피, 자네가 내 목숨을 노리고 있다는 것을 알게 된 뒤로 나는 자네에게 더 존중심을 보여주었네. 이것이 좁은 마음을 드러내는지 말해보게." 나는 뭐라 대답할 말을 찾지 못했다. 나에 관해서는 그가 호의를 갖고 있다고 믿었다. 어쩌면 내가 얼간이라서 그의 위장술에 속아 넘어갔을지 모른다. 하지만 나는 그가 진심으로 호의를 갖고 나를 대한다고 믿었고 지금도 그렇게 믿고 있다. 얼마나 이상하고도 슬픈 사실인가! 이런 변화가 일어나기 시작하자 내 적대감은 눈 녹듯이 사그라졌고, 끊임없이 나타나던 내 주인님의 환영도 완전히 사라져버렸다. 그러므로 그가 내게 마지막으로 허풍을 떨며 한 말은 진실이었을 수도 있다. 우리의 기나긴 항해가 거의 끝나가던 7월 21일에 우리는 뉴욕의 방대한 항구 끝자락에 정박해 있었다. 숨이 턱턱 막히는 무더운 날이었는데 오래지 않아 놀랍게도 폭포처럼 비가 쏟아져 내렸다. 나는 선미루에 서서 가까이 있는 푸른 해안가를 바라보았고, 우리의 목적지인 그 작은 도시를 덮은 옅은 연기를 이따금 바라보았다. 그때도 나는 어떻게 해야 이 친숙한 적보다 앞질러 행동할 수 있을지를 궁리하고 있었기에 그가 내게 다가와 악수를 청했을 때 약간 당혹스러운 기분이었다.

"이제 자네에게 작별을 고해야겠군." 그가 말했다. "그것도 영원히 말일세. 이제 자네는 내 적들 속에서 살아갈 테고, 거기서 자네의 옛 편견이 다시 살아나겠지. 나는 마음이 내킬 때는 사람을 매혹시키는 데 실패한 적이 없네. 심지어 자네도, 내 좋은 친구(한 번만 자네를 그렇게 부르겠네)인 자네도 지금은 나의 다른 모습이 기억에 각인되었을 테고, 그것을 자네는 절대 완전히 잊을 수 없을 걸세. 항해가 더 길었다면 그 인상을 더 깊이 심어줄 수 있었겠지. 하지만 이제 모든 것은 끝에 이르렀고, 우리는 다시 교전을 시작했네. 이 짧은 막간을 토대로 내가 얼마나 위험한 인물인지 판단하게. 그리고 저 바보들에게(그는 손가락으로 도시를 가리켰다) 내게 도전하기 전에 두 번, 세 번 다시 생각하라고 전하게."

뉴욕에서 일어난 사건

이미 말했듯이 나는 밸런트레이 귀공자보다 앞질러 행동하려고 마음먹고 있었다. 그리고 맥머트리 선장이 공모해주었기에 아주 쉽게 목적을 달성할 수 있었다. 배의 한쪽에서는 보트 한 척에 일부 짐을 싣고 있었고 밸런트레이 귀공자는 그 보트에 타고 있었는데, 배의 다른 쪽에서는 나 혼자 탄 소형 보트가 내려졌던 것이다. 듀리스디어 경의 집을 찾는 데는 아무 문제도 없어서 나는 최대한 빨리 그곳으로 향했다. 그 집은 도시 외곽에 자리 잡은 매우 적합한 저택이었는데, 멋진 정원 안에 헛간이자 외양간, 마구간인 아주 커다란 부속 건물이 있었다. 내가 도착했을 때 듀리스디어 경은 이곳을 거닐고 있었다. 사실 그가 가장 자주 찾는 곳이었는데, 이제 그의 마음은 농사에 전념하고 있었던 것이다. 나는 가쁜 숨을 쉬며 그 집에 불쑥 뛰어들어서는 주인님에게 소식을 전했다. 사실 소식이랄 수도 없었는데, 그동안 논서치호를 추월해서 먼저 도착한 배가 여러 척 있었기 때문이다.

"우리는 오랫동안 자네를 기다렸다네." 듀리스디어 경이 말했다. "그리고 실은 최근에 자네를 기다리다가 포기했지. 자네 손을 다시 잡게 되어 기쁘네, 매켈러. 나는 자네가 바다 밑바닥에 있는 줄 알았거든."

"아! 듀리스디어 경, 그랬더라면 얼마나 좋았겠습니까!" 내가 외쳤다. "그랬더라면 주인님께도 훨씬 나았을 텐데요."

"전혀 그렇지 않네." 그가 엄숙하게 말했다. "이보다 나은 상황은 바랄 수 없지. 오랫동안 청산하지 못한 것이 있었지. 그런데 이제야 드디어 청산을 시작할 수 있겠어."

나는 그가 방심하고 있다고 항의했다.

"허!" 그가 말했다. "여기는 듀리스디어가 아닐세. 그리고 나는 미리 조치를 취해놓았거든. 그의 평판은 여기서 이미 자자하다네. 내가 형을 환영할 준비를 다 해놨거든. 실은 운이 따라주었지. 여기서 올버니의 한 상인을 알게 되었는데, 그 상인은 1745년 이후에 형을 만난 적이 있고 살인을 저질렀을 거라는 강력한(그리고 편리한) 혐의를 품고 있더군. 추라는 이름의 올버니 사람을 죽였을 거라고 말이지. 내가 형을 집에 들이지 않아도 여기 사람들은 놀라지 않을 걸세. 그자는 내 아이들에게 말을 걸 수 없고, 내 아내에게 인사도 할 수 없을 걸세. 나 자신에 대해서는, 형제지간에 예외를 인정해서 형이 내게 말하는 것은 허용하겠네. 그러지 않으면 내 즐거움이 사라질 테니까." 듀리스디어 경은 손바닥을 맞비비며 말했다.

이내 그는 잠시 생각하더니 지역의 유력자들을 불러오라고 하인들에게 편지를 들려 보냈다. 그가 어떤 구실을 댔는지는 기억나지 않는다. 어떻든 그것은 성공을 거두었다. 그래서 우리의 옛 적이 그곳에 나타났을 때 듀리스디어 경은 한쪽에는 주지사를, 한쪽에는 저명인사 여럿을 대동하고 집 앞의 나무 그늘 밑에서 서성거리고 있었다. 베란다에 앉아 있던 마님은 초췌한 얼굴로 일어나더니 아이들을 데리고 집 안으로 들어갔다.

밸런트레이 귀공자는 옷을 잘 차려입었고 칼이 장착된 우아한 지팡이를 들고 멋진 태도로 사람들에게 절하고는 듀리스디어 경에게 친숙하게 고개를 끄덕였다. 듀리스디어 경은 인사를 받아들이지 않고 이맛살을 찌푸린 채 자기 형을 바라보았다.

"자." 주인님이 드디어 말했다. "어떤 나쁜 바람이 불어서 하고많은 곳 중 여기에 오게 되셨나? 이곳에는 (우리 두 사람에게 수치스럽게도) 형보다 먼저 형의 평판이 파다하게 퍼졌는데."

"듀리스디어 경이 기꺼이 예의를 차리시는군." 밸런트레이 귀공자가 약간 흠칫 놀라며 소리쳤다.

"나는 기꺼이 솔직하게 말할 생각이야." 듀리스디어 경이 받아쳤다. "왜냐하면 형이 자신의 상황을 분명히 이해할 필요가 있으니까. 형의 행적이 잘 알려지지 않았던 고국에서는 그래도 체면을 차리는 것이 가능했지. 하지만 여기에서는 아무 소용도 없을 거야. 그리고 내가 형과의 관계를 완전히 끊기로 마음먹었다는 것을 말해줘야겠군. 형은 이미 나를 파산 지경까지 몰락시켰지. 나보다 먼저 아버님의 마음을 찢어놓고 몰락시킨 것처럼. 형의 범죄는 법에 걸리지 않을지 몰라도 내 벗인 주지사께서 우리 가족을 지켜주겠다고 약속하셨어. 조심하시게, 밸리 씨!" 듀리스디어 경이 자신의 지팡이를 그에게 흔들며 소리쳤다. "무고한 내 가족 누구에게든 한두 마디라도 말을 거는 모습을 보였다가는 밸리 씨가 따끔한 벌을 받도록 법이 확대 적용될 테니까."

"아!" 밸런트레이 귀공자가 아주 천천히 말했다. "그래, 이것이 외국 땅의 장점이구나! 보아하니 이 신사들께서는 우리 가족사를 모르시는 것이 분명하군. 내가 진짜 듀리스디어 경이라는 것을 모르시겠지. 네가 내 동생이라는 것도, 가족 간에 맹세한 협의에 따라 네가 내 자리에 앉게 된 것도 모르시겠지. 또한(만약 아신다면 너와 친하게 왕래하시지 않을 테니까) 하느님 앞에서는 땅 한 평, 한 평이 다 내 것이고, 내게 푼돈도 주지 않는 너는 도둑이고, 위증자고, 불충한 동생이라는 것을 모르시겠지!"

"클린턴 장군님." 내가 외쳤다. "저 사람의 거짓말에 귀 기울이지 마십시오. 저는 그 장원의 토지관리인으로서 저 사람의 말에 진실이 하나도 없다고 말씀드릴 수 있습니다. 저 사람은 권리를 박탈당한 반역자이고 첩자로 고용되었습니다. 그의 인생을 두 단어로 정리하면 그렇습니다."

이렇게(그 순간에 흥분해서) 나는 그의 악행을 발설하게 되었다.

"자네." 주지사는 밸런트레이 귀공자를 단호하게 쳐다보며 말했다. "자네가 생각하는 것보다 나는 자네를 더 잘 안다네. 자네가 이 지역에서 벌인 모험담에 관한 몇 가지 단서가 있는데, 내가 그것을 조사하도록 몰아가지 않는 편이 나을 걸세. 제이컵 추 씨가 그의 물품과 함께 실종되었지. 게다가 올버니에서 출발한 버뮤다 선박이 자네를 태워주었을 때 자네가 어디서 엄청난 돈과 보물을 갖고 상륙했는지의 문제가 있네. 내가 이런 문제들을 내버려두고 있는 것은 자네 가족에 대한 동정과 내 소중한 친구 듀리스디어 경에 대한 존중심 때문이라는 것을 명심하게."

지역 주민들 사이로 응원하는 소리가 퍼졌다.

"이런 시골구석에서 작위가 얼마나 빛을 발하는지를 기억했어야 하는데." 밸런트레이 귀공자가 백지장처럼 하얗게 질려 말했다. "아무리 부당하게 획득한 작위더라도. 그럼 내게는 듀리스디어 경의 문 앞에서 죽는 일밖에 남지 않았군. 내 시신이 매우 유쾌한 장식이 될 거요."

"그런 가식은 그만 떨어!" 듀리스디어 경이 말했다. "내게 그런 의도가 없다는 것은 잘 알고 있잖아. 난 나 자신을 중상모략에서 지켜내고, 내 가정에 형이 침입하지 못하도록 막으려는 것뿐이야. 형이 선택할 수 있게 해주겠어. 형이 여기서 떠나는 첫 선박을 타고 돌아가도록 뱃삯을 내가 지불하지. 형은 영국 정부 밑에서 하던 일을 계속할 수 있겠지. 형이 노상강도가 되는 편이 내게는 더 좋겠지만 말이야! 마음에 들지 않으면, 여기에 머물러도 환영해! 뉴욕에서 육신과 영혼을 남부끄럽지 않게 유지하려면 최소한 얼마가 필요한지 알아보았지. 그 정도 금액을 제공해주겠어. 매주 지급하는 방식으로. 만일 형이 더 잘살기 위해서 손으로 노동을 할 줄 모른다면, 지금이 그것을 배워야 할 적기야. 한 가지 조건은, 우리 가족 중 나를 제외하고는 누구와도 이야기해서는 안 된다는 거야." 그가 덧붙였다.

나는 밸런트레이 귀공자처럼 창백하게 질린 사람을 본 적이 없었던 것 같다. 하지만 그는 몸을 꼿꼿이 세우고 입을 꾹 다물고 있었다.

"여기서 아주 부당한 모욕 몇 마디를 들었군." 그가 말했다. "나는 그 모욕에서 달아나 은신처를 찾을 생각은 전혀 없단다. 그래, 푼돈을 줘봐. 나는 전혀 부끄러워하지 않고 받을 테니. 그 돈은 이미 내 돈이거든. 네가 입고 있는 셔츠도 그렇듯 말이지. 나는 이 신사분들이 나를 더 잘 이해할 때까지 여기에 머물겠다. 이미 네 본성을 알아채셨을 거야. 가문의 명예를 지키겠다고 열렬히 주장하는 척하면서도 나를 모욕하며 가문의 명예를 깎아내리고 즐거워하잖아."

"아주 멋진 말이야." 듀리스디어 경이 말했다. "하지만 예전부터 형을 알아온 우리에게는 그런 말이 아무 의미도 없다는 것을 잘 알겠지. 형이 그 대안을 선택한 것은 최대한 이용할 수 있을 거라고 생각하기 때문이겠지. 할 수 있다면 묵묵히 받아들여. 이렇게 고마움을 모르는 것을 과시하기보다는 그 편이 결국 형한테 훨씬 이로울 테니까."

"아, 고마움이라고요, 듀리스디어 경!" 밸런트레이 귀공자가 검지를 아주 특이하게 들어 올리고는 점점 높아지는 목소리로 소리쳤다. "안심하세요. 경을 실망시키지 않을 겁니다, 듀리스디어 경. 이제 내게 남은 일은 우리 가족사로 피곤하게 해드린 이 신사분들께 인사를 드리는 것밖에 없군요."

그는 각각에게 연이어 절을 했고, 칼이 장착된 지팡이를 조절하고는 그곳을 떠났다. 모두들 그의 행동에 매우 놀라워했고, 나는 듀리스디어 경의 행동에 그 못지않게 놀랐다.

우리는 이제 이 가족 불화의 새로운 국면에 들어서게 되었다. 밸런트레이 귀공자는 내 주인님의 예상대로 아무 수완도 없고 속수무책인 상태가 아니었다. 금세공에 뛰어난 기술을 가진 장인이 옆에서 헌신적으로 그를 섬기고 있었던 것이다. 듀리스디어 경이 준 용돈으로(이 금액은 그가 말한 것처럼 인색하지는 않았다) 두 사람은 먹고살 만했고, 세쿤드라 다스가 벌어들인 돈은 미래의 어떤 목적을 위해 따로 챙겨놓을 수 있었다. 이렇게 돈을 모아두었다는 것을 나는 의심치 않는다. 밸런트레이 귀공자가 십중팔구 충분한 자금을 모아서 오래전 산속에 묻어놓은 보물을 찾으러 갈 거라고 생각했다. 이 계획에만 집중했다면 그는 더 행복한 감정에 고취될 수 있었을 것이다. 하지만 그 자신뿐 아니라 우리 모두에게 불행히도 그는 자신의 분노에 귀를 기울였다. 그가 도착했을 때 공개적으로 망신당한 사건은 그의 골수에 사무쳤다. 나는 그가 도대체 어떻게 그 치욕을 견딜 수 있었는지 때로 궁금하다. 옛 속담을 인용하자면, 그는 남을 해치려고 자기 코를 베어버리는 사람의 심정이었다. 그래서 치욕의 일부가 듀리스디어 경에게도 튀기를 바라며 자기 자신을 대놓고 구경거리로 만들어야 했다.

그는 그 도시의 가난한 지역에서 아카시아가 늘어진 작고 외진 집을 선택했다. 집의 앞쪽에는 열린 진열장 같은 것이 있었는데, 개집과 비슷하지만 바닥에서 탁자 높이로 올려져 있고, 그것을 만든 가난한 사람이 예전에 그 안에 물건을 진열하곤 했었다. 밸런트레이 귀공자는 이 물건이 마음에 들었고, 자신이 앞으로 어떻게 행동할 것인지에 대한 생각을 여기서 얻었을지 모른다. 그는 해적선에서 지낼 때 바늘을 재빨리 놀리는 솜씨를 익힌 듯했다. 그 솜씨는 어떻든 사람들 앞에서 재단사 연기를 하는 데는 충분했다. 그의 복수를 위해서는 더 이상 필요하지 않았다. 그 진열장 위에 간판이 걸렸는데, 다음과 같은 내용의 글자가 적혀 있었다.

제임스 듀리,

예전의 밸런트레이 귀공자

의복을 말끔하게 기움

세쿤드라 다스,

인도의 쇠락한 신사

훌륭한 금세공인

이 간판 밑에서 그는 일이 있을 때면 안쪽에 앉아 재단사처럼 바쁘게 바느질했다. 말했듯이 일이 있을 때면 말이다. 거기에 온 손님들은 대체로 세쿤드라에게 볼일이 있었고, 밸런트레이 귀공자의 바느질은 페넬로페처럼 꿰맸다가 뜯었다가 하는 것에 가까웠다. 이런 생계 수단으로는 빵에 바를 버터를 구할 엄두도 낼 수 없었을 것이다. 하지만 그에게는 간판에 적힌 듀리 가문의 이름이 먹칠당하는 것만으로도 충분했고, 한때 그 당당한 가문의 상속자였던 이 사람은 사람들이 보는 앞에서 양반 자세로 앉아 동생의 인색함을 비난했다. 그의 계책은 어느 정도 성과가 없지 않아서 도시의 사람들이 수군거렸고, 듀리스디어 경에게 극히 적대적인 무리까지 생겨났다. 듀리스디어 경이 주지사의 호의를 받고 있었기에 반대파에 속한 사람들은 더 적나라하게 헐뜯었고, 마님은 (그 식민지에서 한 번도 호감을 얻지 못했는데) 듣기 괴로운 빈정거림을 듣게 되었다. 부인네들의 모임에서 너무나 자연스럽게 등장할 얘깃거리였지만 바느질감에 대해서 마님은 입에도 올릴 수 없었던 것이다. 나는 마님이 붉게 달아오른 얼굴로 돌아와서 다시는 외출하지 않겠다고 맹세하는 것도 보았다.

그동안 듀리스디어 경은 자신의 멋진 저택에서 농사에 몰두하며 지냈다. 친한 사람들 사이에서는 인기가 많았지만, 그 밖의 사람들에 대해서는 무관심하거나 아예 의식하지 못했다. 그는 살이 붙었고, 활기찬 얼굴이 밝게 빛났다. 심지어 무더운 날씨도 그에게 잘 맞는 듯했다. 그리고 마님은 (나름대로 짜증스러운 일이 있음에도) 자기 부친이 그런 낙원을 물려주었다는 사실에 매일 하늘에 감사의 기도를 올렸다. 그녀는 밸런트레이 귀공자가 창피를 당할 때 창문에서 지켜보았고, 그때부터 마음이 편해진 것 같았다. 나로서는 그리 편한 마음은 아니었다. 시간이 지날수록 듀리스디어 경의 상태에 온전히 건강하지 않은 뭔가가 있는 것 같았다. 그가 행복하다는 것은 누구도 의심할 수 없었지만, 그 행복의 원천은 아무도 모르는 비밀이었다. 가족들과 함께 있을 때도 분명 그는 어떤 내밀한 생각을 이어가며 즐거워했다. 결국 나는 그가 도시 어딘가에 정부를 숨겨둔 모양이라는(우리 두 사람 모두에게 걸맞지 않은) 의심을 품기도 했다. 하지만 그는 외출하는 일이 거의 없었고, 하루하루를 아주 바쁘게 보냈다. 그가 바쁘지 않은 유일한 시간은 알렉산더 군이 수업을 듣는 꽤 이른 아침뿐이었다. 그런데 그 시간을 그가 어떻게 보내는지 나는 알지 못했다. 이제 내가 한 일에 대해서 변명하자면, 내가 듀리스디어 경의 사고력이 온전하지 않다고 늘 걱정해왔다는 것을 독자는 기억해야 한다. 그리고 우리의 적이 아직도 우리와 같은 도시에 머물고 있는 상황에서 내가 경계를 늦추지 않는 것은 너무나 당연했다. 그래서 핑곗거리를 하나 만들어서는, 내가 알렉산더 군에게 기초 연산과 수학을 가르칠 시간을 바꿔 듀리스디어 경의 뒤를 밟기로 했다.

맑은 날이든 궂은 날이든 아침마다 주인님은 금 손잡이가 달린 지팡이를 들고 모자를 뒤통수에 얹고서(이는 최근에 생긴 버릇이었는데, 이마가 타는 듯이 뜨겁다는 것을 암시하는 징후라고 나는 생각했다) 어딘가를 돌아다녔다. 처음에는 쾌적한 나무들 사이를 지났고 날씨가 좋으면 묘지 옆에 잠시 앉아 깊은 생각에 잠겼다. 그러고 나서는 길을 따라 바닷가로 내려갔고, 항구 앞을 따라 돌아오면서 밸런트레이 귀공자의 점포를 지났다. 그가 순회하는 산책길의 후반부에 가까워지면, 듀리스디어 경은 공기와 경치를 만끽하는 사람처럼 더 한가롭게 걷기 시작했다. 그리고 점포에 다다르면 점포와 물가 사이에 잠시 멈춰 서서 지팡이에 몸을 기대곤 했다. 밸런트레이 귀공자가 안에서 작업대에 앉아 부지런히 바늘을 놀릴 때였다. 이렇게 두 형제는 굳은 얼굴로 서로를 응시하곤 했다. 그러다가 듀리스디어 경은 혼자 미소를 지으며 다시 걸음을 옮겼다.

내가 비열하게도 이렇게 염탐질을 하며 배은망덕하게 굴었던 것은 딱 두 번뿐이었다. 그때 나는 듀리스디어 경이 긴 산책을 하는 목적이 무엇인지, 그리고 그가 즐거워하는 은밀한 이유가 무엇인지 확인했다. 여기에 그의 정부가 있었던 것이다. 그의 얼굴에 혈색이 돌게 한 것은 사랑이 아니라 증오였다. 어떤 도덕적인 사람들은 그것을 알고 안도했을지 모른다. 하지만 나는 경악스러운 기분이었음을 고백한다. 두 형제간의 이러한 상황 자체도 혐오스러웠지만 앞으로 더 큰 해악을 일으킬 가능성이 크다고 생각했다. 그래서 나는 많은 일을 하면서도 시간이 날 때마다 지름길로 가서 두 사람의 만남을 은밀히 엿보려 했다. 어느 날인가는 거의 일주일간 다른 일 때문에 못 가다가 조금 늦게 도착했는데, 새로운 진전이 있었음을 알고 깜짝 놀랐다. 밸런트레이 귀공자의 집 벽에는 평소에 손님들이 주인과 흥정할 때 앉곤 하는 긴 의자가 있다는 말부터 해야겠다. 이 의자에 듀리스디어 경이 앉아서 지팡이를 만지작거리며 기분 좋게 만의 풍경을 바라보고 있었다. 그에게서 1미터도 떨어지지 않은 곳에 밸런트레이 귀공자가 앉아 바느질하고 있었다. 둘 다 말 한마디 하지 않았고, (이 새로운 자리에서도) 듀리스디어 경은 자기 적에게 단 한 번의 눈길도 던지지 않았다. 그는 서로 닿을 만큼 인접한 몸에서 가까이 있음을 더 직접 맛보았고, 의심할 바 없이 증오에 찬 즐거움을 깊이 들이켰을 것이다.

듀리스디어 경이 자리를 뜨자마자 나는 그에게 대놓고 다가갔다.

"주인님, 주인님." 내가 말했다. "이건 품위 있는 행동이 아닙니다."

"그걸로 난 살이 붙고 있다네." 그가 말했다. 이런 대답 자체도 이상했지만, 그의 특이한 표정에 나는 너무나 놀랐다.

"듀리스디어 경, 이런 악한 감정에 빠지는 것은 위험합니다." 내가 말했다. "이것이 영혼에 더 위험한지, 이성에 더 위험한지 저는 잘 모르겠습니다. 하지만 둘 다 망가뜨리는 길로 가고 계십니다."

"자네는 이해할 수 없을 걸세." 그가 말했다. "자네는 나처럼 산더미 같은 원한에 가슴이 짓눌린 적이 없지 않은가."

"더 이상 이런 일이 없더라도." 내가 덧붙였다. "틀림없이 그 사람을 극단으로 몰아가실 겁니다."

"그 반대라네. 나는 형의 기를 꺾고 있거든." 듀리스디어 경이 말했다.

거의 일주일간 아침마다 듀리스디어 경은 그 의자에 똑같이 앉았다. 초록빛 아카시아나무 그늘 아래 있는 그 쾌적한 곳에서는 만과 선적하는 광경이 내다보였고 뱃사람들이 (조금 떨어진 곳에서) 일하며 노래하는 소리가 들려왔다. 여기서 두 사람은 말 한마디 없이, 겉으로는 미동도 하지 않고 앉아 있었고 귀공자가 바늘을 놀리거나 이로 실을 끊는 것이 고작이었다. 그는 여전히 부지런히 일하는 척하고 있었다. 여기서 나는 으레 둘 사이에 끼어들었는데, 나 자신에 대해서도, 그리고 두 사람에 대해서도 놀라곤 했다. 듀리스디어 경은 자기 친구들이 지나가면 쾌활하게 소리쳐 불렀고, 자기 형에게 좋은 충고를 해주러 왔다고 소리쳤다. 형이 지금은 (아주 기쁘게도) 아주 부지런해졌다는 것이었다. 그런데 이런 일도 귀공자는 표정 하나 바꾸지 않은 채 받아들였다. 그의 마음속에 무엇이 있었는지는 신만이, 아니면 악마만이 알 것이다.

숲이 금색과 분홍색, 진홍색으로 물들었을 때, 이 지역에서 인디언 서머•라고 부르는 어느 조용한 날에 밸런트레이 귀공자가 갑자기 바늘을 내려놓고는 흥겨운 웃음을 터뜨렸다. 그는 오랫동안 침묵 속에서 이를 준비한 것 같았는데, 그 웃음소리가 아주 자연스럽게 높은 음으로 터져 나왔던 것이다. 하지만 흥겨움과는 전혀 반대되는 상황에서 그 집요한 침묵을 불쑥 깨뜨려버린 웃음소리는 내 귀에 불길하게 들렸다.

"헨리야." 그가 말했다. "내가 딱 한 번 발을 헛디딘 적이 있는데, 네가 딱 한 번 기지를 발휘해서 거기서 이득을 보았지. 이 우스꽝스러운 짓거리는 오늘로 끝이다. 여기서 가장 득을 본 것은 너라고 (칭찬을 곁들여) 인정하마. 핏줄은 드러나게 되어 있지. 그리고 너는 확실히 불쾌하게 구는 방법을 아주 잘 생각해냈어."

듀리스디어 경은 아무 대답도 하지 않았다. 마치 밸런트레이 귀공자가 계속 침묵하고 있었던 듯이 행동했다.

"자." 그가 말을 이었다. "그렇게 골내지 마. 그러면 네 불쾌한 태도를 망칠 테니까. 이제 넌 조금 (정말로) 자애로워질 수 있겠지. 내가 받아들여야 할 것이 패배만이 아니거든. 나는 어떤 목적을 위해서 돈을 충분히 모을 때까지 이 연기를 계속할 작정이었지. 솔직히 고백하자면, 그럴 용기가 없구나. 너는 물론 내가 이 도시에서 사라지길 바라지. 나는 다른 길

• 가을에 한동안 비가 오지 않고 따뜻한 날이 이어지는 기간.

로 돌아서 같은 생각에 이르렀어. 그래서 한 가지 제안을 하겠어. 아니면, 듀리스디어 경이 원한다면, 한 가지 부탁을 한다고 할까?"

"부탁해봐." 듀리스디어 경이 말했다.

"내가 한때 이 지역에서 상당한 보물을 갖고 있었다는 말을 들었을 거야." 밸런트레이 귀공자가 대답했다. "들어봤든 못 들어봤든 상관없어. 사실이거든. 나는 그 보물을 어느 곳에 파묻을 수밖에 없었는데, 그 위치를 잘 표시해놓았지. 이제 그걸 되찾을 생각이야. 그건 내 것인 만큼 네가 배 아파 하지는 않겠지."

"가서 찾아내." 듀리스디어 경이 말했다. "나는 반대하지 않아."

"그래." 귀공자가 말했다. "그런데 그러려면 인부들과 마차가 필요해. 길은 멀고 험한 데다 그 지역에는 거친 인디언들이 우글거리거든. 내게 필요한 만큼의 돈을 선불해줘. 내게 주던 용돈을 일시불로 줘도 되고, 아니면 원한다면, 돈을 빌려준다면 내가 나중에 돌아와서 갚을게. 그러고 나서 네가 그리 결정한다면, 나를 다시는 보지 않게 될 거야."

듀리스디어 경은 차분히 그의 눈을 응시했다. 얼굴에 딱딱한 미소가 어려 있었지만 입에서는 아무 말도 나오지 않았다.

"헨리야." 밸런트레이 귀공자가 무시무시하게도 조용히 말하며 동시에 약간 뒤로 물러섰다. "헨리야, 네게 말을 건네게 되어 영광이구나."

"집으로 돌아가세." 듀리스디어 경은 자신의 소매를 잡아당기던 내게 말했다. 그러면서 일어섰고, 기지개를 켜더니 모자를 머리에 얹고는 여전히 한마디 대답도 하지 않은 채 해변을 따라 흔들림 없이 걷기 시작했다.

우리가 너무나 심각한 위기의 정점에 이른 것 같았기에 나는 두 형제 사이에서 망설였다. 하지만 귀공자는 다시 일감을 잡고 눈을 내리깐 채 전처럼 재빨리 손을 놀리는 것 같았다. 그래서 나는 듀리스디어 경을 따라가기로 했다.

"제정신이십니까?" 나는 그를 따라잡자마자 소리쳤다. "이렇게 좋은 기회를 그냥 내버리실 겁니까?"

"자네는 아직도 그의 말을 믿을 수 있다는 건가?" 듀리스디어 경은 빈정거리듯이 물었다.

"저는 그 사람이 멀리 떠나면 좋겠습니다!" 내가 소리쳤다. "지금 있는 곳만 아니라면 어디든, 어떻게든 가버리면 좋겠어요."

"난 내 말을 했네." 듀리스디어 경이 대답했다. "자네는 자네 말을 했고. 이제 덮어두세."

하지만 나는 귀공자를 몰아내겠다고 마음먹었다. 그가 참을성 있게 바느질을 다시 시작한 광경을 내 상상력으로는 도저히 삭일 수 없었다. 그처럼 오랫동안 지속된 모욕을 참을 수 있는 사람은 이 세상에 없고, 밸런트레이 귀공자는 누구보다도 참을성이 없는 사람이었다. 공중에서 피 냄새가 났다. 그래서 범죄를 비껴갈 일말의 가능성이라도 있다면 나는 간과하지 않겠다고 맹세했다. 바로 그날 나는 듀리스디어 경이 자질구레한 일을 하고 있던 사무실로 갔다.

"듀리스디어 경." 내가 말했다. "제가 절약해서 모은 소액의 자금을 투자할 적합한 곳을 찾았습니다. 하지만 불행히도 이 자금은 스코틀랜드에 있어요. 돈을 가져오려면 시간이 걸릴 테고, 그 일은 시간이 촉박합니다. 경께서 약속어음을 받으시고 그 금액을 선불해주실 수 있을까요?"

그는 날카로운 눈으로 내 얼굴을 한참 훑어보았다. "난 자네의 재정 상태에 대해서 한 번도 물어본 적이 없네, 매켈러." 그가 말했다. "자네가 담보로 내놓는 금액 외에는 빈털터리인지 아닌지 내가 어떻게 알겠나."

"저는 오랫동안 경에게 봉사해왔습니다. 그동안 거짓말을 한 적도 없고, 저를 위해 부탁을 드린 적도 없습니다." 내가 말했다. "오늘까지 말입니다."

"밸런트레이 귀공자를 위한 부탁이겠지." 그가 조용히 대답했다. "나를 바보로 생각하나, 매켈러? 딱 한 번 말할 테니 명심하게. 난 이 짐승을 내 방식대로 다루고 있어. 어떤 두려움을 느끼거나 부탁을 받는다고 해도 내 마음은 달라지지 않아. 그리고 나를 속이려면, 자네처럼 속이 훤히 들여다보이는 사기꾼으로는 안 될 걸세. 내가 원하는 것은 자네처럼 앞에서는 봉사하는 척하며 뒤에서는 나를 망쳐놓고 내 돈을 훔쳐 나를 좌절시키려는 사람이 아니라 하인, 그것도 충실한 하인이네."

"듀리스디어 경." 내가 말했다. "지금 하신 말씀은 용납하기 어렵습니다."

"다시 생각해보게, 매켈러." 그가 답했다. "그러면 자네도 내 말이 사실에 부합한다는 것을 알게 될 걸세. 용납할 수 없는 것은 자네의 속임수야. 자네가 그 돈으로 내 지시를 빠져나갈 생각이 아니었다고 (할 수 있으면) 입증해보게. 그러면 자네에게 주저 없이 사과하겠어. 하지만 입증할 수 없다면, 자네의 행동을 그에 마땅한 이름으로 부르더라도 들을 각오가 되어 있어야지."

"제가 듀리스디어 경을 구하려는 목적 외에 다른 계획이 있다고 생각하신다면……." 내가 말을 시작했다.

"아! 옛 친구여." 그가 말했다. "내가 어떻게 생각하는지 자네는 아주 잘 알지 않는가! 내 온 마음으로 악수를 청하겠네. 하지만 돈에 대해서는 동전 한 푼도 기대하지 말게."

이렇게 좌절되자 나는 곧장 내 방으로 가서 편지 한 통을 썼고 그것을 들고 항구로 달려갔다. 곧 출항할 선박을 알고 있었던 것이다. 그리고 땅거미가 지기 전에 밸런트레이 귀공자의 집에 도착했다. 문을 두드리는 시늉도 하지 않고 들어가 보니 그는 인도인과 앉아서 옥수수죽과 우유로 소박한 식사를 하고 있었다. 집 안은 깔끔하고 초라했다. 선반에 있는 책 몇 권만 두드러져 보였고, 한쪽 구석에 세쿤드라의 자그마한 벤치가 있었다.

"밸리 씨." 내가 말했다. "제가 열심히 살면서 저축한 돈이

500파운드가랑 스코틀랜드에 있습니다. 저기 정박한 배가 그 돈을 이송해달라는 편지를 싣고 출항합니다. 돌아오는 배가 있을 때까지 참고 기다려주십시오. 그러면 오늘 아침에 듀리스디어 경께 제안하신 조건으로 그 돈을 드리겠어요."

그는 식탁에서 일어나더니 내게 다가와서 내 어깨를 잡고는 웃는 얼굴로 나를 바라보았다.

"하지만 자네는 돈을 아주 좋아하잖아!" 그가 말했다. "이 세상의 그 무엇보다도 돈을 사랑하지. 내 동생만 제외하고."

"저는 노년과 가난을 걱정할 뿐입니다." 내가 말했다. "그건 다른 문제입니다."

"그걸 뭐라 부르든 그런 걸로 말다툼할 생각은 전혀 없네. 원하는 대로 부르게." 그가 대답했다. "아! 매켈러, 매켈러, 자네가 나에 대한 사랑으로 이런 제안을 했다면, 내가 얼마나 즐겁게 자네의 제안을 받아들였겠나!"

"하지만." 나는 열렬히 대답했다. "부끄럽기 그지없습니다만, 저는 이 누추한 곳에 계신 귀공자를 보면 참괴한 심정입니다. 이런 생각만 있는 건 아니고, 제일 먼저 떠오른 생각도 아니지만, 그래도 그런 생각이 듭니다! 당신이 여기서 벗어나는 것을 보면 기쁠 겁니다! 제가 사랑으로 제안한 것은 아닙니다. 오히려 그 반대지요. 하지만 하느님이 저를 심판하고 계시듯이 적대감은 전혀 없이 제안한 것입니다. 그것이 저도 놀랍습니다!"

"아!" 그가 내 어깨를 붙잡은 채 이제는 가볍게 흔들며 말했다. "자네는 자네의 짐작보다 내 생각을 많이 하는군. '그것이 저도 놀랍습니다!'라고." 그가 내 말을 따라 하고 내 목소리도 흉내 내며 덧붙였다. "자네는 정직한 사람이네. 그런 이유에서 자네는 살려주겠네."

"살려준다고요?" 내가 외쳤다.

"살려주겠어." 그가 나를 놓고 돌아서면서 되풀이했다. 그러고는 다시 나를 똑바로 바라보며 말했다. "자네는 내가 그것으로 무엇을 할지 모르고 있어, 매켈러! 내가 정말로 패배를 받아들이고 견뎌왔다고 생각하나? 잘 듣게. 내 인생은 부당하게 뒤통수를 맞는 일의 연속이었지. 그 바보 같은 찰리 공은 대단히 유망한 일을 망쳐놓고 말았어. 그때 처음으로 내 운이 바닥을 쳤지. 파리에서 다시 출세의 사다리에 발을 높이 올려놓았지. 그런데 우연한 사건으로 다시 나락에 떨어졌어. 편지 한 통이 다른 사람에게 잘못 가는 바람에 또다시 나는 빈털터리가 되었지. 세 번째에는 기회를 얻었다네. 나는 인도에서 무한한 참을성을 발휘해서 내 발판을 마련했지. 그런데 클라이브•가 도착한 후 내가 섬긴 인도의 국왕이 국가적인 변란의 와중에 사라져버렸고, 나는 아이네이아스처럼•• 세

● 로버트 클라이브(1725~1774)는 인도에서 대영제국의 토대를 닦은 인물로서, 밸런트레이 귀공자가 언급하는 그리스 신화 속 아이네이아스와 동급의 영웅으로 생각할 수 있다. 1744년 동인도회사의 서기로 인도에 간 그는 9년 후 군사적 영웅으로 영국에 돌아갔으며, 1756년 다시 인도로 가서 프랑스군을 격파했고, 4년간 벵골의 총독으로 재직했다.

쿤드라 다스를 등에 업고 그 난리 통에서 달아났다네. 세 번이나 나는 최고 지위에 손을 얹었었지. 그리고 아직 마흔셋도 되지 않았어. 나는 사람들이 죽을 때까지도 거의 알지 못하는 세상을 잘 알고 있네. 궁정과 병영, 동양과 서양, 뭐든 말해보게! 나는 어디로 가야 할지 알고, 수천 가지의 호기가 보인다네. 나는 지금 지략의 절정기에 있고, 건강하고, 과도한 야심이 넘쳐흐르지! 자, 이 모든 것을 포기하겠네. 내가 죽더라도, 세상이 나에 대해 듣지 못하게 되더라도 상관없어. 나는 오직 한 가지에만 관심이 있고, 그것을 쟁취할 결세. 자네 몸조심하게. 지붕이 무너질 때 자네도 같이 폐허에 깔리지 않도록 말일세."

내가 중재할 수 있으리라는 기대가 완전히 무산된 채 그의 집에서 나왔을 때 항구 쪽에서 시끌벅적한 소리가 들려왔다. 눈을 들어 보니 거대한 선박이 새로 정박해 있었다. 그 선박이 듀리스디어 가문의 형제에게 죽음을 몰고 온 것을 생각하면, 내가 그 배를 그리 무심하게 볼 수 있었다는 것이 참으로 기이하게 여겨진다. 이 다툼으로 야기된 필사적인 사건들, 모욕, 상충하는 이해관계, 관목 숲에서 벌어진 형제간의 결투, 이 모든 것에도 불구하고 약 6500킬로미터의 바다 저편에서

●● 아이네이아스는 한밤중에 트로이에서 탈출할 때 아버지인 안키세스를 업고 달아났다.

주문을 걸어 이 형제를 혹한의 황무지로 내보내 죽게 만든 것은 그럽 스트리트•에 사는 어떤 한심한 작자의 운명이었다. 밥을 벌어먹기 위해 글을 휘갈겨 쓰고 자기가 무엇을 쓰든 개의치 않는 녀석 말이다. 하지만 그런 생각은 내 마음과는 더없이 동떨어져 있었다. 항구에 유난히 활기가 넘치자 지역 주민들이 흥분해서 서성거렸고, 나는 그들 사이를 지나 집으로 돌아오면서 귀공자를 찾아갔던 일과 그의 말을 돌아보는 데 빠져 있었다.

그날 밤 그 선박에서 팸플릿 한 꾸러미가 배달되었다. 이튿날 듀리스디어 경은 주지사와 함께 어떤 즐거운 파티에 가기로 되어 있었다. 출발할 시각이 거의 다 되었고, 나는 잠시 그가 자기 방에서 혼자 팸플릿을 훑어보도록 놔둔 채 나왔다. 내가 돌아갔을 때 그의 머리는 책상에 처박혀 있었고, 팔은 구겨진 종이 사이에 늘어져 있었다.

"주인님, 주인님!" 내가 달려가며 외쳤다. 그가 발작을 일으킨 모양이라고 생각했던 것이다.

그는 끈으로 조종되는 인형처럼 발딱 일어났는데, 얼굴이 분노로 얼마나 험악하게 일그러졌는지 다른 곳에서 그를 봤으면 알아보지 못했을 정도였다. 동시에 그는 나를 때려눕히려는 듯이 손을 머리 위로 치켜들었다. "나를 그냥 놔둬!" 그

• 런던의 출판과 문학계의 변방으로, 가난한 작가들의 거주지와 저가 출판사 및 서점들이 몰려 있다.

가 비명을 질러댔다. 나는 떨리는 다리로 최대한 빨리 마님에게 달려갔다. 그녀도 재빨리 움직였다. 하지만 우리가 돌아왔을 때 그는 이미 방문을 잠그고는 자기를 내버려두라고 소리칠 뿐이었다. 우리는 하얗게 질린 서로의 얼굴을 바라보았다. 마침내 재앙이 닥쳤다고 각자 생각하면서 말이다.

"나는 주지사님께 그이가 참석하지 못하는 것을 양해해달라고 편지를 쓸게요." 그녀가 말했다. "강력한 벗들과의 교제를 유지해야지요." 하지만 마님이 펜을 잡았을 때 손가락들 사이로 펜이 툭 떨어지고 말았다. "글씨를 못 쓰겠어요." 그녀가 말했다. "대신 써줄래요?"

"최대한 해보겠습니다, 마님." 내가 말했다.

내가 편지를 쓰는 동안 마님은 어깨 너머로 읽었다. "그거면 됐어요." 내가 끝내자 그녀가 말했다. "매켈러 씨에게 의지할 수 있어서 얼마나 다행인지 몰라요! 하지만 지금 무슨 일이지요? 도대체 무엇 때문에 저러는 걸까요?"

마음속으로 나는 어떤 설명도 찾을 수 없고, 설명이 필요하지도 않다고 생각했다. 유감스럽지만, 듀리스디어 경의 광기가 오랫동안 억눌렸던 화산의 용암처럼 이제 그에게서 터져나왔을 뿐이었다. 하지만 이런 말은 (마님에 대한 연민의 정에서) 감히 입 밖에 낼 수 없었다.

"우리가 이제 어떻게 처신해야 할지 생각하는 편이 더 적절할 겁니다." 내가 말했다. "듀리스디어 경을 저렇게 혼자 놔둬야 할까요?"

"나는 그를 방해할 엄두가 나지 않아요." 그녀가 대답했다. "자연이 가장 잘 알겠지요. 자연이 혼자 내버려두라고 소리치는 건지도 몰라요. 우리는 어둠 속에서 더듬거리고 있고요. 아, 그래, 그이를 그대로 놔두겠어요."

"그렇다면 저는 이 편지를 보내겠습니다, 마님. 그리고 돌아와서, 마님이 원하신다면 함께 앉아 있겠습니다." 내가 말했다.

"그래주세요." 그녀가 말했다.

오후 내내 우리는 대부분 말없이 함께 앉아서 듀리스디어 경의 방문을 쳐다보았다. 나는 조금 전에 보았던 광경으로 인해 머릿속이 복잡했고, 또 그 광경이 내가 보았던 환상과 신기하게 비슷하다는 생각이 들어 심란했다. 이것에 대해 한마디 덧붙여야겠다. 왜냐하면 그 이야기가 몹시 과장되어 퍼져나갔고, 인쇄된 것을 본 적도 있으며, 심지어 자세한 사항은 내게 물어보라며 내 이름이 적힌 것도 보았기 때문이다. 내 환상과 같은 점은, 듀리스디어 경이 방 안에서 책상에 얼굴을 파묻고 있고, 그가 얼굴을 들자 내 영혼마저 괴롭게 만든 표정이 새겨져 있었다는 것 정도였다. 하지만 방이 달랐고, 책상에 앉은 듀리스디어 경의 자세도 전혀 같지 않았으며, 그가 얼굴을 드러냈을 때 그 표정은, 환상 속에서 언제나 특징적으로 드러난(이미 언급한 한 번의 경우를 제외하고는) 뇌리를 떠나지 않은 절망감이 아니라 참을 수 없는 분노를 담고 있었다. 마침내 대중 앞에 온전한 진실을 밝히자면 그러하다. 환상과 실제 사이에 다른 점이 크더라도 우연히 일치하는 몇몇 점들이 나를 충분히 불안감에 사로잡히게 했다. 이미 말했듯이 나는 오후 내내 앉아서 이 문제를 혼자 곰곰이 생각해보았다. 마님은 자기 나름의 고충이 있었으므로, 내 환상을 들려주어 그녀를 더욱 괴롭히고 싶은 생각은 전혀 없었다. 우리가 기다리는 동안 그녀는 기발한 계획을 생각해냈고, 알렉산더 군을 데려오게 해서는 아이에게 아버지의 방문을 두드리게 했다. 듀리스디어 경은 자기 할 일을 하라고 아이를 돌려보냈지만, 말투나 목소리에는 난폭한 기색이 전혀 없었다. 그래서 나는 그의 발작이 끝났다는 기대를 품기 시작했다.

마침내 깜깜해져서 내가 심지가 잘 다듬어진 램프에 불을 붙이고 있을 때, 문이 열리더니 듀리스디어 경이 문지방 안쪽에서 모습을 드러냈다. 불빛이 강하지 않아서 우리는 그의 표정을 알아볼 수 없었다. 그가 말을 꺼냈을 때 목소리가 약간 달랐지만 떨리는 기색은 아니라고 나는 생각했다.

"매켈러." 그가 말했다. "이 쪽지를 직접 들고 가서 목적지에 전달하게. 대단히 사적인 편지라네. 이것을 전할 때 다른 사람들이 없는지 확인하게."

"여보." 마님이 말했다. "몸이 아픈 건 아니에요?"

"아니, 아니요." 그가 불평하듯이 말했다. "난 일에 몰두하고 있소. 전혀 아프지 않고, 다만 바쁠 뿐이오. 희한하게도 할 일에 전념하고 있으면 남들이 아프다고 생각한단 말이야! 저녁 식사를 이 방으로 보내줘요. 포도주 한 바구니도. 친구가 방문하러 올 거요. 그 외에는 방해하지 말아요."

이렇게 말하고는 다시 들어가 문을 닫았다.

그 쪽지는 항구 근처의 여관에서 지내고 있는 해리스 선장이라는 사람에게 보낸 것이었다. 나는 해리스를 위험한 밀수꾼이라고 (소문으로 들어) 알고 있었다. 그는 과거에 해적이었으리라는 강한 의심을 받고 있었고, 지금은 어떤 인도계 상인의 조잡한 장사에 따라다녔다. 듀리스디어 경이 그에게 할 말이 뭐가 있을지, 그런 사람이 듀리스디어 경에게 무슨 할 말이 있을지, 또한 듀리스디어 경이 어떻게(최근에 그 선장이 벗어난 수치스러운 재판에 관한 소문을 들은 것이 아니라면) 그에 대해 알게 되었는지, 이런 의문들은 내 상상을 완전히 벗어났다. 요컨대 나는 내키지 않는 마음으로 심부름하러 나갔고, 선장을 보고 나서는 슬픔에 젖어 돌아왔다. 그는 악취가 풍기는 방에서 펄럭거리는 촛불과 빈 술병을 앞에 놓고 앉아 있었다. 그에게는 군인 같은 몸짓이 남아 있었는데, 어쩌면 젠체하는 것이었을 수도 있겠다. 매너는 저속하기 그지없었다.

"듀리스디어 경께 삼십 분 내로 뵈러 가겠다고 전해주시오." 그가 쪽지를 읽고는 말했다. 그러더니 빈 술병을 가리키면서 비열하게도 내게 술을 사달라고 암시하는 것이 아닌가.

나는 최대한 빨리 되돌아왔지만, 선장은 내 뒤를 바싹 쫓아왔다. 그리고 밤늦게까지 머물렀다. 듀리스디어 경이 그가 대문으로 나가도록 불을 밝혀주는 것을 (내 방 창문으로) 보았을 때는 벌써 수탉이 두 번째로 울고 있었다. 두 사람은 몹시 취했고, 때로 서로에게 기대서 얘기를 나누기도 했다. 그런데 다음 날 아침에 듀리스디어 경은 일찌감치 주머니에 100파운드를 넣고 외출했다. 주인님이 집에 돌아왔을 때는 이 돈을 갖고 있지 않았을 것이다. 하지만 돈이 밸런트레이 귀공자에게 간 것은 아니라고 확신했다. 그는 오전 내내 점포가 보이는 곳에서 서성이고 있었기 때문이다. 듀리스디어 경이 뉴욕을 떠나기 전까지 자기 집의 경계를 넘어선 것은 그때가 마지막이었다. 그는 평소처럼 헛간에서 거닐거나 가족과 앉아 대화를 나누었다. 하지만 그 도시에서는 그의 모습이 전혀 보이지 않았고, 매일 밸런트레이 귀공자를 찾아가던 일도 새까맣게 잊은 것 같았다. 또한 해리스도 다시 나타나지 않았다. 적어도 마지막까지는 말이다.

이제 나는 우리 주위에서 뭔가 수수께끼 같은 일이 벌어지고 있다는 느낌에 몹시 시달렸다. 습관이 달라진 것만 봐도 듀리스디어 경이 뭔가 심각한 생각을 마음에 품고 있음이 분명했다. 하지만 무슨 생각인지, 어디서 생겨났는지, 그리고 그가 왜 지금은 집과 정원에서 벗어나지 않는지 도무지 짐작할 수 없었다. 이 급작스러운 변화에 그 팸플릿이 한몫했다는 것은 분명했고, 입증할 수도 있었다. 나는 손에 넣을 수 있는 팸플릿을 다 읽어봤는데, 모두 아주 하찮은 내용이었고 당파 싸움에서 볼 수 있는 천박한 독설이 대부분이었다. 고위 정치가에 관해서도 특히 불쾌한 문제는 찾을 수 없었는데, 듀리스디어 경은 공적인 문제에 비교적 무관심한 편이었다. 실은 이 사건의 발단이 되었던 팸플릿은 내내 듀리스디어 경의 가슴에 있었다. 그가 북부 황무지의 한가운데서 죽음을 맞은 후 나는 그것을 그의 가슴팍에서 마침내 발견했던 것이다. 그런 장소에서, 그처럼 침울한 상황에서 나는 처음으로 휘그당원인 팸플릿 집필자가 자코바이트를 면죄해주는 것에 반대하며 열변을 토해내는 근거 없는 거짓말을 읽게 되었다. "또 다른 악명 높은 반역자 밸-레이 귀공자는 자신의 작위를 되찾게 될 것이다"라는 구절이 이어졌다. "그가 스코틀랜드와 프랑스에 매우 불쾌한 일을 해왔으므로, 이 문제는 오랫동안 논의되어왔다. 그의 동생 듀-어 경도 성향이 그보다 낫지는 않은 인물로 알려져 있다. 이제 밀려날 소위 후계자라는 사람은 더할 나위 없이 혐오스러운 원칙을 따라 양육되었다. 옛 속담을 빌리자면 오십보백보라고 할 수 있다. 하지만 복권을 지지하는 총애가 극에 이르렀으므로 간과할 수 없는 문제다." 제정신인 사람이라면 이처럼 뻔히 드러나는 거짓말에 전혀 관심을 두지 않았을 것이다. 영국 정부가 그런 생각을 한다는 것 자체가 합리적으로 생각할 줄 아는 사람이라면, 그 글을 쓴 멍청이만 빼고는 상상도 할 수 없는 일이었다. 그리고 듀리스디어 경은 빛나는 기지는 아니라도 훌륭한 분별력이 있는 사람이었다. 그가 이런 허풍을 믿고 그 팸플릿을 가슴팍에, 그 말을 가슴속에 담아두었다는 것은 그의 정신이상을 드러내는 명백한 증거다. 물론 알렉산더 군이 언급되었고 그 아이의 계승에 반대하는, 직접적으로 드러난 위협이 오랫동안 그의 머리 위에 드리워져 있었던 생각을 촉발시켰을 것이다. 아니면 듀리스디어 경은 사실 오랫동안 제정신이 아닌 상태였는데, 우리가 너무 둔하거나 그에게 너무 익숙해져 있었던 탓에 그의 병이 어느 정도로 발전했는지 인식하지 못했을 수도 있다.

팸플릿이 도착하고 일주일쯤 지났을 때 나는 밤늦게 항구 쪽에 있다가 종종 그랬듯이 밸런트레이 귀공자의 집 쪽으로 향했다. 갑자기 그 집의 문이 열리더니 환한 빛이 길 위로 쏟아져 나왔다. 그리고 한 남자가 친근하게 인사를 건네며 떠나는 모습이 보였다. 모험가 해리스를 알아보았을 때 내가 얼마나 충격을 받았는지는 도저히 말로 표현할 수 없다. 그를 그곳에 보낸 사람이 바로 듀리스디어 경이라는 결론을 내릴 수밖에 없었다. 나는 심각하고 불안한 생각에 잠겨 오랫동안 배회했다. 밤늦은 시간에 집에 돌아왔을 때 듀리스디어 경은 대형 여행 가방을 꾸리고 있었다.

"왜 이리 늦게 오나?" 그가 소리쳤다. "우리는 내일 올버니로 떠날 거라네. 자네와 나, 둘이서. 이제 자네는 여행 준비를 해야 해."

"올버니로 간다고요, 듀리스디어 경?" 내가 외쳤다. "도대체 무슨 볼일이 있습니까?"

"기분 전환을 하려고." 그가 말했다.

울고 있었던 듯한 마님은 내게 더 이상 아무 말 말고 그의 뜻에 따르라는 신호를 보냈다. 얼마 후(얘기를 나눌 기회가 생겼을 때) 마님은 해리스 선장이 다녀간 후 듀리스디어 경이 갑자기 여행 계획을 알려주었다고 말했다. 그녀가 여행을 단념하도록 설득하려고 애썼고 여행의 목적에 대한 설명을 끌어내려고 애써보았지만 아무리 노력해도 다 소용이 없었다고 했다.

황무지에서의 여행

우리는 그 멋진 허드슨강을 따라 올라가며 순조롭게 항해했다. 날씨는 쾌적했고 산들은 가을 색깔로 물들어 특히나 아름다웠다. 올버니에서 우리는 어떤 여관에 머물렀는데, 내가 눈치가 없는 것도 아니고 주인님이 대단히 교활한 것도 아니었기에 나는 주인님이 나를 포로로 잡아두려고 한다는 것을 알아차릴 수 있었다. 그가 내게 시킨 일들은 꼭 필요한 서류들과는 별개로 여관방에서 처리해야 할 만큼 시급한 것이 아니었다. 또한 동일한 문서의 사본을 네다섯 개나 만들어야 할 만큼 중요한 것도 아니었다. 나는 겉으로는 순종했지만 내 나름으로 은밀한 조치를 취했고, 예의 바른 여관 주인에게 도시의 소식을 매일 전해달라고 부탁했다. 이런 식으로 해서 나는, 말하자면 내가 기다려온 소식을 마침내 받을 수 있었다. 해리스 선장이(내가 들은 바로는) '마운틴 씨라는 상인'과 함께 배를 타고 강을 따라 올라갔다는 것이었다. 그 여관 주인이 내 주인 편에서 공모하고 있다는 느낌이 너무 강하게 들었기에 나는 그의 눈길이 두려웠다. 하지만 나는 선장을 좀 알고 있지만 마운틴 씨에 대해서는 전혀 알지 못한다고 가까스로 말했고, 그 일행에 다른 사람들이 있냐고 물었다. 내 정보 제공자는 알지 못했다. 마운틴 씨는 뭔가 필요한 것을 구입하기 위해서 뭍에 올라왔는데 물건을 사고, 마시고, 씨부렁거리며 시내를 돌아다니는 모양이었다. 그 일행은 유망한 모험에 착수한 것 같았다. 그는 자기가 돌아와서 여러 가지 대단한 일을 할 거라고 말했다고 했다. 그것 외에는 알려진 바가 없었다. 나머지 사람들은 뭍에 올라오지 않았고, 그들은 눈이 오기 전 어떤 곳에 당도하려고 시간에 쫓기는 것 같았다.

아니나 다를까 바로 다음 날 올버니에 보슬비가 내렸다. 하지만 비는 잠시 내리다 그쳤고, 우리 앞에 무엇이 기다리고 있을지 상기시켜주었을 뿐이었다. 나는 당시 그 험악한 지역에 대해 거의 알지 못했기 때문에 보슬비에 대해서도 가볍게 생각했다. 되돌아보면 상황이 전혀 다르게 보인다. 이제 내가 자세히 기술해야 할 사건들에서 느꼈던 공포의 일부는 우리를 둘러쌌던 험악한 하늘과 모진 바람, 우리가 겪어야 했던 추위의 고통에서 비롯된 것이 아니었을까 하고 나는 이따금 의아해한다.

그 배가 출발했으므로 나는 처음에 우리도 그 도시를 떠날 거라고 생각했다. 그러나 그런 일은 없었다. 주인님은 겉으로 보기에 아무 볼일도 없는데도 올버니에서 계속 머물렀고, 뭔가 할 일이 있는 척하면서 나를 자기 옆에 붙잡아두어서 내가 마땅히 할 일을 못 하게 했다. 이 대목에 관해서 나는 비난받으리라 예상하고 어쩌면 비난받아 마땅할 것이다. 나는 그리 아둔한 사람이 아니라서 내 나름대로 생각을 할 수 있었다. 밸런트레이 귀공자가 자신을 해리스의 손에 맡긴 것을 보면 어떤 비밀스러운 계략이 있음을 의심하지 않을 수 없었다. 해리스는 평판이 아주 나쁜 사람이었는데 주인님에게서 몰래 뇌물을 받았다. 마운틴이라는 상인은 수소문해보니 같은 부류의 인간이라는 것이 드러났다. 그들이 여행을 떠난 목적은 부당하게 획득한 보물을 되찾는 것이었으므로, 목적 자체가 부정한 행위를 고무하는 아주 강력한 자극이었다. 그들이 여행을 떠난 지역의 특징을 보면 유혈 낭자한 짓을 벌여도 처벌을 받지 않고 빠져나갈 수 있는 곳이었다. 자, 이런 점들을 모두 고려하면서 내가 두려운 마음으로 밸런트레이 귀공자의 운명을 예상했다는 것은 사실이다. 독자들이 고려해야 할 것은 내가 바다 한복판에 떠 있는 배의 현장에서 밀어버리려 했던 바로 그 사람이고, 그보다 앞서 매우 불경하지만 진심으로 하느님께 거래를 제안했고 하느님을 내 암살범으로 고용하려 했던 바로 그 사람이라는 사실이다. 내가 우리의 적에게 마음이 많이 누그러졌다는 것도 사실이다. 그러나 그것은 육신을 갖고 태어난 인간의 나약함으로서 비난받을 수도 있다고 나는 늘 생각해왔고, 내 마음은 언제나 한결같이 그에게 저항해왔다. 하지만 실로 범죄적 살해 기도의 죄와 위험을 내 어깨에 짊어지는 것과 주인님이 스스로를 위험에 빠뜨리고 더럽히는 것을 옆에 서서 바라보는 것은 전혀 다른 문제다. 그러나 내가 할 일을 하지 못한 이유는 바로 이것 때문이었다. (내가 어떻게든 그 일에서 뭔가를 하려고 움직이더라도) 실로 귀공자를 구하는 데 실패할 수 있고, 그러면서 주인님을 웃음거리로 만들지 않을 수 없었던 것이다.

그래서 나는 아무것도 하지 않았고, 바로 그 이유를 근거로 내가 택한 행동 방침을 강력하게 정당화할 것이다. 주인님은 그 도시와 인근의 중요 인사들에게 전할 소개장을 몇 장 갖고 있었고, 예전에 뉴욕에서 만난 사람들도 있었다. 그래서 밖으로 많이 나다녔고, 나는 유감스러운 말이지만 그의 중독성 습관에 빠져 너무나 유쾌한 상태로 지냈다. 그가 돌아왔을 때 잠이 들지는 않았어도 침대에 누워 있을 때가 종종 있었다. 한밤중에 그가 취기를 드러내지 않는 날은 거의 없었다. 낮에는 여전히 내게 끝없는 일거리를 맡겼는데, 일거리를 찾아내고 페넬로페가 천을 짜고 다시 풀어내듯이 일을 거듭 다시 하게 만드는 데 상당히 기발한 재주를 보여주었다. 이미 말한 대로 나는 그가 시키는 일을 하도록 고용되었으므로 결코 거절하지 않았다. 하지만 그것을 간파하고 있다는 사실을 숨기려고 애쓰지 않았고 때로는 그의 면전에서 미소를 짓기도 했다.

"저는 악령이고, 주인님은 악령을 부리는 흑마술사 마이클 스콧• 같습니다." 하루는 내가 주인님에게 말했다. "저는 트

위드강에 다리를 만들었고 아일던산을 쪼갰는데 이제 주인님은 제게 모래로 밧줄을 만들라고 시키시는군요."

그는 빛나는 눈으로 나를 보았고, 씹는담배를 우물거리며 다시 고개를 돌렸지만 아무 말도 하지 않았다.

"자, 자, 주인님." 내가 말했다. "주인님의 뜻은 제 기쁨입니다. 이 일을 네 번째로 다시 하겠어요. 하지만 내일은 다른 일거리를 만들어주시기를 간청합니다. 맹세코 이 일은 진절머리가 나니까요."

"자네는 자기가 무슨 말을 하는지 모르고 있어." 주인님이 모자를 쓰고 내게 등을 돌리며 대답했다. "자네가 내 화를 돋우면서 즐거워하다니 참 이상한 일이군. 친구란 말이야…… 하지만 그건 다른 일이지. 참 이상해. 나는 평생 불운에 시달려왔어. 지금도 온갖 계략에 둘러싸여 있지. 늘 음모에 발을 딛고 있다고." 그가 버럭 소리를 질렀다. "온 세상이 담합해서 내게 맞서고 있단 말이야."

"제가 주인님이라면 그런 당치 않은 헛소리는 하지 않겠어요." 내가 말했다. "저라면 무엇을 할지 알려드리지요. 찬물에 머리를 집어넣을 겁니다. 주인님은 어젯밤에 감당하지 못할 정도로 많이 마셨으니까요."

"그렇게 생각해?" 그가 갑자기 흥미가 생긴 듯이 물었다. "그게 내게 효과가 있을까? 그건 한 번도 해보지 않았는데."

● 12세기 스코틀랜드의 점성술사이자 수학자로서 흑마술사라는 평판이 있었다.

"주인님이 그런 시도를 할 필요가 없었던 날들이 생각나는군요. 그날들이 다시 돌아오면 좋겠습니다, 주인님." 내가 말했다. "하지만 분명한 진실은 주인님이 계속해서 과음하신다면 자신에게 해를 끼치게 된다는 것이지요."

"난 술을 마시면 예전처럼 멀쩡한 것 같지 않아." 주인님이 말했다. "술에 취하거든, 매켈러. 하지만 더 조심하겠어."

"그게 제가 부탁드리고 싶은 겁니다." 내가 대답했다. "주인님은 알렉산더 군의 아버지라는 것을 잊지 마셔야 합니다. 아드님에게 책임감을 갖고 자신의 이름을 이어갈 기회를 주셔야지요."

"그래, 그래." 그가 말했다. "자네는 아주 분별 있는 사람이야, 매켈러. 오랫동안 내 일을 해왔지. 그런데 자네가 더 할 말이 없으면 난 나가보겠네. 더 할 말이 있나?" 이제는 그가 늘 보이던 열렬하고 어린애처럼 간절한 어조로 덧붙였다.

"아뇨, 주인님, 더 할 말은 없습니다." 나는 아주 냉담하게 말했다.

"그러면 나가보겠네." 주인님은 이렇게 말하고는 다시 벗었던 모자를 만지작거리며 나를 바라보았다. "자네가 할 일이 없는 것 같군. 그렇지 않나? 나는 윌리엄 존슨 경을 만날 걸세. 하지만 좀 더 조심하겠네." 그는 잠시 입을 다물고 있다가 미소를 지으며 말했다. "마가목 숲 아래 깊은 개울이 흐르던 곳, 이글스 바로 밑에 있던 곳이 생각나나, 매켈러? 그곳이 옛 노래처럼 떠오르는군. 나는 물고기를 잡으러 다녔고 예쁜 투망을 만들었지. 아, 그런데 행복했어. 지금은 왜 전혀 행복하지 않은지 이상해, 매켈러."

"주인님." 내가 말했다. "술을 좀 자제하신다면 더 좋은 기회가 올 겁니다. 옛말에 술병은 가짜 위로를 준다잖아요."

"그래, 맞는 말이야." 그가 말했다. "그럼 가보겠네."

"잘 다녀오세요, 주인님." 내가 말했다.

"잘 있게. 좋은 아침이네." 그가 말하고는 마침내 집을 나섰다.

오전에 주인님의 상태를 잘 보여주는 일화로 나는 이것을 묘사했다. 만일 독자가 주목할 만한 결함을 알아차리지 못했다면, 주인님에 대한 묘사가 아주 잘못된 것이다. 그처럼 영락한 사람을 바라보고, 그가 (혹시라도 환영을 받는다면) 오로지 그의 작위를 배려하여 환영하는 벗들 사이에서 한심하고 어리벙벙한 술고래로 여겨지는 것을 알고, 그가 한때 운명의 역경에 맞서 드러냈던 미덕을 돌이켜보면, 이것은 분노할 일이면서 동시에 부끄러워할 일이 아니었던가?

음주에 있어서 주인님은 더욱 극단으로 치달았다. 마지막에 가까운 한 장면만 묘사하겠다. 그 장면은 오늘날까지도 내 기억에 선명하게 박혀 있고 당시에는 내게 공포에 가까운 충격을 주었다.

나는 침대에 누워 깨어 있으면서 그가 층계에서 비틀거리며 노래 부르는 소리를 들었다. 주인님은 음악에 재능이 없었고 집안의 우아한 재능은 모두 그의 형이 물려받았으므로 내가 노래한다고 말할 때 독자들은 고음으로 지저귀는 소리 같은 것을 떠올리면 된다. 사실 말도 아니고, 노래도 아니었다. 그와 비슷한 소리는 부끄러움을 알기 이전의 아이들 입술에서 들을 수 있다. 나이가 지긋한 남자의 입에서 그런 소리가 나오면 기이한 느낌을 준다. 그는 조심하면서도 요란하게 문을 열었고, 촛불을 손으로 가리며 살짝 방 안을 들여다보고는 내가 잠들었다고 생각하며 들어와서 촛불을 탁자에 올려놓고 모자를 벗었다. 나는 그의 모습을 똑똑히 보았다. 열에 들뜬 희열감이 핏줄에서 끓고 있는 것 같았다. 그는 서서 미소를 짓더니 촛불을 보고 히죽히죽 웃었다. 그러고는 팔을 들어 올려 손가락들을 튕겨서 딱 소리를 내더니 옷을 벗기 시작했다. 내가 있다는 것을 잊고는 옷을 벗으면서 노래를 다시 시작했다. 이제는 가사를 들을 수 있었는데, 〈트와 코비〉•의 옛 노래에 나오는 이 부분이 끝없이 반복되었다.

> 그의 뼈가 하얗게 드러날 때 그 위로
> 바람이 영원히 불어댈 테니!

• 세 마리의 독수리가 기사의 시신을 놓고 어떻게 먹을지 의논하는 영국 민요 〈세 마리 독수리〉와 비슷한 스코틀랜드 민요. 영국 민요에서는 충실한 애인과 사냥개가 와서 시신을 수습하는 내용인 반면 스코틀랜드 민요에서는 사냥개와 매는 이미 다른 사냥에 나섰고 애인도 그를 버렸다는 내용으로 더 비관적인 세계관을 드러낸다.

이미 말했듯이 그 남자에게는 음악적 재능이 없었다. 그의 곡조는 약간 단조로 기울었다는 것을 제외하고는 논리적 연속성이 없었다. 하지만 거칠게 감정에 힘을 주어서 가사를 따라갔고 노래 부르는 사람의 감정을 야만적으로 적절하게 표현했다. 처음에는 고래고래 소리치듯이 박자에 맞춰 부르더니 오래지 않아 불쾌한 희열이 가라앉았고, 더 감정적으로 그 곡조를 음미하기 시작했다가 마침내는 감상적인 비애에 빠져들었는데, 내게는 도저히 참아줄 수 없을 지경이었다. 처음에 활발했던 동작도 똑같은 단계를 밟으며 힘이 빠졌고, 그는 바지 하나만 남기고 옷을 벗은 채 침대 모서리에 앉아서 훌쩍거리기 시작했다. 술 취한 사람의 눈물처럼 수치스럽게 보이는 것도 없었기에 나는 이 한심한 광경을 참지 못하고 등을 돌렸다.

그러나 그는(내가 생각하기로는) 자기 연민의 눈물이 굴러떨어지자 깜짝 놀란 모양이었다. 오랜 슬픔과 최근의 과음으로 신경이 약해진 사람에게 그 눈물을 막을 방법은 다 쏟아내는 것밖에 없다. 눈물은 계속 흘렀고, 그 남자는 방의 차가운 공기 속에서 4분의 3은 벌거벗은 채 계속 앉아 있었다. 나는 스스로를 냉정하다고 비난하다가 감상적으로 나약하다고 비난하기도 했고, 간섭하려고 침대에서 반쯤 일어나다가 무관심의 교훈을 새기며 잠을 청하기도 했다. 그러다가 별안간 "예전의 그 사람에서 얼마나 많이 변했는가"•라는 구절이 마음속에 튀어 올랐고 예전의 지혜로움과 충실함, 참을성이 떠오르자 열정에 가까운 연민에 압도되었다. 내 주인님만 아니라 인간의 아들들에 대한 연민이었다.

그래서 나는 자리를 박차고 일어나 그의 옆으로 가서 맨 어깨에 손을 얹었다. 돌처럼 차가웠다. 그는 얼굴에서 손을 떼고 어린애처럼 온통 부어오르고 눈물 자국으로 얼룩진 얼굴로 나를 보았다. 그것을 보자 참아주기 어려운 기분이 일부 되살아났다.

"부끄럽게 생각하세요." 내가 말했다. "이건 어린애 같은 행동이에요. 제가 포도주를 꿀꺽꿀꺽 삼켜서 배 속을 채우려 했으면 저도 징징거리며 훌쩍댔겠지요. 하지만 저는 남자답게 맨 정신으로 잠자리에 들었어요. 자, 침대로 가셔서 이 가련한 구경거리를 끝내세요."

"아, 매켈러, 가슴이 아파!"

"아프다고요?" 내가 소리쳤다. "그럴 이유가 있겠지요. 주인님이 들어오시면서 부른 노래 가사는 뭐였나요? 다른 사람들에게 동정을 보여주세요. 그러면 우리도 주인님에게 동정을 보여주려고 생각할 수 있죠. 사람은 이쪽이든 저쪽이든 될 수 있지만, 저는 중간에는 끼지 않을 겁니다. 만일 공격하는 사람이라면 치세요. 울어대는 염소라면 '매' 하고 우시든지요!"

"아!" 그가 불쑥 말했다. "그거야. 치는 거야! 맞는 말이야!

● 트로이가 멸망한 날 밤에 나타난 헥토르의 유령을 아이네이아스가 묘사한 부분으로, 《아이네이스》 제2권 274행에 나온다.

이보게, 난 너무 오래 견뎌왔어. 그런데 그자들이 아이를 움켜잡고 협박했을 때(잠시 얼굴에 돌았던 활력이 울먹이며 사라졌다) 내 아이, 내 알렉산더!" 그러고는 다시 눈물을 흘렸다.

나는 주인님의 어깨를 잡고 흔들었다. "알렉산더라니요!" 내가 말했다. "주인님은 아드님을 생각하기나 하세요? 아니죠! 용감한 남자답게 자신의 얼굴을 들여다보세요. 그러면 주인님이 스스로를 기만하고 있을 뿐이라는 사실을 아실 겁니다. 아내와 친구, 아이들, 모두 다 똑같이 잊히고 말았어요. 주인님은 그저 이기심의 늪에 빠져든 겁니다."

"매켈러." 그는 놀랍게도 예전의 태도와 모습으로 되돌아와서 말했다. "자네는 내게 뭐라고 말해도 좋아. 하지만 난 절대 그러지 않았네. 난 이기적인 적 없었어."

"주인님은 아니라고 하시지만 눈을 뜨게 해드리죠." 내가 말했다. "우리가 여기 온 지 얼마나 되었나요? 주인님은 가족에게 얼마나 자주 편지를 보내셨나요? 이번에 처음으로 가족과 떨어져 지내게 되셨는데요, 편지 한 통이라도 보내셨나요? 주인님이 살았는지 죽었는지 가족들이 알고 계신가요?"

이 부분에서 나는 너무도 허심탄회하게 그의 마음을 사로잡았다. 이 말이 그의 선한 본성을 떠받쳐주었다. 그는 더 훌쩍거리지 않았고, 몹시 뉘우치는 어조로 내게 고맙다고 하더니 잠자리에 들었으며 곧 깊은 잠에 빠졌다. 다음 날 아침에 그는 일어나자마자 앉아서 마님에게 편지를 쓰기 시작했다. 아주 다정한 편지였는데 끝을 맺지 못하고 말았다. 사실 뉴욕에 소식을 전하는 일은 전부 내가 처리하고 있었다. 내가 고맙다는 말도 듣지 못하는 어려운 일을 해왔음이 드러날 것이다. 마님에게 무엇을 말해야 할지, 어떤 단어를 사용해야 할지, 어디까지 거짓을 말하고 어디까지 잔인한 일을 전해야 할지 고민하느라 나는 종종 밤잠을 이루지 못했다.

이러는 동안 내내 주인님은 공범자의 소식을 기다리며 점점 초조해하고 있음이 분명했다. 해리스가 고난도의 원정을 전망했을 거라고 생각할 수 있다. 기별이 올 거라고 예상했던 때가 이미 지났다. 이런 때의 긴장감이란 머리가 손상된 사람에게는 사악한 말을 속삭이는 조언자와 같다. 주인님의 마음은 이 기간 내내 거의 언제나 황무지에 가 있었고, 그 일행을 따라가며 그들의 행위에 관심을 쏟았다. 그는 그들의 야영지와 진척 과정, 지역의 풍습을 끊임없이 마음에 그려보았고, 수천 가지 다양한 방식으로 저질러진 동일한 끔찍한 사실과 그 결과로 바람 속에 흐트러져 있는 밸런트레이 귀공자의 뼈다귀를 상상했다. 이 은밀하고 떳떳하지 못한 생각이 둔덕에서 얼굴을 내미는 토끼들처럼 그의 말에서 살짝 내다보는 것을 나는 끊임없이 관찰하곤 했다. 그러니 마음속 장면이 그의 몸을 이끌기 시작했더라도 그리 놀랄 일은 아니다.

그가 어떤 구실을 댔는지는 잘 알려져 있다. 윌리엄 존슨 경은 그 지역에서 처리할 외교적인 문제가 있었는데, 내 주인님과 나는 (사람들에게 말한 바로는 호기심에서) 그의 원정에 동행했다. 윌리엄 경에게는 수행 인원도 많았고 물자도 풍부하게 공급되었다. 사냥꾼들이 사슴 고기를 갖다주었고 매일 강에서 물고기를 잡았으며 브랜디가 물처럼 흘러넘쳤다. 낮에는 이동하고 밤에는 군대식으로 야영했는데 보초를 세우고 교대하게 했다. 누구에게나 지정된 임무가 있었고, 윌리엄 경은 그 모든 것을 이끌어가는 원동력이었다. 당시 이 원정에는 내가 즐겁게 느낄 만한 것이 많이 있었지만, 불행히도 날씨가 너무나 혹독했다. 처음에는 낮에 서리가 내리지 않았지만 밤에는 첫날부터 서리로 뒤덮였다. 거의 하루 종일 고통스럽게도 살을 에는 듯한 바람이 불어서 보트에 앉은 우리의 손가락이 새파랗게 얼었고, 모닥불에 그을리도록 얼굴을 들이대고 앉아 있는 밤에는 등에 붙은 옷이 종잇조각처럼 느껴졌다. 무시무시한 정적이 우리의 발걸음을 둘러쌌다. 그 땅에 살던 사람들이 절멸되었던 것이다. 어디에서도 불에서 피어오른 연기가 보이지 않았다. 이틀째 되는 날 상선 한 척 외에는 어떤 여행자들도 보지 못했다. 사실 여행을 하기에는 너무 늦은 철이었다. 그런데 인적 없는 이 수로의 풍경이 윌리엄 경에게도 영향을 미쳤고, 그는 불안한 심정을 여러 차례 표현했다. "내가 너무 늦게 온 것 같아 걱정이군. 그들은 틀림없이 전쟁을 시작했을 텐데." 이렇게 말했는데, 그의 추론이 대단히 정확했음이 나중에 입증되었다.

나는 이 여행 중에 느꼈던 암울한 기분을 도저히 묘사할 수 없다. 내게는 유별난 것을 사랑하는 마음이 전혀 없었다. 겨울이 다가오는 것을 보면서 가옥에서 수천 리 떨어진 들판에

드러눕는 것은 악몽처럼 나를 짓눌렀다. 그것은 실로 하느님의 권능에 맞서는 끔찍한 만용처럼 보였다. 나 자신을 그저 겁쟁이로 기록하게 할 이 생각은 우리가 착수한 일이 무엇인지를 속으로 알고 있었기에 더 과장되었다. 게다가 나는 윌리엄 경에 대한 의무 때문에 성가셨는데, 그의 말동무가 되는 것이 내 의무로 주어졌다. 주인님은 불면증에 가까운 상태에 빠져서 넋이 나간 눈으로 숲을 바라봤고, 거의 잠을 자지 않았으며, 어떤 때는 온종일 스무 단어도 입에 올리지 않았다. 그가 내뱉은 말은 아직 조리가 있었지만, 거의 언제나 그가 미친 듯이 찾아내려는 그 일행에 대한 이야기로 돌아갔다. 그는 "숲 어딘가에 형이 있습니다"라고 윌리엄 경에게 종종 말하곤 했는데, 그때마다 새로운 얘기인 듯이 말했고, "그에 대해서 수소문해보라"라고 보초병들에게 지시해달라고 간청했다. "나는 형의 소식을 간절히 기다리고 있거든요." 그는 이렇게 말하곤 했다. 이따금 우리가 항해 중일 때는 멀리 물위에 떠 있는 카누나 물가의 야영지를 보았다고 상상하면서 괴로운 흥분 상태를 드러내기도 했다. 윌리엄 경은 이런 특이한 행동에 주목하지 않을 수 없었고 급기야는 나를 옆으로 불러내서 우려를 내비쳤다. 나는 머리에 손을 대고 흔들었고, 앞으로 밝혀질지 모를 일에 대비해서 미리 얘기를 조금 해둘 수 있어서 다행으로 여겼다.

"그런데 그런 경우에 계속 여행하도록 그를 내버려두는 것이 전체적으로 보아 현명한 일이겠나?" 윌리엄 경이 큰 소리로 말했다.

"주인님을 가장 잘 아는 사람들은 그분의 뜻에 따라야 한다고 믿습니다." 내가 말했다.

"흠." 윌리엄 경이 대답했다. "내가 관여할 일은 전혀 아니지. 하지만 내가 미리 알았더라면 자네는 절대로 여기 있지 않았을 걸세."

이 거친 지역으로 들어가는 우리의 여정은 약 일주일간 별다른 사건 없이 지속되었다. 그런데 어느 날 밤에 우리는 숲이 울창한 커다란 산 속의 강이 흐르는 곳에서 야영했다. 물가의 평평한 땅에 모닥불을 피웠고, 평소에 하듯이 저녁을 먹고 나서 자려고 누웠다. 우연히도 그날 밤에 살인적인 추위가 몰려왔다. 살을 얼어붙게 하는 냉기가 내 덮개 사이로 스며들어 온몸을 물어뜯었고, 그 고통 때문에 잠을 이룰 수 없었다. 나는 새벽이 되기 전에 일어나서 불가에 쭈그리고 앉아 있거나 팔다리의 통증과 싸우려고 물가에서 종종거리며 서성였다. 이윽고 하얗게 서리 내린 숲과 산 위에 새벽빛이 스며들기 시작했고 잠을 자던 사람들은 옷으로 몸을 감쌌다. 거친 강물이 창처럼 뾰족한 얼음들 사이로 질주했다. 나는 뻣뻣한 황소 털로 만든 코트를 단단히 여민 채 주위를 둘러보았고, 그을린 내 콧구멍에서 연기처럼 나오는 콧김을 보았다. 그때 갑자기 숲가에서 특이하고 간절한 비명이 울려왔다. 보초병들이 그 소리에 답했고, 잠자던 사람들은 벌떡 일어섰다. 누군가가 가리키자 다른 이들은 그가 가리킨 곳을 바라보았다. 그런데 거기, 숲가의 두 나무 사이에 어떤 남자가 황홀경에 빠진 사람처럼 양손을 쭉 뻗고 있었다. 다음 순간 그는 달려 나와서 천막 옆에서 꿇어앉더니 울음을 터뜨렸다.

그는 상인인 존 마운틴이었고, 더없이 끔찍한 위험에서 탈출한 것이었다. 말을 할 수 있게 되자 그는 제일 먼저 세쿤드라 다스를 보았냐고 말했다.

“뭘 봤냐고?” 윌리엄 경이 말했다.

“아뇨.” 내가 말했다. “전혀 못 봤는데요. 왜 묻습니까?”

“전혀라고?” 마운틴이 말했다. “그렇다면 내가 결국 옳았군.” 이렇게 말하며 그는 손바닥으로 자기 이마를 쳤다. “그런데 그는 왜 돌아갔지?” 그가 소리쳤다. “무엇 때문에 그 인간은 시신들 사이로 돌아간 거지? 여긴 뭔가 빌어먹을 수수께끼가 있어.” 이 말은 우리의 호기심을 극도로 자극했지만, 이 사건들을 일어난 순서대로 기술하는 게 더 현명한 처사일 것이다. 다음에 나오는 글은 내가 세 가지 자료에서 편집한 것인데 이 자료들이 모든 점에서 완벽하게 일치하지는 않는다.

첫 번째는 마운틴이 기록한 진술로, 여기서 범죄적 행각은 교묘하게 모두 숨겨져 드러나지 않는다.

두 번째는 세쿤드라 다스와 나눈 두 번의 대화다.

세 번째는 마운틴과 여러 차례 나눈 대화인데 여기서 그는 나를 공범으로 간주하기 때문에 기분 좋게 솔직히 말한다.

상인 마운틴의 이야기

해리스 선장과 밸런트레이 귀공자의 공동 지휘를 받으며 강을 따라 올라간 승무원들은 도합 아홉 명이었는데, 그중에 (세쿤드라 다스를 제외하면) 마땅히 교수대에 매달릴 만하지 않은 사람은 한 명도 없었다. 해리스부터 시작해서 그 밑의 승객들은 그 식민지에서 결사적이고 잔혹한 범법자들로 악명높았다. 그중 몇 명은 해적이었고, 대부분은 럼주 행상인이었으며, 모두 다 고래고래 소리를 질러대는 술꾼이었다. 전부 잘 어울리는 패거리로 양심의 가책도 없이 이 기만적이고 살인적인 계획에 동참했다. 그 패거리에 규율이라든가 정식 선장이 있다는 말은 들어본 적이 없다. 해리스와 다른 네 명, 마운틴 자신과 핑커턴과 해스티라는 스코틀랜드인 두 명, 그리고 힉스라는 이름의 술고래 구두장이가 머리를 모아 행로를 결정했다. 물자는 꽤 풍부하게 갖춰져 있었다. 밸런트레이 귀공자는 특히 텐트를 가져와서 자신만의 공간과 쉴 곳을 누렸다.

이 작은 사치도 동료들의 마음에 그에 대한 반감을 심어주었다. 그러나 사실 그의 지위는 순전히 가짜였기에 (우스꽝스럽기도 했으므로) 그가 명령하는 습관과 비위를 맞추는 기술은 여기서 전혀 먹혀들지 않았다. 세쿤드라 다스를 제외한 모두의 눈에 그는 평범한 사기꾼으로 보였고, 알지 못하는 사이에 죽음으로 다가갈 지명된 희생자 같았다. 하지만 그는 자신이 이 탐험을 기획한 지도자라고 생각할 수밖에 없었으므로 지휘에 나서려 했다. 그가 권위를 주장하거나 거들먹거리는 낌새만 보여도 사기꾼들은 뒤에서 비웃곤 했다. 나는 그의 오만하고 권위적인 태도를 보고 그렇게 여기는 데 아주 익숙했기에 이 여행에서 그가 어떤 처지에 있는지를 생각해보면 괴로운 마음에 얼굴이 붉어질 지경이었다. 그가 얼마나 빨리 알아차리게 되었는지는 알지 못한다. 그러나 꽤 오래 걸렸고, 어떤 도움도 닿을 수 없는 황무지로 들어온 다음에야 그는 진실에 완전히 눈을 떴다.

그 사건은 이렇게 벌어졌다. 해리스와 몇 명이 의논을 하려고 숲속으로 멀리 갔을 때 덤불 속에서 부스럭거리는 소리가 나는 바람에 그들은 깜짝 놀랐다. 그들은 인디언의 전투 기술에 익숙했고, 마운틴은 야만인들과 함께 살고 사냥도 했을 뿐 아니라 싸우고 명예도 얻은 바 있었다. 그는 숲속에서 소리를 전혀 내지 않고 움직이며 사냥개처럼 흔적을 쫓을 수 있었다. 이 놀라운 소리가 들리자 다른 이들이 마운틴에게 덤불로 뛰어 들어가 정보를 갖고 오라고 시켰다. 이내 그는 가까이에 어떤 남자가 있고 나뭇잎들과 가지들 사이에서 조심하기는 하지만 별다른 기술 없이 움직이고 있다고 확신했다. 곧 더 유리한 곳에 이르자 그는 세쿤드라 다스가 여러 번 뒤를 돌아보면서 재빨리 기어가는 것을 볼 수 있었다. 이것을 보고는 웃어야 할지 울어야 할지 알 수 없었다. 마운틴이 돌아와서 보고했을 때 그의 공범들도 거의 똑같이 마음을 정할 수 없었다. 지금 인디언들이 습격할 위험은 없었다. 그러나 다른 한편으로 보면, 세쿤드라 다스가 애써 그들을 감시했으므로 영어를 알고 있을 가능성이 대단히 높았다. 그가 영어를 안다면, 그들의 모든 계획을 밸런트레이 귀공자가 알고 있으리라는 사실은 의심의 여지가 없었다. 그런데 한 가지 특이하게 유리한 점이 있었다. 세쿤드라 다스가 영어를 알면서도 속여왔다면, 해리스는 인도의 여러 언어에 능숙했던 것이다. 그는 인도에서 난봉꾼보다도 형편없이 살았으므로 그곳에서 살았던 시절에 대해 언급하지 않는 것이 적절하다고 생각했다. 이렇게 되어 양쪽 모두 상대의 의논을 엿들을 수 있는 구멍이 있었던 셈이다. 음모자들은 이러한 장점에 대한 설명을 듣고는 야영지로 돌아왔다. 해리스는 그 힌두스탄 사람이 자기 주인과 다시 밀실에 박혀 있다는 말을 듣고는 그 텐트 옆으로 기어갔다. 나머지 사람들은 담배를 물고 불가에 앉아서 그가 돌아오기를 초조하게 기다렸다. 마침내 그는 아주 침울한 얼굴로 돌아왔다. 최악의 의심을 확인할 수 있을 만큼 충분히 엿들었던 것이다. 세쿤드라 다스는 영어를 잘했고, 며칠간 기어 다니며 귀담아들었다. 밸런트레이 귀공자는 이제 음모에 대해 다 알게 되었고, 둘은 이튿날 연결 육로에 이르면 대열에서 이탈해 되는대로 숲속으로 뛰어들자고 의논했다. 음모자들에 둘러싸여 있느니 굶주림과 야수들, 야만적인 인간들로 위험에 처하더라도 차라리 그쪽을 선택했던 것이다.

그러면 이제 어떻게 해야 할까? 일부는 밸런트레이 귀공자를 당장 죽이자고 주장했다. 하지만 해리스는 보물의 비밀이 그것을 파묻은 사람과 함께 사라질 테니 아무 이득도 없는 범죄라고 말했다. 다른 이들은 당장 이 모험을 그만두고 뉴욕으로 돌아가자고 주장했다. 그러나 군침 도는 보물이라는 단어와 그들이 이미 이동해온 먼 거리를 생각하고는 대다수가 그 주장에 동의하지 않았다. 그들 대부분은 아둔한 녀석이었다고 나는 생각한다. 해리스는 사실 학식이 약간 있었고, 마운틴은 바보가 아니었으며, 해스티는 교육받은 사람이었다. 그러나 이들도 분명히 인생의 실패자들이었고, 나머지는 식민지의 쓰레기 같은 악당들이었다. 어떻든 그들이 도달한 결론은 합리적 사고보다는 탐욕과 희망의 산물이었다. 그것은 결정을 미루고, 밸런트레이 귀공자를 빈틈없이 감시하고, 모두들 입을 다물어 그의 의심에 더 이상 먹이를 주지 말고, 순전히 (내가 이해한 바로는) 그 희생양이 자신들 못지않게 탐욕적이고 희망에 차 있고 비합리적이라서 결국에 그의 생명과 보물을 넘겨줄 가능성을 믿으려는 것이었다.

그다음 날에 세쿤드라와 밸런트레이 귀공자는 두 번이나 달아나려는 듯이 보였고, 두 번 포위되었다. 밸런트레이 귀공자는 두 번째 시도에서 약간 창백해진 얼굴을 제외하면 실망한 흔적을 전혀 드러내지 않았고, 자신이 멍청하게도 이탈하게 되었다고 사과했으며, 다시 붙잡힌 것에 대해 도움을 받은 듯이 고마워했고, 평소와 같이 씩씩하고 쾌활한 표정과 태도로 대열에 합류했다. 하지만 그가 수상한 낌새를 챈 것은 분명하다. 그때부터 그와 세쿤드라는 귓속말로만 말했고, 해리스가 텐트 옆에서 몸을 떨며 귀를 기울였어도 아무 소용이 없었던 것이다. 바로 그날 밤에 그들은 배를 벗어나 걸어서 행군하기로 결정했다. 그렇게 하면(두 수로 사이로 배와 물품을 운반하는 혼란스러운 일이 없기 때문에) 탈출의 가능성이 훨씬 줄어들었다.

이제 양쪽 사이에 싸움이 시작되었는데, 한편으로는 목숨을, 한편으로는 보물을 건 싸움이었다. 그들은 이제 밸런트레이 귀공자가 직접 안내자 역할을 해야 하는 황무지의 그 지역에 다가가고 있었다. 이것을 그를 괴롭힐 구실로 삼아서 해리스와 그의 부하들은 밤마다 귀공자와 함께 모닥불 옆에 둘러앉아서 그를 함정에 빠뜨려 뭔가 자백하게 만들려고 애썼다. 그는 비밀을 무심코 누설한다면 자신의 사형 집행 영장과 다름없다는 사실을 잘 알고 있었다. 다른 한편으로 그는 그들의 질문을 감히 거부하지 못했고 능력껏 최선을 다해 그들을 돕는 듯이 보여야 했다. 그러지 않으면 일행에 대한 자신의 불신을 사실상 공공연히 드러내놓는 거나 마찬가지였다. 하지만 마운틴이 내게 장담한 바에 따르면, 그 남자는 한 번도 이맛살을 찌푸린 적이 없었다. 그는 목숨이 실 한 오라기에 달린 채 이 자칼들 사이에서 앉아 있어도 자기 집의 난롯불 옆에 편안히 앉아 있는 느긋하고 재치 있는 집주인 같았다. 그는 어떤 질문에나 답했고, 종종 익살스럽게 답했으며, 위협을 피해나갔고, 모욕을 얼버무렸으며, 솔직한 표정으로 말하고, 웃고, 귀를 기울였다. 간단히 말해서 자신에 대한 의혹을 가시게 할 만한 태도로 처신했고, 그들이 알고 있는 것을 흔들어대기에 이르렀다. 실로 마운틴은 자신들이 오래지 않아 선장의 이야기를 불신하고 그 지정된 희생자들이 음모를 꾸민 적이 전혀 없다고 생각하게 되었을 거라고 내게 고백했다. 귀공자가 계속해서 (매우 기발하게) 질문을 따돌렸다는 사실과 반복된 탈출 시도를 더 분명하게 확인하지 않았더라면 말이다. 상황을 위태롭게 만든 마지막 탈출 시도에 대해 이제 이야기하겠다. 먼저 이때쯤 해리스의 동료들에게 참을성이 완전히 바닥났다는 것을 말해야겠다. 그들은 예의를 차리는 척도 하지 않았다. 그리고 아주 중요한 계제에 밸런트레이 귀공자와 세쿤드라의 무기를 (어떤 핑계를 대고) 빼앗았다. 하지만 위협받은 두 사람은 그들 나름대로 계속해서 우의를 멋지게 과시했다. 세쿤드라는 늘 절을 했고, 밸런트레이 귀공자는 언제나 미소를 지었다. 휴전 상태로 지내던 마지막 날 밤에 그는 일행의 기분 전환을 위해 노래를 부르기까지 했다. 그는 또한 평소와 달리 배불리 밥을 먹었고 과음했다고 하는데, 틀림없이 계획된 일이었다.

어쨌든 새벽 3시쯤에 그는 텐트 밖으로 나왔고 과음에 시달리는 사람처럼 신음하며 투덜거리는 소리를 냈다. 얼마간 세쿤드라는 밖에서 주인의 시중을 들었고, 주인이 이윽고 좀 나아져서 텐트 옆의 서리 덮인 땅에서 잠이 들자 인도인은 안으로 돌아갔다. 얼마 후에 보초병이 바뀌었다. 밸런트레이 귀공자는 이른바 물소 가죽 옷을 입고 자신이 누워 있는 곳을 그에게 가리켜주었다. 그때부터 보초병은 (그의 주장에 따르면) 한시도 쉬지 않고 그를 감시했다. 첫 새벽빛이 들었을 때 갑자기 찬바람이 불어와 옷의 한 귀퉁이가 한쪽으로 젖혀졌고, 밸런트레이 귀공자의 모자가 공중으로 날아가 몇 미터 떨어진 곳에 떨어졌다. 보초병은 그래도 그가 깨어나지 않는 것이 이상하다고 생각해서 가까이 가보았다. 다음 순간에 그는 죄수가 탈출했다고 큰 소리를 지르며 숙소에 가서 보고했다. 밸런트레이 귀공자가 인도인을 남겨두고 떠난 것이다. 우리는 (처음에 놀랐을 때 분노가 치밀어) 그 대가로 인도인의 목숨을 빼앗을 뻔했고, 사실 잔혹하고 거칠게 다뤘다. 그러나 세쿤드라는 위협과 학대를 받으면서도 특별한 충성심으로 자신은 주인의 계획을 알지 못했다고 끈질기게 주장했는데 사실일 수도 있다. 그의 탈출 방법도 알지 못한다고 했는데 그것은 명백히 거짓말이었다. 그러므로 공모자들이 할 수 있는 일은 마운틴의 재주에 전적으로 의존하는 것뿐이었다. 지난밤에 몹시 추웠기에 땅은 얼어붙어 딱딱했다. 해가 떠오르자 얼음이 녹기 시작했다. 마운틴은 평소에 자기 발자국을 따라올 수 있는 사람은 거의 없고 발자국을 찾아낼 사람은 (원주민 인디언 중에서도) 더더욱 없다고 자랑했었다. 밸런트레이 귀공자는 추격자들이 냄새를 맡기 한참 전에 출발했고, 걷는데 그리 익숙하지 않은 사람치고는 놀랍게도 힘차게 걸었음에 틀림없다. 거의 정오 무렵에야 그의 형체가 마운틴의 눈에 들어왔던 것이다. 이 중차대한 순간에 그 상인은 혼자였고,

그의 요청에 따라서 동료들은 몇백 미터 뒤에서 따라오고 있었다. 그는 밸런트레이 귀공자에게 무기가 없다는 것을 알고 있었다. 게다가 그의 가슴은 사냥에 대한 욕망으로 달아올랐다. 사냥감이 아주 가까이에서 무방비 상태로 지친 모습을 드러내자 마운틴은 허영심에 혼자서 포획하기로 작정했다. 한두 걸음을 내딛자 작은 빈터의 가장자리에 이르렀다. 그 맞은편에 팔짱을 끼고 큰 바위에 등을 기댄 채 밸런트레이 귀공자가 앉아 있었다. 마운틴이 어떻든 바스락 소리를 냈는지 모른다. 밸런트레이 귀공자가 고개를 들고 사냥꾼이 숨어 있는 덤불 쪽을 똑바로 바라보았던 것이다. "그가 나를 보았는지는 확신할 수 없었소." 마운틴이 말했다. "그는 그저 마음을 정한 사람처럼 내 쪽을 보았지. 그런데 술병에서 럼주가 흘러 나가듯 내 몸에서 용기가 다 빠져나갔소." 곧 밸런트레이 귀공자는 다른 곳을 보았고, 상인이 오기 전에 빠져 있었던 깊은 생각에 다시 잠긴 것 같았다. 마운틴은 슬그머니 뒷걸음질 쳤고 자기 동료들의 도움을 얻기 위해 돌아갔다.

그런데 이제 놀라운 일이 벌어졌다. 그를 발견했다는 정찰병의 보고를 듣자마자 일행이 탈주자를 급습하려고 무기를 준비하고 있는데 바로 그 남자가 조용히 뒷짐을 진 채 당당히 걸어와 그들 사이에 나타난 것이 아닌가.

"아, 여보게들!" 남자는 그들을 바라보며 말했다. "운 좋게 만났군. 야영지로 돌아가세."

마운틴은 자신의 약점이나 덤불을 바라보던 밸런트레이 귀공자의 당혹스러운 눈길에 대해서 언급하지 않았다. 그래서 (다른 이들에게도 그랬듯이) 그가 자발적으로 돌아온 것 같았다. 그럼에도 왁자지껄한 소란이 일어났다. 욕설을 퍼붓고 주먹을 휘두르고 위협하고 총을 겨눴다.

"야영지로 돌아가세." 밸런트레이 귀공자가 말했다. "내가 한 가지 설명할 것이 있는데 자네들 모두 있는 데서 해야 해. 그동안 나라면 이 무기들을 세워놓겠네. 그중 하나라도 쉽게 발사되어 자네들이 꿈꾸는 보물을 날려버릴 수 있으니까." 그가 미소를 지으며 말했다. "나라면 황금알을 낳는 거위를 죽이지 않을 걸세."

그의 오만함이 또다시 마술처럼 승리했다. 일행은 특별히 누구의 명령을 받지 않고도 돌아가기 시작했다. 도중에 그는 기회를 잡아 마운틴에게만 한두 마디를 건넸다.

"자네는 영리하고 용감하지." 그가 말했다. "그런데 자네가 잘 처신하고 있는지 모르겠군. 해리스 씨 같은 평범한 악당보다 내게 봉사하는 편이 더 낫고, 더 안전하지 않을지 생각해보라고 말해주고 싶네. 잘 생각해보게." 그는 남자의 어깨를 가볍게 두드리며 말을 맺었다. "서두르지 말게. 죽었든 살았든 나는 자네가 싸우기 힘든 상대라는 걸 알게 될 거야."

그들이 야영지로 돌아왔을 때, 세쿤드라를 감시하고 있던 해리스와 핑커턴은 밸런트레이 귀공자를 보고 바가지를 잘 긁는 여자들처럼 놀려댔다. 그런데 동료들이 "물러서서 이 신사가 하려는 말을 들어봐"라고 말하자 너무 놀라서 입을 다물 수 없었다. 그들의 욕설에 밸런트레이 귀공자는 움찔하지 않았다. 또한 자신이 우위를 점했다는 증거에 자만심을 드러내지도 않았다.

"서두르지 말게." 그가 말했다. "먼저 음식을 먹고 그다음에 공개적으로 이야기하지."

이 말에 그들은 서둘러 음식을 먹었고, 식사가 끝나자마자 밸런트레이 귀공자는 팔꿈치를 괸 채 말을 시작했다. 그는 장광설을 늘어놓았고, 해리스를 제외한 일행 각각에게 돌아가며 말했으며, 동일 인물을 제외한 각각에게 특별한 칭찬거리를 찾아 추켜세웠다. 그는 그들을 "용감하고 정직한 멋진 사나이"라고 불렀고, 자신은 이보다 쾌활하고 일도 잘하고 고통을 명랑하게 견디는 사람들을 본 적이 없다고 선언했다. "자, 그러면." 그가 말했다. "누군가 묻겠지. 내가 왜 도망쳤냐고? 그런데 그건 대답할 가치도 없네. 자네들 모두 대체로 알고 있다고 생각하니까. 그런데 자네들은 대체로 알고 있을 뿐이네. 그것에 대해 곧 말할 테니, 준비하고 있다가 그 얘기가 나올 때 알아차리도록 하게. 여기 배신자가 있네. 이중 배신자지. 내가 말을 끝내기 전에 그의 이름을 알려주겠네. 지금은 그것으로 충분해. 그런데 여기 다른 신사가 와서 내게 묻더군. '빌어먹을, 왜 돌아왔소?' 자, 그 질문에 답하기 전에 내가 자네들에게 한 가지 물어볼 것이 있네. 여기 있는 이 똥개, 이 해리스란 작자가 힌두스타니어를 할 줄 아나?" 그가 한쪽 무릎을 짚고 일어서서 남자의 얼굴을 똑바로 가리키며 이루 말할 수 없이 위협적인 몸짓으로 소리쳤다. 그렇다는 대답을 듣자 그는 말했다. "아, 그렇다면 내 의심이 모두 확인되었고, 내가 돌아온 게 옳았어. 자, 이보게, 이제 처음으로 진실을 말해주겠네." 그러고 나서 그는 긴 이야기를 시작했다. 그는 해리스를 계속 의심해왔으며, 자신이 우려했던 것이 확인되었고, 자신과 세쿤드라 사이에 오간 이야기를 해리스가 틀림없이 잘못 전달했을 거라고 예의 뛰어난 말재주로 늘어놓았다. 여기서 그는 과감한 공격으로 탁월한 효과를 냈다. "자네들은 해리스와 몫을 나눌 거라고 생각하겠지. 반드시 그럴 거라고 생각할 거야. 자네들은 당연히 저렇게 우둔한 악당이 자네들을 속일 수 있으리라고 생각하지 못할 거야. 하지만 조심하게! 이런 백치 같은 자들도 교활한 구석이 있거든. 스컹크가 악취를 풍기듯이 말이야. 해리스가 이미 돈을 챙겼다는 말은 처음 들어보겠지. 그래, 그자에게 보물은 덤으로 받는 것일 뿐이야. 자네들은 보물을 찾아내든지 그러지 못하면 굶어야겠지. 그런데 그는 이미 돈을 받았다는 말씀이야. 내 동생이 나를 죽이라고 그에게 대가를 지급했거든. 의심스럽다면 저 자를 보게. 발각된 도둑처럼 씩 웃으며 침을 꿀떡 삼키는 저 작자를 보라고!" 이렇게 만족스러운 인상을 심어주었으므로 그는 자신이 어떻게 탈출했는지를 설명했고, 다시 생각해보고는, 돌아와서 일행들에게 진실을 알려주고 다시 한번 그들에게 자기 운을 맡기기로 결론 내렸다고 말했다. 그들이 즉시 해리스를 물러나게 하고 다른 지도자를 뽑을 거라고 확신했기 때문이다. "이것이 모든 진실이라네." 그가 말했다. "단 한 명을 제외하고 자네들 모두의 손에 나를 완전히 맡기겠네. 그 예외가 누구냐고? 저기 앉아 있네." 그는 소리치며 다시 해리스를 가리켰다. "죽어야 할 인간이지! 어떤 무기든 어떤 조건이든 내게는 다 매한가지야. 나를 저 작자와 대결하게 해주게. 자네들이 내게 막대기 하나만 주어도 오 분 안에 개들이 떼 지어 몰려들 썩은 고기 조각의 겁쟁이를 보여주겠네."

사방이 깜깜해진 다음에야 그는 말을 끝냈다. 그들은 거의 말 한마디 없이 귀를 기울였다. 하지만 불빛에 비친 옆 사람의 얼굴을 보고 어느 정도나 설득되었는지 또는 확신했는지 판단할 순 없었다. 사실 밸런트레이 귀공자는 가장 환한 곳에 서 있었고 그곳에서 자기 얼굴이 모든 시선의 초점이 되도록 자리를 유지하고 있었다. 의심할 바 없이 깊은 계산에서 나온 행위였다. 한동안 침묵이 이어지다가 모두들 논쟁에 휩싸였다. 밸런트레이 귀공자는 깍지 낀 두 손으로 머리를 받치고 한 무릎을 다른 무릎 위에 걸쳐놓은 채 드러누워 있었는데, 논쟁의 결과에 아무 관심도 없는 사람 같았다. 그런데 여기서 허세 때문에 그는 도를 넘어섰고 그의 주장에 악영향을 미치게 되었다. 어쨌든 의견이 한두 번 이쪽저쪽으로 흔들리더니 결국에는 그의 말에 반대하는 쪽으로 모아졌던 것이다. 귀공자는 해적선에서 있었던 일이 되풀이되어 자신이 상당히 어려운 조건에서 우두머리로 선발되기를 바랐을지 모른다. 그런데 상황이 그쪽으로 너무 멀리 흘러갔으므로 마운틴은 사실 그 제안을 거절했다. 하지만 그의 기대를 좌절시킨 인간은 해스티였다. 이 작자는 심술궂고 동작이 굼떴으며 추악한 인상을 쓰고 다니는 기질이라서 호감을 사지 못했다. 그러나 에든버러 대학에서 얼마간 신학을 공부했었고 어떤 비행을 저질러 앞날을 망치고 말았다. 그런데 지금 그는 자신이 배운 것을 기억해내서 응용하고 있었다. 해스티가 말을 시작한 지 얼마 되지 않았을 때 밸런트레이 귀공자는 무심하게 한쪽으로 몸을 돌렸는데, (마운틴의 생각으로는) 얼굴에 떠오르기 시작한 절망감을 숨기기 위해서였다. 해스티는 자기들이 지금까지 들은 얘기의 대부분은 그 문제와 아무 상관도 없다고 일축했다. 그들이 원하는 것은 보물이다. 해리스에 대한 얘기가 사실일 수도 있고, 그러면 나중에 그 문제를 처리해야 할 것이다. 그러나 그 문제가 보물과 무슨 상관이 있는가? 그들은 어마어마하게 많은 말을 들었지만, 진실은 바로 이것이다. 즉 듀리 씨가 엄청나게 겁을 먹고 몇 번이나 도망쳤다는 것이다. 지금 그는 여기 있고, 잡혀 왔든지 스스로 돌아왔든지 해스티에게는 매한가지였다. 중요한 점은 이 문제를 끝장내는 것이다. 선장을 물러나게 하고 새로 뽑는 문제에 대해서 말하자면, 그들 모두 자유로운 인간으로서 스스로 자기 일을 처리할 수 있으면 된다. 선장을 선출하는 문제는 그들을 속이려는 것이고, 해리스와 싸우겠다는 제안도 마찬가지다. "그는 이 야영지의 누구와도 싸워서는 안 돼. 난 그에게 그렇게 말할 수 있어." 해스티가 말했다. "우리는 그의 무기를 뺏느라 꽤 고생했지. 그런데 그 무기를 돌려준다면 바보 천치로 보일 걸. 하지만 저 신사가 신나는 일을 원한다면, 원하는 것 이상으로 많이 줄 수 있지. 난 남은 인생을 이 산속에서 보낼 생각이 없으니까. 이미 너무 오래 있었어. 그래서 내가 제안하는 건 이거야. 저 신사가 보물이 있는 곳을 당장 말하든지, 아니면 당장 한 방 맞는 거지. 그리고 여기." 해스티가 자기 무기를 꺼내며 말했다. "이 권총을 사용할 생각이야."

"자, 자네를 사내다운 사내라고 부르겠네." 밸런트레이 귀공자가 일어나 앉아서 감탄하는 기색으로 해스티를 보며 소리쳤다.

"당신에게 뭐라고 불러달라고 부탁한 적 없어." 해스티가 대답했다. "어느 쪽을 선택하겠어?"

"그건 쓸데없는 질문이네." 밸런트레이 귀공자가 말했다. "악마가 재촉하면 거절할 수 없지. 실은 우리가 쉽게 걸어서 도착할 수 있는 거리에 있네. 내일 그곳을 보여주지."

이렇게 말하면서 마치 모든 의논이 완전히 결론에 이른 듯이, 그리고 자기 마음에 들게 결정된 듯이 그는 자기 텐트로 걸어가버렸고, 세쿤드라는 먼저 들어가 있었다.

나는 나의 숙적이 마지막에 겪은 반전들과 몸부림을 생각하면 찬탄의 감정을 느끼지 않을 수 없다. 그 감정에는 일말의 동정심도 섞여 있지 않다. 그 남자는 자신의 불운을 너무나 강력하게 견뎌냈고, 너무나 대담하게 저항했다. 스스로 완전히 실패했다고 인식한 순간에도, 자신이 그저 적을 교체하는 결과를 이뤘을 뿐이고 해리스를 무너뜨리고 해스티를 세웠다는 것을 알았을 때도, 그의 행위는 일말의 약한 기색도 보이지 않았다. 그는 (내가 생각하기에는) 극장에서 나와 재사들과의 저녁 식사에 참석할 때처럼 편안하고 자신 있고 품위 있는 표정과 태도로 이 마지막 원정의 엄청난 위험에, 태연히 맞서기로 이미 마음먹은 채 자기 텐트로 물러났을 것이다. 그러나 내면에서, 우리가 그곳을 볼 수 있다면, 그의 영혼이 떨고 있었으리라는 것은 의심의 여지가 없다.

그날 밤 일찍 밸런트레이 귀공자가 아프다는 말이 야영지에 돌았다. 이튿날 날이 밝자마자 그는 해스티를 불러들여서 의술을 좀 아느냐고 아주 근심스럽게 물었다. 실은 그 타락한 신학도의 자랑거리가 바로 그것이었는데, 과거에 의술을 배워 숙련되었다고 떠벌렸던 것이다. 해스티는 그를 진찰했고, 우쭐해진 데다 무지하고 의심이 많았기에 그 남자가 병이 든 것인지 아니면 꾀병을 부리는지 전혀 알 수 없었다. 이런 상태에서 그는 동료들에게 돌아가서 (어느 쪽이든 거들먹거릴 수 있으므로) 환자가 죽을 가능성이 충분히 있다고 말했다.

"그럼에도 불구하고." 그는 욕설을 하며 덧붙였다. "가다가 길옆에서 죽는 한이 있더라도 그는 오늘 아침에 우리를 보물로 데려가야 해."

그러나 이 야만적인 처사에 반발한 몇 명이 야영지에(마운틴도 거기에 포함되어) 있었다. 그들은 밸런트레이 귀공자가 총에 맞는 것을 보거나 직접 그에게 총을 쏘았더라도 일말의 연민도 느끼지 않을 사람들이었다. 그러나 전날 밤에 그가 보여준 용감한 투지와 명백한 패배에 감동받은 것 같았다. 또한 그들은 새로운 우두머리에게 벌써 반발하기 시작한 터였다. (그 남자가 아프다면) 적어도 하루는 그를 쉬게 해주어야한다고 그들은 이제 해스티의 주장에 굴하지 않고 주장했다.

다음 날 아침에 그의 상태는 분명히 더 나빠졌고, 해스티는 인도적인 우려 같은 것을 드러내기 시작했다. 의사 노릇의 흉내만 내도 동정심이 쉽게 일어나는 법이다. 사흘째 되는 날 밸런트레이 귀공자는 마운틴과 해스티를 텐트로 불러서 자신이 죽어가고 있다고 말했고, 은닉처의 위치를 자세히 알려주고는 즉시 탐색 원정을 떠나라고 간청했다. 그러면 그들은 그가 속였는지 확인할 수 있을 테고, (처음에 성공하지 못한다면) 그가 그들의 실수를 바로잡을 수 있을 것이었다.

그러나 여기서 한 가지 곤란한 일이 발생했는데 그는 그것을 틀림없이 계산에 넣었을 것이다. 이들 중에 누구도 다른 사람을 믿지 않았고, 누구도 뒤에 남는 데 동의하지 않으려 했다. 또 한편으로는 밸런트레이 귀공자가 몸에 기운이 하나도 없어 속삭이는 소리밖에 내지 못했고, 대부분의 시간에 의식이 없이 누워 있었지만, 그래도 병에 걸린 척 사기를 치는 것일 수 있었다. 만일 모두가 보물 사냥에 나선다면, 결국에 허황하기 그지없는 것을 추적하다가 돌아와서 포로가 사라진 것을 보게 될지 모른다. 그래서 그들은 야영지 주위에서 빈둥거리기로 결정했고, 그렇게 하는 이유는 동정심 때문이라고 주장했다. 분명 인간의 성향은 복잡하게 뒤얽혀 있어서 어떤 사람들은 자신들이 태연히 살해하려고 계획했던 남자의 자연 발생적인 위험에 진심으로(매우 깊은 감정은 아니더라도) 연민을 느끼기도 한다. 오후에 기도를 올려달라고 침상 옆으로 불려 간 해스티는 (믿을 수 없는 일로 보이기는 하지만) 번지르르한 말로 기도를 올렸다. 그런데 밤 8시경에 세쿤드라의 통곡 소리가 터져 나오면서 모든 것이 끝났음을 알려주었다. 10시가 되기 전에 인도인은 횃불을 땅에 박아놓고 힘들여 무덤을 파기 시작했다. 다음 날 해가 떠올랐을 때 밸런트레이 귀공자의 장례가 시작되었고, 모두들 참석해서 대단히 점잖게 처신했다. 시신은 털옷에 감싸인 채 땅에 눕혀졌고, 밀랍처럼 하얀 얼굴만 덮이지 않았는데 콧구멍은 세쿤드라가 믿는 어떤 동양의 관습에 따라서 무언가로 막혀 있었다. 무덤이 흙으로 채워지자 인도인의 애도가 다시 모두의 심금을 울렸다. 이 살인자 패거리는 통곡 소리가 듣기 괴로울 뿐 아니라 (이런 지역에서) 자신들의 안전에 위험한 요인이 될 텐데도 화를 내기는커녕 거칠지만 다정하게 그를 위로하려고 애썼다.

최악의 인간에게서도 인간 본성이 간혹 친절한 모습을 띨 수 있지만, 여전히 첫째가는 본성은 탐욕이다. 이내 그들은 애도하는 사람에게서 관심을 돌려 자신들의 관심사를 떠올렸다. 보물의 은닉처가 아직 밝혀지지 않았지만 가까이 있으므로 야영지를 계속 유지하기로 결론이 났다. 그날 탐색자들은 헛되이 숲을 돌아다니면서 시간을 보냈고, 세쿤드라는 그 동안 주인의 무덤 위에 누워 있었다. 그날 밤에 그들은 보초병을 세우지 않고 흔히 나무꾼들이 하듯이 머리를 바깥쪽으로 둔 채 바큇살처럼 모닥불을 둘러싸고 둥글게 누웠다. 다음 날 아침이 되고 보니 그들은 같은 자리에 있었지만 마운틴의 오른쪽으로 그와 해스티 사이에 누웠던 핑커턴이 (깜깜한 시간에) 은밀히 도륙되어 있었고, 몸은 아직 망토에 싸여 있지만 그 위로는 머리 가죽이 벗겨진 사악하고 끔찍한 모습을 드러냈다. 그날 아침에 패거리는 일단의 유령들처럼 새파랗게 질리고 말았다. 인디언의 전투(아니, 더 정확하게 말하자면 인디언의 살육)가 집요하다는 것은 모두들 알고 있었던 것이다. 그들은 보초병을 세우지 않은 것이 가장 큰 잘못이라고 말했다. 그러고는 가까이 묻혀 있는 보물에 흥분해서 하던 일을 계속하기로 결정했다. 핑커턴을 밸런트레이 귀공자 바로 옆에 묻고 나서 살아남은 사람들은 다시 숲을 탐색하며 하루를 보냈고, 불안과 희망이 뒤섞인 감정으로 돌아왔다. 자신들이 찾고 있는 것을 발견하는 데 한 발 더 가까워졌다는 확신이 들기도 했고, 다른 한편으로는 (밤이 돌아오자) 인디언에 대한 공포가 엄습했던 것이다. 마운틴이 첫 번째로 보초를 섰는데, 그는 자지도 않고 앉지도 않은 채 계속 긴장하고 경계하면서 망을 보았다고 주장했다. 심지어 태연하게 (별들을 보고 자기 임무 시간이 끝났다는 것을 알았을 때) 다음번 보초를 깨우려고 불가에 다가갔다. 그 사람이(구두장이 힉스였다) 누운 곳은 모닥불을 둘러싼 둥근 원에서 바람이 불어 가는 쪽이어서 바람이 불어오는 쪽보다는 조금 멀고 날리는 연기 때문에 어두웠다. 마운틴은 몸을 숙이고 그의 어깨를 잡았다. 그 순간 손에 끈적거리는 축축한 것이 묻었고, (그때 바람의 방향이 바뀌면서) 불빛이 잠자는 사람을 비추었다. 그도 핑커턴처럼 머리 가죽이 벗겨진 채 이미 죽어 있었다.

분명히 그들은 타의 추종을 불허하는 어떤 인디언 자객의 손아귀에 들어간 것이었다. 그 자객은 며칠이든 자신들을 따라올 테고, 쉬지 않고 행군하고 잠을 자지 않고 경계하더라도 그들의 진군을 계속 따라잡고 그들이 쉬는 곳마다 몰래 와서 머리 가죽을 벗겨 갈 것이다. 이 사실이 밝혀지자 이미 여섯 명으로 줄어든 보물 탐색자들은 혼비백산해서 꼭 필요한 물건 몇 가지만 집어 들고 나머지 물건들은 내버린 채 숲속으로 당장 달아나버렸다. 그들이 두고 간 모닥불은 아직 타고 있었고 그들의 죽은 동료는 매장되지도 않았다. 온종일 그들은 쉬지 않고 달렸고, 가면서 음식을 간신히 입에 넣었다. 그들은 잠을 자기가 두려웠기에 깜깜한 시간에도 아무 데로나 계속 나아갔다. 그러나 인간은 지구력의 한계에 곧 도달한다. 결국 쉬게 되었을 때 그들은 깊이 잠들어버렸다. 깨어나보니 적이 여전히 그들을 뒤쫓고 있었고, 살해되고 훼손되어 자신들의 일행이 더 줄어들었고 변형되었다는 것을 알게 되었다.

이때쯤 되자 그들은 정신이 혼미해졌고, 황무지에서 완전히 길을 잃었을 뿐 아니라 음식도 이미 바닥나고 있었다. 이미 이야기가 너무 길어졌기에 끔찍한 일들을 더 나열하며 이야기를 부풀린다면 군더더기에 불과할 것이다. 이윽고 하룻밤이 지나도 해를 입은 사람이 없었고 살인자가 마침내 추적을 그만두었다는 안도감으로 다시 숨을 돌릴 수 있었을 때 남은 사람은 마운틴과 세쿤드라 둘뿐이었다는 말로 충분하리라. 그 상인은 보이지 않는 그들의 적이 자신이 알고 있는 어떤 전사일 테고, 그래서 자신에게 호의를 베풀어 죽음을 면하게 해주었다고 확신했다. 세쿤드라에게도 자비를 베풀었던 것은 그 인도인이 제정신이 아니라고 여겼기 때문일 거라고 설명했다. 공포에 질려 도주하는 동안, 다른 사람들이 음식과 무기를 내버릴 때도 세쿤드라는 계속해서 곡괭이를 어깨에 메고 비틀거리며 걸었기 때문이기도 하고, 지난 며칠간 아주 열렬하고 유창하게 자기 언어로 끊임없이 혼잣말을 해댔기 때문이었다. 그러나 그가 영어로 말할 때는 꽤 말짱한 상태였다.

"그가 완전히 가버렸을까요?" 그들이 다행히도 무사히 깨어났을 때 세쿤드라가 물었다.

"그렇기를 하느님께 빌고, 그렇게 믿고, 감히 그렇게 믿고 싶네." 마운틴은 그 장면을 우리에게 묘사했을 때처럼 그리 앞뒤가 맞지 않게 대답했다.

사실 마운틴은 정신이 오락가락하고 있어서 이튿날 아침에 우리를 만날 때까지 자신이 꿈을 꾼 것인지 생시였는지 도저히 알 수 없었다. 자기 대답을 듣자 세쿤드라가 곧장 몸을 돌려 한마디 말도 없이 지나온 발자국들을 밟으며 되돌아갔다는 것 말이다. 그는 그 춥고 배고픈 황무지를 향해서 사건이 일어난 곳마다 훼손된 시신이 이정표처럼 널브러져 있는 길을 따라갔다.

마운틴이 윌리엄 존슨 경과 내 주인님 앞에서 들려준 이야기는 물론 앞부분의 구체적인 것들은 모두 잘라내고 탐험에 대해서도 밸런트레이 귀공자가 병에 걸릴 때까지는 별다른 사건 없이 진행된 듯이 묘사했다. 그러나 후반부는 아주 강력하게 묘사했고, 회상을 하면서 눈에 띄게 떨고 있었다. 당시 우리는 같은 황무지의 변두리에 있었고 각자 은밀한 관심사가 있었기 때문에 그의 말에 잘 공감할 수 있었다. 마운틴이 알려준 소식 덕분에 듀리스디어 경에게는 온 세상이 달라졌고, 윌리엄 존슨 경의 계획도 상당히 영향을 받았다.

그 계획에 대해 독자들에게 보다 상세하게 설명해야겠다. 수상쩍은 의미가 함축된 소문이 올버니에 전해졌다. 어디에선가 적의를 실행에 옮길 거라는 소문이었다. 그래서 인디언과의 외교에 능한 있는 사람이 겨울이 다가오고 있음에도 그 해로운 싹을 잘라내기 위해서 황무지로 신속히 출동했던 것이다. 여기, 경계 지역에 이르자 윌리엄 경은 자신이 너무 늦게 왔다는 사실을 알게 되었고, 그러므로 (대체로) 대담하다기보다는 신중한 편인 그 남자는 어려운 선택에 직면하게 되었다. 몸에 색칠을 하고 다니는 원주민 전사들에게 그의 위상은 그 1745년의 컬로든 전투에서 덩컨 포브스 경이 하일랜드 지방의 족장들 사이에서 누린 위상과 비교할 수 있다. 말하자면 그는 이 사람들에게 유일한 이성의 나팔수였고, 평화와 절제를 당부하는 권고가 조금이라도 소용이 있으려면 오로지 그의 영향력을 통해서 설득해야 했다. 그런데 그가 그냥 돌아간다면, 이 지역은 인디언 전쟁으로 몹시 끔찍한 비극이 벌어질 것이다. 집들은 불타고, 여행자들은 목이 잘리고, 숲에 사는 인간들은 예전처럼 혐오스러운 머리 가죽을 전리품으로 수집할 것이다. 반면에 더 멀리 전진하여 이 소규모 일행을 황무지에서 위험에 빠뜨리고, 다시 전쟁으로 회귀하여 이미 기뻐하고 있는 호전적인 야만인들 사이에 평화의 말을 전하는 것, 이는 극도로 위험한 일이었고 그 앞에서 그의 마음이 거부감을 느낀다는 것을 쉽게 알 수 있었다.

"내가 너무 늦게 왔네." 윌리엄 경은 다시 말하고는 고개를 숙여 양손으로 괴고 발로 바닥을 두드리면서 깊은 생각에 잠겼다.

이윽고 그는 얼굴을 들고 우리를, 말하자면 주인님과 마운틴, 그리고 나를 보았다. 우리는 야영지 한구석에 사적 공간을 위해 피워놓은 모닥불 옆에 앉아 있었다.

"듀리스디어 경, 아주 솔직히 말하자면 내 마음은 둘로 나뉘어 있다네." 그가 말했다. "내가 전진하는 것은 꼭 필요하다고 생각하지만, 자네와 동행하는 기쁨을 더 누리는 것은 적절한 일이 아닐세. 우리가 아직 여기 강가에 있으니 남쪽으로 내려가는 것은 그리 위험하지 않을 테지. 자네와 매켈러 씨는 보트 한 대로 선원들을 데리고 올버니로 돌아가지 않겠나?"

주인님은 마운틴을 처음부터 끝까지 고통스럽고 강렬한 눈으로 주시하며 그의 이야기에 귀를 기울였다. 그리고 이야기가 끝난 후 꿈속에 빠진 사람처럼 앉아 있었다. 주인님의 표정에는 대단히 위압적인 뭔가가 있었다. 내 눈에는 인간적인 표정으로 보이지 않았다. 여위고 검고 나이 든 얼굴, 고통스러운 입, 늘 일그러진 미소에 드러난 이, 눈꺼풀에서 떨어져 핏발이 선 흰자위에서 빙빙 돌아가는 눈동자. 나는 주인님을 볼 때마다 신경에 거슬리는 짜증이 일었는데, 소중한 사람들이 아플 때 너무도 빈번히 떠오르는 감정 같은 것이라고 믿는다. 다른 사람들이 그의 옆에 있는 것도 견디기 힘들어한다는 것을 나는 감지하지 않을 수 없었다. 윌리엄 경은 그에게 가까이 다가가는 것을 피했고, 마운틴은 그의 시선을 피했다. 그와 시선이 마주치면 이야기를 하다가 흠칫 놀라서 멈추곤 했다. 하지만 윌리엄 경의 호소에 주인님은 자제력을 회복한 것 같았다.

"올버니로?" 그는 또렷한 목소리로 말했다.

"적어도 그 비슷한 곳으로." 윌리엄 경이 말했다. "이 근처는 안전하지 않다네."

"돌아가는 것은 전혀 내키지 않소." 주인님이 말했다. "나는 겁나지 않소, 인디언들은." 그가 발작적으로 덧붙였다.

"나도 그렇게 말할 수 있으면 좋겠네." 윌리엄 경이 미소를 지으며 대답했다. "하지만 누군가가 감히 그런 말을 한다면, 그 사람은 바로 나여야 하네. 그런데 자네는 내 책임감을 고려해줘야 하네. 이제는 여행이 극히 위험해졌고, 자네의 볼일은 (자네에게 혹시 볼일이 있었다면) 자네 가족에 대한 괴로운 소식을 듣게 되어 완전히 끝났으니 자네가 계속 가도록 허락할 수 없네. 혹시라도 유감스러운 일이 발생한다면 나는 불명예의 위험을 무릅써야 하네."

주인님은 마운틴을 바라보았다. "그가 무슨 병으로 죽는 척했소?"

"무슨 말씀이신지 모르겠습니다." 상인은 심하게 동상 걸린 부분을 처매다가 멈추고는 몹시 놀란 듯이 말했다.

주인님은 잠시 말을 멈춘 것 같았다. 그러더니 약간 짜증을 내며 말했다. "그가 무엇 때문에 죽었냐고 물었소. 분명 그건 쉬운 질문인데."

"아, 저는 모릅니다." 마운틴이 말했다. "해스티도 알지 못했어요. 자연스럽게 병이 든 것 같았고, 그냥 죽었어요."

"바로 저겁니다. 보세요." 주인님이 윌리엄 경을 보면서 말을 맺었다.

"경의 말이 너무 심오해서 이해할 수 없군." 윌리엄 경이 대답했다.

"아." 주인님이 말했다. "이건 상속이 걸린 문제입니다. 내 아들의 작위가 의심받을 수 있어요. 지금 그 남자는 누구도 알지 못하는 이유로 죽었다고 여겨지기 때문에 당연히 많은 의혹이 일어날 겁니다."

"하지만 빌어먹을, 그 남자는 매장되었잖소!" 윌리엄 경이 소리쳤다.

"나는 절대 그것을 믿지 않을 겁니다." 주인님이 고통스럽게 몸을 떨며 말했다. "절대로 믿지 않을 거라고!" 그는 다시 소리치며 벌떡 일어섰다. "그가 죽은 듯이 보이던가?" 주인님이 마운틴에게 물었다.

"죽은 사람처럼 보였냐고요? 시퍼렇게 보였어요. 아니, 대체 무엇을 노리시는 겁니까? 정말이지, 제가 그 시신에 흙을 덮었다고요."

주인님이 갈고리처럼 굽은 손으로 윌리엄 경의 외투를 잡았다. "그 남자는 내 형이라는 이름을 갖고 있어요. 하지만 결코 안전하게 상대할 수 있는 인간은 아니라는 것이 잘 알려져 있습니다." 그가 말했다.

"안전하지 않다고?" 윌리엄 경이 말했다. "그게 무슨 말이오?"

"그는 이 세상 사람이 아닙니다." 주인님이 말했다. "그도 그렇고, 그의 시중을 드는 검은 악마도 그렇지요. 나는 그의 몸에 칼을 찔러 넣었어요." 그가 큰 소리로 말했다. "칼자루가 가슴뼈에서 울리는 것을 느꼈고, 뜨거운 피가 바로 내 얼굴에 튀어 오르는 것을 거듭해서 느꼈어요. 거듭해서." 그는 뭐라 표현할 수 없는 몸짓을 하며 반복했다. "그런데, 그럼에도 불구하고 그는 죽지 않았어요." 그가 크게 한숨을 쉬며 말했다. "왜 지금 그가 죽었다고 생각해야 합니까? 아뇨, 그가 썩어가는 것을 볼 때까지는 안 됩니다." 주인님이 말했다.

윌리엄 경은 침울한 얼굴로 나를 건너다보았다. 마운틴은 자기 상처도 잊고는 입을 벌린 채 응시하고 있었다.

"주인님, 마음을 좀 가다듬으시면 좋겠어요." 내가 말했다. 하지만 목구멍이 완전히 말라버렸고 마음도 너무 혼란스러워서 더 말을 이을 수 없었다.

"아니, 윌리엄 경이 내 말을 이해하실 거라고는 생각할 수 없겠지." 주인님이 말했다. "매켈러는 이해합니다. 모든 것을 알고 있으니까요. 전에도 그가 매장되는 것을 보았고요. 이 사람은 내게 아주 좋은 하인입니다, 윌리엄 경, 이 매켈러라는 사람은, 이 사람은 자기 손으로(이 사람과 내 부친께서) 은 촛대 두 개의 불빛을 받으며 그를 매장했어요. 다른 인간은 그가 부리는 마귀입니다. 그를 인도의 코로만델에서 데려왔어요. 이 이야기를 오래전에 해드렸어야 했는데, 윌리엄 경, 다만 이게 집안의 내밀한 사정이라서요." 이 마지막 말을 주인님은 우울하고 평온한 어조로 말했다. 그가 잠시 일으킨 정신착란이 가라앉는 것 같았다. "이것이 다 무슨 의미인지 자문해보실 수 있겠지요." 그가 말을 이었다. "내 형은 병이 들고 죽어서 땅에 묻혔습니다. 아니, 그렇게들 말합니다. 그리고 모든 것이 아주 명백해 보입니다. 그런데 그 마귀는 왜 돌아갔을까요? 그 점에 대해서는 해명이 필요하다고 경께서도 판단하시겠지요."

"듀리스디어 경, 곧 돌아오겠소." 윌리엄 경이 일어서며 말했다. "매켈러 씨, 잠시 얘기 좀 하세." 그는 나를 야영지 밖으로 데려갔다. 우리의 발밑에서 서리가 사각거렸고 서리를 하얗게 뒤집어쓴 나무들이 가까이 서 있어서 마치 그 긴 관목숲에서 있었던 그날 밤 같았다. "물론 이건 극도의 광기겠지." 아무도 들을 수 없는 곳에 이르자마자 윌리엄 경이 말했다.

"아, 물론입니다." 내가 말했다. "저분은 미쳤어요. 그것은 분명하다고 생각합니다."

"그를 붙잡아서 어디 묶어놓아야 할까?" 윌리엄 경이 말했다. "자네가 허락한다면 그렇게 하겠네. 이게 다 헛소리라면, 물론 그렇게 해야지."

나는 땅을 내려다보다가 타오르는 모닥불 주위에서 사람들이 우리를 쳐다보고 있는 야영지를 돌아보고, 주위의 숲과 산도 돌아보았다. 내가 볼 수 없는 곳이 딱 한 군데 있었는데 바로 윌리엄 경의 얼굴이었다.

"윌리엄 경." 마침내 내가 말했다. "저는 주인님의 정신이 온전하지 않다고 생각합니다. 오랫동안 그렇게 생각해왔습니다. 하지만 광기에도 정도가 있습니다. 그분을 감금해야 하는가를 판단하는 데 저는 적합한 인물이 아닙니다, 윌리엄 경."

"내가 판단하겠네." 그가 말했다. "나는 사실을 묻겠네. 그 이해할 수 없는 말들 가운데 진실하거나 온전한 말이 하나라도 있나? 망설이는 건가?" 그가 물었다. "자네가 그 신사를 전에 묻은 적이 있다고 생각하면 되겠나?"

"매장한 것은 아닙니다." 나는 이렇게 말하고는 마침내 용기를 내서 말을 이어갔다. "윌리엄 경, 제가 고귀한 가문과(그리고 저 자신도 적지 아니) 관련된 긴 이야기를 들려드리지 않으면 이 문제를 명료하게 이해하실 수 없을 겁니다. 결정을 내려주시면 저는 옳든 그르든 따르겠습니다. 그런데 어떻든 이 정도는 말씀드릴 수 있습니다. 제 주인님이 겉으로 보이는 것만큼 비정상적이신 건 아니라는 겁니다. 기이한 문제이긴 한데, 경께서 불행히도 어쩌다 그 말미에 끼어들게 되셨지요."

"나는 자네의 비밀을 전혀 알고 싶지 않네." 윌리엄 경이 대답했다. "하지만 무례를 범할 위험을 무릅쓰고 솔직하게 말하자면, 현재 동행하는 사람들에게서 즐거움을 느끼지 못한다고 고백하겠네."

"그것에 대해 경을 탓할 일은 절대로 없을 겁니다." 내가 말했다.

"나는 자네의 비난이나 칭찬을 요구한 적도 없네." 윌리엄 경이 대답했다. "나는 다만 자네들에게서 벗어나고 싶네. 그런 의도에서 보트 한 척과 그에 맞는 승무원들을 자네들이 사용할 수 있게 마련해두었네."

"너그러운 제안이십니다." 내가 잠시 생각한 뒤 말했다. "하지만 제가 다른 쪽으로도 한 말씀 드리도록 허락해주십시오. 우리는 이 사건의 진실을 알고 싶은 자연스러운 호기심이 있습니다. 저도 호기심이 조금 있고, 제 주인님은 (명백히 드러나듯이) 지나치게 많이 갖고 계십니다. 그 인도인이 돌아갔다는 것은 수수께끼입니다."

"나도 그렇게 생각하네." 윌리엄 경이 끼어들었다. "그리고 내가 그쪽 방향으로 갈 예정이니 그것을 밑바닥까지 철저히 조사해보겠다고 제안하겠네. 그 남자가 자기 주인의 무덤 위에서 죽으려는 개처럼 돌아갔든 아니든 간에 적어도 그의 목숨은 큰 위험에 빠져 있네. 가능하면 그 목숨을 구하겠다고 약속하네. 그의 성격에 대해 비난할 점은 없나?"

"전혀 없습니다, 윌리엄 경." 내가 대답했다.

"그리고 그 다른 사람에 대해서는?" 그가 말했다. "물론 나는 듀리스디어 경의 말을 다 들었네. 그런데 그 하인이 충성을 바치는 것을 보면, 그에게 어떤 고귀한 자질이 있었다고 생각해야겠지."

"그런 것은 묻지 말아주십시오!" 내가 큰 소리로 말했다. "지옥에도 고귀한 불꽃이 있겠지요. 저는 그 사람을 20년간 알아왔고, 언제나 그를 미워했고, 언제나 찬탄했고, 언제나 노예처럼 두려워했습니다."

"내가 다시 자네의 비밀을 파고드는 것 같군." 윌리엄 경이 말했다. "고의가 아니었음을 믿어주게. 내가 그 무덤을 살펴보고 (가능하다면) 그 인도인을 구하는 것으로 충분하겠지. 이런 조건에서 자네는 자네 주인을 올버니로 돌아가도록 설득할 수 있겠나?"

"윌리엄 경." 내가 말했다. "어떻게 된 상황인지 말씀드리겠습니다. 경께서는 제 주인님의 좋은 점을 알지 못하십니다. 제가 주인님을 사랑하는 것이 이상하게 보이시겠지요. 하지만 저는 주인님을 정말로 사랑하고, 그건 저뿐만이 아닙니다. 주인님을 올버니로 돌아가시게 하려면 강제로 할 수밖에 없겠지요. 그러면 그것은 주인님의 이성에, 어쩌면 주인님의 생명에도 사형 집행 영장이 될지 모릅니다. 저는 진심으로 그렇게 믿습니다. 하지만 저는 경의 손에 달려 있고, 경께서 큰 책임을 지고 명령을 내리신다면 기꺼이 복종하겠습니다."

"나는 티끌만 한 책임도 지지 않겠네. 내가 단 하나 노력하는 것은 책임을 피하는 걸세." 윌리엄 경이 소리쳤다. "자네는 이 여행을 끝까지 따라가겠다고 주장하고 있어. 그러니 그렇게 하게! 나는 이 일 전체에서 손을 떼겠네."

이렇게 말하면서 그는 돌아섰고, 텐트를 걷으라는 명령을 내렸다. 주위에서 서성이고 있던 주인님이 즉시 내게 다가왔다.

"어떻게 되었나?" 그가 말했다.

"주인님 뜻대로 하실 수 있습니다." 내가 대답했다. "그 무덤을 보실 거예요."

안내인들은 밸런트레이 귀공자가 묻힌 무덤의 위치를 쉽게 알아낼 수 있었다. 그것은 사실 황무지의 중요한 지형지물인 연이어 솟아난 봉우리들 옆에 있었다. 그 봉우리들은 형태와 고도로 인해 눈에 잘 띄었고, 내륙호인 섐플레인 호수로 요란하게 흘러내리는 많은 지류의 수원이었다. 그러므로 도주자들의 피로 얼룩진 길을 따라가는 대신에 그곳을 향해 곧바로 나아갈 수 있었고, 열여섯 시간 정도만 행군하면 그들이 혼비백산한 상태에서 육십 시간 넘게 방황한 거리를 이동할 수 있었다. 우리는 보트들을 강가의 초소 아래쪽에 두었다. 우리가 돌아왔을 때 배들이 꽝꽝 얼어붙어 있을 수도 있었다. 우리가 원정을 떠나면서 가져간 소규모 용품에는 우리를 추위에서 보호해줄 수많은 모피뿐 아니라 불가피하게 폭설이 쏟아져도 여행을 지속할 수 있도록 설피도 준비되어 있었다. 출발할 때 모두의 얼굴에 상당한 불안감이 역력했다. 군인답게 경계하며 행군이 이루어졌고, 밤을 지낼 야영지는 면밀히 살펴보고 선택되었으며 순찰병들이 돌았다. 두 번째 날에 우리의 목적지에서 몇백 미터 떨어지지 않은 곳에서 행군을 중단한 것은 이런 고려 때문이었다. 밤이 벌써 임박했고, 우리가 있는 곳이 우리 일행에 안전한 야영지의 조건을 잘 갖추고 있었으므로 윌리엄 경은 갑자기 생각해보고는 진군을 중단했다.

우리가 온종일 돌아오면서 가까이 다가온 높은 산줄기가 눈앞에 펼쳐져 있었다. 새벽빛이 처음 들었을 때부터 그 은빛 봉우리들을 목표로 삼아 우리는 거친 물줄기들이 요리조리 누비며 흘러가고 큰 바윗덩어리들이 여기저기 흩어져 있으며 폭삭 무너진 저지대의 숲을 가로질러 행군해왔던 것이다. 봉우리들은 (이미 말했듯이) 은빛으로 빛났다. 높은 지대에는 지난밤에 이미 눈이 내렸다. 그러나 숲과 저지대는 다만 서리에 덮인 채 숨 쉬고 있었다. 온종일 하늘은 답답한 수증기에 덮여 있었고 태양은 미끄러지듯 움직이며 은화처럼 흐릿한 빛을 발했다. 온종일 우리의 왼쪽 뺨으로 지독히 차가운 바람이 불어왔지만 숨 쉬기에는 좋은 깨끗한 공기였다. 오후가 저물 무렵에 바람이 잦아들었다. 구름이 더는 몰려들지 않았고 뿔뿔이 흩어지거나 흡수되어버렸다. 우리 뒤편에서 해가 지면서 겨울의 찬란한 풍경을 보여주었고, 산들의 하얀 등성이에 석양빛이 머물렀다.

우리가 저녁을 먹기 전에 깜깜해졌다. 우리는 아무 말 없이 밥을 먹었고, 음식을 치우기도 전에 주인님은 불가에서 살며시 빠져나와 야영지의 변두리로 갔다. 나는 서둘러 그를 따라갔다. 야영지는 높은 지대에 있었고, 가장 넓은 곳의 폭이 1.6킬로미터쯤 되는 얼어붙은 호수가 내려다보였다. 우리 주위로 사방에 펼쳐진 숲들이 언덕과 골짜기로 이어졌고, 우리 머리 너머에는 흰 산들이 있고 그 위에서 달이 아름다운 하늘을 지나가고 있었다. 숨소리 하나 들리지 않았고 나뭇가지 하나 삐걱거리지 않았다. 우리 야영지에서 나는 소리는 주위의 정적에 덮여 흡수되었다. 이제 태양과 바람이 둘 다 사라지자 오히려 7월의 밤처럼 따뜻하게 느껴졌다. 땅과 공기와 물이 잔뜩 긴장해서 극한의 냉기로 터져 나오려는 시점에 그렇게 느끼다니 감각이 만들어낸 특이한 환상이었다.

주인님은(다시 말해서 내가 여전히 계속 부르는 그의 사랑스러운 이름) 한 손으로 팔꿈치를 잡고 다른 손으로는 턱을 괸 채 눈앞의 숲 표면을 응시하고 있었다. 내 눈은 주인님의 눈길을 따라 서리가 내린, 뒤얽힌 소나무 가지들에 즐겁게 머물렀다가 달빛이 비치는 작은 언덕을 오르고 어둠에 잠긴 작은 협곡으로 내려갔다. 가까이에 우리 적의 무덤이 있다고 나는 속으로 말했다. 이제 사악한 자들이 말썽을 일으키지 못하는 곳으로 가버렸고, 한때 매우 활발하게 움직였던 팔다리 위에 영원히 흙더미가 쌓인 것이다. 나는 그가 어떻든 운이 좋다고 생각했다. 인간의 불안과 피로, 매일매일의 정신 소모, 수치나 죽음의 형벌 아래 어떤 위험이라도 무릅쓰고 헤엄쳐 건너야 하는 일상적인 상황의 강을 그런 식으로 끝내다니 말이다. 그 긴 여행의 종말이 얼마나 좋은지 생각하지 않을 수 없었다. 이 생각과 더불어 내 마음은 갑자기 옆으로 돌아 주인님을 향했다. 주인님도 마찬가지로 돌아가신 것이 아닐까? 제대할 날을 헛되이 기다리는 불구의 군인이 조롱을 받으며 전선에 머물러 있는 것은 아닐까? 나는 그를 친절한 분이라고 기억했다. 현명하고, 적절한 자부심이 있고, 어쩌면 너무 효성스러운 아들이었고, 다만 너무 사랑하는 남편이었고, 고통을 겪으면서 침묵할 수 있는 사람이었고, 그 손을 내가 즐겨 꼭 잡았던 사람이었다. 갑자기 연민이 기도에 걸려 흑 소리가 터져 나왔다. 나는 그를 떠올리고 바라보면서 큰 소리로 울 수도 있었으리라. 밝은 달 아래 그의 팔꿈치 옆에 서서 나는 그가 놓여나기를, 그렇지 못하다면 내가 강해져서 그를 계속 사랑할 수 있기를 열렬히 기도했다.

'오, 하느님.' 나는 속으로 말했다. '이분은 제게, 그리고 그 자신에게도 최고의 인간이었습니다. 그런데 지금 저는 그에게서 몸을 사립니다. 그는 어떤 잘못도 저지르지 않았고, 적어도 그가 슬픔으로 파탄에 이르기 전까지는 잘못한 일이 없습니다. 이 슬픔은 그의 명예로운 상처일 뿐인데 저희는 그것을 피하기 시작합니다. 오, 우리가 그를 미워하기 전에 그것을 덮어주시고, 그를 데려가주십시오!'

내가 아직 가슴속에서 기도에 열중하고 있을 때 갑자기 어떤 소리가 한밤중의 정적 속에 터져 나왔다. 아주 큰 소리는 아니었고, 아주 가까이에서 난 소리도 아니었다. 하지만 너무나 깊고 오래 지속된 정적 속에서 터져 나왔기에 트럼펫의 경고처럼 임시 막사에 충격을 주었다. 내가 숨을 돌리기도 전에 윌리엄 경이 내 옆에 와 있었고, 여행자 대부분이 그의 뒤에 몰려와 집중해서 귀를 기울이고 있었다. 어깨 너머로 그들을 흘끗 쳐다보면서 나는 그들의 뺨에 달빛이 아닌 하얀빛이 어려 있다고 생각했다. 달의 빛줄기가 몇 사람의 눈에 반사되어 반짝였고 다른 사람들의 이마 밑으로 검은 그늘을 드리워서(그들이 귀를 기울이려고 고개를 들어 올리는지 숙이는지에 따라서) 무리에 활기와 근심이 뒤섞인 기이한 분위기가 감돌았다. 주인님은 앞으로 나가서 몸을 약간 앞으로 굽힌 채 쭈그려 앉아서는 조용히 하라는 듯이 손을 들었다. 돌로 변해버린 남자였다. 그래도 그 소리는 계속 이어졌고, 숨 가쁘게 다시 시작되더니 느닷없이 규칙적으로 계속되었다.

갑자기 마운틴이 안도한 사람처럼 큰 소리로 띄엄띄엄 말했다. "이제 알겠어." 그가 말했다. 우리가 그의 말을 들으려고 고개를 돌렸을 때 "저 인도인이 보물의 은닉처를 알고 있었던 거야"라고 덧붙였다. "저건 그 작자야. 그가 보물을 파고 있는 거야."

"아, 틀림없네!" 윌리엄 경이 소리쳤다. "그 정도도 예상하지 못했으니 우리가 멍청했지."

"다만 문제는." 마운틴이 말을 이었다. "저 소리가 우리의 예전 야영지 가까이에서 난다는 겁니다. 그리고 또, 그가 어떻게 우리보다 먼저 저기에 갔는지 모르겠군요. 날개가 달려 있지 않다면 말입니다."

"탐욕과 공포가 날개라네." 윌리엄 경이 말했다. "그런데 이 악당이 우리에게 경고를 해줬으니 나도 똑같이 갚아줄 생각이네. 어떻게 생각하시오, 여러분? 달밤에 사냥을 나가볼까?"

모두들 동의했다. 무언가를 하고 있는 세쿤드라를 둘러싸기 위한 작전이 세워졌다. 윌리엄 경의 인디언 몇 명이 먼저 서둘러 갔다. 튼튼한 경비대를 본부에 남겨둔 채 우리는 울퉁불퉁한 숲속 바닥을 따라 나아갔다. 발밑에서 서리가 우지직 소리를 냈고 때로 얼음이 큰 소리로 쪼개졌다. 머리 위로 시커먼 소나무 숲과 부서진 환한 달이 보였다. 그 길은 비탈을 내려가 우묵한 곳으로 이어졌다. 우리가 내려가고 있을 때 소리는 작아졌고 이내 사라져버렸다. 그 너머 비탈은 소나무 몇 그루만 점점이 박혀 있어 더 트여 있었고, 여기저기 흩어진 거대한 바위 몇 개가 달빛 속에서 잉크처럼 새까만 어둠을 드러냈다. 여기서는 그 소리가 더 분명하게 들리기 시작했다.

우리는 이제 곡괭이가 울리는 소리를 알아차렸고, 땅을 파던 자가 연장을 맹렬하고 급하게 휘두르는 것을 더 정확하게 파악할 수 있었다. 우리가 오르막길의 꼭대기에 다가갔을 때 새 한두 마리가 높은 곳에서 날갯짓하며 달빛 속에서 검은 형체로 맴돌았다. 다음 순간 띠처럼 늘어선 나무들 사이로 특이한 광경이 우리의 눈에 들어왔다.

흰 산들이 내려다보고 가까이 숲들이 둘러싼 좁은 고원이 휘황한 달빛을 받아 훤히 드러났다. 산림 노동자의 재산을 이룰 조야한 물건들이 땅 위 여기저기에 의미 없이 뒤섞여 나뒹굴고 있었다. 그 한가운데 텐트 하나가 서리에 덮여 은빛을 발하며 서 있었다. 열려 있는 문이 입을 딱 벌린 채 어두운 실내를 드러냈다. 이 작은 고원의 한쪽 끝에 너덜너덜해진 인간의 유해가 있었다. 의심할 바 없이 우리는 해리스의 야영지에 도착한 것이었다. 공포에 질려 달아나면서 흩뜨려놓은 물건들이 있었다. 저기 텐트 안에서 밸런트레이 귀공자가 마지막 숨을 쉬었다. 저 앞에 있는 얼어붙은 썩은 시신은 술고래 구두장이의 육신이었다. 비극적 사건이 일어난 현장에 오면 언제나 가슴이 뭉클해진다. 여러 날이 지난 후 그곳에 오면, 그리고 그것이 (외진 불모지대에 있어서) 아직 달라지지 않은 것을 보게 되면 더없이 무심한 사람의 마음에도 깊은 인상이 박히기 마련이다. 하지만 우리에게 충격을 주어 돌기둥처럼 얼어붙게 만든 것은 죽은 주인의 무덤에 발목까지 빠져 있는 (하지만 우리가 어느 정도 예상했던) 세쿤드라의 모습이었다. 그는 옷을 대부분 벗어버렸는데 허약한 팔과 어깨에 맺힌 엄청난 땀방울이 달빛에 반짝였다. 그의 얼굴은 불안과 기대감으로 찌푸려져 있었고, 그가 무덤에 내려치는 소리는 흐느낌처럼 탁하게 울려 퍼졌다. 그의 뒤쪽으로 서리 내린 땅 위에서 기이하게 변형되고 잉크처럼 새까만 그림자가 그의 날랜 몸짓을 우스꽝스럽게 반복하며 흉내 냈다. 우리가 다가가자 밤새들이 가지에서 날아올랐다가 다시 내려앉았다. 하지만 세쿤드라는 자기 일에 몰두한 나머지 전혀 듣지 못했고, 그게 아니라면 전혀 주의를 기울이지 않았다.

마운틴이 윌리엄 경에게 속삭이는 소리가 들려왔다. "맙소사, 바로 저 무덤이에요! 저 작자가 그를 파내고 있군요!" 우리 모두 짐작했던 바였지만, 언어로 표현된 그 말을 듣자 전율이 일었다. 윌리엄 경이 격렬하게 나섰다.

"이 빌어먹을 불경한 개자식 같으니!" 그가 소리쳤다. "이게 무슨 짓이야?"

세쿤드라는 펄쩍 뛰었고, 약간 숨 막힌 소리가 새어 나오더니 그의 손에서 연장이 떨어져 나갔다. 한순간 그는 그 말을 한 사람을 멍하니 쳐다보았다. 다음 순간에는 화살처럼 빨리 멀리 있는 숲을 향해 뛰어갔다. 그러더니 다음 순간에는 과감하게 결단을 내린 듯한 맹렬한 몸짓으로 양손을 든 채 돌아오고 있었다.

"자, 그러면, 당신들이 와서, 당신들이 도와주세요……." 그는 이렇게 말하고 있었다. 그런데 이때 주인님은 윌리엄 경

옆으로 걸어가 서 있었다. 달빛이 그의 얼굴을 환히 비추었고, 그 순간 말을 아직 이어가던 세쿤드라는 자기 주인의 적을 알아보았다. "그분을!" 그는 비명을 지르며 양손을 꼭 잡고는 몸을 움츠렸다.

"자, 자!" 윌리엄 경이 말했다. "네게 잘못이 없다면 여기 있는 누구도 너를 해치지 않아. 네게 죄가 있다면 달아나려 해도 다 막혀 있어. 말해라. 여기 죽은 자들의 무덤과 매장되지 않은 자의 유해가 있는 곳에서 뭘 하고 있는 거냐?"

"당신은 살인자가 아니에요?" 세쿤드라가 물었다. "당신은 진실한 사람이에요? 나를 안전하게 봐줄 건가요?"

"죄가 없다면, 내가 너를 안전하게 돌봐주겠다." 윌리엄 경이 대답했다. "내가 이미 말했는데, 왜 그것을 의심하는지 모르겠구나."

"여긴 다 살인자들이에요." 세쿤드라가 소리쳤다. "그래서 그런 거예요! 그가 죽여요. 살인자." 마운틴을 가리키며 말하더니 "여기 두 고용한, 살인자들"이라고 주인님과 나를 가리켰고, "모두 교수대, 살인자들! 아! 나는 당신들 모두 밧줄에 매달린 걸 봐요. 이제 나는 사힙을 구할 거예요. 그분은 당신들이 밧줄에 매달린 걸 봐요. 사힙"이라며 다시 무덤을 가리키고 말했다. "그는 죽지 않았어요. 그는 묻혔어요. 그는 죽지 않았어요."

주인님은 작은 소리를 냈고, 무덤에 더 가까이 가서 응시했다.

"묻혔고 죽지 않았다고?" 윌리엄 경이 소리쳤다. "이건 무슨 미친 소리야?"

"보세요, 사힙." 세쿤드라가 말했다. "사힙과 저 단둘이 살인자들과 있었어요. 도망가려고 모든 방법을 써보았는데 소용없었어요. 그래서 이 방법을 해봤어요. 따뜻한 기후에서는 좋은 방법이에요. 인도에서는 좋은 방법이에요. 여기, 이 추운 곳에서는, 누가 알겠어요? 제발 서두르세요. 도와줘요. 불을 지펴줘요. 문질러줘요."

"저 인간이 대체 무슨 말을 하는 거야?" 윌리엄 경이 소리쳤다. "내 머리가 빙빙 도는군."

"그를 산 채로 묻었다고 말했어요." 세쿤드라가 말했다. "그에게 혀를 목구멍으로 넘기는 걸 가르쳤어요. 이제 그를 파내고 서둘러요. 그러면 그는 많이 나쁘지 않아요. 불을 피워요."

윌리엄 경은 가장 가까이 있는 부하에게 말했다. "불을 피우게." 그가 말했다. "내가 정신 나간 자들과 같이할 운명인가 보네."

"당신은 좋은 사람이에요." 세쿤드라가 대답했다. "이제 나는 사힙을 파내겠어요." 그는 이렇게 말하며 무덤으로 돌아가서는 앞서 하던 일을 계속했다. 주인님은 굳어버린 듯이 서 있었고, 나는 그 옆에 서서 뭔지 모를 두려움을 느끼고 있었다.

땅이 아직 깊은 곳까지 얼어붙지 않았기에 이내 인도인은 연장을 옆으로 던져놓고 손으로 흙을 파내기 시작했다. 그러더니 물소 가죽 옷의 한 자락을 떼어냈고, 그러고 나서는 손가락에 걸리는 머리카락을 보았다. 한순간이 더 지나자 달빛에 뭔가 하얀 것이 빛났다. 한동안 세쿤드라는 무릎을 꿇고 헉헉거리며 입으로 숨을 쉬면서 가느다란 손가락으로 흙을 긁어냈다. 그가 옆으로 비켜났을 때 나는 완전히 드러난 밸런트레이 귀공자의 얼굴을 보았다. 죽은 듯이 파리하고, 눈은 감겨 있고, 귀와 콧구멍은 막혀 있었으며, 뺨은 푹 꺼지고, 콧날은 죽은 사람처럼 날카로웠다. 그러나 흙 속에 여러 날 동안 묻혀 있었음에도 몸은 조금도 부패하지 않았다. 그리고 (우리 모두에게 기이한 충격을 준) 입과 턱이 거무스름한 수염에 덮여 있었다.

"맙소사!" 마운틴이 소리쳤다. "우리가 파묻었을 때처럼 살이 매끄럽군요."

"죽은 사람들에게서도 털이 자란다고 하지." 윌리엄 경이 말했는데 목소리가 탁하고 힘이 없었다.

세쿤드라는 우리의 말에 전혀 관심을 기울이지 않고 부드러운 땅을 파는 테리어처럼 신속하게 흙을 파냈다. 매 순간 물소 가죽 옷에 감싸인 밸런트레이 귀공자의 형체가 얕게 파인 바닥에서 점점 더 드러났다. 달빛이 환하게 비추고 있었고, 옆에서 서성이는 사람들의 그림자가 명백히 드러난 그의 얼굴 위에 닿았다가 지나갔다. 그 광경은 전에 경험해보지 못한 공포로 우리를 사로잡았다. 나는 주인님의 얼굴을 감히 볼 수 없었다. 그런데 그 일이 지속되는 동안 주인님이 숨을 쉬는 것도 보지 못했다. 약간 뒤에 있던 누군가가(누구인지는 모르겠다) 갑자기 흐느끼기 시작했다.

"자." 세쿤드라가 말했다. "그를 들어서 꺼내게 도와줘요."

시간이 얼마나 흘렀는지 알 수 없었다. 세 시간이었을 수도, 다섯 시간이었을 수도 있다. 그동안 인도인은 주인의 몸을 되살리기 위해 무진 애를 썼다. 내가 아는 것이라고는 아직 밤이었고, 달이 낮게 가라앉기는 했지만 아직 지지 않았고, 그 작은 고원에 긴 그림자들로 막대 무늬를 만들었다는 것뿐이었다. 그때 세쿤드라가 만족해하며 작게 소리를 질렀다. 재빨리 앞으로 몸을 숙이며 나는 무덤에서 발굴된 그 얼음 같은 얼굴에서 어떤 변화가 보이는 것 같다고 생각했다. 다음 순간에 눈꺼풀이 파닥였다. 다음 순간에는 눈꺼풀이 완전히 올라갔고, 일주일 된 시체가 한순간 내 얼굴을 들여다보았다.

그 정도로 생기를 드러냈다고 나는 맹세할 수 있다. 그가 분명히 말을 하려고 애를 썼고, 수염 사이로 치아가 드러났으며, 이마는 고통과 노력으로 괴로운 듯 일그러졌다고 다른 사람들이 말하는 것을 들었다. 그랬을지 모른다. 나는 알지 못한다. 내 관심은 다른 데로 쏠렸기 때문이다. 그 죽은 남자의 눈이 처음 떠진 순간 내 듀리스디어 경이 땅에 고꾸라졌던 것이다. 내가 그를 들어 올렸을 땐 이미 죽은 몸이었다.

낮이 되었다. 그래도 소용없는 노력을 계속하는 세쿤드라를 그만두도록 설득할 수 없었다. 윌리엄 경은 소규모 일행을 내 지휘에 맡기고는 동이 트자마자 자신의 임무를 수행하러 떠나갔다. 인도인은 계속해서 손발을 문지르고 죽은 자의 입에 숨을 불어넣었다. 그렇게 노력을 들이면 돌멩이라도 생기를 띠겠다고 생각할 정도였다. 그러나 그 한순간(내 주인님이 돌아가신)을 제외하면 밸런트레이 귀공자의 검은 영혼은 자신의 버려진 육신에 돌아오지 않았다. 정오 무렵이 되자 그 충실한 하인마저 결국 인정하게 되었다. 그는 그 사실을 고요히 받아들였다.

"너무 추워요." 그가 말했다. "인도에서는 좋은 방법인데, 여긴 좋지 않아요." 그러고는 음식을 달라고 하더니 자기 앞에 음식이 놓이자마자 게걸스럽게 집어삼켰다. 그는 불가로 와서 내 옆에 자리 잡았다. 그 자리에서 밥을 먹자마자 몸을 쭉 뻗고 눕더니 어린애처럼 잠에 빠져들었다. 몇 시간 후 두 사람의 장례식에서 문상객의 역할을 하도록 나는 그를 깨워야 했다. 그의 잠은 처음부터 끝까지 똑같았다. 그는 주인에 대한 슬픔과 나와 마운틴에 대한 공포를 단 한 번, 같은 노력으로 견뎌낸 것 같았다.

나와 함께 남아 있던 사람 중 한 명이 돌을 깎는 재주가 있었다. 윌리엄 경이 나를 데리러 돌아오기 전에 나는 큰 돌에 비문을 새겼는데, 그 사본으로 내 이야기를 끝내는 것이 적절하겠다.

J. D.

스코틀랜드 작위의 계승자로서

기예와 매력적인 자질의 대가이며

유럽, 아시아, 아메리카에서

전시와 평화 시에

야만적 사냥꾼의 텐트에서

그리고 국왕들의 요새에서 존경받고,

많은 것을 획득하고, 성취하고,

견딘 후에, 여기 잊힌 채

누워 있다

H. D.

그의 동생으로

부당한 고통의 삶을

용감하게 견딘 후

숙적인 형과

거의 같은 시간에 죽었고,

같은 무덤에서 잠들다

그의 경애하는 아내와 늙은 하인이

경건한 마음으로 두 사람에게 바치는

이 비석을 세웠다

부록

《밸런트레이 귀공자》의 기원

어느 날 밤 나는 새러낵 마을의 외곽에 있는, 내가 사는 작은 집의 베란다에서 서성대고 있었다. 몹시 어두운 겨울밤이었고 밤공기는 매우 맑고 차가웠으며 숲의 정기로 달콤했다. 저 아래 멀리 강물이 얼음과 바위와 부딪치며 흐르는 소리가 들렸다. 어둠 속에서 여기저기 불빛이 띄엄띄엄 나타났지만, 워낙 멀리 떨어져 있어서 고립감을 덜어주지는 못했다. 이야기를 만들어내기에 훌륭한 조건이었다. 게다가 나는《유령선》을 서너 번 정독하고 난 뒤였기 때문에 경쟁하고 싶은 마음이 일었다. 나는 내 원동력에게 말했다. '자, 이야기를 만들어보자. 긴 세월과 여러 나라에 걸친 이야기를, 바다와 육지, 야만과 문명에 관한 이야기를, 지금까지 감탄하며 읽었던 책처럼 큰 특징적 요소들을 간략하고 함축적인 방식으로 다루는 이야기를 만들어보자.' 여기서 내가 떠올린 생각은 그 자체로는 매우 적절했지만, 뒤이어 일어난 일에서 알 수 있듯이 결실을 거두지는 못했다. 나는 마리어트•가 호메로스와 밀턴, 베르길리우스에 못지않게 익숙한 전설적 주제를 선택함으로써 제목에서부터 독자들이 책 내용을 예상할 수 있게 하여 도움받았다는 것을 알았다. 그래서 내가 계획하는 소설의 중심에 자리 잡을 어떤 유사한 믿음이 혹시라도 떠오르지 않을까 머리를 쥐어짜게 되었다. 이 헛된 탐색을 하는 동안, 매장되었다가 다시 살아난 어느 고행자의 특이한 사례가 기억에 떠올랐다. 내 삼촌이자 최근에 작고한 감찰관 존 밸푸어가 종종 들려준 이야기였다.

바람 한 점 불지 않고 기온이 영하로 내려간 몹시 춥고 맑은 밤에 두뇌는 보다 활발하게 움직인다. 다음 순간에 나는 인도와 열대지방에서 애디론댁 황무지와 엄혹하게 추운 캐나다 국경으로 배경이 바뀌는 것을 보았다. 그렇다면 여기에, 내 이야기를 시작하기도 전에 두 나라, 지상의 두 극단이 포함되었다. 그러므로 죽음에서 되살아난 남자라는 구상은 일반적 수용이나 (내가 나중에 알아냈듯이) 수용 가능성이라는 점에서는 전적으로 부족했지만, 여러 나라를 포괄하는 이야기를 만들려는 내 계획에는 바로 들어맞았다. 그래서 나는 그 가능성을 더 고려하기로 마음먹었다. 첫 번째 질문은 그렇게 매장될 사람에 관한 것이었다. 독자들과 다른 등장인물들

• 영국의 해군 장교이자 《유령선》(1839)의 작가인 프레더릭 마리어트(1792~1848).

이 그의 소생을 기쁘게 환영할 만한 선한 사람이어야 할까? 이 생각은 그리스도의 이미지에 접근할 수 있었기에 폐기되었다. 그 개념이 조금이라도 쓸모가 있으려면, 친구들과 가족에게 못되게 구는 사악한 천재를 창조해서 여러 차례 사라지게 하다가 암울하기 그지없는 마지막 사건으로 아메리카 대륙의 얼어붙은 황무지에 있는 죽음의 구덩이에서 마지막에 소생하도록 만들어야 했다. 이제 내가 작가의 인생에서 가장 흥미진진한 순간에 있다는 것은 동료 작가들에게 말할 필요도 없다. 발코니에서의 그날 밤 이후의 시간은, 그 이후의 밤과 낮은 밖에서 걸어 다니든 깨어나 침대에 누워 있든 순수한 기쁨의 시간이었다. 당시 나와 단둘이 살던 어머니는 아마 그리 즐겁지 않으셨을 것이다. 왜냐하면 이처럼 작품이 잉태되는 시간에 늘 나를 도와주던 아내가 부재한 가운데 나는 아직 완전히 형성되지 않은 심상을 이야기하고 선명하게 만들려고 애쓰면서 어느 때고 어머니에게 들어달라고 재촉했던 것이다.

내가 그 이야기와 필요한 인물들을 모색하고 있을 때, 놀랍게도 나는 그들이 내 기억 속에 이미 9년 전에 마련되어 있었다는 것을 알게 되었다. 뜨거운 완두콩 푸딩, 차가운 완두콩 푸딩, 냄비 속의 9년 묵은 완두콩 푸딩.• 호라티우스가 제시한 규칙••을 이보다 더 완벽하게 정당화하는 것이 과연 있을

● 동요 〈뜨거운 완두콩 푸딩〉의 가사로, 원래는 9년이 아니라 9일로 되어 있다.

까? 여기서, 전혀 다른 것들을 생각하다가 나는 우연히 해결책을 발견했다. 다시 말하면 아주 오래전에 피틀로크리와 스트러서들 사이의 황무지에서, 하일랜드의 빗속에서, 헤더와 늪지 식물들의 뒤섞인 냄새 속에서《애솔가의 서한》과《훈작사 존스톤의 회고록》을 읽고 벅찬 감정으로 마음에 품었던 이야기의 (극작가의 표현을 쓰자면) 종막이나 마지막 장면을 발견했다고 말하는 편이 낫겠다. 아주 오래전에••• 아주 멀리 떨어진 곳에서 나는 처음 듀리스디어 가족의 얼굴들과 서로간의 비극적 상황을 떠올렸다.

내 이야기의 배경은 이제 전 세계로 확대되었고, 스코틀랜드, 인도, 아메리카 대륙은 모두 꼭 필요한 장면이었다. 이 가운데 인도는 책을 통해서 알게 된 것을 제외하면 내게는 낯선 곳이었다. 내가 아는 살아 있는 인도인은 파르시 한 명뿐이었다. 그는 내가 소속된 런던의 클럽 회원으로, 나와 마찬가지로 개화되고 (누가 봐도) 서구적인 사람이었다. 그러므로 내가 요정처럼 가벼운 발걸음으로 인도에 살짝 들어갔다 나와야 한다는 것은 명백했다. 그래서 처음에 버크 훈작사를 화

•• 고대 로마의 시인 호라티우스는 작가가 작품을 발표하려면 9년간 간직하며 작품을 완벽하게 만들어야 한다고 말했다. 일단 입 밖에 나간 말이 돌아올 수 없듯이 출간된 작품은 지워버릴 수도 없고 태울 수도 없기 때문이다.

••• 스티븐슨의 아내인 패니는 이때가 1881년 여름이었을 거라고 추정한다. 당시 그녀와 스티븐슨은 두 달간 피틀로크리에서 머물렀고, 스티븐슨은 이때 자신의 가장 훌륭한 스코틀랜드 단편소설 두 편을 집필했다.

자로 삼으려는 생각이 떠올랐을 것이다. 처음에는 그를 스코틀랜드인으로 만들 생각이었지만, 그러고 나자 버크가 앨런 브렉•의 타락한 그림자에 불과할지 모른다는 걱정이 들었다. 하지만 오래지 않아 나의 귀공자가 찰리 공을 추종했던 아일랜드인들의 비위를 맞추려 할 것 같다는 생각이 들기 시작했다. 아일랜드인 망명자 버크는 동포인 불운한 랠리와 함께 인도에 갈 특별한 이유가 생길 것 같았다. 따라서 그가 아일랜드인이어야 한다고 생각했고, 그러자 갑자기 내 길을 가로지른 긴 그림자, 배리 린던••의 그림자를 알아차리게 되었다. 섬세한 도덕성을 지닌 사람이라면 누구도 (포핑턴 경•••의 표현을 빌리자면) 내 귀공자와 함께 타락할 수 없다. 스코틀랜드에서 구상했던 이 이야기의 원래 얼개에서 귀공자와 (당시 의도한 바로는) 함께 스코틀랜드를 방문할 이 친구는 나쁜 큰아들보다 더 악한 인물로 그려질 예정이었다. 그런데 내가 아일랜드인을 택한다면, 18세기 중엽에 매우 악한 아일랜드인을 택한다면, 배리 린던을 어떻게 피해갈 수 있을까? 그 비열한 인간은 나를 포위했고, 봉사하겠다고 제안했다. 그는 내게

• 앨런 브렉 스튜어트(1711?~1791?)는 스코틀랜드의 군인으로 자코바이트였으며, 그가 주축이 된 암살 사건은 월터 스콧 경과 스티븐슨의 소설에 큰 영감을 주었다.

•• 윌리엄 새커리(1811~1863)의 소설《배리 린던 씨가 직접 쓴 회고록》(1852)에 나오는 악당 주인공.

••• 영국의 극작가 존 밴브러(1644~1726)의 희곡《재발》의 등장인물.

탁월한 추천서를 내밀었을 뿐 아니라 자신이 내가 하려는 일에 아주 적합하다는 것을 스스로 입증했다. 그는, 혹은 나 자신의 사악한 마음은 그의 오래된 제복에 레이스와 장식 끈과 단추를 몇 개 달면 쉽게 위장할 수 있으며, 그러면 새커리 자신도 그를 거의 알아보지 못할 거라고 장담했다. 그러고 나서 갑자기 한때 가깝게 지냈고 스산한 가을날 매우 적막한 해변에서 밤늦게 함께 산책하며 이야기를 나눴던 아일랜드인 청년에 대한 기억이 떠올랐다. 내 기억 속에서 그는 특히 도덕적으로 단순한, 거의 공허한 젊은이였고, 어떠한 영향이든 쉽게 받고 스스로에게 찬탄하는 인물이었다. 그 상상 속의 젊은이가 용병으로 살아가도록 한다면, 그는 린던 못지않게 내게 유용한 인물이 되겠다는 생각이 들었다. 그는 귀공자와 경쟁하는 대신에 가볍지만 독특한 기분 전환을 제공할 터다. 내가 그를 잘 그려냈는지는 모르겠다. 하지만 그의 도덕적인 긴 글은 늘 내게 큰 즐거움을 주었다. 그런데 일부 비평가들이 그를 보고 결국 배리 린던을 떠올렸다는 것을 알게 되었을 때 나는 무척 놀랐다고 고백하지 않을 수 없다.

해설

겨울 이야기
—원한과 복수의 미학

로버트 루이스 스티븐슨의 모험담은 대체로 남성들의 세계를 그린다. 여성 인물이 등장하기는 하지만 작품의 진행에 중요한 역할을 하는 경우는 거의 없다. 남성 인물들은 정치적인 이유 등으로 망명을 떠나 타지를 전전하며 인도나 북미, 프랑스 등 세계 각지에서 권력과 재물을 쟁취하려 하고, 바다에서 악천후와 싸우거나 해적선에 포획되어 기상천외한 모험을 겪기도 하고, 숨겨진 보물을 찾아 황무지를 헤매고, 살인과 약탈, 폭동, 전쟁이 일상적으로 자행되는 세계에서 위태롭게 야심을 추구한다. 스티븐슨의 작품이 발표된 19세기 후반에 영국의 제국주의적 확장은 정점에 이르렀고, 이전 세기부터 이어진 세계 곳곳으로의 이동과 이주도 더욱 활발해졌다. 이런 상황은 타지를 탐험하고 욕망을 실현하려는 남성들에게 활동 무대를 제공했으며 그에 따른 다양한 모험담을 낳았다.

《밸런트레이 귀공자》(1889)는 해적선, 숨겨진 보물 같은 모험담의 특징적 소재를 담고 있다. 표제 인물인 밸런트레이 귀공자, 즉 제임스 듀리는 타지에서 욕망을 실현하려는 모험담의 주인공으로 손색이 없다. 강력한 카리스마로 해적들을 제압하고 보물을 가로채며 정치적 술수를 발휘하여 프랑스와 인도에서 권력을 둘러싼 암투에 개입하기도 하고 종국에는 숨겨놓은 보물을 찾으러 북미의 황무지를 헤매는 등 모범적인 모험담의 도식을 따른다. 그의 모험담에는 미신과 마술 같은 괴기한 경험도 포함되어 고딕소설이 주는 공포와 전율이 느껴지기도 한다.

하지만 이 소설은 단순한 모험담에 그치지 않고 다양한 장르의 성격이 가미되어 기묘하게 혼합된 서사 양식을 보여준다. 우선 스코틀랜드에서 일어난 자코바이트 봉기를 작품의 배경으로 설정함으로써 월터 스콧의 많은 작품처럼 역사적 로맨스의 성격을 띠고 있다. 명예혁명으로 인해 제임스 2세가 폐위되자 그의 아들 제임스 프랜시스 에드워드 스튜어트(제임스 3세)를 왕위에 추대하려는 자코바이트 세력이 스코틀랜드의 하일랜드 지방을 중심으로 일어났다. 여기에 영국국교회에 반대한 아일랜드와 프랑스의 가톨릭 세력이 가담하면서 1745년의 컬로든 전투에서 결정적으로 패배하기까지 몇십 년에 걸쳐 항거와 봉기를 이어갔다. 영국에서는 지방의 반란 정도로 취급하는 사건이지만 무자비한 몰살을 당한 스코틀랜드에서는 뿌리 깊은 반감과 원한을 새긴 역사적 경험이었다. 대지주 듀리스디어 가문의 몰락은 크게 보아 봉기의 실패와 무관하지 않다.

작품의 초반에 제임스 3세의 아들 찰리 공이 스코틀랜드에 상륙하여 군대를 모으고 있다는 소문이 들려오자 듀리스디어 가문은 대부분의 귀족이 그랬듯이 한 아들은 반역 세력에 가담하고 다른 아들은 영국의 조지 왕에게 충성하는 자세를 견지함으로써 어느 쪽이 승리하든 멸문지화를 피하려는 책략을 쓴다. 가족들은 장남이 집에 남기를 원했지만 밸런트레이 귀공자 제임스는 한사코 봉기에 가담하겠다고 주장하고, 결국 동전 던지기로 결정하기로 한다. 그 결과 전쟁에 참전한 제임스, 그는 자코바이트 이념에 동조하거나 스튜어트 왕조에 대한 충성심이 있어서가 아니라 순전히 활동적인 기질로 부를 축적할 기회를 얻으려는 자기 목적에 의해 봉기에 가담하지만, 그 실패 이후에는 정치적 망명자로서 국외를 떠도는 처지가 된다.

그런데 이 작품에서 모험담이나 역사적 로맨스보다 더 중요한 사건 전개의 축은 가족 간에, 특히 형제간에 벌어지는 심리적 드라마다. 모험담은 이 형제간의 반목과 맞물려 심리적 갈등을 증폭시키는 기제로 작용한다. 형제의 갈등은 성경의 카인과 아벨, 야곱과 에서의 관계를 연상시키고, 실제로 제임스는 동생 헨리를 야곱이라고 부르며 분노를 표현하기도 한다. 표면적으로 보면 장자 상속권을 둘러싼 갈등이 시발점이 되어 혈투와 살해 기도로 파국을 맞는 이 작품의 이야기는 가장 작은 단위에서의 원형적 인간관계를 그려낸다고 볼 수 있다.

스코틀랜드 귀족의 장남으로서 '밸런트레이 귀공자'라는 칭호로 불린 제임스는 무모하고 저돌적이며 방종한 인물이지만, 아버지와 약혼자인 앨리슨의 맹목적 사랑을 독차지하며 거칠고 잔인한 언행에도 불구하고 하인들과 근방 주민들의 존중을 받는다. 반면에 온순하고 사려 깊으며 강한 책임감으로 집안을 꾸려가는 동생 헨리는 애정과 관심을 받지 못한 채 기껏해야 측은히 여겨지는 대상일 뿐이다. 귀공자는 자신의 의지를 관철하기 위해 다른 사람들을 교묘히 조종하는 재주가 탁월하고, 위기를 벗어나기 위한 순발력과 재치도 뛰어난 마키아벨리적 인물이다. 또한 자신의 이미지를 필요에 따라 바꾸어 연출할 줄 아는, 인간을 다루는 기술의 대가라고 말할 수 있다. 스티븐슨은 귀공자에 대해 '인간에게서 생각할 수 있는 모든 악을 구현한 인물'이라고 말한 적이 있는데, 그를 잘생기고 심금을 울릴 정도로 노래도 잘 부르며 풍부한 감성을 연기할 줄 아는 더없이 매혹적인 인물로 형상화함으로써 매력적인 악과 따분한 선이라는 이분법적 구도를 설정한 셈이다.

이 작품에서 가장 흥미로운 부분은 사건이 진행되면서 더욱 첨예하게 전개되는 두 인물의 대립이다. 무엇보다도 귀공자가 동생에 대해 르상티망(ressentiment)이라 불리는 원한과 증오를 품게 되는 계기를 주목할 만하다. 그는 전투에서 패한 후 배를 타고 도피하다가 해적선에 붙잡히지만 뛰어난 수완으로 그들을 제압한다. 이후 북미 연안에 이르러 해적들을 버리고 보물을 훔쳐 달아나서는 인디언에게 붙잡힐 위험을 무릅쓰며 바닷가의 습지에서 온갖 고초를 겪고 황무지를 배회한다. 죽음을 예감하는 절망적인 상황에 처했을 때 그는 자신의 불운이 자신의 모든 권리를 빼앗은 동생 때문이라고 말하며 복수를 다짐한다. 자신의 고통스러운 행적이 오롯이 스스로의 선택에 따른 것이었음에도 그것을 타인의 탓으로 돌리는 기묘한 심리적 기제가 작용한 것이다. 이런 심리가 합리적인가는 중요하지 않다. 자신의 삶이 고통스러울수록 그런 고통을 겪지 않는 타인에 대한 증오와 복수심만 커질 뿐이다.

귀공자의 심리가 르상티망의 생성과 발전 과정을 보여준다면 그의 '착한' 동생 헨리의 심리는 오랫동안 부당하게 자신을 박해한 형에 대한 증오와 복수심의 발전 과정을 보여준다는 점에서 흥미롭다. 귀공자가 사망한 것으로 추정되는 가운데 장자의 권리를 차지한 차남 헨리는 큰아들에 대한 애도에 탐닉한 아버지와 순전히 동정심으로 결혼해준 아내 앨리슨의 무관심을 견디며 불편한 마음으로 살아간다. 몇 년 후 귀공자가 살아 있는 것으로 밝혀지고 지속적으로 금전을 요구할 때, 헨리는 장원이 파산할 정도로 막대한 돈을 몰래 조달해주며 불편한 양심을 달랜다. 그러나 귀공자가 돌아와서 단둘이 있을 때는 자신을 가차 없이 모욕하고 조롱하면서도 남들 앞에서는 자상하게 배려하는 척하며 오히려 몰인정하고 무례한 인간으로 몰아가자 그는 출구 없는 극심한 고통에 시달린다. 아내와 관련된 결정적인 모욕으로 형제는 관목 숲에서 결투를 벌이고, 여기서 헨리가 귀공자를 칼로 찌르는 장면은 이 소설의 구조적 중심을 둔다. 이후 서로를 향한 두 사람의 증오는 더욱 치열해지고 거침없이 발산된다.

이 형제의 심리적 드라마는 때로 불합리한 감정이 어떻게 강박관념으로 발전하여 인간을 사로잡고 본인과 주변 인간들을 파괴에 이르게 하는지를 여실히 추적한다. 셰익스피어의 《오셀로》의 장군 오셀로나 《겨울 이야기》의 시칠리아 왕 레온테스가 질투에 눈이 멀어 아내의 불륜을 의심하고 죽음으로 내몰듯이, 원한이나 증오심 같은 강렬한 감정은 마치 독자적 에너지를 가진 듯이 스스로 증폭하면서 그 감정을 품은 인간을 완전히 압도하고 다른 인간적 감정이나 사고가 들어설 여지를 남기지 않는다. 결국 자기 파괴로 이어질 그 정념에서 벗어나거나 그것을 뛰어넘을 방법은 없을까?

귀공자는 매켈러와 뉴욕으로 가는 배에서 자신의 인생이 절정기에 있고, 그간 쌓은 경험과 뛰어난 능력으로 어디에 가든 원하는 성취를 이룰 수 있다고 말하며 자신을 객관적으로 바라보는 순간을 드러내기도 한다. 하지만 자신이 강박관념을 떨치고 새로운 인생을 선택할 수 있다는 것을 알고 있음에도 그는 그런 가능성을 거부한다. 오로지 동생을 자기 앞에 무릎 꿇리고 용서를 빌게 만들겠다는 욕망에 압도된 것이다. 뉴욕에서 이미 정착한 동생을 만나 모멸감과 굴욕감을 겪으며 그의 욕망은 동생의 머리 위에 재앙을 내리겠다는 냉혹한 일념으로 굳어간다.

한편 헨리는 결투에서 형을 찌른 후 정신적으로 불안정해지고, 귀공자는 결코 죽일 수 없는 악마라고 생각하는 등 과대망상의 증세를 보인다. 그의 강박관념은 초자연적 존재인 악마에 대적하는 것으로 발전되었고, 그를 제압하기 위해서 악마 못지않은 술수와 책략을 동원한다. 악을 미워하다보니 악과 닮아버렸다는 속설을 입증하듯이 그의 강박관념은 결국 살인 교사까지 나아간다. 헨리는 자기 아들의 상속권이 박탈될 거라는 근거 없는 소식에 격분한 나머지 형을 살해하려는 음모를 꾸미지만, 그의 의식은 이미 복수에 대한 일념에 완전히 지배된 뒤다.

결국 그들을 사로잡은 증오와 원한의 감정은 서로를 죽이려는 결의로 귀결된다. 복수를 갈구하는 감정의 밑바닥에는 자신의 의지에 상대를 굴복시키고 처단하겠다는 지배 욕구가 깔려 있다고 볼 수 있다. 살인은 자신의 의지를 극단적인 형태로 상대에게 강제하는 행위이고, 그런 점에서 지배 욕구의 가장 엇나간 표현이다. 강박관념의 고리를 끊지 못한 듀리스디어 가문의 두 아들은 내면으로부터 파괴되고 상대를 파괴한다.

그 가문의 집사이자 이 작품을 기술하는 매켈러는 형제에게 결여된 자기 성찰이나 연민의 능력을 보여주는 유일한 인물이다. 에든버러 대학 출신의 충실하고 양심적인 그는 작품 초반에 헨리의 불운한 운명에 연민을 느끼며 공감을 베푼다.

그런 그가 집안의 숙적인 귀공자의 매력에 매료되고 또 자신이 그런 감정을 갖는 데 혐오감을 느끼는 장면은 인간의 복합적이고 모순적인 내면을 생생하게 보여준다(자신의 어머니와 이모를 제외한 모든 여성에게 무관심하다고 말하는 그는 이 남성적 세계의 특징적 일면을 드러낸다고 볼 수 있다). 뉴욕으로 도피한 헨리 일가를 추격하러 가는 선상에서 매켈러는 리처드슨의 소설《클러리사》를 실감 나게 낭독하는 귀공자의 재주에 경탄하면서 동시에 그에게는 소설이든 성경이든 재미를 위한 오락거리일 뿐이고 그 내용을 자신에게 적용해보지 않는다는 사실에 경악한다. 풍부한 감성과 세련된 매너의 이면에 존재하는 냉혹하고 무감각한 이중성에 대해 매켈러는 귀공자가 판지를 붙여 만든 인간 같아서 얼굴을 한 번 치면 텅 빈 공간이 드러날 것처럼 느껴지는 순간이 있었다고 말한다(이 부분은 이 작품보다 10여 년 뒤에 발표된 조제프 콘래드의《암흑의 핵심》에서 문명의 빛을 전달하여 원주민을 교화하겠다는 온갖 인도주의적 이념으로 무장한 채 아프리카에 간 식민주의자 커츠가 '텅 빈 인간'이라고 묘사되는 것을 연상시킨다). '비어 있다'는 표현은 있어야 할 것의 부재, 가령 연민이나 자성적 성찰 혹은 영혼의 부재를 의미한다. 매켈러는 형제의 강박관념을 돌이키기 위해 자기 나름대로 애쓰지만 역부족이라는 것을 깨닫고 결국 그들의 자기 파괴 과정을 지켜볼 수밖에 없음을 받아들인다.

듀리스디어 가문의 형제를 사로잡은 증오와 복수의 일념, 그리고 그런 감정들이 그들을 파괴하는 과정은 비단 남자에게 한정된 경험은 아닐 테다. 하지만 이런 감정들은 일확천금을 노리고 낯선 땅을 점령하고 이민족을 지배하려는 욕구가 팽배한 시대의 한 가지 자화상임에 틀림없다. 지식을 얻기 위해 악마에게 영혼을 판 파우스트처럼 그들은 타자를 지배하려는 욕구를 충족시키기 위해 인간적 온정을 팔았을지 모른다. 그래서 그들의 모험은 냉기가 돌고 서리가 덮인 스코틀랜드의 고원에서 시작하여 살을 에는 바람이 몰아치고 온 땅이 얼어붙은 북미 동북부의 황량한 삼림지대에서 끝난다. 이 작품에 '겨울 이야기'라는 부제가 붙어 있다. 그 이유는 넉넉히 짐작할 수 있다. 마음에 증오와 복수심을 품은 사람들이 사는 곳은 언제나 겨울일 수밖에 없기 때문이다.

이미애

휴머니스트 세계문학 015
밸런트레이 귀공자

1판 1쇄 발행일 2022년 10월 31일

지은이 로버트 루이스 스티븐슨
옮긴이 이미애

발행인 김학원
발행처 (주)휴머니스트출판그룹
출판등록 제313-2007-000007호(2007년 1월 5일)
주소 (03991) 서울시 마포구 동교로23길 76(연남동)
전화 02-335-4422 **팩스** 02-334-3427
저자·독자 서비스 humanist@humanistbooks.com
홈페이지 www.humanistbooks.com
유튜브 youtube.com/user/humanistma **포스트** post.naver.com/hmcv
페이스북 facebook.com/hmcv2001 **인스타그램** @booook.h

편집주간 황서현 **편집** 이은서 이성근 김대일 김선경 **디자인** 김태형
조판 이희수com. **용지** 화인페이퍼 **인쇄** 청아디앤피 **제본** 민성사

ISBN 979-11-6080-923-7 04840
979-11-6080-785-1 (세트)

휴머니스트 세계문학

시즌 1. **여성과 공포**

001 프랑켄슈타인 메리 셸리 | 박아람 옮김
002 회색 여인 엘리자베스 개스켈 | 이리나 옮김
003 석류의 씨 이디스 워튼 | 송은주 옮김
004 사악한 목소리 버넌 리 | 김선형 옮김
005 초대받지 못한 자 도러시 매카들 | 이나경 옮김

시즌 2. **이국의 사랑**

006 베네치아에서의 죽음·토니오 크뢰거 토마스 만 | 김인순 옮김
007 그녀와 그 조르주 상드 | 조재룡 옮김
008 녹색의 장원 윌리엄 허드슨 | 김선형 옮김
009 폴과 비르지니 베르나르댕 드 생피에르 | 김현준 옮김
010 도즈워스 싱클레어 루이스 | 이나경 옮김